蛮与痴

郑恩柏 著

文汇出版社

惊奇 wonder BOOKS

蛮与痴	出版统筹 周昀	责任编辑 何璟
MAN YU CHI	特约编辑 赵金	封面设计 Zhang Junyi

图书在版编目 (CIP) 数据

蛮与痴 / 郑恩柏著 . -- 上海 : 文汇出版社 , 2025.
1.-- ISBN 978-7-5496-4370-7

Ⅰ. I247.5

中国国家版本馆CIP数据核字第2024R6G896号

出版	文匯出版社
	地址：上海市威海路755号
	邮编：200041
发行	北京贝贝特出版顾问有限公司
电话	010-64284815
印刷装订	山东临沂新华印刷物流集团有限责任公司
	地址：山东临沂高新技术产业开发区工业北路东段
	邮编：276017
版次	2025年1月第1版
印次	2025年1月第1次印刷
开本	787×1092 1/32
字数	272千
印张	13.25

ISBN 978-7-5496-4370-7
定价 59.00元

敬启读者，如发现本书有印装质量问题，请与发行方联系。

目 录

序　曲	1
第一部	5
第二部	125
第三部	327
尾　声	407

方言释义对照表	413

受访人物索引

第一部

阿妈 13　　早餐店主 20

油条摊主 28　　陈明胜阿妈 34

某做海人 42　　陈细香 51

走私者 61　　陈永坤 73

某渔村女人 86　　卫生所所长 99

修车师傅 115

第二部

缝纫铺老板娘 132　　做会钱人 152

"垃圾" 173　　被拐卖女人 209

离乡之人 238　　计划生育出逃女人 265

女子械斗队长 285

第三部

五金店主 329　　陈明胜 345

某佛教徒 367　　东湾生意人 383

阿妈 400

序曲

我往沙滩边那几幢房子去的时候很怕碰上野狗。我想走得更快些,最好跑起来,早点结束白日里这场噩梦。可是阿妈说过,狗最喜欢追在路上跑的小孩,或者她说的是,路上碰到狗千万跑不得,也许还有其他说法。我每在这座由四通八达的弄巷组成的迷宫中迈出一步,就越深陷于话语交织涌动的迷津。

总之,那个地方野狗无处不在。我屏住呼吸,埋头向前,不小心闯入一条早已消亡的分岔路。仰头看去,半空中窗台横生,灰扑扑的日光被反复阻挡。两侧墙壁已经开裂,发满了青苔乌霉。路面以下的某个地方,正接连传来殷殷闷雷般的粗重喘息。

走快点,一个声音说。不,不能走快,另一道声音响起。在到达某个玩伴的家之前,确切地说是在翻过某座祖屋敦实厚重的门槛之前——我那时候又矮又瘦又白,像个纪念品——这两股声音反复了几十次,缠斗得难解难分。

祖屋昏暗,亡灵们高声交谈。硬泥地上流沙翻涌,使摇椅不得安宁。厨房角落巨大水缸静卧,装着满缸的水,要吞下我。我微微屈膝,奋力跳起,要保证双脚同时离地,在空中画出一道美妙的弧线,尽可能远远高过门槛,好像那是扑朔迷离的一团火。

第一部

1

东湾人实在可恶，西湾人说。偏偏可恶的人命最硬，把裹着灾祸的脏东西往外吐，在沙滩上结成牛粪似的疙瘩，绊倒一个调皮捣蛋光脚瞎跑的伢仔。伢仔哇哇哭叫，阿爸阿妈冲出来，煤油灯点起来，全村人醒过来，举着火把要开干。对面村当然也不服输，龇牙咧嘴迎上来，两只袖头撸起来。然而始作俑者早已如毛蟹般躲进岩缝，从此没有人再会想起。

陆地上有一条分界线，原本叫中心路，后来改作中兴路。可在海上，谁也画不出那条界线。假如自古以来风滩便分为西、东两村，那么斗争必定自古有之。但这种假设永远得不到证明，因为没有人给这个咸得发苦苦到腥烂的鬼地方立传，因为文字不是根须，而是茎叶，只有向上和向外发展才能生存，然而在这块被先民们称作江南垟[1]的土地边缘，却只能下坠，下坠，绝逃不出无边无际的泥潭。

西湾人仍对东湾抱有敌意。这敌意就像盐碱地里的苍褐色杂

---

[1] 温州市鳌江南畔的冲积平原。

草，沉寂时半死不活，一旦有风便开始狂舞。

　　盐碱地在沙滩入口一带，其盐分来源除去海水渗透，一定程度上还有男人的尿液。年轻男人们日头下站成排，目光在低处彼此打量，忽然被一阵惊颤拉拽回来，暗自沉醉。热尿飞溅，在短命的泥洼里惊起一垄繁花。

2

有许多问题在等待回答，比如跳火盆的仪式在一九八二年夏天的那场械斗中是否存在，似乎只需要亲历者一个简单的点头或摇头，却怎么也等不到。因为即便是集会中站在第一排的人，也仍感到其视线被前方无数幢幢的幻影遮挡。

最确切的一则证据，来自吴小耘所作《由宗族械斗看浙南宗族文化》一文，其中完整记载了一九六五年尾岙[1]乡内刘、蔡两大宗族发生的那场械斗，并且提到在赶赴"战场"之前，成年男子们逐一于祠堂门口跳火盆以壮胆助威——其他可见的书面材料则只是笼统指出参与者可能在宗祠内进行某些特定仪式，或者根本未曾提及。

这位复旦大学社会学教授生长于牛家堡村，那是风滩和金舟之间最为人烟熙攘的村落。自牛家堡村向东翻越两座丘陵，尾岙便潜伏在两山之间。乡间长大的野孩子登高眺望，望见几十年前蓬勃燃烧的盆中火焰，也望见血脉深处躁动的激情，但目光未及

---

[1] 岙（ào），浙江、福建等沿海一带称山间平地（多用于地名）。

那更偏远更混乱而即将湮没于过往的古老渔村；在他身后，巍然屹立着石头筑就的金舟卫城。紧接着孩子长大了，应该说再次长大了，于是挥手告别，比起十八岁那次远行要更加郑重和决绝。

尾吞的习俗并不能简单推移到风滩。在这里每隔一山就换一片天地，正如海风自东南方向吹来，被群山阻绝，打一阵回旋，便脱下腥气，着上泥气，成了山风。因此实地调查访问必不可少。然而受访者一旦说起往事，总是迅速离题，把讲述的目的完全抛诸脑后，顾自倾吐着心中的苦水，如浪潮般滔滔不绝，几乎将自身吞没——看似无所保留的同时，一道只剩下轮廓的影子却警惕地扭过头去，回瞥那早已碎裂的疯狂，极力抗拒漩涡的吸力——而在话语终止的瞬间，瀑幕急遽退落，顿时陷入空洞的低潮。

访问者早已知晓，问讯所得并不可靠。至于曾经存放于政府档案室里的纸面资料，也早已全部消逝在二〇〇六年桑美台风哀号式的回旋中。然而他还是一次次回到这里，好像只为收集那些自言自语似的声音——男人因身处茫茫大海而自言自语，女人因躺在如血的婚床上而自言自语，小孩因惧怕寂静的本能而自言自语，还有幽灵，为了避免将自身遗忘……这些孤独的声音试图冲出渔村滞重的空气而不得，致使风滩上空，在距离械斗四十年后的今天，依旧浮满了喧嚣。

3

一九八二年七月初某个清爽明媚的下午，陈家三兄弟提着草绿色解放鞋，漫步在沙滩西侧的碎石滩上，打算用自己的方式庆贺他们的堂兄——大伯家长子的婚礼。

三兄弟性格迥异。老大明勤在众人眼中是一个稳重谦抑的好孩子，三兄弟相处时，他偶尔会施展身份所赋予的暴力性权威，主要针对最小的弟弟，但几乎是出于义务而非本能。老二明杰身上带着一种聪明人特有的忧郁，他的话时常成为指导三兄弟集体行为的方针，好像具备不容抗拒的分量。老三明泽天真，忠诚，喋喋不休，无比敬爱大哥，时常做些招致责罚的蠢事。

此时三兄弟保持着沉默。明勤和明杰走在前头，走到了退潮前海浪滞留过的位置。鹅卵石的上表面已经干了，颜色发浅，下方则依然深暗。明泽跟在后头，用他那双虚岁十三的眼珠子盯着大哥二哥十七岁和十六岁的脚，主要还是盯着那双十七岁的大脚。他暗自惊讶，只隔一岁的亲兄弟，脚的大小竟然会相差那么多。他更加不忍心直视自己那双小脚，甚至想要舍弃它们，把它们永远留给这片冷硬的碎石滩，被磨蚀，暴晒，等待下一次涨潮。然而那双脚依旧任劳任怨地伴随他，托载着他。

他想要说点什么，可现在不是说话的时候，话语的权柄还在海浪那一边。他被震得发昏。他实在难以忍受沉默的时光，为了打发时间，他开始像劳作似的重复某些动作，用脚后跟向后刮蹭起了卵石，发出沉闷的声响。那感觉发麻发胀，有微微的痛楚，但更多是满足。

尔们有何物[1]想法？明勤问道。海浪声消隐了。听阿大[2]的，明泽立刻接道。听我个屁！我叫尔讲自个的想法，明勤吼道。礼物，明泽说，送份大礼。当然要送礼物，明勤说，问题是送何物事[3]，走哪里去弄。我们有钞票，明泽说。他们不约而同将目光投向明杰。

出海！明杰说。他眺望着海平面的那一端。

---

1 什么。

2 哥哥。

3 东西。

4

受访人：阿妈

  我一世也忘不了明胜阿大讨亲那日发生的事。阿妈说，一面撇过头去看了看窗外逐渐变厚的云层。我记得灵灵清清，去东湾接新娘子的时候，民乐队敲起拉起，真真闹热。不论哪里统是红通通的，鞭炮单下[1]打起来，把我吓得躲阿姊身后去了。

  我把伊那条专门为参加阿大讨亲做的新军裤攥牢牢，鼻涕眼泪尽吸上头。不要紧，反正到赖尾[2]阿姊的衣裳统会留下来给我穿，那条军裤起码有半条是我的。

  那时候我成日跟阿姊屁股后头跟屎食[3]，那日也挤到伊那桌食排场。老早的排场真好食啊，连白豆汤也好呷受不了[4]。那张桌坐的统是年龄差不多大的女伢仔，有春香姊、梅香姊、兰香姊，统是同一支里的叔伯姊妹[5]。

---

1 突然。
2 后来，最后，末尾。
3 相当于"跟屁虫"。
4 "受不了"一般用于形容词后，表程度深。
5 堂姊妹。

13

哦，我记得还有那时候新认识的阿青姊，伊是跟拉胡琴的阿爸来的。那几日伊就住我们处[1]里，赖尾生病了，又给那些事情弄得走不掉，就在风滩住了差不多一个月，但是后来搬阿叔处里去了。我经常跟阿姊一起去阿叔处里看伊，阿姊本来不给我跟的，怕我嘴巴管不牢，讲出去给阿妈听到。

我当时不懂，为何物不能给阿妈晓得，但还是跟阿姊保证，肯定不讲出去。那段时间，讲是讲跟东湾人相打，大家统紧张受不了，我们伢仔反冇人管了。我又有两个阿姊一起嬉，顶快活。

其实讨亲那日，我头起[2]就注意到，三个阿大不晓得到哪里去了，整个天光[3]统冇人影。唉，我苦命的小阿大，三个阿大里头只有伊肯带我嬉，对我顶好了……我本来想跟阿姊讲的，可那时候刚落轿，新娘子走出来，阿姊看得眼泪汪汪，好像是伊自个嫁人。我叫伊叫好几声，伊根本冇听到。接下去是新郎官新娘子拜天地，大家统挤到大厢[4]里头，我也跟过去看，把阿大们忘得干干净净。

食排场的时候，鞭炮还是打冇歇，每次我统会吓到。就算我已经看到大人把一条鞭炮拖出来准备点火，就算哪个阿姊讲要打鞭炮了，我拼命用手把耳朵捂牢，那声音还是会钻进来，照样把

1　家。

2　一开始。

3　早上。

4　房屋正门的厅堂。

我吓得心脯头勃勃跳。

每次把耳朵捂牢,里头就会生出一种呜呜呜的响动,好像有风在那吹来吹去,好像那风也怕鞭炮,逃到我耳朵里了。就是从那日起,我开始怕声音的,睡的时候听到大声点点的就会吓醒。到现在,暝[1]里躺眠床上,我整暝整暝睡不去的时候,耳朵里听到的还是那种声音,风呜呜叫,有何物事想逃,逃不出去。

每暝睡前,我把灯关掉,站窗头边念阿弥陀佛,南无阿弥陀佛,南无观世音菩萨,保佑我好睡。我躺眠床上,跟自个讲,莫想了,莫想那些老早的事情了,然后把眼睛眯拢来。到赖尾就要睡去的时候,那声音单下又响起来了。

一切统是从那日开始的,一条一条鞭炮打冇歇,那些大人还喊起喊起,讲就得这样,就得这样才闹热,才有福气。我看到大人们统站起来,同姓的阿爷[2]阿叔阿大,脸红通通,火烧起哝[3],不晓得是激动还是酒呷醉了。全世界尽烧起来了,统是红的,鞭炮打了碎末末,空气里飞满。半暝里落过雨,潮蔫蔫,乌焦气重受不了,逃不出去。大人们还在那嚷,我听到伊们讲到船啊相打啊,又听到阿叔大声叫起:明勤!我吓一吓,那是我阿大的名字。就在这时我看到阿妈从场屋[4]里跑出来,身前围裙还围牢牢……

我那时候五六岁,有很多事情统忘记了,但是那日发生的,从

---

1 夜。
2 伯伯。
3 似的。
4 房屋。

头到尾,我记得灵灵清清。尔看天上这些云,越来越厚,日头就给伊遮起来了。但是记性冇点一色[1],日子一日一日过去,老早有些事情反越来越灵清,不论何物事统遮不牢。就跟日头哝,真真猛,一直挂天上,一直照下来,弄得冇暝冇日,何人受得了哦。

---

[1] 一样。

5

呸！明勤说，做海[1]才做两年，伊就老起来了。

就是嘛，明泽搭腔道，老何物老。

呸！明勤实在咽不下这口气，自己拉下脸来去找族兄帮忙，刚提到三兄弟想跟着出海，立刻被呵斥了一顿，说什么做海不是三岁伢仔办餜酒[2]。他明明只大了明勤一岁多，却摆出那副老成的样子。

莫气，阿大。明泽说。

我们自个来，一直站在一旁低头沉默的明杰忽然说道，不用伊相帮。

自个怎么来？明泽问他，尔莫讲大话。

跟阿大能这样讲话噶？明勤说完，拍了一下明泽的头，又瞥了眼明杰。三兄弟不再声响。

明杰了解明泽不服气的根源所在。他天生是个旱鸭子，至今

---

[1] 出海捕鱼。

[2] 扮家家酒。

没有学会游泳,这对海边人而言似乎同缺手断腿没什么两样。明杰对此不动声色,他清楚地知晓,古往今来,总有些人不会游泳,却成了捕鱼大王,而海上罹难的悲剧反倒更多发生在游泳好手们身上。大概谨慎勾连着更庞大的野心,过度仰赖技艺却可能失于大意。

依照老人们的说法,明杰这种人秉性里头是带点"奸"的,"奸"人很可能有大出息;与此相对地,"忠"人有时能落下的,则只是一副邻里乡间的好名声。

在明杰心目中,看似广阔无边的大海,反倒是世间最狭隘的所在。进入大海,意味着选择一种千百年来早已确定无误的生活;而背对大海,却将迎来更为广阔的世界。

即便在风平浪静的时候,他眼中的大海也始终张着血盆大口,毫不留情吞下并残忍咀嚼的,与其说是船只和渔人,不如说是所有渔村人的命运。渔人们自以为从大海中得到了所有,杀鸡宰猪虔诚祭祀,祈求每一次出海都能够平安、丰收,殊不知他们自己才是被献祭的牺牲,是饲养风暴的食粮。

然而三兄弟的谋划与寻常的出海不同。他们还远远没到独自出海的年龄,三人中也只有明勤,刚够得上充当学徒的资格。小小年纪私自出海,意味着对规则的背叛。如同蔑视洗礼的异教徒蓦然闯入神圣的教堂一般,明杰暗自渴望着踏上那亵渎之旅,踩碎波涛,在海的身上划出道道血痕,就像海曾经对他做过的那样。唯有如此他才能够真正从漩涡中逃离,而且是彻底离去。

镌刻在明杰灵魂深处的痛苦,源自阿妈日复一日补网的动作。

他永远忘不了那个画面,自己被安放在牢笼似的站栏里,阿妈坐在门槛上,他叫嚷着乞求拥抱,却被阿妈忽视。他忘不了网架上伞一样爹开的烟灰色渔网,辘辘转动,将年轻美丽却不得不保持伛偻的阿妈卷没。阿妈变得越来越远,越来越小,最后只剩下一只手,一个隆起的、过分粗大的指节,带着梭子在细密的网眼间飞速穿行,簌簌沙沙,打一颗厚重的死结。

6

受访人：早餐店主

尔讲那日天光的事情？尔算问对了，西湾这边哪里有比我们处里爬还早的哦！我跟我老婆三点几就爬起炒糯米饭，统是伊把我叫醒，伊这人比鸡还准时，好像头里安了一个闹钟。

伊阿母的，日日三四点爬起，就为了这糯米饭。睡前得泡上先，冇泡够一暝，第二日蒸不熟。蒸好了还得放锅里炒，炒好装木桶里，半个西湾食天光[1]统靠这一桶糯米饭……我记得那时候我在那炒卵松，卵松一直是我炒的，廿几个卵敲碗里，搅开，淋起薄丝丝，贴锅里满满个，过一会单下翻个面。我讲的是老早那种顶大的铁锅，放锅灶上，下头烧柴火的，尔可能冇见过。

讲起来，煮饭还是得用大锅，老话怎样讲的，大锅饭小锅菜，老早的白米饭煮出来真真好食，统是带柴火香的。

老娘客[2]身板小，锅翻不动，我老婆就在旁边剁肉碎、香菇碎。香菇也得前一暝泡好，泡出来的水千万莫倒了，香气统在里

---

1 吃早餐。

2 已婚女人。

头。我这边卵松炒好,给伊切成一条条细条,咬起来又松又香,伊的刀工就是这样练起来的,全西湾何人食了不讲好?

不论怎样讲,我老婆顶勤力,是个好女人。伊走十几年了,那以后我们的天光店就关门了,但是我照样每日三四点醒来,醒来就睡不去。讲起吓人,我每日天光统听到伊叫我的声音,又粗又哑,有点好听,我从来不喜欢,听到就烦心。爬起又无聊,我就一个人躺眠床上,眼睛撑开,一直等到天色亮起,外边有人走动……

啊嚯,我讲远了。就是炒卵松的时候,我感觉外边月令[1]烁了好几下,半日冇听到雷母佛响。我头偏去看,窗头外海那边,天裂成了两半,正中心一条缝,颜色跟猪血哝。那日天光本来灰摸摸的,就那条缝挂天上,特别明显。冇错,我想起来了,那条缝不是何物事影出来的,是从海里生出来的,往天上冲。

我看得连卵也不晓得炒了,锅里滋滋响,我老婆嚷起,讲我炒个卵炒哪里去了不晓得,快要乌焦起了。我拼命翻了一下,叫伊看窗头外边,伊头偏去,马上又偏回来。我问伊看到那条缝冇,伊不响。我看伊的手在那抖,刀也拿不牢了。我又问伊,伊讲冇看到,何物也冇看到。

老娘客讲了下去噶,平时棺木[2]迷信,真真有何物事发生,又

---

[1] 闪电。

[2] 语气副词,相当于"很"。也可用作形容词,相当于"可恶的""讨厌的"。蛮话中这类词十分丰富,大都是詈语,如"棺木""短命""绝代""孤老""泥圹(墓穴)"等。

冇胆相信了，管自个讲冇，冇，还叫我也莫看。我偏偏要看，把这可恶的老娘客气死，不晓得命里跟伊结了何物冤仇。伊还跑过来，要把我眼睛捂牢，捂不牢就打，真真是盲堂打，有一下正好打我鼻头那粒软骨上，眼泪也痛出来。

这样我才会一巴掌打过去的，就是单下忍不住，我平时从来不打女人，跟那些食酒人不一色，伊们日日酒食醉了，走归[1]就打老婆。我冇造话，真真是单下忍不住，也冇用力，顶多就是把伊脸揩一下到。伊呢癫起哝，又啼又嚷，盲天啊盲天啊叫起，把物事掀完砸完，一锅糯米饭尽撒地上了。

那糯米真真道地啊，就要蒸好了，每粒统饱饱个，灵光烁亮，就这样给伊糟蹋了。那时候统是泥地，糯米又黏斯疙瘩，肯定不能食了。

其实泥地本身反是顶不会脏的，再看现在呢，新场屋装修，连蛎灰[2]铺起也不满意，一定要大理石，要不就铺瓷砖。好了，点点脏就看得出，踩也冇胆踩。

我当时反正随伊了，我一句话也不想讲，也不气，其实那巴掌打完，我的气就冇了。我就是觉得可惜，心里有点难过。我不晓得自个是为了何物，也不晓得伊这是为了何物。我头起还在那想，是不是得快点重新蒸一锅起，但是糯米未泡过，蒸起来也不好食。

---

1 回家。
2 由牡蛎壳等磨成的粉，可用作建筑材料，也指代水泥。

只有个把钟头了，再过一个钟头，爬早的人就要走来买天光了。赶不上，赶不上。锅灶里火还在那烧，棺木火啊，猛受不了，催我，逼我，一时一刻也不给我歇。我单下何物事也不想做了，我觉得我老婆掀得好，就是得给这些棺木糯米烂地上，就是得叫那些短命的统饿上一天光，饿个煞气[1]！但是以后呢，不还是得提前一暝把糯米泡起？不还是得蒸好，炒好，装桶里装满满个？能不做吗？啊？

---

[1] 过瘾。

7

遭到族兄拒绝后,三兄弟便赌气决定在明胜阿大的婚礼前夜自行出海。虽然还只是一份临川羡鱼的妄想,全无计划可言,他们却很快就不再怀疑计划将会诞生,而且能够被准确无误地执行。他们不约而同地望见了那道曙光,不算明亮,甚至显得朦胧和摇摆不定,却带给人一种莫名的信心。

他们尚不知晓,在切切实实地"进入"生活以前,总有这样一道曙光,使人们受到吸引、感召,从而毅然奔向前方。未来的某一天他们才会蓦然发觉,原来自己也曾陷入这场声势浩大的欺骗,从而对当初的年少无知感到一丝久违的羞赧而非懊恼,因为记忆深处流淌着一眼清泉,泉水中含蕴着一份历久弥新的甘甜,足以冲淡失败的苦涩。

明勤和族兄在沙滩上再次相遇。面对族兄的打趣,他显得十分紧张,但仍强作坦然地谎称已经放弃先前那不切实际的想法,以免计划泄露。明勤这回独自来到沙滩,是为了随船出海,他已经到了可以学习出海事务的年龄。

在此之前,明勤一直对大多数渔村男人命中注定的学徒生活表现得兴味索然，一方面是为了在弟妹们面前保持身为长兄所应有的散漫，另一方面也是因为父亲对他另有筹划，并不迫切地希望他踏入这条祖祖辈辈无数次重蹈的海上轨迹。陈姓作为西湾村最大的望族，他们家又是族里的正宗，自然不愁生计，不像那些穷苦人家，要驱使年幼的孩子参与劳作，补贴家用。

然而事实上，明勤从小就对和海有关的一切充满了好奇。随着年龄的增长，这份好奇自然而然地转变为探索的激情，始终在他心底烧着。庆贺明胜阿大新婚之事终于使他找到了名正言顺学习出海事务的理由，而且他无论在阿弟们面前表现得多么积极都不为过。于是他来到沙滩，找到他在学徒期从属的那条船，主动表示想要参与下一场近海捕捞。

出海时间是第二天的凌晨三点。吃过晚饭没多久，明勤就被阿妈催促上床睡觉。他当然睡不着觉，激动的心情使他辗转反侧。直到两个阿弟从另一头蹑手蹑脚爬上这长长的板床，他假装自己早已熟睡，借着咯吱摇晃自然地背转过身去，眯了一眼蚊帐内外团团的黑夜，从中渐渐浮现出一道巨大的船影……

已记不清是几岁时的事了，总之十分年幼，或许比小妹大不了多少。那是在清晨还是深夜？为何灰色比黑色更加浓郁？他又为何会在这种时候来到沙滩？四周空寂无人，他只呼吸到浓重雾气中透出的一丝金属的腥冷。

他的目光牢牢捉住那艘不知为何停泊在滩头的大船。船的前半身在沙上，后半身在水中，受到海浪的拍打竟纹丝不动。船头高高翘起，粗壮的缆绳连接着船头的铁环和深深插入沙体后完全隐没的铁锚，斜挂于半空，因为自身的重量而稍稍下坠，在海风中摆荡。他走近了，更加清晰地听到浪声与风声，看见水的激荡与绳的晃荡，然而这一切都同那艘大船全然无关。它是如此庞大，却沉默得仿佛消隐于世间。它被层层铁皮包裹，就连黑漆剥落处状如血瘢的锈蚀也透露出坚毅。唯有这牢不可破的坚毅才是他所追求的独立，不为一切外物所动的独立。从那一刻起，他便梦想着拥有这样一艘大船，然而那艘大船很快就消失了，只剩下此地原始、古旧，相比之下小得可怜的木船；而几小时以后他将随之出海的那条船，无疑也同钢铁的梦幻无缘。

远去的记忆，在一次次重演中，渐渐由于做梦者难以实现的痛苦而暴露出狰狞的面目。不知从何时开始，明勤总是站在大船的阴影之下，极力仰起头，看向那主桅的尖端，没有旗帜，细密的缆绳也消隐于夜空，只剩光秃秃一根瘦杆子在冷酷海风中惊颤。他从这惊颤中发现自我，而大船则使他想起父亲。尽管父亲也只是随寻常的渔村小船出海，可在他的想象中，却唯有大船才能够承载父亲的身躯。

自从懂事起，每逢父亲出海的夜晚，他便常常梦见那艘大船，它驶出去了，稳固得像一座岛屿，盘踞在海面中央。四周围绕着无数的小船，燃着渔火，从中撒出一面面旋转着的、缀满银光的网，像一只只水蛛跃向海面。无论小船如何渺小，如何飘摇不定，只要有这样一艘大船坐镇，便不会惶惑不安。

明勤的视线探入水中，循着那根粗壮的缆绳向下，找到了硕大无比的铁锚，就像东海失而复得的定海神针，牢牢插入海底，也插入了渔人们坚实可感的命运，使他兴奋，使他惊喜。他呼喊着，跳跃着，向大船的方向伸出手去，羞于启齿，却满心期待被拥入怀中——不是被父亲，而是被某个糅合了父亲、大船、夜晚、天空、大海、星光和渔火的恢宏存在——但从未如愿。

每逢此时，呼喊声便会从四面八方响起，迅速连成一片，其中穿插着遥远的汽笛与清脆的车铃，那是海头归的讯号……

8

受访人：油条摊主

我晓得尔做伢仔时听过那些话，就算尔阿妈冇讲过，隔壁邻舍也会讲的。有些人就喜欢盲堂讲，骗伢仔，讲我泡油锅絮[1]的时候鼻涕擤完，手也冇洗就揉面，讲我锅里的油用了好几年从来不换。还讲有一头老鼠在菜场的布幔上爬来爬去，从一个洞里掉下来，正好掉我锅里，泡得乌焦焦，跟油锅絮一起浮上来。别人看到统吓死，我呢，根本无所谓，把死老鼠夹出去，照样接着泡……尔不可能冇听过这些话。

我有话讲。跟何人讲哦，跟造这些话的人？跟伊相骂？还是叫伊站出来，站我面前，就算死了也得从坟头里爬出来，讲个灵清，问问我到底哪里对不起伊，要这样造我。冇人会站出来的，我宁可相信这些话不是从人嘴巴里讲出来，是从天上撒下来的，正好撒我身上。

但是凭何物统撒我一人身上？就因为我有摊到一个大姓，生来给人看不起？就因为我在菜场泡油锅絮？我日日天光早爬起，把

---

[1] 油条。

锅灶搭好，面粉揉好，就坐那开始泡，一坐坐半日，一坐坐了半世，从来不讲一声累，从来冇对不起何人，还得给人造死！天下冇这样的道理！

那日天光？我讲的就是那日天光，哪日天光不是那样，啊？尔讲我有何物对不起别人的，我泡的油锅絮不好食？何人食了统讲好！又香又脆，干食也可以，蘸酱油也可以，给我讲呢，还是配馒头顶好食。我讲的是我们风滩的馒头，里头嵌三层肉、花菜碎，尖头按一朵花，放油里煎。一口咬下去，肥油在嘴巴里溅满，真真好食。现在的人不喜欢肥肉，成日讲清淡清淡，我统当伊是放屁，冇肥肉还怎么食得出精肉的香？

哪日统一色，哪日统得等别人食完了才轮到我。还有人讲我钞票好赚，走来买油锅絮，讲：啊嚯，我还躺眠床上未爬起，尔钞票已经赚来嘞。故意这样讲，其实是笑我命不好，做这种苦事。

我晓得，我们小姓的生起就比伊们矮一个头，这样我才把头犁下去泡，脖子酸了也不抬起。我一世老老实实，从来不跟别人争，到赖尾照样冇人讲我好，还把我造得不像话。伊们大姓的人，好像看到我们日子过好点，心里就不快活，无空[1]要把我们也统统拉进去，拖进去，跟伊们一起盲堂搞。我们这些人，一日做到暗，就为了食一口饭，跟伊们有了比噶？不参加？那以后就莫想再在西湾赚一分钞票。

---

1 平白无故。

好了，我不晓得尔到底想从我这听到何物事，但是我晓得别人嘴巴里会讲出的，我跟尔讲，冇一句真实！伊们就是猜到尔想听才那样讲的。尔们这些读书人，莫觉得自个书读起高，事情就看得灵清，书不也是人写出来嚸？书我冇看过，戏我统听过嘛，也是人编起的，统是盲堂讲。

戏好听啊，听起闹热，管伊是真还是假？不论读书还是听戏，不统是为了闹热？何人不喜欢看闹热哦，反正那些话冇编到自个身上，给伊骗了也快活。但是尔晓得闹热出在自个身上的感觉吗？莫怪我讲话难听，我看尔这次走归一直西问问东问问，问几十年前的事情，心里就不大舒服。尔们这些读书人，把风滩看得比乡下还乡下，那还走归来干吗？那些事情跟尔有何物关系，连尔阿妈那时候也是个伢仔，丁点大，屁也不晓得。

尔把我们的嘴巴一张张挖开，就是想看看牙齿掉完未嘛。冇错，统掉完了，鱼干也咬不动，莫讲咬人了。我们统是一只脚踩进棺木里等死的老人家，顶起码给我们留一块白布把自个蒙上。我冇何物话要讲了，伊们要讲就给伊讲去，反正从来统是别人讲话，反正那些话从来冇停过。第一次听冇人相信，两次三次，十次廿次讲下去，讲起比唱戏还好听，有时候连我自个也分不灵清了。

尔这次走归，有冇走尔阿翁阿婆[1]坟头拜拜？去看看伊们，老人家在天上也想孙子的。做人不论何物统可以不讲，就是不能不讲孝顺。

---

[1] 爷爷奶奶。

9

明勤觉得自己彻底被小瞧了。

离船回家的路上，人人都看到了萦绕在他头顶上方那团飞蝇般的沉默。他听见从背后传来海浪的鼾声，前一刻是挽留，下一刻忽然变成了嘲讽。清晨柔和的日光也让他感到刺眼。

他一鼓作气向前走去，对早市的热闹不屑一顾。他身上的腥气比死鱼更浓，那原本应当成为荣耀，如今却是他急于毁去的证据，好像所有人都将以此为凭指责他的无能。

两个阿弟一起床就来到巷口等待，对阿妈说去接阿大，回来再一起吃早饭。他们远远看见明勤在朝阳中明暗参半的身影，立刻迎上前去。

怎样？明泽急着问，出海有意思不？

明勤不响。

捞了几多鱼？明泽又问，有冇捞到蟳蠓[1]？

---

[1] 锯缘青蟹，体大、壳硬，是较为名贵的一种梭子蟹。

呆子，明杰说，捞蜢蟓是在四月里，早早个过去了，下次得等到十二月。

明勤听到这句话，深深看了明杰一眼。

明泽不喜欢被叫作呆子，对明杰信誓旦旦的话语，他既不信服，也不怀疑。他只是认为二哥又故意同他过不去，使他感到不快。不过这没什么要紧，因为他对明杰也是一样，总是找机会呛他，有时表现得更不讲道理，这几乎成了两兄弟习以为常的相处方式。

明泽还有许多问题想问，尤其是明勤出海前曾答应给他带回一只海龙[1]，不知道这次有没有捕到，如果带回来了又在哪里。他看到明勤的两只手都紧紧握着，里面或许就藏着海龙。

他是多么想要一只海龙啊！以往他只看到过院子里被晒干了的——尖嘴卷尾，骨节分明，凹陷而空洞的眼窝散发着一股神秘。那是大人的宝贝，晒干后泡酒，滋阴壮阳。他老是听到滋阴滋阴，一直搞不明白那是什么意思。有许多他叫不上名字的古怪东西都能滋阴，一条条一根根的，或是毛茸茸，或是黑不溜秋，有些古怪得近乎丑恶，实在不知道大人们如何有勇气囫囵吞下，还咂吧着嘴满口称赞，说对身体好。

明泽记得阿爸说起这话时总是半醉，脸颊通红，满嘴酒气，却偏偏喜欢在这个时候将他拥入怀中，有好几次还在他的嘴唇上沾几滴酒，辣得他连连咳嗽。阿妈跑上来制止，阿爸便哈哈大笑，笑

---

[1] 海马。

个不停，边笑边说宝贝，酒是个宝贝，海龙更是个宝贝，他也是个宝贝，连阿妈都成了宝贝。这笑将酒气哈开来，弄得满屋子醉意醺醺，让阿妈的脸也跟着红了。

然而明泽还从没有见过一只"新鲜"的海龙，更不用说拥有了。他知道海龙离海不久就会死去，即便是尽心饲养也很难存活。大人都说海龙是有骨气的，失了自由便绝食而死，这更勾起了他的兴趣。他觉得海龙的气节正同它的名字相匹：龙，那可是传说中的生物，当然不同凡响。身边的人里头，他只知道一个属龙的，那就是即将讨新妇的明胜阿大。作为堂弟，他对明胜阿大那些辉煌的往事当然耳熟能详，但更重要的是，他最爱的明勤阿大总是对明胜阿大表现得无比尊敬，这才是令明泽完全心悦诚服的关键。

明胜阿大的高大形象，似乎也在无形中给传说中的龙增添了神威。明泽终于按捺不住了。

海龙呢？他问道。

这起初的一问骤然增强了他的勇气。

阿大，海龙呢，海龙呢？他抬高嗓子连声发问，后脖子却被狠狠拍了一下。

莫吵！明勤怒声吼道。

10

受访人：陈明胜阿妈

我阿胜头回讨亲，统是给伊二叔处里那三个死伢仔害的。亲冇讨来，还给一风滩的人笑，我想起就气。

伢仔有教调，讲来讲去还是我那个叔伯母[1]宠出来的。搭上这种亲戚算我命不好，但是我阿胜不该受这些苦，伊生起就命好，伊生起就是做大事情的人。做伢仔时，何人看到不讲伊生好、灵光、有趣相？算数啊，认字眼啊，跟伊讲一次就记得，何人也冇伊学这样快。

当年伊参加造反队未多久，就是队里领头的了。造反的赖尾两年，那些棺木东湾人，不论何物班何物派，听到我阿胜的名字，尿也吓出来，连沙滩也冇胆走了。尔去问问，西湾还有何人有这样的本事？

给尔们读书人讲，我阿胜就是人中龙凤。伊不单属龙，伊上一世就是天里飞的一条龙。我有讲假，伊在我腹肚里的时候，我好几次做梦梦到龙在天里飞。黄抖抖的龙，身上灵光烁亮，头里

---

1 妯娌。

两条角生出，两个眼睛撑开大受不了，把我盯牢看，好像要讲话。我心脯头勃勃跳，冇胆答应，人单下醒过来。我把两只手放腹肚上头，讲阿妈晓得了，阿妈晓得了。

我这一世有阿胜这个儿子就值了，为了阿胜，不论在这个处里受几多气统不要紧。嫁来第一日我就看出了，这老公是靠不牢的。讲话做事冇点点主见，别人叫伊吗伊就干吗，连自个阿弟也把伊食牢牢。

头起我也给老二那人骗了，觉得伊年龄是不大，懂得反多，还对自个阿大讨亲这样上心，真真少数。赖尾才晓得，伊特地在别人面前弄起多好，管七管八，就是要别人尽讲伊好。等到真真有何物大事情，就统是伊一个人讲了算了。这种人顶可恶！

就讲分家的时候，我们一家，还有老三一家，不晓得给老二伊们食了几多物事过去。这也变成伊的，那也给伊拿走掉，阿胜伊阿爸呢，呆相呆相，躲处里屁也冇胆放，日日就晓得食，晓得睡，短命会胀[1]！要是冇我去争去吵，伊们还不把我们食了只剩个骨头？

我当然得多要点，那本来就是我们的。我给伊陈家生出当大的孙子，我阿胜又给伊们不晓得赚了几多面子。但是现在呢，何人还记得我们的好？我阿胜以前心性多硬啊，冇伊冇胆做的，冇

---

1 罟语，吃。

伊做不好的。伊刚出生的时候我还担心，凑伊耳朵边讲，侬[1]啊，阿妈的心肝，莫变得跟尔阿爸一色。我看到伊一双眼睛眨起眨起，就晓得伊听进去了。但是从那日以后，从伊讨亲那日以后，伊的心性就完全变了。新妇讨进来本来是好事，两家人亲结起，就算冇办法真真跟一家人一色，也不该直接变成仇人。统是老二处里那三个冇下数[2]的，把我阿胜害苦了！我劝阿胜，侬啊，伊不是尔新妇了，莫想伊了，伊就是听不进去。

怎么忍得住哦，啊，还叫我莫骂伊们，还讲我脾气差，讲我棺木会骂。随伊讲去！不论是骂人鬼上身还是半癫，我统听过听了。这种话还有何人会讲哦，就是老二！伊跟我不晓得吵了几多年，讲我欺负伊阿大，还骂伊阿大孬种。

外边的人晓得何物事？统给伊骗了，讲我这人多不行，又反过来讲老二新妇多好，不论对何人统客客气气，一世冇讲过一句大声话。呃！别人是不晓得，我还不灵清啊，老二会走来跟我相骂，伊躲后面出的力也不少。这种面上不响的老娘客心眼顶多，还叫别人统把伊当菩萨。两公婆一色模样一同。

何人跟我一色命苦哦，争了一世，气了一世，何物也冇争来，到赖尾还冇人讲我好。现在不论讲何物统太迟了，我也争不动，骂不动了。人也走完了，还跟何人争去？

---

1 对孩子的爱称。

2 不像话。

食了八十几岁,老早的事情一日到暗也讲不完,就是得当别人的事情讲,要不还为了点点零碎烦心,自个身体弄不好掉,别人还觉得尔老人家冇老人家样。讲:食了八十几岁了,还有几年食哦,算了呐,算了呐,老人家想这样多干吗。好了,老人家就得把一切统放下,操心不得,气不得,话也讲不得。何人还把八十岁的老人家当人看哦,冇钞票赚,还多一张嘴巴食饭。

　　不要紧,我自个过好过差统不要紧,我就是为我阿胜不值,伊本来要做官,做大官的,不论何人统会怕伊,冇人有胆看不起伊,冇人有胆笑伊。伊是天上的龙,尔晓得不,是天上的龙飞下来了,伊生起就跟别的伢仔不一色,我的阿胜,我的心肝啊。

11

明勤懊悔自己不该偏偏在那个时候打了明泽。他情愿自己在任何无关紧要的时刻如此,理由可以是明泽多说了一句话,多做了一个动作,或者根本没有理由,却最不应该在明泽满心期待的时候打他。明勤太明白希望破灭的痛苦了,因为这正是他自己刚刚遭受的。尤其在希望被长久怀有,反复摩挲,终于从皱襞里冒出一股嫩绿的芽尖,却被无情地一把掐去之时。

对明泽的愧疚更加深了明勤心底难以言说的屈辱。其实明勤完全没有忘记明泽的请求。他确实在甲板上看到了一只有褐色斑纹的海龙,腆着肚子,被一层晶状水膜包裹,当时尚能微微蠕动。他思虑再三,最终却没有上前抓起。

从明勤上船开始,原本的船员们便有意耍弄他。他对这种事情早有耳闻:老船员会对新来的年轻人百般刁难,故意将最费力或者最需要熟练度的工作指派给新人,使其难堪。老船员们将这种耍弄戏称为"考试",并且认为这样做是为了挫一挫初生牛犊的锐气,叫年轻人认识到自己的不足,明白谦虚好学的道理。

明勤原本并不怕"考试",他坚信只要埋头去做,吃得住辛苦,便再大的困难都能克服。于是他怀着这股不服输的精神上了船,尽管并非梦寐以求的铁皮大船,但至少眼前的那片海从未变过。

他竭尽全力在颠簸中保持平稳,甚至始终站得笔直,以面对老船员们的"审视"。然而事实完全出乎他的意料,根本就没有人看他一眼。他等待着船上领头的大伯或者任何一位阿叔阿大来给他指派任务,即便直接就要他上手撒网也在所不辞。可是没人理会他,老船员们都在径自做自己分内的工作,他的存在纯属多余。

明勤的脾气就是这样。明知被故意冷落,偏偏不肯主动发问,反而更加陷入沉默,头则不知不觉比先前低了几分,好像要以此武装自我,使自己变成一道无声无息没有厚度的影子,强行融入那几乎不留缝隙的集体。他开始采取行动,四处找机会帮忙。然而毕竟缺乏经验,抓不准时机,有时候非但没帮上忙,反而这会挡了某人的路,那会又碍着某人的手,结果竟没有一个人出声指责或埋怨,老船员们只当船上没有这么个人。若是他不主动虚心求教低声求饶,这种态势便能一直延续下去。

就在帮忙把堆积在甲板上的渔网装进箩筐里时,明勤发现了那只掉落一旁的海龙。他立刻想起了明泽的请求。他仿佛看见明泽瞪大了眼睛,目光中满是希冀,那双眼睛长在一张圆鼓鼓有点憨傻的脸上,显得多么单纯可爱。他第一次萌生了想要逃离这只船的念头,他想回到两个阿弟身边,好像一直以来不是他照顾着他们,而是他们保卫着他。

明勤正打算走上前去悄悄捡起那只海龙,几乎能够想象明泽接过海龙时小心翼翼又欢欣雀跃的模样,那份满足和喜悦足以抵去他在船上遭遇的所有不快。可就在这时,他看见自己刚刚装好的渔网被重新倒在了甲板上。他猛然想起,渔网装筐前得大致查看一遍,将鱼虾较多的一边朝上放,这样才不容易被压坏或憋死。他懊恼自己先前忘记了这一点,只顾埋头傻干,这么一来更让人瞧不起。热血从耳后直涌上额头,他的脸颊顿时红透了,满眼都是在箩筐里上下翻转的渔网,黄灰色,沾满污泥,湿漉漉的,沉沉一摞,压得鱼虾窒息死去,也让他喘不过气来。他动弹不得,不敢再上前去捡起那只海龙。包裹着海龙的晶状水膜更显剔透,清晨五点来钟稀薄的天光好像全都汇聚其上,诱惑着他,也嘲弄着他。原本船员们私拿一点海鲜根本不算什么,可他不行,他觉得自己一旦捡起那只海龙就成了小偷,他甚至已经是个小偷了,偷占了一个船员的位置,却什么忙也没帮上。他应该找个地缝钻进去,而不是像现在这样厚颜无耻地暴露在愈加明朗的天光下。

回航途中,明勤避开众人,独自靠在左舷上,凝视着日出的方向。片片斜云与暗蓝的海面同色,阴森密布,越远处越显得低沉,只在云层下方漏泄出一抹蒙着灰翳的橘光。橘光与海面仍不相接,中间还隔着一道浅蓝色的阴影,几乎绵延无尽,不知是远山淡影还是水汽的光影。当天所谓日出,便只限于这道夹缝间营养不良般的征兆,那新鲜灼热的日头始终没有露面。

直到渔船靠岸,众人接力搬网的时候,有个阿叔忽然喊他上去搭把手。年轻人——那阿叔用格外响亮的嗓音喊道,好像要叫金屿[1]上的人也听到——过来！他吓了一跳，身体突然不听使唤了，木然站在原地。他觉得那声呼喊只是引他来给岸上的其他人欣赏的。或者确实是出于怜悯，有意在这屈辱之行的终末给予他一点施舍，那无疑是比先前的忽视更深的羞辱。

---

1 风滩海域南部最大的岛屿。

12

受访人：某做海人

我们做海的跟做田的不一色。做田的统想有一块自个的地，不管大小，反正得是自个的才行。好像有那么一块地，这一世就冇想冇忖[1]了，走路上连头也抬高起。尔想想呢，历史上几多大事情，讲来讲去其实统是为了地。我们做海人就从来不这样想，何人也冇胆这样想。海不是哪个人的，是我们大家的，何人也划不开，何人也占不去，这才是海顶了不起的地方。

就因为这样，现在的年轻人才不肯做海。伊们统想占点何物过去，伊们觉得鱼到网里了还不够，鱼肉吃到嘴巴里了还不够，伊们根本就看不起渔网。头起嫌憎网的洞眼太大，给鱼仔虾仔尽逃走掉，就要阿婆阿妈补网，一个眼补成四个，补了一世网，从来冇这样弄过。补好了，伊们拿起看看，又嫌憎网的洞眼太多，每个眼里统漏掉点，统是损失，怎么受得了？

到底漏掉何物事呢，伊们也讲不出来，就是觉得我们做海人顶不灵光，靠这种全是洞的物事食饭。有错，伊们嘴巴边日日把

---

[1] 无忧无虑。

灵光挂牢，讲何人何人不灵光，讲自个要当灵光人，做灵光事。

尔们这些大学生在城市里读书、工作，当然不想走归。我讲的是那些书读不来的，宁可坐处里讨食，也不肯做海。我真真想不懂，伊们日日一班一班人交起，在外边不日溜[1]，混世哝在沙滩走来走去，又不是走来嬉的外地人，怎么就不厌呢？就算是那些外地人，平时也得做事啊，有闲了才到海边来嬉半日，跟伊们这些生下来就泡海水里的能一色吗？

远的不讲，就讲我那个顶小的外甥仔，廿几岁了，从来冇做过何物正经事。做海当然是不肯的，问伊想干吗，又回答不出，讲两句话头就犁下去，冇点精神。帮伊做介绍，到城底[2]厂里做事，未一个星期，自个坐公交车走归了，讲累受不了，工资又矮，做不下去。

我头起相信伊讲的，又重新找人介绍，是在东门[3]边一间超市，刚开业的，就是进货时候相帮记记，哪样进了几多，顶爽皮。这次做了半个月，又走归了，讲超市旁边的饭店棺木难食，鱼呢丁点大尾，还不新鲜。我听完火也烧起，在城底食鱼还想跟风滩刚捞来一色新鲜，想了有噶？

我算是看灵清了，伊们讲来讲去还是懒，不想做，点点苦也食不得。做海多苦哦，我从十几岁起就跟老师头学，从顶呆的事

---

1 到处鬼混，不着家。

2 蛮话中金舟的叫法。

3 古金舟卫城有东西南北四城门，今已不存，但延续此地理名称。

做起，算起来快要四十年了。

记得三十几岁的时候，我还在别人船里相帮。想自个当船老大这样简单噶？就算有钞票买船也当不上，顶要紧的是把做海那些事情尽弄灵清。锚一起，船一开出去，不老道的准手乱脚乱。风浪哪里是打船身上，根本就是打尔心脯头上，尔讲这船为何物摇起这样厉害，其实是尔自个慌了。一船的人还在那等尔讲话，把尔盯牢看，就算嘴巴张得开，讲出的话也尽给风浪食掉了，不大声嚷起根本听不到。

我老师头讲，一只船得配两副锚，一副是停船时用的，还有一副是开船时用的。开船用的锚不挂船上，挂船老大心脯头上。等船上那副锚一起，船老大的这副锚就得扔下去，沉到底，一下也不能摇动。这副锚钞票买不到，是一日一日一年一年在海上锻炼出来的。

这样才讲，不论做何物，统得慢慢来。现在的年轻人哪里懂这些道理，做事情冇点点专心。就算我们讲来给伊听，也摆出无所谓的样子，还讲，早早个听十八遍了，耳朵也听大起。伊们就是对何物统无所谓，统觉得麻烦，就是想把时间白白浪费掉，巴不得一世就这样过完。

有一次我到我阿姊处里，我那外甥仔又在房间里打游戏，食饭了才走出。我把伊盯牢看，人真真生好，日日坐处里太可惜。食饭的时候我问伊，有冇何物拿了出的本事，只要伊讲出来，我这做娘舅的就算给别人弯腰送礼，也要帮伊把工作求来。尔估估伊讲了何物事？打水漂漂！我头起还以为伊是讲笑。伊阿母的，我单下想起来，有一日暝里，我跟几个弟兄在路口店子里打扑克的时候听到过，确实有一班年轻人凑起来，日日在沙滩打水漂漂。

我那外甥仔还跟我讲，伊是一班人里头打顶好的，会顺打、倒打，还会两只手同时打，统共有三六十八套招式，何物打地螺、划轮船、龙追虎……剩下的我也记不灵清了，反正统是几多年冇人搞的老把戏，不晓得伊们哪里学来的。

听我阿姊讲，伊每日走出前统把自个收拾道地，本来还以为伊谈朋友了，何人晓得是去打水漂漂！我苦命的阿姊啊，为了生伢仔逃来逃去，连牢生四个女儿，一个送掉，两个卖掉，食了几多苦哦，就为了生一个儿子。儿子生出来，处里好物事统给伊，从来不骂，大声点点也不舍得，赖尾就养出这么一个棺木人。我阿姊还叫我给伊介绍女伢仔，讲早点讨新妇，讨来就懂事了。伊这个样子，何人肯把女儿嫁伊！

讲起来我这外甥做伢仔时真真有趣相，话又讲得好，每次走来拜年，统身体健康万事如意讲一通，娘舅娘舅叫冇歇。我把伊抱起坐腿上，捏伊，亲伊，糖仔拿来给伊食，伊就咯咯笑起，贪食伢仔。

做伢仔时何人不贪食哦？我到现在还记得，老早拜年的时候送炒米糕，用纸篷[1]包起，红线扎起，拎娘舅处里拜年。路上想食受不了，那时候要不是拜年，炒米糕想了有嚼？纸篷旁边不是

---

1 又称"火煤纸"，用稻秆土法制造的纸，可用来包东西。

有开口吗？我就把指头仔伸进去，偷一粒食，觉得就食一粒，不会给人看出。一下咬一点点，在嘴巴里慢慢化开。哪里想了到，娘舅处里的伢仔又要拎伊们娘舅那拜年，路里也偷食一粒，好了，拎来拎去，到赖尾纸篷食了空窿窿！

有些人拜年带肉，一刀肉拎这拎那，快要臭掉了，就做成金针[1]烧肉接着带，伢仔端牢去拜年。娘舅处里真远啊，肉真香啊，香味透来透来，忍不住食一块。好了，本来也有几块肉，给人看出怎么办？碗里本来摆好好的嘛，特地翻两下，造话讲路上摔倒了。

尔觉得好笑吧，就为了一粒炒米糕、一块肉，从来有见过哦，无空这样搞。尔们这代人啊，从小过太好了，不晓得老早多苦，生活多不容易。

唉，日日给我那外甥坐处里可怎么行，还是得相帮。伊们有一点有讲错，年轻人留在风滩真真是有希望了，城底我看伊也看不上，顶好到龙港[2]去，那边机会才多。

1　干黄花菜。

2　龙港市，原属苍南县辖镇，二〇一九年撤镇设市，是如今江南垟地区的经济中心。

13

明泽并不记仇。明勤阿大毕竟是明勤阿大,是他尊敬和崇拜的人,再加上明杰告诉了他经过大胆猜测和多方探问而形成的事实,明泽不禁感到愤愤不平,立刻将无辜挨揍的事抛诸脑后,转而思考如何才能使阿大得到宽慰。

明杰同样为明勤鸣不平,但他自己也没有意识到,在不平之外,他不自觉地产生了几分轻蔑——当然不是对阿大,而是对眼前的生活。他认定这一切正是僵死生活制造的束缚,可笑亦可憎。

距离明胜阿大的婚礼不足一个月,留给三兄弟准备的时间已所剩不多。明勤预感到,后面寥寥几次跟船出海必定无法使他掌握全部的行船技术。几天之后,他凭借年轻人那股乐观的遗忘精神稍稍挣脱了阴霾,也逐渐认识到,要想完全掌握这门技艺唯有一条道路,那便是苦熬。他仍旧相信苦熬的尽头将是光明,幸运的是,尽管他远不及明胜阿大那样拔尖,却早已准备好一颗直面苦熬的坚韧的心。

正是在明勤儿时面对明胜阿大种种出色的表现而投以崇敬的仰望目光时,阿妈教给了他这条朴实却深刻的至理。这样一颗心是可贵的，往后将指引他走向一条不算精彩却简单充实，尤其无愧于家庭的人生道路。然而，将整船渔获作为新婚礼物的想法对三兄弟而言毕竟太过超乎寻常，仅凭坚韧似乎并不足以实现。

在反复啜饮那份耻辱的几天里，明勤反而越发坚定了出海的决心。梦幻的芽孢如同一只触手，反复摩挲着硬如磐石的理想之茧，竟真的在石壳最薄弱处开出了一道裂纹。于是，深匿的激情漫溢而出，同羞耻对抗、缠结，最后再度凝聚成一摊柔软蠕动的浆液，一点星光在灰暗的浆液之上跳跃，使他忽然看到了潜藏的希望。这希望来自那一刻，明泽没头没脑地问起自己有没有捕到蛸蟓，明杰脱口而出捕蛸蟓的时节。当时自己沉浸于受挫的情绪中，只感到一瞬间的诧异，并没有多想。如今回忆起来，这种诧异绝非第一次出现。明杰对出海事务及各种鱼蟹的习性似乎了解颇多，时常在不经意间给出无可辩驳的见解。于是，那零星一点微光受到记忆的催化，很快扩散成连绵的光点，在原本晦暗的心境中开辟出一条明朗的道路。

其实明勤早就发觉明杰不同寻常——他聪明、深沉，不说话则已，每次开口都似乎带着使人信服的力量。有时他会觉得明杰很像明胜阿大，可是仔细一想，又分明感到两人截然不同。如果非要加以概括的话，他认为明胜阿大是将军，是统帅，明杰则是秀才。无论将军还是秀才，在他心中都很了不起，都受人尊敬。

毋庸置疑的是，明杰确实在不知不觉中积累了广博的知识，其中有不少同出海相关，这很可能成为三兄弟圆满实现计划的关键。明勤希望找机会对明杰的所知一探究竟，而随后到来的台风恰好为此提供了绝佳机会。

村里早已传开,这年的第一场台风即将到来。江南垟一带每年都会受台风侵袭,早至六七月,晚至八九月。寻常小台风若非直接登陆,对一般居民的影响并不大,只要紧闭门窗,加钉木板,在家里躲上一天半夜的也就熬过去了,那种直接将屋顶掀飞的大台风几年也碰不到一次。然而台风对渔民而言却是可怕的灾难,有些小台风破坏力虽弱,却好像恋恋不舍似的绕旋不去,致使渔民们长久不能出海。再加上台风期间海上的风暴远强于陆上,因此渔船极易受损,而渔船无疑是渔民的生计之本。因此,渔村的人们,尤其是做海的,势必对台风常怀十二分警戒,只要得到台风预警,无论概率高低、强度大小,都会提前将渔船停泊到相对安全的海港中,再进行加锚、加固、加盖篷布乃至铁锁连环等防御工作。

西湾、东湾两村各有一港。西湾渔港位于大海西岸的偏远处,依托高耸的石壁形成特殊的避风口,劲风至此往往回旋而去;东湾渔港则位于瓜山[1]东侧臂弯内,深入东湾村落腹地,由俯凸的山体构成天然屏障。两港各有优劣。西湾渔港位置偏远,渔民们一般驾船往来,费时费力,一旦碰上大风浪便难以抵达,因此台风之前必须早做准备。有时风暴骤起,难免疲于应对,狼狈不堪。东湾渔港则由于同大海连接的隘口较窄,导致海上的杂物易进难出。夏秋季风大多自南向刮来,位置靠北的东湾渔港就成了海上

---

[1] 风滩金沙滩东岸的小丘陵,山脚建有码头。

垃圾汇流之所。再加上渔港内部地势平坦，一场台风过境，潮水退去，东湾渔港便成了名副其实的垃圾场。

当然，对贫苦的渔村人而言，垃圾堆也意味着宝藏，尤其是那些远渡重洋而来的"新式"物品。比如曾经出现过台湾制造的破瓷碗，洗去淤泥后看见碗底印着鬼画符一样深奥的繁体字，去问了老教书先生才知道是"寿"，"寿比南山"的"寿"，上半句自然是"福如东海"。这只携带祝福的破碗竟真的跨越了广阔的东海，凭一己之力联系了海峡两岸……

如今台风将至，两村都已开始将渔船聚拢到渔港。明勤决定带领两个阿弟一同去西湾渔港，既为饱览渔船回港停泊的壮观景象，也是为了验证自己心中的猜测。

明勤原本考虑过直接向明杰提问，却始终感到难以开口，好像有一道阻力横亘其间。回想起来，他和明杰两人面对面的交流少之又少，明杰似乎从来都不像明泽那样同他亲近。这倒不是说兄弟俩感情不佳，他们绝对没有发生过什么无法释怀的冲突，大概说到底还是性格所致，两人的性格虽截然不同，却都十分内敛。当两份内敛相逢，便不可避免地同时陷入沉默。

明勤知道明杰不是一个刻意摆弄学问的人。他将希望寄托在明泽身上——在观看众多渔船回港抛锚时，明泽一定会激动万分，叽叽喳喳说个没完。就像过去时常发生的那样，面对明泽的疑问和话中的错误，明杰一定会进行解答和指正。明勤暗自决定，到那个时候，自己会刻意保持适当的沉默，假装在观察渔船回港，实则仔细聆听两个阿弟的对话。

14

受访人：陈细香

  我偷偷把眠床上的落花生捡了几粒走，有红绿的，还有金的银的。那是我头一次看到染成金银色的落花生，灵光烁亮，比红绿洋气多了。那张眠床真大啊，床单红通通，彩纱绣起的花和鸟统给那些物事遮牢了，落花生、茴豆、油泡枣[1]撒满满个，香气透来透来，在场屋外边也闻得到。

  大家统讲，阿胜阿大顶了不起，伊讨亲当然也跟一般人不一色，不论何物事统用顶道地的。定亲的时候，篮子里的糖金杏[2]做起跟真真的石榴哝，大人一边缠红纱一边讲，糖金杏哎糖金杏，长[3]久久，姆姆[4]生出跟石榴一色多。

  那几日我的心思给阿妈看出来了。伊讲，等我嫁人，伊也去找菜场边卖炒货的阿爷订做金银色的落花生。我那时候还是个女伢仔，脸单下听红起。阿妹顶鬼灵精，把我衣裳拉牢：阿姊想嫁

---

[1] 一种甜食小吃，用糯米粉加糖做成小条，放在油中煠就，外面裹以糖粉。
[2] 米粉加上白糖和红色素做的石榴状食品，用作定亲的聘礼。
[3] 蛮话"长""糖"同音。
[4] 婴儿。

人嘞，阿姊想嫁人嘞，叫有歇，我听了头皮大[1]受不了，眼泪也要急出来了。但是我心里是快活的，我晓得阿妈从来不骗人，伊答应我们的事情一定会做到。我的好阿妈，为我们几个伢仔辛苦一世，未享福就走了，无空走这样急，不多食几年。

我晓得，明泽阿大走了以后，阿妈有一日不想伊。从明泽阿大出事起，阿妈的心就变成碎末末了。我还记得阿妈癫了哝又啼又叫的样子，伊这一世从来有这样过。那时候何人劝也有用，伊是一定要给明泽阿大讨亲的，不能叫明泽阿大一个人走路上孤苦伶仃。明泽阿大躺大厢里的时候，阿妈一直坐伊身体边，有人走旁边过，阿妈就把伊盯牢看，眼里有火哝，好像怕别人把明泽阿大带走。

那段时间，我根本有胆往大厢走，走进走出统是从后门过，我怕看到明泽阿大给白布蒙牢的样子，也怕看到阿妈的那个样子。小妹不晓得怕，日日要找阿妈，我就把伊带出去嬉，但是那几日讲要跟东湾人打了，外边也乱糟糟，一班姊妹统躲处里不走出。

不晓得多久有讲过了。那些事情过去以后，我们一家人统不讲起，怕阿妈听到心里难过。有时候讲话讲到跟明泽阿大有关系的事情，单下停下来，全家人统不响。我们慢慢学起再也不讲老早的事情了，就讲现在，就讲以后。到赖尾，阿妈好像也忘记了，又变得跟我们心里的阿妈一色了。但是我晓得，其实伊暝暝躺眠床上流眼泪。第二日，眼泪水干掉，伊叫我们爬起食天光，声音

---

[1] 害臊。

还是轻轻个,从来不讲一句大声话。

每个人统把阿奶[1]拿来跟阿妈比,讲阿奶的心生起硬,阿妈的心生起软,这样才讲阿妈好。其实我晓得,阿妈的心比何人的还硬,要不伊怎么熬得过去?伊的心是用血和泪粘起来的,为了家庭,为了我们四个伢仔……

啊嚯,讲远了,还是讲阿胜阿大讨亲的事情。那时候我们几姊妹早早个就在那打算要怎么闹洞房了,春香姊、梅香姊、我,还有比我小一岁的兰香,是梅香姊的亲阿妹。梅香、兰香两姊妹跟我们不共阿翁,亲隔远点,但是就住隔壁,从小一起嬉大的。春香姊对闹洞房顶积极,伊是阿胜阿大的亲阿妹,听隔壁阿婶们骗,讲做姑娘[2]的要想以后不给阿嫂食牢,就得趁闹洞房的时候把伊闹个怕,叫伊这东湾人晓得厉害。春香姊是阿奶的女儿,当然也跟阿奶一色厉害,不论何物事统不肯输人。

想想也奇怪,我们统怕阿奶,又统喜欢春香姊,连伊骂人的时候,讲跟阿奶一色的难听话,我们也不觉得讨厌。兰香胆顶小,听到春香姊骂人就把耳朵揞牢,可其实脸上是快活的,有时候还忍不住跟我们一起笑。

要讲怕,冇人比春香姊更怕阿奶了。阿奶心里只有阿胜阿大,根本不关心女儿,嫌憎伊迟早要嫁人,是赔钱货,每次骂伊统

---

[1] 伯母。

[2] 小姑子。

忾[1]起忾起，难听受不了，住隔壁邻舍的伢仔就跟做贼哝，统躲墙边听。骂到一半，春香姊就眼泪汪汪跑出来了，阿奶还站门口忾，但是春香姊看到我们马上笑起，好像根本无所谓。连伊眼睛边的眼泪也快活起来了，亮闪闪，像石头滩里嵌的玻璃碎哝。

我永远记得春香姊想出来的那些花招，胆大、奇怪、泼辣，从来冇听过，真真有意思，也真真可惜，赖尾冇机会看到。何人想得到，排场食到一半会单下喊起喊起，亲也讨不下去了。我心里难过啊，为阿胜阿大，为了还未讲过话的新阿嫂，为眠床上撒的那些落花生。我那时候差点就要啼出来了，真奇怪，好像那亲是为我讨的。但是讲实话，洞房冇闹起，我和梅香兰香的心反放下来了。春香姊讲的那些事情，我们哪里有胆做哦！真真到了闹洞房的时候，可能只有伊一个人冲前头，我们统在后头看。兰香肯定又会躲梅香姊身后，脸红通通，又怕又快活，呆相呆相。

对了，我嫁人前还特地问过媒人，想要晓得嫁去的那户人家里头统有何人。媒人讲只有一个嫁人了的阿姊，脾气顶好，冇阿妹，我这才放心，就怕碰上春香姊那样的姑娘来闹洞房！

那时候春香姊嫁到平阳[2]去三年了。伊嫁人以后就再冇走归过，听人讲是跟阿奶大吵了一架，阿奶还讲，何人有胆跟春香联系，就是跟伊过不去。只有阿爸从来不怕阿奶，伊帮我发请帖给

---

[1] 咒骂。
[2] 平阳县，隶属温州市，与苍南县相邻。

春香姊，赖尾收到一份红包，但是人冇走来。

零几年的时候阿爷走了，伊也冇回来送，前两年阿奶走了，伊连声音也冇。老人家统讲伊冇良心，何物仇怨这样重，阿妈跟女儿，无空弄得一世不讲话。我也是到那时候才明白一个道理，有些仇就是这样重，到死也解不开。

一直到第二年清明拜坟的时候，春香姊单下走归来，身后跟的是我从来冇见过的平阳姊夫，人看起来老老实实，蛮话讲不大来，春香姊讲何物，伊统头定定。春香姊变了很多，话少了，声音也矮了，眼睛泡[1]下的皱纹跟阿奶一色模样一同，就是未那样深。

我们有三十几年冇见过了，但是我冇点点觉得生分。上山下山，路上我一直把伊手挽牢，想把这些年冇讲的话尽讲来给伊听。真真讲起了，我们反一句也冇讲这些年发生的事情，讲的统是做伢仔时，跟梅香、兰香两姊妹一起嬉的事情。我跟伊讲，兰香一直身体不好，前几年癌生起，化疗做了还是不大好，一年有半年在医院里。伊头犁下去不响，还是跟以前一色，碰到这种事的时候想关心，话又讲不来。我叫伊在风滩多住两日，明日到梅香阿姊那，一起去灵溪[2]医院里看兰香，我也有差不多一年冇碰过伊们了。伊头定定，我们统不出声地笑了。

---

1 眼袋。

2 灵溪镇，苍南县城。

15

徒步前往西湾渔港有两条路径，一是通过山路绕行，先登上半山腰，再下到渔港附近的山脚；二是趁着潮落，穿过沙滩西侧的连绵礁石群，直抵渔港。三兄弟一致同意采取更便捷也更具挑战性的第二种方式。

在潮涨时，沙滩西侧角落只有挨着干沙区的最前端一片不被海水淹没，那不过是些零散沉闷的石块。等到潮落，礁石群才逐渐显露出它那狭长、嶙峋、斑驳、碎裂而相倚相生的壮阔外观。日头越升越高，驱散浓雾，在礁石顶面上开辟出一条曲折分歧、危机四伏的盐白色道路。

海边人只需一眼就能透过无数分歧看到唯一正确的路径，那便是不管不顾，埋头向前。对从小就在礁石地带玩耍探险的三兄弟而言，即便穿着拖鞋，也能在礁石上如履平地。有时拖鞋忽然歪向一边，便首先借助由小腿导向脚趾的强大抓力稍稍稳住身体，再利用倾倒之势猛然向前跃起，反而能够加速前行。在礁石上行走根本不需要攀扶，手臂不过偶尔张开，以辅助那短暂而微妙的平衡。游戏智慧难以言传，要说诀窍，仍在于毫不犹豫，忘掉退路，绷紧腰腹，充分信任自己的身体，切忌抱有一旦失去平衡便弯腰攀扶的怯懦念头。

三兄弟轻松抵达了中继点，高耸山壁夹缝间一片隐秘的小沙滩，差不多是西湾渔港的微缩版。这里也是大孩子们白日里厮混时会到达的最远点，常常作为战争游戏中防守部队的大本营。防守部队将沙子堆成壁垒，挥舞枯枝来抵御在礁石间神出鬼没、使用碎石流弹的游击士兵。

西湾渔港仍在视界之外，从这里开始，才进入本次历险最困难的阶段。夹缝地带已真正深入大海的势力范围，哨声般尖锐的海风切实传达出台风将至的征兆，同混沌沉闷一如往常的浪涛声严格离析，两股截然不同的震颤交替传入明勤体内。身体仿佛被抬升了几分，使他产生瞬间的晕眩。那青春岁月快速膨胀的躯体，那时常因流速过快而灼热而勃发的血液，似乎疲于收拢，尚未凝实，使重心变得游移不定。他不由得紧张起来，既因为前方重重礁石属于从未涉足过的陌生地带，也因为身边还跟着两个阿弟——明杰虽然稳重却不会游泳，明泽则难免冒失出错。

明勤正要转头，忽然看见一只夹着拖鞋的脚丫踩上了前方一块巨大礁石的侧壁，又迅速收回，好像是被上头嵌满的牡蛎壳扎到了似的。原来是明泽急于继续前进，却被明杰阻止。有浪，等风头过去先，明杰对明泽说。明勤听得一清二楚，不禁感到一丝怀疑。

明泽瞪着一双大眼，左看右看，哪里都没看到大浪。他正要反驳，却听见一声闷响，原本安然潜伏的一道浪势腾地而起，冲向更远处一块巨大礁石的腹肚，裂成两股激流劈入岩石夹缝。大浪仿佛以此为号，连排涌来，滚滚訇鸣间水沫漫天飞舞，将前方一众礁石的顶面通通淋个湿透。

明泽哑口无言。明杰说的话似乎总是对的，可就是让他不服气。尤其是那声音中透露出的沉着冷静、胸有成竹，更使明泽感到不快。但要说讨厌明杰阿大，又未免言过其实，他只是从明杰身上感受到一种憋闷的情绪，他时时想要打破那层憋闷，却像踩进了一团严丝合缝、厚薄均匀的棉花，白茫茫一片，叫人找不到孔隙，更无处施力。阿妈早就看出了他的心思，只说他这是闹小孩子脾气，不讲道理。没错，对于时常被阿爸责骂的明勤阿大，他反倒更乐于视作英雄。小孩子脾气也没什么不好的，他想，因为阿妈是笑着说的，阿妈的笑容比什么都好看，把浅浅的阴霾一扫而空。

明勤此刻心跳加速，他初步确认了明杰对大海的了解。风头与浪潮的关系对渔村人来说是常识，他当然也知晓，却很难做出如此谨慎和敏锐的判断。惊涛拍岸之际，明勤才幡然醒悟，先前确实刚刮过一阵劲风，没有完全打在他们身上，而是向上鼓进了山壁夹缝，发出声声呜咽。这显然已经是马后炮了，当时的他一定是想不了这么多的。

在老渔民那里，这些生活经验由于常年践行而彻底内化成了习惯的反应，可明杰显然不属于此。难道说，有些人的聪慧真的足以取代经验吗？不，明勤竭力想要甩开心底那一丝恐慌，或许只是巧合吧？细细想来，明杰刚才站立的位置恰好正对山壁夹缝，大概在那里最能清晰地捕捉到风的微小变化。

浪潮仍在近旁虎视眈眈，不时有訇然飞溅的水沫将礁石表面润湿。人在礁石上打滑是十分危险的，落水还算小事，可怕的是摔进礁石间的缝隙。礁石侧壁上布满了尖锐的牡蛎壳与各种螺贝，一瞬间便会将身体划得千疮百孔。因此无论海边人多么自信，都只敢踩在干透了的石面上。所幸在烈日曝晒下，礁石顶面干得很快，可以通过色彩的变化清晰辨认。被海水濡湿的礁石是暗蓝接近黑色的，随着水分渐渐蒸干，礁石的颜色也迅速转变为墨绿、浅蓝，直到能看清石面上斑驳的白痕。

三兄弟继续前行，时刻观察着浪潮的起伏势头，只在确保浪潮将会保持较长时间的息止状态时才快速踏过连绵石群，接着登上一块较高的石头，提前等待下一阵大浪的冲击与消退。明杰在不知不觉中已成为领路人，他很快就把握住了浪潮当下的大致节律，在节律发生混乱时也不慌不忙，宁可多等一段时间，信心十足地静待其回归到统领性的大规律中。

猛然加强的风势宣告三兄弟即将抵达目的地。那是经由西湾渔港特殊的空间回旋、聚集，再从渔港边缘漏泄出的劲风，全然不需要借助浪势隐晦其踪，而是直接显出它的威力，打得人难以保持平衡。明勤几次想要拉住明泽的手，却惊讶地发现明泽才是三人中走得最稳的。他那小小的步子每一下都像吸附在岩面上，不高的身体在绝对可靠的支撑点上挺起又落下，像一只八爪章鱼，呼吸、升降，简单，却也鼓舞着强大的生命力。

一道大浪将这诡秘离奇的幻想打碎成点点浮光。日头更高更烈，烘烤着前方那段犬牙交错而整体呈上升之势的礁石群。浪势收敛，三兄弟不约而同地一鼓作气登上顶端，视界顿时变得开阔——茫茫海面因不再受礁石阻碍而显得舒缓平坦，推动层层波澜向百米有余的沙滩海岸进发，终结于一声声纵情恣肆的咆哮；百十只大小不一的渔船在远近海面上悠然荡漾，缓缓收敛；沙滩上聚着一簇簇奋力拉纤、下锚的忙碌渔民——西湾渔港到了。

在这片偏远的沙土地上，洋溢着比渔村饱满得多的生活气息。渔人们背负沉沉的希望，跋涉至此，释放超乎自身的激情，就像点燃一束柴薪。渔村的生命力被抽空了，只剩下一道寂寞苦闷的躯壳，沉陷于漫无边际的等待。

16

受访人：走私者

就在这讲算了，尔们年轻人就是容易头皮大，在路边讲讲话有何物关系。等下先嘿，我食条香烟，要讲有力嘛还是土烟有力点，但是路口那眼店好几年冇卖了，想自个卷也有办法。头起我们几个弟兄在西坂山下划了一块地栽烟草，赖尾讲要修路，还要建何物基地，坟头也把尔砸完，何人还管尔的地哦。

烟草当然栽得，老早统是自个栽的，生起跟菜叶差不多，又大又绿。摘下来晒干，就跟晒鱼鲞哝铺箩筐里，晒了黄抖抖，我们做海人处里晒的烟草统有点腥气。晒好的烟叶叠拢来，卷起一卷。哦，叠拢前一定得一张一张慢慢理平，要不卷不实，难切。切的时候得拿一块板压牢，要粗点就切粗点，要细腻就切细腻点。新烟丝切出来，装烟斗里，火点起，第一口有讲法的，叫"啜[1]新妇"，跟神仙一色快活！

啊嚯，现在这日子真好啊！尔也蹲下来呐，冇何物比蹲地上食香烟更舒服的了。尔莫管路上，路上的人要走就给伊自个走，尔

---

[1] 吮吸，蛮话"啜""接"同音。接新妇：迎亲。

就把头扎下来,看看脚边那些物事,看看死鱼烂虾,火蚁[1]老鼠,要不就把自个脚指头盯牢看,反正不会无聊。只有蹲下的时候把头扎下去才冇人会讲尔,要是站那把头扎下去,或者走路的时候那样,别人就会觉得尔心情不好,猜尔碰上事情了。这样才讲,还是蹲下舒服,何物也不用想,顶好日日统让我蹲地上。

腿酸了吧,蹲久了就是这样,麻麻个,站不起来,比按摩还舒服。按摩何人冇按过哦,莫觉得我们做海人不懂享受,冇钞票不晓得用的人顶呆。要讲食香烟,也得学学那些老板食中华,又不贵,一包五十块不到,就算顶有名的软壳中华也才七十。呵呵,冇钞票了就得晓得用,反正好赚受不了,不论何物好香烟统舍得买。怎样哦,要不要阿爷带尔入股?冇几十万,几万也行,明年准定翻一番,尔们年轻人书是读起高,想赚大钞票还是得有门路。

风滩现在何人还做海哦,鱼场早早个给几个大老板承包完了,顶好的老大也给伊招去打工。伊们大船上用的设备统新崭崭,一捞就是几万斤,这样才赚有。要还跟老早哝,一只小船去捞那么点点,油钱也不够!

我们风滩的海鲜出名了,卖到全国各地,有些还卖国外去,贵起受不了,老早冇人要的红沙蚂[2]现在卖四五十一斤,给我们自个食不可惜嚇?除非尔冇钞票,那随尔买,随尔食,冇钞票的就

---

1 蚂蚁。
2 一种螃蟹,全身鲜红色,肉汁鲜甜,但肉少。

冇想食海鲜了，海就在尔身边，但是连一滴水也不是尔的。

尔莫看海上停这样多的船，其实真真做海的冇几只。要不就是带游客出海嬉的，船身上白漆涂起新崭崭，捞一网一千块，专门骗外地人，十几只船统在同一块地方转来转去，到赖尾捞来全是水潺[1]，连虾也冇几盏。其实水潺也好食，就是外地人食不大来，讲这鱼肉比豆腐还软，冇咬头。要不就统是做我们那生意的船了。当然，现在冇前两年利头大，这样才讲，不论做何物统得做早才行。

还是我侄子孝顺，头起走来劝我入股，给我骂走掉，过几日又走来劝我。我做海做了半世，省食省用省下来那些钞票，哪里有胆随便拿出来哦？入股啊投资啊这种事情，又统是城市里顶洋气的人才做的，我们这些土人弄了起噶？我真真冇想到，投资就是每个人统行的。莫讲走私、犯法，讲起这样难听，又不是杀人放火，犯何物罪？警察局里的人红包收去，当然不捉尔，还有何物好怕噶？尔放心嘿，船上卖的不是不好物事，就卖点机油。尔不晓得在海上驶船油用多大，用完就得驶归来，要几多工夫哦，我们在海上卖机油，又便宜又方便，伊们买去还讲我们好呢。再考虑考虑？可以，可以，何人统要考虑，做何物事不得考虑考虑……

尔看何物呢？我这些脚指甲啊，冇错，裂了，乌了，生不出

---

[1] 龙头鱼。

来了。手指甲也一色，统是给江蟹[1]夹掉的。年轻时候给伊夹多，有时候是在船上，江蟹从网里逃出来，我马上手伸去捉，给伊夹牢牢个，半日才松开。船上其他人统笑起大声受不了，不单是笑我，也是真真快活，江蟹有力是好事，不容易死，死了就有钞票赚了。这样老话才讲，一只船上要是有人给江蟹夹到，这次出海就捞好。

我把手伸海里泡，人单下痛抖起，看到血流出来，给海水冲两三下就不流了。海水是世上顶好的药，越痛越快好，痛也就是一时，过去就忘记了。手套也有用，夹两三次就破掉，戴牢做事还不方便。我当然晓得，江蟹得从后头捉，把盖还有腹肚按牢就夹不到了，但是忙起来何人还管那么多。年轻的时候，看那些老师头统是随便一只腿拖拖来，从来冇给江蟹夹过，现在想想，伊们的指甲也冇一块像话，早早个尽乌了。

其实江蟹生那两只钳，本来就是夹物事用的。为了好卖，无空拿皮筋把伊前后叠牢缚起来。钳张不开了，两块石头唻嵌江蟹身体边，嘴巴里气泡吐出，棺木罪过相[2]。还是饲的时候好，给伊在池里胡乱爬，有时候还放点鱼仔虾仔给伊夹夹，钳生起就是夹物事用的嘛。

我这样想了，海才做不下去。不单为了辛苦，不单为冇钞票赚。以前的日子钞票是不多，我们做海人处里顶起码不差食。但

---

1 梭子蟹。
2 可怜样。

是日子不能一直这样过,不能把盼头尽放在那一只破船上,日日一口气憋牢,就好像钳给伊缚起哝。做不下去啊,真真做不下去！尔讲东湾人那次其实也就是几只船撞破掉,无空瘟发起哝,榾木可恶,为了点点事情打过来打过去,现在想想也真奇怪。

我记得打完差不多两年以后,我跟一起做海的几个弟兄也跟今日一色,蹲路边食香烟。一个年轻人讲,当时每个人统不大正常。伊其实是讲笑,但是冇一个人笑,我们统把伊盯牢看,火也看出来,好像两年前还未打煞气,好像过两年又忍不住了,又想打了,根本不为那三个刁皮伢仔,也不是为了那几只破船,为了点点钞票。那时候要有一个人站起来,每个人统会跟伊跑出去的,碰到东湾人就拳头舂去。还好大家腿统酸了,单下站不起,就还是蹲那,管自个食香烟。看到冇,蹲下就是这样好。

那统是以前的事情了。现在的日子多好过啊,看看我,统不用做,钞票就多起用不完,香烟想食几多食几多,老早何人想了冇？就是莫把身体食坏掉。我老婆我女儿日日在我耳朵边念,听起烦心,其实我晓得是为我好。电视里怎么讲的,现在是新时代,好时代,人民百姓日子过好了,快活受不了。怎样哦,想灵清未,要赚钞票就得趁现在。年轻人得往前头看,往好了看,无空问几十年前相打的事情,有何物好听的？反正以后再不会发生了。

我跟尔讲,我那侄子的船上还有一个年轻人,头起就叫伊娘舅入股,答应是答应了,一直讲七讲八,钞票半世拿不出来。好了,别人不等伊,管自个出海去了,统赚好几倍归来,伊那娘舅后悔死。那年轻人怎么讲的:娘舅啊,我想带尔也带不起来呐!听到未,尔想好了就马上联系阿爷,机会也不是想有就有的。这次出海完,下一次还不晓得几时呢,阿爷难道还会骗尔?

17

三五个老渔民排成一列，肩膀扛起草蛇般粗细的麻绳，双手紧握，颈背隆起，像一盏硬壳虾，弯曲，隐忍，青灰透明的身体中血脉筋络清晰可见，迸发出阵阵搏动。嘿——嘿——号子声声，倏忽而散，为海潮的宏大所吞饮。

铁锚已深深插入沙体，渔船随浪头起伏颠簸，麻绳由紧复松继而再度绷紧，好像拴着一条驯化未久的猛犬。渔民们略带不安地凝视着麻绳埋入沙滩的交界点，确认了沙体毫不松动，这才长出一口气，纷纷抬起头来，舒展着鱼胶般混白而血筋勃突的眼珠，轻轻摩挲手掌上那些带刺的血痕。

三兄弟看得入迷，一言不发。他们先是将注意力集中于众人合力下锚的场面，接着又被那些仅由单人摇橹或是两人合作的瘦长小舟吸引。小舟停靠得更近，甚至有些大半个身躯都离开了海水，嵌入沙中。船头尖耸指天，使人想到一叶扁舟自海上迅疾而来，径直划破沙体后紧急刹停的刺激景象。那当然不可能，渔民们并不是驰骋海上的探险家。

小舟同样连着麻绳，只不过埋入沙滩的并非铁锚，而是一根长铁钉。铁钉尾端的圆环暴露在沙体外,一个成人尽全力便可将其拔出,足以掀起巨浪的风暴却无法做到这一点。只因麻绳与铁钉的方向接近直角,其中蕴含着朴素而深刻的古老智慧。

小舟依据形状、结构和功能的差别可大致分为几种类型。首先是部件齐全,并且大都配备了马达的小型渔船,也叫机帆轮[1],基本等同于中型渔船的微缩版,最适合为期半天或一夜的短途海上作业。这种船一般会在相对平坦的船尾用木板搭建简易的控制室,像一座小平房,大概占据船身的三分之一,其中有船舵、马达,可以储存物资,也能提供勉强遮风避雨的休息场所。另外三分之二则充分留出船底空间,作为鱼舱,几乎都被渔网所占。小型渔船出海便捷,捕捞力强,一般二到四个人合作,专捕各种小尾鱼或硬壳虾一类高度聚集的海鲜。

第二种是俗称为"肥东[2]船"的捕螺船,现在一般也配有独桅和马达。这种小船中央宽两头窄,中央深两头浅,像是一个腹肚隆起的胖子,因而得名。正如胖子肚量大食量大,这种小胖船同样具有极大的吃水量,所以专用于捕捞那些石头一样重的螺贝。

当地人日常饭桌上最青睐辣螺,牙签挑出小小一颗螺肉,头部有嚼劲,尾部软嫩微甘带一丝冷辣,蘸酱油醋越吃越香。生长在西湾东湾两岸岩礁的辣螺基本上一冒出来就会被拣走,完全不

---

[1] 以柴油机为动力,也装有风帆的船。
[2] 胖子。

足以供给村民食用。金屿岛是辣螺的主要产地，捕螺船停靠在孤岛四周那些人迹罕至的峭壁边缘，在绝境处穿行，寻找隐匿的螺群。有时经验老到的渔民也能顺蔓摸瓜发现附着于水下礁石的螺群，于是带上特制的细孔渔网和小铁锹，闭气潜入水下……

最后一种才是真正的独木舟，最为狭长，尖头方尾，没有桅杆，只靠竹竿、船橹和水力行动，实际上十分难以掌控。这些独木舟没有固定的捕捞目标，随时而动，轻浅灵便，甚至可以深入礁石地带，因此有时也用来捕捞螺贝。

独木舟为个人所有，乃是渔业私有制进一步放开后的产物。近一两年来，海上独木舟如雨后春笋般大量出现。许多渔民都会在归属于某艘大船的同时拥有自己的一挺独木小舟，在较为闲暇的捕捞淡季独自出海。渔民们始终对此充满热情，以至于有时到了淡季反而起得更早，只为了赶在别人前头抢到一块捕鱼的风水宝地。

独木舟最多只能容纳一筐渔网，也就只有一次放网的机会。但只要想到满船的鱼虾都属于自己，即便所获寥寥，也会感到异常满足，或许还有一个原因，那就是谁也无法抗拒独自遨游大海，在茫茫海面上忘记一切烦恼的美妙感受。

三兄弟并没有想得那么远。他们眼前的独木舟因为失于清理而显得格外破旧和脏乱，对天真烂漫的明泽而言却独具吸引力。船底堆满了残留的海鲜下脚：褐色鱼胆、粉色鱼肠和透明的鱼鳞，裹着断裂的虾头蟹脚，通通被一层带血的晶状薄膜覆盖，腥烂模糊，淤塞在木板裂缝中，随浪潮微微抖震，好像讲述着神秘的往事。

明勤在不经意间关注到一只配备独桅、看起来比较新的小型渔船，忽然发现身边的明杰也正盯着同一只船出神。他意识到自己和明杰想到一块去了，这样一只船正符合他们的需要。小型渔船的结构最为完整，虽然稍显复杂却也中规中矩，只要充分了解各部件的操作要求并且明确出海期间的整体分工，就能最大程度地避免出现问题。

　　说来容易，却只是针对有经验的渔民而言，三兄弟显然不在此列。为了在不太影响行驶效率的情况下尽可能减少麻烦，独桅船是最佳选择，既便于控制行驶方向，操作起来又较为简易。行船之前，升帆乃是一大难关，独桅配备单面船帆，则会将这个步骤的难度降到最低。

　　之所以要选择新船，是因为旧船的零部件更可能在行驶过程中出现问题，对三兄弟实施计划造成额外干扰。这些问题复杂多样而难以预料，似乎唯有经验丰富的老渔民才能够快速而妥善地予以解决，甚至同一些积年瑕疵达成某种精妙的和谐——据说有人用惯了时常打滑的旧船舵，有一次忽然换成了新的，反倒因为用力过猛而频频失控。

　　在明勤将自己的这一想法告诉两位阿弟后，明泽才终于把注意力从独木舟上移开，又立刻对阿大所说的小型渔船兴趣盎然。明勤注意观察着明杰的反应，看到明杰没有说话，但眼中分明露出肯定的神情时，他竟有一种如释重负的感觉。明勤尚未意识到，自己在不知不觉中已然将明杰视作出海的行家里手，也急于获得他的认同。

他们决定将停泊在西湾渔港的小型渔船通通检视一番,从中筛选出符合需求的船只,下一步再考虑借用其中某一只的可能性。明泽一听这话,就像得了侦查命令的斥候,一个人远远跑到前头。每看到一只独桅孤耸,又显得不算破旧的小型渔船,他便奋力挥舞双手,嘴里阿大阿大叫个没完,又一个劲地催促两个阿大走快一点,好像渔船随时可能消失不见。

阿大们一走近,明泽便指向船身上白漆刷成的编号。中小型渔船一概由"浙苍渔"三字打头,后面加上四位数字编号。独木舟上刷的则是"浙苍帆",表示非机动,但是独木舟明明不靠帆力,未免显得失实。其实那些装马达的渔船主要也还是靠帆力,渔民们将昂贵的机油视若珍宝,从不轻易动用。据说编号上的第三个字除"渔"和"帆"之外还有许多,比如表示养殖船的"养"、冷藏运输的"冷"等等,可惜在小渔村难得一见。

船上这些编号不久前才重刷过,一律将"平"改成了"苍"[1],看上去全都新崭崭的,叫人觉得还不大习惯。三兄弟曾经看到过"闽"字打头的船,听说是从临近的福建省来的。门里趴只虫,多奇怪的字啊,就像灵溪[2]姑父和表兄弟们来拜年时讲的福建话一样,呱啦呱啦,半点也听不懂。明泽每次都在背后捏着鼻子学他们说话,最后肯定要招来姑姑一顿骂。人人都说,自从灵溪成了

---

1 一九八一年六月,原平阳县划分为平阳、苍南两县。
2 灵溪镇主要通行闽方言。

县城，姑姑和姑父就是城里人了，回娘家时底气也足。可三兄弟根本没看出什么变化，尤其是姑姑他们到了伯母面前还是回回都受尽数落，却照旧一声不吭。

记录船只的任务落到了明杰身上。不需要纸笔，因为他的记忆力完全胜过最好的工具。除了编号，他同时也会在心里记下船只所属之人，大都是某某玩伴的阿爸阿叔之类，同在一村当然都认得。船只所属对于他们往后决定借用哪只渔船是关键的参考信息。明泽在船前兴奋喊叫，倒正好引得船员们纷纷探出头来，无意间为明杰提供了记录的便利。

随着全部渔船顺利归港，三兄弟已绕行沙滩几个来回，记下了十余只符合需求的小型渔船。虽说只是确认所需要的渔船类型，对三兄弟而言却相当于迈出了切实而宝贵的第一步。他们兴致高昂，因为今日所得而信心十足，几乎已经看到了甲板上满当当的渔获。

18

受访人：陈永坤

我赶到的时候，一眼就看到阿勤侬衣裳冇穿，把两个阿弟挡伊身后，面上有点点怕。东湾那些短命的，还摆出一副有理了不起的样子，伊们有何物理！十几个男子客[1]欺负三个伢仔，伊阿母的，真好意思！

头起听人跑来讲阿勤侬伊们闯祸了，给东湾人扣下了，我还以为是自个酒呷太多，听错掉。阿勤侬不是刁皮伢仔，伊顶懂事，从来不做那些胡乱事。以前每个人统讲阿胜是做大事情的人，赖尾又讲阿杰灵光，有想法，这样才钞票赚来，搬城底去，变成城底人，冇人注意夹中的阿勤侬，但是几个侄子里头我顶喜欢伊。

我还记得阿勤侬刚生下来的样子，瘦瘦个，点点大，全身红通通，小猴仔哝，眼睛眯拢一条缝。那是我头一次抱刚生出的姆姆，怕把伊吓醒，又怕手骨头把伊指到，一下也冇胆动。过一段时间，找到舒服的姿势以后就不一色了，怎么讲呢，好像这姆姆把整个人尽交付给尔，两人的心也连牢了。尔不会像头起那样紧

---

[1] 成年男人。

张，慢慢放松下来，开始顺着伊身体的蠕动，也轻轻摇动起来。尔会想，伊是在那透气呢，这样小的姆姆也会透气啊。又仔细看伊，看到头上有些地方圆有些地方扁，讲是好多块骨头拼起来的，还未生好，头毛反生起长长个了，看起来软乎乎，想摸一下又有胆摸。凑近点闻，奶气甜甜个，真香。

我那时候还未讨亲，一想到这奶是哪里啜来的，脸就红起了。有时候伊会打嗝，奶嗝酸臭，不好闻，我也不讨厌，就是担心伊哪里不舒服。晓得不，有些姆姆也打呼，阿勤侬就是这样，流嘛[1]货，睡的时候嘴巴合不拢，上面的嘴唇翘在那，一直虾蟆响。

阿胜？伊我有胆抱，要是让伊不小心揩到哪里，给我那大嫂骂死！我有时候真真想不灵清，伊干吗弄得好像每个人统想害伊一家哝。阿胜也是我的亲侄子，我能不对伊好吗？算了，不想讲伊。

对了，阿勤侬刚生下来，眼睛一直有撑开。讲是接生婆当时有把窗头布拉好，漏了一个缝，姆姆刚从腹肚里抱出，给日头吓着了，眼睛就撑不开了。我记得有个把月，伊只能躲房间里，讲要慢慢养。那段时间我日日去我阿大那抱伊，暗洞洞，看不出伊是睡还是醒。伊满月头刚剃掉，头皮青焦焦，油皂的香气透出来。也奇怪，明明冇给日头晒，我反感觉全身暖呼呼的，心脯头还有点痒，真真舒服。有几次我把伊放眠床上，或者给别人抱，伊就啼起。我晓得伊认识我了，就凑伊耳朵边细声讲：阿勤侬，我是

---

1 口水。

阿叔，我是阿叔。

那些讲头我本来也不相信，但是有一日走来一个盲堂的算命先生，也不晓得在哪里听来的，晓得阿勤侬眼睛撑不开，讲伊那是眼皮给障眼鬼糊了，得在日头正[1]的时候，把窗头布划一道开，眼睛也就撑开了。阿勤侬的眼睛就是这样好的，以后再冇出过问题。

阿勤侬比阿胜好多了，我讲真真，不是因为跟大嫂不好才特地这样讲，也不是为了二嫂。我晓得有些人造我，讲我跟二嫂怎样怎样，讲我们感情特别好，跟一般的阿弟阿嫂不一色。这种话我连听也不听。

我一直跟我阿鑫讲，叫伊跟阿勤阿大学，我老婆听到就白我，伊哪里晓得阿勤的好。那日听到伊们三兄弟给东湾人扣牢，我也不慌，我晓得阿勤侬，真真碰着事情，伊是稳得住的。讨亲不能乱，场面上的事情还得靠我二阿大，伊走不了。我叫二嫂莫急，讲我这阿叔过去也是一色的。我就和同桌食排场的几个盟兄弟[2]赶过去了。

事情是在东湾渔港发生的，那时候风滩还未建避风港，西湾东湾的船是分开停的。我们西湾的渔港在西边岩头顶里头，本来那边也有沙滩，现在冇了。讲起来我就气，统是为了建避风港，镇

1　正午。
2　江南圩习俗，男性年轻时较为亲密的一群同龄伙伴结为兄弟，通常在八到十个之间。另有"盟姊妹"，通常在七到十个之间。

里把沙滩的沙尽挖走了。还骗我们讲,沙滩里的沙是挖不完的,不用多久海水就会重新送过来。头起讲一个月,赖尾讲半年,到现在十几年了,也有生起。

我们早早个就该想到,那样长的一条堤,伸到海里去,海水统给伊拦牢了,沙还怎么送得来?几千几百年冇变过,现在硬叫伊改道,能不出问题吗?这些做领导的棺木人,连做海也有做过,懂个屁!伊们把风滩弄得乱七八糟,过两年升了,走走掉,何人还管我们死活。渔港那边的小沙滩冇了,大沙滩的沙也变得又少又差,湿沙走几步就整个往下塌,底下的石头尽钻出来了,脚踩到就出血,泅水[1]也冇办法泅。以前的干沙真真细腻,跟粉哝,现在呢,就算是顶上头的干沙里也全是贝壳碎。这样的沙滩还想搞旅游,还好意思收别人门票?

现在伊们后悔了,好像又打算把避风港炸掉,讲这样沙滩就会好起来。有避风港了,以后船统停滩口[2]去,碰着台风天,就停舥艚[3]去,风滩这边,除了那些摆来看的游船,渔船统不给尔停了。

我听到炸这个字眼就心脯头勃勃跳。好像又要打起来了,上一次炸的是船,这次炸更大,要把整条堤坝炸掉。这次又是何人跟何人打哦,我想不灵清。我就是觉得可惜啊,不论船还是堤坝,做起多不容易,无空糟蹋钞票。

---

1 游泳。
2 滩口村,今属风滩镇,位于风滩金沙滩西南方,可隔海相望。
3 舥艚片区,今属龙港市。

一个沙滩，弄来弄去，弄得越来越差，真真罪过。我现在要想起老早的事情，就会想到以前的沙，不论干沙还是湿沙，统细腻蒙蒙，踩上去脚底心痒痒个，舒服受不了。不晓得几多年冇这种感觉了。我再也不相信伊们的话，过几年就换一套，把乌的讲成白的。这沙滩不可能变得跟以前一色，风滩也莫想跟伊们讲的哝，旅游发展起怎样好。风滩是何物土地方，我们心里顶灵清。

我头起一直把阿勤伲盯牢，走近点才看到伊两个阿弟的样子，阿杰蹲那，阿泽躺伊旁边，头下一块布垫牢。我后来才晓得那是阿勤伲的衣裳，尽给血浸乌了。短命的东湾人，连伢仔也打！这时候阿勤伲也看到我了。阿叔，阿叔，伊连牢叫我好几声，眼泪也流出来了，伊是看到我走来才流眼泪的，在东湾人面前伊一滴也不流。

有时候我也会想，那日火气为何物那样大，单下就冲过去了。要单单是我一个人急也就算了，起码给伊们扣牢的是我亲侄子。但是我那些盟兄弟呢，伊们也气受不了，一句话未讲，跑去就打。我们那时候年轻啊，三十岁出头，做得好的在船上已经当副手了，别人把尔当男子客看，尔也得学起男子客的样子。我一拳头舂伊们领头的脸上，一边骂伊们犬生、山种[1]。那些东湾人一下就给我们打跑了。

过了好几日我才听阿勤伲讲，东湾人其实有打伊们，是伊们

---

1 贱种。

自个把自个弄伤了。但是我有点后悔，有什么好后悔的？我早早个就看那些棺木东湾人不顺眼了。还有，要不是东湾人不给伊三兄弟走，阿泽还可以早点送到卫生所里，可能赖尾也不会治不好。阿勤侬背阿泽往卫生所跑的时候，我看到血从阿勤侬的肩上流到手上，又滴在路上。前一暝雨落掉，路上全是水凼[1]。阿勤侬一句话有讲，鞋也有穿，赤脚在路上跑，快得何人也追不上……

讲实话，我到现在也有想灵清伊三兄弟无空出海干吗。阿勤侬赖尾跟我讲，伊们想捞鱼来给阿胜当讨亲的礼物，还讲捞到黄鱼了，捞多受不了。这算何物礼物哦，我当时想，风滩顶不缺的就是鱼了。但是我有讲出来，阿勤侬讲的时候很认真，伊心里肯定有自个的想法。

哦，其实前一暝，我就看出伊三兄弟有点奇怪，食启门酒[2]食一半走出去，半日有影，不晓得哪里去了。我还以为伢仔不喜欢闹热，坐不牢，就有想太多。何人晓得伊们胆这样大，自个半暝里出海，还驶到东湾渔港里去。

肯定有人跟尔讲统是伊三兄弟害的，对不对？呸，伢仔懂何物事啊，伊们就是不小心闯了祸。我跟尔讲，有些人日日就想把错尽往别人身上推，好像这样自个就有罪了。无空要争个对错，对面错了我们这边就是对的，别人错了自个就是对的，要这样简单

---

[1] 水洼。

[2] 结婚前一天晚上办的酒席，女方与男方亲戚见面敬茶。

就好了。就讲那几个赖尾给人捉进去的,坐几年牢间,好像就有人替大家把罪还灵清,统冇想冇忖了。还了灵清噶?给我讲,每个人统有份!何人做了何物事,天上统看着呢,莫想赖!

19

离开西湾渔港前,三兄弟恰好碰上了他们的大伯。大伯高高站在一只中型渔船的甲板上,露出半个身子,眯着眼睛向他们招手。

大伯比阿爸大两岁,相貌与阿爸极为相似,外人有时甚至会将他们误认为双胞胎。但是两人的性格截然不同,三兄弟的阿爸平日里总是一副严肃的面貌,对妻子却分外温柔。大伯在外则总是乐呵呵的,爱谈笑,可一回到家里,到了伯母面前,便立刻打蔫了似的,耷着眼皮闷声不响。有时候三兄弟听到大伯家里传来阵阵骂声,通过骂的语气和内容便能准确推断出遭殃的是大伯、春香还是其他人,只有明胜阿大绝不会被骂。

明泽总爱悄悄凑上去听,远远看见大伯蹲在门槛边,一副甘愿受罚的可怜样。大伯跟他对上了眼,立刻咧下嘴角,将脸向中央挤作一团,摆出万分悲哀的苦相,躲在肉褶里头的眼睛却对着伯母的方向瞟了又瞟。明泽气也不敢出,力气都用来忍笑,憋得浑身发抖。记得有一次小妹非要跟在后头,结果在泥巴地里滑了一跤,哇哇大哭,吓得明泽抱起小妹拔腿就往家跑。大伯探出头来看，又被伯母骂回去了……

胆真大，有胆到这来嬉，走归就跟尔们阿妈讲，看伊怎么骂尔们。等三兄弟走近之后，大伯装出凶恶的样子吓唬他们说。

我阿妈才不骂人！明泽喊道。

那何人喜欢骂人？大伯故意问他。

阿奶顶喜欢！明泽说。

怎样骂的？大伯问。

明泽的脑海中已经浮现出伯母叉腰骂人的画面，那些反复听过的骂人话字字分明，他背地里早就连语气都学透了，正要开口，却忽然意识到受了大伯的骗，于是猛地双手捂嘴，好像骂人话不加阻止会自己跑出来似的。大伯哈哈大笑。

哼！哼！明泽涨红了脸，不满地叫着。他拼命跳起来，双手攀上船帮，想要打大伯，却被大伯一把举起，抱进船里去了，只露出一颗脑袋。转眼间明泽便爬上了船头，兴奋地向船下两个阿大叫喊，像是站在正离岸远去的航船上，同送行之人挥手告别。

大伯转身向船舱走去，回来时手上多了一小盘炸花鱼，嘴里还咬着一块。明泽的眼睛一下子亮了，马上凑到前头，在一盘炸花鱼里挑来拣去，想找出炸鱼皮而非鱼骨。大伯还是笑眯眯的，任由他挑拣，不像阿爸，饭桌上的规矩最严，从不允许孩子们挑菜吃。

所谓炸花鱼，是将某些大鱼剔下鱼肉用来做鱼丸鱼饼，剩下鱼皮和鱼骨则切成片块，裹上面粉放进油锅里炸。小鱼谈不上什么鱼皮，剔去鱼肉后直接整尾鱼骨炸成一条。鱼骨带刺，裹上不均匀的面粉后呲溜滑进老油锅中，瞬间膨胀开来，产生千奇百怪的形状，倒的确无愧于"花"的称谓。这朵黄灿灿的海上奇葩，腥、香、脆、烫，又能够将鱼骨鱼刺变废为宝，是海边人最爱的零嘴。除了吃排场，平时也就只有辛苦的渔民们能够一饱口福。

小孩大都喜欢吃炸鱼皮，嫌鱼骨空窿窿一块咬不出什么。大人却认为炸鱼骨才是正宗，而且炸完了不急着吃，故意放上一阵，等炸好的面粉受潮变软后滋味更好，不但劲道十足，还能从沉积的油腥气中嚼出一股独特的鲜甜。或者将变软了的炸花鱼和鱼丸鱼饼之类的一块煮热，撒上点芹菜末，又或者煮面时用作浇头……在渔村的穷苦人眼中，这是连神仙也要嘴馋的宝贝。

明泽挑走两块后，大伯又将剩下的递给船下两兄弟，嘱咐他们莫走开，等他忙完带他们一块回家。

日近正午，大伯领着三兄弟踏上了西坂山南面的小径。三兄弟对西坂山当然不陌生：沙滩西侧的礁石便紧贴着西坂山的光秃崖壁，山上长满了四时常绿的林木，掩映着众多埋葬西湾先民的椅子坟。半山腰一座歇脚凉亭若隐若现，更高处则卧着西坂庙几座泥黄色的庵房。

西坂山上那些最庞大、气派，层数最多的椅子坟大都是陈姓所有。即便在最狂热的年代，砸食堂砸学校甚至砸庙堂，却没有任何西湾人敢碰坏陈家祖坟的一块砖头。每年清明拜坟，三兄弟都会跟随浩浩荡荡的宗族队伍涌入西坂山麓，先共同祭扫最古的祖坟，各支再分散开去祭扫自家的坟。孩子们吸完了开开花[1]的花蜜，嚼着酸甜可口的花瓣，踩着坟两侧的"扶手"向上攀爬，沿途均匀摆放黄纸，拿石子压在上头，又往坟边泥地里塞黄豆蚕豆，期待一场春雨后的萌蘖。接着听见阿妈阿婶喊，下来拜拜，拜拜，于是拥作一团，从上往下向素未谋面的祖辈献礼。

要碰上大祭年头，花样就更多更闹热了，民乐队吹打不休，鸣锣开路，接着便是两列擎旗队伍，擎旗者唯有族中英姿勃发的年轻男子可以胜任。自下而上的海风吹得旗面咻咻作响，端正威严的繁体"陈"字赫然在目，宣示着陈氏宗族在西湾村里的绝对威权。

孩子们平日里从不会来到西坂山南面。偶尔想要换个口味上山玩耍，也只到山腰。他们心目中西坂山的最远处便是西坂庙，有时跟大人上山拜佛，在佛前蒲团上闭眼合掌跪下，只当履行任务，拜完便立即跑开，绕着庵房四处转悠，因佛堂寂静略感惶惑，又期待着孤寺探险的刺激。

飞檐下猛然蹿出一只野猫，黑背白腹，见生人惊走而去。跨过沟渠急急追奔，原来正殿后是观音殿，菩萨眉目慈祥看着亲切。再往后已无路可走，唯有一道小小瀑流，泻自石缝，落入涧中，成为养寺的山泉，野猫则消失无踪。前殿传来阿妈的呼唤，下来吃一碗香喷喷的素面，双眼紧盯着土灶边柱子上贴的灶王爷像出神，吃罢踏上归途。无路可走，无路可走，好像处处都表明这恍若世外桃源的境地乃是山路尽头，却发现原来早在半山腰的凉亭处，

---

1 杜鹃。

便有分歧小路通往山的南面。

大伯领着三兄弟走在上坡路上。山南人烟稀少,比起山北显得荒僻而原始,怒生着的草木将行人完全隐没,路上只见零星两座椅子坟,都是矮小可怜的黄泥坟,附近也看不到山间人家的迹象。石径绕来扭去,上面爬满绿茎紫芽的和尚菜,酸溜溜的滋味,有人喜欢采来煮粉干吃。

到了半山腰,石头小径终于转为石板大路,视线亦豁然开朗。爷侄四人不约而同看向东面的开阔景象:海湾深入腹地,显得异常臃肿,与更南方无穷无尽无拘无束的大海紧密相连,碧蓝如镜,除了沙滩附近泛白的浪沫条带竟看不到半点起伏,滚滚震响却又好像近在耳边。连绵丘陵三面环抱,将西坂山与东湾尽头的东垟山遥遥相连,大伯指着东北方向最高的山峰说那片就是戚家尖,而在沙滩上看来颇有些高度的瓜山,原来只是兀立于东湾岩壁之上的一座小丘。两侧群山在海上呈犄角之势,围成一道天然海湾,金屿岛镶在海湾入口中央,将进出的海流分割成两股。

风滩便倚身于这山海之间,如此孤单弱小,不过低矮民房聚集的一片弯月形村落,像一群瑟缩着挤成堆的秃头鸡仔。遥遥望去,即便是地主庙和娘娘宫这两座最大的建筑也完全消隐其间,假如不用心观察,根本分不出西东两村的界线。

明泽看看山路边的椅子坟,又转头看向山下,只觉得整个风滩分明就是一座放大了千百倍的椅子坟,背靠连绵的远山,以及更远处,那飘忽不定无甚瓜葛的荒芜。他越走越靠外,还想要探出身子去看,大伯赶紧抓住他的后领,将他拽回身边。陡坡向下便是断崖绝壁,稍不小心就会粉身碎骨。猛烈的海风斜吹而来,崖石惊落,漫山碎叶颤响。

台风越来越近了。

20

受访人：某渔村女人

我记得尔做伢仔时日日跟尔阿妈屁股后头,伊去剥虾蛄虫[1]尔也要跟。头起给尔一盏江蟹玩玩,尔还肯在旁边嬉,嬉一会就要走归了,啼有歇,还把尔阿妈往处里拉。尔阿妈也真真讲不下去,莫讲打尔了,骂一声也不舍得。我们统笑伊：茅坑苍蝇跟糖担[2],啊,就尔有儿子呐,统是给尔疼惜掉的,棺木不听讲。何人想了到尔现在这样懂事,还是尔阿妈福气顶好。

不妨碍的,我剥了廿几年虾蛄虫,就算心里想其他事情,手上照样剥很快。尔阿妈年轻时候做得苦啊,处里有钞票,肯定想多赚点的嘛。那时候剥虾蛄虫几多工资,我记得每个钟头才两块钞票。两块其实也不算少,可以买一日的菜。当然了,廿年前也不舍得食好物事。过几年,涨起每个钟头三四块,赖尾涨更多,每个钟头十块、十二块,到现在平时就廿块,要是过年边,剥得好的起码三十块一钟头。我这几年身体有以前那样好了,剥一会腰

---

1 皮皮虾。

2 形容跟屁虫,缠人。

就痛起。要是整日剥下来，十个钟头有三百！这样那些早早个搬城底龙港去的人，这几日才专门赶风滩来剥虾蛄虫，走的时候上千钞票带归去，买买年货，多好啊。

讲起来，风滩的虾蛄虫就是尔出生那时候才有的，尔走归问问，尔阿姊做伢仔时可能还很少看到。头起风滩海里有虾蛄虫，是石坪[1]有先的。有一次，一个风滩人暝里开船，驶石坪过，看到有些透明带壳的物事在水桶里装满满个，弹来弹去，月光下亮烁烁。伊就问旁边的石坪人这是何物事，讲是虾蛄虫，不是虾也不是虫，不三不四。

煮熟了壳变得红通通，难剥受不了，伊学石坪人把脖子咬掉先，食脖子里的肉。食第一口就忍不住叫起来，味道真好！肉又肥又韧，鲜受不了。母的身体中心有一条红膏，长长个，咬起特别香。伊食一盏又一盏，单下食了半桶，嘴巴边咬得破完，头起食不来的统这样。

那人第二日驶归，就载了一船虾蛄虫苗来。从那日起，我们风滩也有虾蛄虫了。赖尾风滩江蟹名气大起，别人买虾蛄虫也认风滩的顶正宗，其实种是石坪载来的，大起又生出，一代一代捞不完，我们才年年有虾蛄虫剥。

尔讲那段时间？当然了，连出海的也有，还哪里有物事剥哦。我记得两个村统共打了两个月，我阿爸的船也在渔港里停了两个

---

[1] 石坪乡，位于风滩南侧的海滨村落。

月。何人要偷偷出海,别人就会讲尔只顾自个利益,不听祠堂话,给人晓得肯定要缚大殿[1]去。那时候也怕东湾人来烧船,西边岩头一直有人在那看着,何人的船也开不出去。不单是海上,沙滩也空窿窿有一个人,何人有胆走去哦!

对了,我跟尔讲讲这个事情。头起大家统奇怪,这虾蛄虫全是壳,网也嵌壳里头了,怎么剥啊?赖尾问石坪人才晓得,可以用钩子把网挑出来,还有,剥的时候得把虾蛄虫的背脊心按牢,头跟尾巴叠拢来,这样就弹不起来了。好了,可以剥了,结果手剥得破完,怎么办,那就手套戴起嘛。尔看,就算是剥虾蛄虫,也得物事发明出,得想办法,事情才能做好。这钩子真真好用,不论剥何物事统可以。之前?之前我们靠什么剥鱼剥虾呢?真奇怪,我有点记得了。这脑啊,要想的偏偏想不起,过一段时间反单下跑出来。

差不多过三四年,虾蛄虫就多起来了。大家统喜欢食,捞虾蛄虫赚大,给剥的人也舍得。头起老娘客统抢来剥,捞虾蛄虫一般是在暝里,半暝三更海头归,我们就有打算睡了,钩子手套带牢,提前把凳头端到做海人处里占位子,坐那等,眼睛眯拢来假睡。

等到话传来,讲船驶归了,我们单下精神起来。过一会就听到三轮车马达声响了,一部接一部,上头装网的箩筐摆满满个。我们马上把手套戴起,两个人搬一箩筐,搬来就坐下剥,一时一刻

---

[1] 西湾地主庙的俗称。

歇不得，剥快点才可以多剥几网。有时候这边网剥完了，又赶下一家去，一直剥到天光早。我处里隔沙滩远点，就跟隔壁叔伯阿嫂[1]一起到做海人处里去。赶去的时候路上暗洞洞，冇一个人，走归的时候有些老人家已经爬起了，坐门口对我们笑。

统讲风滩的海鲜越来越少，过几年连虾蛄虫可能也冇了。要给我讲，海鲜不论怎么少，统有人少侭快。现在风滩会剥虾蛄虫的统是老人家，久点就剥不动，变成做海人请人去剥了。半暝在楼下敲门，把尔叫醒，叫尔去剥虾蛄虫。隔壁邻舍、盟姊妹、亲戚朋友尽叫一轮，讲尔好话，相帮剥剥呐，答应了半日未走出，又走来叫尔，快点快点。有时候尔慢慢吞吞，伊也有点急起，忍不住讲两句难听话，尔莫太放心上，人等得，虾蛄虫等不得啊，缚网里久了，很快就死，统是钞票，出海一趟不容易。日里剥剥还行，暝里何人肯剥哦，又不是老早，苦人家是真真冇饭食的。算了，为了人情，十二月里棺木冷也得爬起，睡衣加上，脸也冇擦，去坐伊大厢里，讲这网棺木多，人这样少，不晓得要剥到几时才能走归。钩子手套统给尔准备好了，就放尔位置旁边。眼睛也冇撑开，盲堂剥，慢慢就有精神起了，大家话头也跟着起来，讲老公怎样懒，讲身体又有哪里不舒服。讲在外边上班的伢仔，统好，就是食不好，城市里哪里有新鲜食哦，饭店统是地沟油，前两日手机上那视频看到冇，肉啊菜啊统臭了，还拿来烧，厨房间里老鼠泅来泅去。还有外卖，外卖食了得嚼？尔冇看过，有些送外卖

---

[1] 堂嫂。

的往里头吐嘛!

啊嚯,越讲越远了,我跟尔讲这些有用冇?怕耽误尔时间,尔们年轻人时间统金贵,不像我们,本来就日日坐这聊闲天。这些年,有些事情讲变确实变了很多,有些事情还是老样子。

尔看那些剥下来的虾蛄虫,还是跟以前一色,活的一面盆,死的一面盆,有时候死的跟刚睡了的一起放,还可以卖贵点。黄鱼专门一面盆,江蟹挑大点的一面盆,丁点大的就跟其他那些鱼仔虾仔一起放。还有水潺黄山[1],蚶仔海蚂蜞[2],有时候剥出两盏黄虾,头断掉不好卖,也放进去先,剥完了,挑几盏刚睡了的虾蛄虫,跟这些物事一起带归去。

但是前两年,船统给外边几个大老板包走了,剥下来这些零碎就不给我们带归,次次统有人站这盯,把我们当贼哦,太不像话!我们不肯,讲好统不去剥,伊们又怕起。现在零碎可以带点走,就是尔剥的时候还是有人看,怕尔把好物事放进去。

呶,就是门口那个年轻人,拿工资的,眼睛转来转去,到哪里统给人嫌憎,做这种事有好嗝?蛮话也是讲蛮话的,不是我们风滩人,讲哦不讲雅[3]。有一次船就要出海了,有个船员讲何物落处里,伊想表现,跑去拿,到船边的时候叫起"袋子呢,袋子拿一

---

1 黄鱼的一种,肉质不如野生黄花鱼。
2 海蚂蜞,状似蚯蚓,味道鲜美。
3 指蛮话中第一人称"我"的发音,江南垟大部分地区发 [əu],风滩一带发 [ŋa]。后者是风滩蛮话的代表性特征之一。

个来!"给旁边的老人家骂死。做海人面前袋子讲了得噶[1],有点晓得!

莫走先,虾蛄虫带点归去,尔阿妈不舍得买的,过年边卖到八十一斤,贵受不了!我去帮尔挑好点的,刚睡了的。对了,还有龙头鲓[2],这次捞特别多,尔肯定很久冇吃过了。不用钞票,不用,给何物钞票哦,那些人把我们地方占去,还想我们掏钞票跟伊买?我跟尔讲,以后也经常走归看看嘿。快点拿牢,莫看那年轻人,我带尔走出,伊一句话也有胆讲。是呐,龙港买的虾蛄虫我们风滩人吃不牢的,那个味道就是不一色,尔讲是不是?

---

[1] 风滩人称"袋"为"篓",因"袋"与表示沉船的字(本字未考)同音,因而避讳。
[2] 一种体型特别大的皮皮虾。

21

从广播里出现不过两天,新台风的名字已经家喻户晓。"泥潭",村中有知识的人将这个文绉绉的词译成了蛮话,很多人转身便理解成"泥痰",再问什么意思,解释说是陷进去出不来的泥巴地,不就跟"痰"堵在喉咙里一样难受吗?看来没想错。

孩子们好像在迎接新年,喉咙里长了根鞭炮串,一个劲叫嚷着不知"泥潭"还是"泥痰",从这家炸到那家,巷头串到巷尾,从大榕树响到金沙滩。没有尸体,没有烟尘,也闻不到焦煳味,比台风先一步到来的雨季,使一切都消磨、溶化。

两村的男人聚集在沙滩主入口,在城底干部们[1]的指挥下开始堆积沙袋,联合抗台。若是将沙滩比作山坡的话,海水已经涨到半山腰,浸湿了大半块干沙区,沙滩西侧的礁石则早已被完全淹没。沙滩与房屋之间隔着厚实的围墙,只有几个入口处要堆沙袋。其他入口都已防备妥当,仅剩这最后的主入口,需要两村人合力完成任务。

---

1 风滩当时由金舟镇管辖。

两村人看似和谐，其实早已分隔成东西两个阵营，各顾着自己那半边的事，小心着不越界，更不肯为对方付出半点力气。然而他们能够像这样同处一地而不动干戈已属不易，城底干部们始终紧张地提防着，两村人不直接接触倒是好事，至少不容易发生冲突。他们还清楚记得前两年为了叫两村人握手言和而四处周旋的经历，年轻的造反头领们倒是明白大势，原本对革命活动消极冷淡的宗族尊长们这会却死盯着几年来结下的血债不放，一概摆出要同对方拼斗到底的态度。城底来的人不知道跑了多少路，费了多少口舌，才取得如今的成果。

干部们早就对两村的姓氏情况了如指掌，大姓、次姓、小姓的构成与比例，关系着村中权力的分落和大小事宜的安排，这次抗台也不例外。西湾这里自然以陈姓为首，次姓有郑、黄、张三家，此外还有众多小姓。东湾以林姓为首，但是比例不及陈姓人在西湾所占的高。次姓有杨、王、吴、李、蔡五家，小姓更多。

有些小姓零星分散于两村，大姓次姓则无一例外全都聚居于某一村中，平时谈及某姓便可以确定其属于哪个村。比较特别的是，蛮话黄王不分，因此平日里用西湾黄和东湾王来代称两姓，以示区别。

西湾这边，有一群接力搬沙袋的年轻队伍十分醒目，领头人便是陈家的明胜。那些曾在造反年代的末尾将明胜视同帝王的拥趸，如今仍旧紧随其后，甚至吸引了当时年龄更小因而未能参与造反的一些人，使他们带着几分崇敬和好奇加入其中。明勤就站在明胜身边，感到既兴奋又紧张。他在搬动沙袋时有意压制着呼吸，不愿表现出半点吃力的样子，以免丢阿大的脸。明杰也在附近帮忙，虽然不动声色，但是那些同龄的玩伴显然也以他为中心，以求接近那真正的中心。

明泽踩着梯子爬上了围墙，看着忙碌的阿大们，脸上难掩骄傲神色。他不断向身边的几个玩伴讲述明胜阿大那些辉煌往事。这些事明明众所周知，然而他那津津乐道的语气，却好像在说一件首次公之于众的家族秘辛，连称"我阿大""我阿大"如何如何，较于传言又不免多了几分夸饰，听得玩伴们张大了嘴，满脸艳羡，只恨自己生晚了几年，没能亲身参与其中。

绵而有力的海风夹着细雨，把抗台的斗士们和看台上的观众一概笼进这风雨飘摇的世界。海水满涨，将枯枝败叶推向岸边，留下一道道黏渍的白沫，迅速破碎，又即刻得到更新。随着浪潮缓慢上升，白沫也被越推越高，像一群奋力挣扎却还是半死不活的蛆虫。远处的天空越发低垂，压向灰蓝海面，两者之间停滞着不知是云还是雾，同样饱胀、厚重，使金屿岛完全隐没。天光勉强冲破层层阻碍，但只能照明瓜山与半壁西坂山之间的一方小世界，更加强了山海云天团团包围的绝境感。外部的一切似乎都蒸发掉了。在无所漏泄的潮气侵染下，人的存在，连同那奋力的抗争，一道失去了轮廓、声响，让位给鼓舞不息的浪潮。

急雨骤至，观众们爬下围墙，四散跑开，抗台之人则纷纷躲到两侧的遮阳棚下，许多人都暗暗松了一口气。

明勤仍旧紧跟在明胜左右。他看见城底那几个人朝他们的方向走来，不禁有些慌张。领头的一个什么副主任，穿一套灰扑扑的中山装，脚下又套了双深蓝色水鞋，有点不伦不类，然而他的姿势和神情却显露出近乎得意的自信。他看见那人远远地就向明胜阿大伸出了右手，而明胜阿大并没有挪步，只是面露微笑，等待着他的到来，在两人之间还差几步路时才缓缓伸出右手，下一刻刚好同对方的握在一起。那人立刻又伸出左手，将明胜阿大的右手牢牢握住，用一口城底腔的蛮话说着恭喜恭喜，眼中满是笑意。明勤听明白了，那人是在提前向新婚在即的明胜阿大道贺。

这是明勤第一次亲眼见到握手的场景，他完全无法想象，原本只存在于广播中，仿佛属于另外一个虚幻世界的礼节，居然被明胜阿大完成得如此自然得体，好像他已然成为吃公家饭的一员。而他身为眼前这个人的堂兄弟，却尚且连另外那个世界是否存在都无法确定。

明胜在城底人面前如此不卑不亢，还隐约受到对方敬重，使明勤完全惊呆了。他当然知道明胜不同寻常，是全西湾年轻人里头最有出息的，但毕竟还是他身边的人，是他的亲人，并未离开小家的范围。然而正是这个身边最熟悉之人竟然同风滩之外的广阔天地发生了联系，竟然能够冲出那重重阻隔，实在叫他难以置信……至于那阻隔究竟指什么，又从何而来，他不知道，却分明受着拘禁与折磨。

明胜的定亲对象是东湾林姓宗长的孙女。他们是风滩第一对真正意义上自由恋爱的情侣。在当时的风滩，其他人所谓的自由恋爱，不过就是早已相识的双方家长介绍，正式结婚前先相处一阵，好像破除一点封建便称得上"自由"了。然而他们的爱情，却违背了家长乃至整个宗族的意愿。

过程中的反对、争闹和痛苦已无须赘言，而最终使不可能成为可能，甚至扭转了村民们冷嘲热讽的态度的，却是上头的意愿。这场婚礼可作为两村化干戈为玉帛的典范，镇上自然会尽力促成。据说，为了使林姓宗长点头，一位副镇长曾亲自前去交涉……

这些事在风滩不算秘密，但两人相识相恋的经过尚不为人所知，于是诸多流言横生。据说那林姓姑娘是出名的美人，东湾几个次姓的年轻人最大的梦想便是将她娶回家中，他们费尽心思表现自己，只为赢得她的芳心，却始终无人如愿以偿。即使在西湾，她的美名也众人皆知，每逢东湾庙会，或是东边沙滩上搭台唱戏，只要她在，都会引来一群年轻人偷看。爱美之心人皆有之，就算是明胜大概也不能免俗，或许正是某一次遥望使他动心，从此开始了秘密的追求。

有人说林姓姑娘也早就关注到了明胜。某一回，当明胜率领造反队在西边沙滩上批斗反革命时，她和一群姊妹怀着忐忑又好奇的心情，挤在东边沙滩入口处远远观看。她只注意到领头那个身姿挺拔威武的年轻男人，嗓音如轰雷般震撼人心，显露出对信仰的绝对坚定。她第一次不对充满暴力的批斗场景感到恐惧，反而大受振奋，激动万分，甚至想要不顾长辈们禁止女孩参与造反的警示，也为伟大的共产主义事业献上自己的一腔热血。这个想法转瞬即逝，只给她的面颊留下两片红晕，那道英姿却深深烙印在她的心底。

更有甚者,说是那次明胜率领西湾造反队重现暌违十年的武斗精神,同东湾造反队约在沙滩决战,一人独挑东湾几人。她远远目睹这一幕,看到往日纠缠自己左右的追求者们落荒而逃狼狈不堪的样子,还看到从小尊敬的族兄被打破了头,敌人的胜利风采,竟使她悄然心动……

明勤看着明胜和城底那个副主任谈话时,脑海中回荡的便是村里人都在谈论的这些流言。当晚,在睡梦中,他又回到了那一刻。他丝毫没有听清两人在说些什么,只是一再看到那人握住明胜阿大的手,又好几次听到明胜阿大爽朗的笑声。他一会感到激动,一会又感到困惑,后来这两种感情都消失了,却出现一种微弱的恐惧,像冬天下雨时从后脖颈里漏进去的一滴阴冷。

他一阵激灵,好像清醒了些,便竭力睁大眼去看,却看见明胜阿大的身影被一层巨大水膜割裂成了两个部分,一部分还在近处,稳定,清晰,另一部分却变得很远,而且晃荡着,扭曲了,陌生了。他试图通过熟悉的一半去还原那涣散的另一半,试图将两个部分重新拼合,试图使自己相信明胜阿大仍旧是他从小仰慕的、确定无疑的明胜阿大。然而这该死的水膜是从什么地方变出来的,怎么一直破不掉?他发现了,都要怪遍布沙滩的水洼,是先前挖沙所产生的坑洞,不知不觉积起了雨水,使一个人变为十个,使十个副主任在说话,十个明勤阿大发出笑声,十个他凝视这一切。一滴雨坠入水洼,镜面变成海面,变成浓稠的浆液,流动了,泛起波澜，也同海浪一样向边缘冲激出无数浮沫，粘在坑壁上，使十个人变为成百上千个，使成百上千个人诞生又破碎。光华流转，使人眼花缭乱。突然间风势起来了，一股滔天巨浪将他吞没。他扑腾，挣扎，正要窒息时，激荡的水中蓦然浮现出一根绳索，他猛地一拉，醒了过来。

心有余悸之时，明勤忽然感觉到，他们三兄弟的计划就是那根救命绳索。他回想起当时听到二弟的提议，心底涌现的激动之情，那绝不只是因为出海的理想将得到满足，也不是因为三兄弟独力出海带来了巨大的刺激。不，那根本不是为了获取快乐，而是为消解痛苦，来自成长默默无言的痛苦。他长得太快太急了，使长久以来难以言明的痛苦被远远落在后头，几乎就要遭到遗忘，却并未消失，而是淤积在暗处，化作隐蔽的沉疴。他的骨节在膨胀，身体在拉长，而仍旧保持着几分童稚的心灵，在骤然变得空洞的胸腔中已无所依凭。成年的勋章已经在向他招手，期待中对生活的充分理解却遥不可及。他只能强迫自己等待，用沉默和隐忍自我欺骗：会变的，一切都会变的，再过一年多我就是大人了，大人总是可以承受一切……

那么就走出来吧，雨小了，趁着雨小接着干，接着堆沙袋，堆得越高越好，把大风大浪都挡在外头，莫叫它闯入我们的生活。

22

受访人：卫生所所长

永坤这人太冲，一班盟兄弟交起统一色，脾气大受不了，事情做起来就何物也不管。我刚给阿泽包扎好，消炎针打完，卫生所门口就喊起来了，统讲那班东湾人又叫很多人来，要伊们去沙滩相打。

我走出来把永坤拉牢，讲阿泽还未醒，不能这样吵。我跟永坤讲，那些东湾人打伢仔当然不对，让我去问问伊们先，何人动的手，何人看到有拦的，统得有一个讲法。但是永坤不听，一定要赶沙滩去，讲伊们有胆把阿泽的头打破，伊就把伊们的头尽打烂掉。我问伊，今日不是阿胜讨亲吗，三兄弟去东湾干吗？伊讲伊也不晓得。

我们往窗头里看，阿勤阿杰统站阿泽身边，不讲话，动也不动。伊们肯定是吓着了，我讲，等一下问问灵清，到底发生了何物事情。永坤听了不响，又单下火烧起哝，讲伢仔给人欺负了，我这做表舅的不帮伊们讲话，还想反过来赖伊们。又讲我就是冇胆，连看病也是半桶水，一个感冒也看不好，这样大家才统去阿春那看，宁可钞票多用点，也不到我卫生所里。

我当时听呆掉,这样的话伊也有胆讲。我看出伊讲完面上有点后悔,但是我未等伊讲话就走进去了,外边那些人想打就去打,跟我有关系。从那日起,我跟永坤再有讲过一句话,碰到就当认不得。

现在想想其实也有何物好气,我们姓张的,在姓陈的面前永远矮一个头。我早早个习惯了,永坤这人本来也就这样,讲话不过头脑。但是人不论碰到何物事,不论怎样激动,有些话还是讲不得的,对不对?我不是小气,何物仇怨几十年还放不下哦,就是这种话讲出来,以后两个人统不好做人了,宁可当冇看到。

我又去看阿泽,血止牢了,就是不晓得为何物还未醒。我头偏去打算跟阿勤阿杰讲话,这才看到伊们身上也全是血点,还好伤口不深。我给伊们消毒,红汞抹起,叫阿勤走归去找伊阿妈,我表姊,让伊讲细声点,莫给别人听到。要是阿泽过会还不醒,我这边就有办法了。矮人春要是看得好就给伊看,要不就送城底医院里去。

我有讲气话,对伢仔有什么好气嗄。我是真真有胆看,人全身顶伤不得的就是头了,外边破了是小事情,就怕里头有损。现在科学这样发达,研究来研究去,不管是美国还是我们中国,统有胆讲把头脑研究透了,尔讲是不是?

其实我晓得别人统是怎么讲的。讲我开的药里泥灰掺进去,讲我给别人打大瓶头,里头只有盐水,冇点点药。真真好笑,我是拿死工资的,无空省何物省?药省下来给自个食?药水省下来往自个身上打？啊，这也要造。

有些人更盲堂讲，讲我有一次打针把人打死掉，讲何物针有扎准，啊，扎神经里，人单下麻痹了，马上往城底送，未送到就走了。我想来想去，这讲的只能是阿贵伊阿爸，那日伊送来的时候人就差不多了，中风，不能胡乱搬动的，阿贵跟伊新妇不懂，背过来的时候还在路上跑。我根本冇给伊打针，是给伊放血，但是太迟了，救不回来。阿贵这人我晓得，伊话不多，可能是伊新妇，要不就是其他人在造。我记得灵灵清清，放血的时候就有一班人站外边，头伸起伸起，棺木吵，弄得我冇办法专心。

风滩就是这样，点点事情统引来一大班人，过一会就传出去了，传得乱七八糟，越讲越夸张。我现在想通了，随伊们怎么讲，反正我做医生几十年，冇对不起何人。要讲对不起，我顶对不起的只有我师父。

本来我是学中医的，跟西湾顶有名的老中医，按亲我得叫伊一声表舅翁。我师父严啊，学了好几年也不给我看病，只能帮伊摸摸药[1]。年轻时候不懂事，为了这讲伊不好，觉得自个该学的统学来了，一日到暗还是在那称重、算账，不晓得要弄到几时。

正好那时候开始造反了，讲中医是四旧，造反队跑到店里抄家，我师父处里就在医馆后头，老场屋连牢牢。我们本来在后院晒药，我记得很灵清，那日晒的是黄芪，放药柜里潮气走进去了，

---

1 抓药。

日头下一遍，腥气受不了。单下听到嘀啪嘀啪响动，我往外边看，有解[1]！造反队走来了！

我师父脸马上吓白掉，往场屋里头跑，赖尾又跑出来，躲到布帐里，那后边是放尿桶的。我有地方躲，就蹲水缸后头，气也有胆透。造反队那些人早早个看到师父了，跑进来把布帐掀开，真臭啊！伊们把鼻头孔按牢，又忍不住想笑，手指着赤夹臀[2]还抖冇歇的师父讲，这反革命屎吓出来了！有人对我师父嚷起：喂，老东西，快点裤子穿起滚出来！造反队怕臭，尽跑出去了，根本冇人到后院来找我。

等到我师父给伊们带走了我才有胆走出。我把店门关起来，看到药柜里的抽格尽给拉出来了，地上全是药，尽给人踩烂了。本来我还把这些药当宝，当时单下觉得统是毒药，是地雷，千万碰不得。我真真怕啊，要是也跟师父一色给人捉去批斗，这一世就完了。但是我根本冇给人看过病，算屁股中医哦，伊们凭何物批斗我？

我在心里劝自个大大方方走出去，从今日起，再也不到这棺木医馆里，再也不碰棺木中医。但我还是冇胆走出，造反队从来就不讲道理，还是躲里头先，等暗边[3]了再逃出去。

这时候我又闻到屎臭，想想觉得不对，我师父听到造反队走来，不快点躲起，冇空跑来跑去干吗？我单下想起，尿桶旁边的

---

1 完蛋。

2 光屁股。

3 傍晚。

墙上，有一块松了的破木板，拿开是一个壁橱，我师父平时把冇用又不舍得扔的旧物事放里头。我也是拉屎时候无聊，乱摸乱敲才晓得的。我又想起，头先师父跑到场屋里又跑出来，手上好像有何物事。我气憋牢走进去，把那块破木板拿下来，看到壁橱口多出一本书。

我跑到后院才有胆透气，全是黄芪烂了的气味，腥臭受不了。冇错了，黄芪助消化，食了屎好拉，我师父闻了一天光，难怪一坐到尿桶上就拉屎。我看看手里的书，很古的样子，线也快要断了，面上写的是"神農古方"，前几页翻开，统是中药的性味还有疗效。我那时候冇正经读过书，统是师父教我字眼，学的还是老字眼，繁体，就是为了读老早的医书。但是这本书我从来冇见过，也冇听过。我想起师父经常讲伊师公，清朝时候走过很多地方，有一次从一个顶厉害的老医师那里求来一本绝版古医书，肯定就是这本。伊一直把这本书藏自个房间里，连对我也不舍得拿出来，一定是怕给造反队抄家抄到，才第一时间想把这本书藏起来。

我想也冇想，把书拿牢就往沙滩跑，一边跑一边嚷起，打倒反革命，打倒刘少奇，打倒走资派，打倒苏修美帝，反正把我晓得的话尽嚷出来了。造反队那些人，还有站旁边看批斗的人，头尽转过来看我，我听到伊们讲我是老梁头的徒弟，也是搞中医的，造反队里几个人好像就要走来捉我。我怕起受不了，马上把手里的书举起来，讲自个找到了重要的证据，要举报台上的人，伊们才给我走过去。

我跑到台上，站我师父后头，我师父跪台前，头上戴一顶纸篷折起的高帽，衣裳给人撕破完，半个肩膀露出来，瘦叽硌碜登。我头脑单下混了，一句话也讲不出来，人抖有歇。我看到造反队的队长往我这边走过来，觉得伊有点面熟，赖尾才想起，伊之前到店里买过药，讲自个阿婆鸡眼生起，脚痛受不了，路也走不得，我师父那时候还讲伊孝顺。

伊叫我莫怕，问我是不是给这反革命压迫了，叫我把心里的气尽讲出来。我讲有错，有错，我就是给伊压迫了，我从小就给阿爸阿妈送伊处里去学中医，冇一日不给伊压迫。伊叫我骂，我就骂了，何物棺木短命、阿爸阿母、犬生山种，把平时听过的骂人话尽用起。

我骂一声，台下就有一班人叫好，巴掌搭有歇，我就越骂越大声，骂起骂起就把手里的书砸我师父头上，骂起骂起我就真真恨起伊了。我恨伊这些年对我不好，每日天光早就要我爬起，从来不给我好菜食。我看到伊那张全是皱的脸，看到伊乱七八糟的下巴须就气，还有永远慢吞吞的声音，好像觉得自个多了不起，眼里从来冇我，看我不起。好了，到现在给人批斗掉，人不像人，还有胆看我不起不？

队长带头给我叫好，讲我是思想进步的同志，还让我决定怎样罚伊。我变成"同志"了，我当时想，我也给人叫同志了。同志，同志，真真好听，我眼泪也流出来了，就为了这一声同志，何人不造反哦。我当然得想一个顶好的办法，我就讲，罚伊给我们全公社人挑屎！台下的人尽笑起，特别是那些造反队的，笑得嘴巴也合不拢，伊们还记得我师父赤夹臀的样子。

赖尾我师父就是在西边岩头上面，在那个茅坑头挑屎的时候，跳海里自杀的。茅坑头也封十几年了，尔做伢仔时有看过冇？

冇过多久，我就变成造反队里的先进分子了。赖尾讲要建设新的医疗队，公社就推荐我去城底大医院里学一年西医，走归到新建的卫生所里，就这样做了半世。

但是讲实话，我真真相信的还是中医。中医统是从老祖宗那里传下来的，里头有大智慧，要不现在国家为何物又开始讲中医好哦？

退休以后，我开始重新学中医。中医顶重要的不是治，是养。不是要把病杀掉，病生人身上，也是人身体的一部分，尔把病杀了，伊旁边那些五脏六腑也有损，更不用讲头脑里那些问题了，千万杀不得。这样才讲，人得靠养，把人养好，脉气把病气压牢，自然不会生病。尔讲这是不是大智慧？

想想那些医书也真真可惜啊，特别是那本《神农古方》，那时候给人撕完，还烧掉了。我前几年找人去问，县里的市里的图书馆，统讲冇这本书，前段时间又讲网上何物事都能查到，我就叫我读大学的孙子相帮查，也跟我讲冇，就查到一本《神农百草经》，一本《千金要方》，问我是不是跟这些书记混了。我火也听烧起。小伢仔，真真把我当老糊涂，这样重要的书，我会连名字也记错？唉，当时那本肯定就是绝版，要留到现在，可能变成国宝！可惜，可惜啊……

跟东湾人相打的时候我冇走去。我是医生，得留在后头救人。

其实我也不想打，永坤有一句话冇讲错，我是胆小。胆小有何物不好？我就是胆顶大的时候把我师父害了。日日想打，日日不安分，风滩这样的人好像特别多，造反造这些年还未打煞气啊，我想不灵清。

23

风势似乎是半夜里起来的。明泽一早被窗玻璃的震动声惊醒，发现两个阿大已经下床，正蹲在矮窗前，透过窗外木板缝隙看外头的景象。明泽凝望着蚊帐外的一幕：灰蒙蒙的晨光从大大小小几条缝隙中漏进来，透过一层绿玻璃，涣散成微弱却鲜明的光点，为两个阿大的身形描出了轮廓。

明勤赤裸上身，只穿了条裤头，右手肘撑膝，左手搭在窗台上，身体前倾，脸几乎贴上了玻璃，看得十分入神；明杰没有凑得那么靠前，他穿着背心，耸起精瘦的肩膀，好像怕冷似的将双手揣在膝头一动不动，通过另一道较大的缝隙窥视窗外。

明泽眼睛一酸，蚊帐之外的景象涣散了，视野里只剩下轻纱织成的颗颗洞眼，忽大忽小，忽上忽下。

木板之间最大的那道缝隙，形状近似于一只竖眼，明勤透过这只眼睛清楚地看到了台风中的景象。窗檐和屋檐上的瓦片止不住地颤抖，半空中满是树叶与杂草的回旋，院子里有几棵比较小的灌木已经匍匐在地，裸露出带棕褐色泥土的根须。在窗玻璃的绿色透镜下，所有这一切都显得更加沉寂、遥远而陌生，屋里屋外全然成了两个世界。

又是一阵玻璃颤响，明勤缩回脖子结束了观察，扭头看见坐在床上的明泽。猛起来了，他指着窗外，一边打着哈欠钻进蚊帐。明泽跑下床，他不需要蹲下，只是略微弯曲双腿，然后将双手搭上了窗台，额头直接顶住震颤不已的窗玻璃，感到一阵冰凉。

明泽回想起昨天下午，阿爸冒雨爬上屋檐，在窗户外头钉上木板，防止台风打碎那些绿幽幽的玻璃眼睛。他钉完自家几个小窗以后，便翻过屋脊，爬到邻居那里帮他们也钉上，这已经成了全院几户人家的惯例。明勤明杰关注着阿爸的位置，不时挪动竹条梯子，由明勤将木板一块块送上屋檐，此时明泽便兴冲冲上前，跟明杰一起按稳梯子。阿妈打着伞站在院子中央，怀里抱着小妹，始终望着屋檐上的阿爸。尽管阿爸走在瓦片上如履平地，阿妈的眼中却好像还是充满了担忧。

到了大伯家门前，三兄弟犹豫了，他们不敢将梯子搭上大伯家的房檐，因为阿爸和伯母上次吵完架到现在还没说过话。还未多想，阿爸已径自爬到了大伯家的窗玻璃前，对着大哥招手，三兄弟赶紧上前。

阿爸正在叮当敲打的时候，伯母忽然走出了家门，皱着眉头，对面前的一家人环顾了一圈，接着走到院子里抬头向上看，看得三兄弟又惊又怕，心跳得比锤头的敲击还要猛烈。阿爸也看到了她，却只是扭过头去继续干手上的活。然而伯母这次什么也没说，对着上方送去一道白眼，便悻悻地进了房门。阿爸就是这样，明泽想，明明有一颗热心肠，却总是板着脸，从不刻意讨别人的好。

　　明泽一晃神，注意力重新回到眼前，他看腻了窗外的景象，开始在昏暗的房间里四处打转，转了一圈又坐回床上，困意伴随呼啸的风声涌起，很快使他再度陷入沉睡。

　　只有明杰仍旧蹲在窗前，他看的不是风，而是风中的雨。他看到细雨被连接不断的狂风打得支离破碎，完全看不出方向。风仍在增大，雨却好像没有什么变化，因而在飘零中显得更加脆弱，使他感到憋闷。

　　终于，天上有两团庞大厚重到足以抵御暴风的乌云缓缓会合，一场暴雨随之而来。暴雨使外面的世界变得模糊了，从院子到天空全部被雨幕遮蔽，能够看清的只剩近处层叠的乌瓦。瓦片上多了许多被雨滴从旋风中击落的树叶和草茎，此刻仍旧受到大颗雨珠无情的敲打，却好似经历了一番淬洗，去芜存菁，越发显出鲜亮的翠绿本色。

　　雨声渐渐盖过了风的呼啸，转变成更为狂乱的一场急奏。屋子里泛起一阵苦味，明杰却好像提早品味到了回甘，神采奕奕地挺起身来。暴雨的降临，使他那愁闷的心也得到了解放。

　　明杰看到明勤明泽又睡着了，便独自一人摸黑下楼。拖鞋一踩上去，木楼梯咯吱响动，他尽力控制着脚步，既不愿吵醒家人，也打从心底里厌恶这恼人的噪声。台阶下方被火光照亮，阿妈的影子在其中扑闪。影子揭开了锅盖，水汽腾散，传来一股热烘烘的米面香。

他闻出那是自己最爱吃的锅馏[1]，不禁加快了脚步，果然看见阿妈正灵巧地将许多根鲜嫩跳跃的锅馏夹进碗里。他走上前去，想要跟阿妈打声招呼，却又一次不知该像小时候那样叫妈妈，还是改叫阿妈，因此迟迟没有张口。倒是阿妈先发觉了，对他说了句"爬起啦"，声音还是那么温柔动听，从不曾有丝毫变化。他半是失落半是感激地点了点头，一次次从阿妈手中接过碗来，闻着葱香，小心翼翼端到饭桌上，直到将一家人的天光、筷子和凳子全部摆好。

阿妈看见了他的细致，向他投来赞扬的目光，分浇头时往他的碗里多夹了两根金针，一朵香菇看起来好像也比其他碗里的大些。

台风天是苦闷的，却也催生出最美妙的体验，那便是一家人躲在昏暗的屋子里一起吃饭，香气和热气从饭桌的这头传到那头，从这个人身上转到那个人面前。一家人相互陪伴，相互依存，任凭外面风雨交加，屋子里总是那样安谧、温暖。

灶火燃尽，就要熄灭了，阿爸从灶膛里抽了根还带着火星的细柴，点起油灯，灯芯滋滋爆响，火苗一阵抖擞，贪婪地吸取氧气，奋力在潮湿的空气里站稳脚跟，推开那沉沉的黑暗，接着从鲜红中钻出淡蓝色的芽，渐渐伸长，亭亭立在灯盏边沿。

没有伢仔不爱灯芯爆出的这股油腥，叫人想起什么呢？炸花

---

[1] 米粉糊倒在锅淋盘（一种方形的铁鏊子）快速烤制成薄饼，卷起来切成宽面条状，加水烹煮食用。

鱼、猪油渣,还有煎鸡蛋。没错,是煎鸡蛋,每年到了过生日那天,阿妈一大清早就会为寿星煮一碗长寿面,面上铺满浇头,金针、香菇、鱼丸、鱼饼,有时候还切一小块正月里晒的酱油肉,最后必不可少的就是香喷喷的煎鸡蛋。

俗话说吃了点心远行平安,阿爸出海之前,阿妈半夜起来做的点心里也总要放一只煎鸡蛋,蛋白边缘煎得焦焦的,阿爸有一次撕下来夹给桌边眼巴巴看着的明泽吃。阿妈笑着说,阿泽牯[1]生的是犬鼻子,嗅到油腥气就会醒。

寻常人家哪里舍得给伢仔吃煎鸡蛋?别人说他们家的日子过得这样好,不单是姓陈的缘故,更要归功于三兄弟的阿爸会做,不单做海,还会各种手艺,不单给自家做,还处处帮衬隔壁邻舍,从扎竹篮到钉木头凳子,从给墙角抹泥灰到上屋顶铺瓦片,空闲在家时还露一手厨艺,挤鱼丸、拍鱼饼、炸花鱼样样在行。

这一天,阿爸在饭桌上提到了上学的事,说最近越来越多的人都在谈论,世道变了,往后要有知识才好在社会上立足,他觉得这话有道理。他还听说现在城底私人开的作坊和工厂越来越多,再过不久连公社都要废除了,年轻人得趁这个机会去城底闯一闯,而学好知识才有闯荡的底气,才不会被看扁。

兄弟姊妹们全都闷声听着,连小妹也认真盯着阿爸看,好像能听懂的样子。明杰的眼眸亮了,他早就有了读书的念头,虽说从没想过考高中,更不用说成为大学生了,但他一直向往着学校,

---

1 牯:对孩子的爱称。

向往着跟同学坐同一条长板凳听课的生活，就像听戏时一样，只不过台上的是老师而非演员。

自从两年前风滩重建了小学，他就一直想着读书，却不敢提起，毕竟过去的岁月告诉他上学是可耻的，而学校里的老师更是应该批倒的反革命。所以就算有了学校，请回了老师，去上学的也都是些刚好到上学年纪的伢仔。请回去的老教师们前些年被折磨怕了，丢了骨气，根本管不住这些顽童，教室里每天吵得像菜场。阿爸阿妈们也不管教，几年前他们亲眼看见那些有学问的人一个个全遭了罪，至今心有余悸，于是有意放纵自家伢仔玩闹，只当学校是另一个沙滩，情愿他们什么也没学会。

正因如此，明杰才从不刻意显露才智，他暗暗将这种天才视作羞耻。他已经有好几次被玩伴们戏称为"读书人"了，那时候他不敢直视玩伴们的眼睛，他害怕窥见玩笑背后真的藏有恨意。即便现在没有，或许某一天，玩笑也会忽然变色，从里头凭空生出无可怀疑的仇恨，踹他的腘窝，掐他的脖子，判他有罪。

然而不知怎么地，世事竟转变得这样快。阿爸从不说没把握的话，他既然开口了，便意味着心里已经做出了某种决定，他用父亲的威严对着伢仔们环顾一圈，看到他们全都低下头去吃面喝汤，表示畏惧和服从，而明勤的头埋得最深。阿爸看见自己这个长子剪成寸头的顶上竖立着根根直发，又粗又硬，跟他的头发完全一样，他看出了这个动作背后深藏的不以为然，或者是印证了他早已预料到的不以为然，于是他发问了：阿勤侬——他用严肃的语气包裹昵称中的慈爱——尔打算好了未？

明勤一声不响,在这之前阿爸已经私下和他谈过上学的事。阿爸的意思是在下学期开学后让他去跟着听一年课,考个小学的毕业证,总算是个"文凭"。他百般不愿,一来自己年纪太大,去上小学肯定惹人笑话,二来他不觉得什么文凭有用处,他只想做海,做一辈子的海,这在他看来就是最适合自己的"打算"。他鼓起勇气将这两点原因告诉了阿爸,阿爸对第一点根本就满不在乎,对第二点则只是说两不妨碍,做海的事可以推迟一年,学点知识将来总有用处。他又说了一通做海的辛苦,虽然没有明确制止明勤选择做海,却分明在进行劝阻。

明勤深为不解,怎么会有不希望儿子继承自己"衣钵"的阿爸。他感到气愤,觉得阿爸背叛了自己的事业,背叛了渔船和大海,更背叛了他一再重复的梦境和他寄托其中的希望。或许用背叛这个词太过严重了,或许他的气愤只是因为想到了明胜阿大,他觉得明胜阿大对自己所做的任何事,一定都坚信不疑。

是啊,明胜阿大可不靠读书,可不稀罕什么毕业证,他非但没有上过一天学,还亲手对废弃的学校进行了彻底的破坏——那个冬天,他带人冲进坍毁的围墙,给破砖烂瓦间丛生的杂草点了一把火,大火烧了一天一夜,使附近的人全部聚集起来看那撕破黑暗的熊熊烈火,使整个风滩的人都能闻到那股焦煳味,从此再也无法忘怀。这便是明胜阿大的事业,如此壮观,如此辉煌,明勤错过了,只能远望,但至少是眼中满怀向往地望着,他无法企及明胜阿大的人生,但也不能背叛自己的人生,所以继续保持沉默,继续吸那碗由烫转温的咸汤。

冷面热心肠的父亲，忠实倔强的儿子，一场冲突似乎在所难免，幸好有阿妈出来打圆场。她劝阿爸，到新学年报名还有差不多一个月的时间，不用急着决定。阿妈又转向明杰、明泽和细香，对他们，其实也是对明勤说，上学的东西她都会准备好的。小妹吮着手指，歪头看看阿爸，又看看阿大。

一个月，明勤心想，那刚好是在明胜阿大的婚礼过后。三兄弟的出海又增加了一层意义，他要向阿爸证明自己的决心和能力，他不愿做自己的背叛者。

24

受访人：修车师傅

打东湾人的时候，我修车修好几年了。其实我头起是跟修船的老师头学的，那时候年轻，自个有想法，也晓得看机会，赖尾就改成学修车了。为何物事改啊，还得从那日讲起。

有一次，铺里几样零件就要用完了，老师头叫我去城底供销社买。那时候到城底得走路，还有大路，统是土路，山路，十几里地，走去走来半日就过去了。六月天[1]，我早早个爬起，想赶在食日昼[2]前走归，有想到那日日头特别猛，汗流有歇，未走一半头就有点晕了。到城底，点点风也有，走到供销社门口，我单下痧爬起[3]，人直接倒地上了。

供销社两公婆是好人啊，伊们把我抬起来，给我躺篾席上，往我脸上洒水，还拿纸蒲扇给我扇凉。男老赖尾跟我讲，伊看我头摇来摇去，嘴巴里咕噜响，就是不醒，马上把我压牢，往我人中用力按下去。痛啊，真真痛，我一世统记得那日的痛。男老力真

---

1 指酷夏时节。

2 吃午饭。

3 中暑。

狠，但是我感谢伊，伊按这一下救了我的命。

我醒来把一大碗盐开水呷掉，又休息了半个钟头才有精神。我付了钞票，想马上把零件带归去，就把麻袋往肩膀上一扛，头单下又晕起，站也站不牢。女老本来站柜台里头，马上跑出来把我扶牢。我眉头心麋拢来，这个样子人也走不归去，莫讲零件了。这时候男老从场屋后面走过来，女老就到伊身边讲话。我看到男老头定定，走来跟我讲，门口那部三轮车给我骑归去，第二日身体好起再骑来给伊就行。我头起还以为是自个城底话冇学好，听错掉，等到男老把锁钥开[1]放我手里，才相信是真的。

尔讲我为何物冇胆相信？那时候城底人真真老受不了，从来看不起我们风滩人。看到做海人带海鲜到城底来卖，就用看贼的眼光盯牢，哪里还肯借我们物事哦！就是现在，有些城底人还觉得自个高人一等。这样才讲供销社两公婆心地真真好，跟其他城底人冇点一色。

对了，我跟尔讲，以后要是日昼头[2]出门，不论何物药也比不上杨梅酒。夹一粒杨梅食食，食完毛孔撑开，赶日头气，就不会痧爬起了。特别是在外头做事的人，做海人，做田人啊，日头下统得食一粒才行。

还是讲那日，我头一次在城底弄巷里踏三轮车，轻轻踏一下

---

1 钥匙。

2 正午。

就骑出去很远。日头大是大，但是骑出去就有风，舒服受不了。我坐三轮车上，人高高个，单下觉得自个也有本事起了。那差不多是我第一次真真把眼睛撑开看城底，弄巷两边统是整间套的场屋，有钱人家住的，真大，真道地。墙建起很高，从两边往中心压过来，憋牢，难怪走在弄巷里点点风也冇。有些人家门口还把石头狮摆起，弄得跟祠堂哝，我看到心里不大舒服。但是城底就是城底，风滩人不论怎样有钱，场屋统冇城底的这样道地。

我跟尔讲，三轮车跟其他车啊船啊统不一色，顶好踏，坐上去就能踏。三个轮顶稳，盲堂踏也翻不掉，又不像小车[1]那种油门踩下就冲冲出去，把人吓死。就算赖尾马达装起，也得嗯咯嗯咯过一会才快起来。

等我踏到牛家堡的时候，开始紧张了。再往前踏就是山路，出发前男老跟我讲了好几次，到山路上得特别小心，弯头的地方，下坡的地方，一只手统得把车刹握牢。车刹，车刹，我在心里念，就要弯头了，按下去，太快了，按下去，下坡路，一直按牢，一下也冇胆放松，宁可慢点，安全第一。土路上全是凼，车震有歇，后面车板上麻袋摇来摇去，里头的零件铃铃响，我听了心脯头勃勃跳，千万莫把车震不好掉。就要到了，接下去又是上坡，用力踏，车头转去，到赖尾一条下坡，车刹按下去，往前头溜，我慢慢觉得不大紧张了，反快活起来。夹臀给车垫吸牢，痒痒个，风吹我脸上脖子上也痒痒个，车板上零件响有歇，听得我腹肚里也痒受

---

1 轿车。

不了。白溪[1]一下就溜完了。

风滩统是平路，我就有胆踏快了。我听到有些人站门口讲话，看到手指头对我夹臀下这部三轮车指起指起。我单下头皮大起，好像我造话了，假装这车是我的。我只管自个踏，不看两边，怕看到别人讲闲话，也怕看到路两边风滩那些破场屋，跟城底的场屋差太多了。我头脑里统是城底那些大场屋，还有门口那些石头狮，伊们单下活过来了，在路上跑，对我叫，要把我赶走，我眼睛把前头的路盯牢牢，越踏越快。

到修船铺门口的时候，正好有几个做海人在那，车一停下，伊们就围过来了。老师头走出来问我，我把装零件的麻袋搬下来，把疡爬起、供销社两公婆借我三轮车的事跟伊讲。伊有讲何物事，只是叫我把车推到后院里锁起来。那几个做海人还一路跟我到后院，问我这车好踏不好踏，又手伸出这挡挡那摸摸，眼睛光灵灵，想踏受不了，我统当有看到。不是我小气，伊两公婆好心借我的车，怎么好给别人踏？

其实我也不想把三轮车停后院，那边全是烂船板，顶上一张篷搭起，日头晒不进，腥气重受不了，几十年冇散出去，每次我在里头站一会，就觉得自个也要跟着臭掉了。

食日昼前，铺里冇我的事情。我走归一看，我阿妈还在那炒菜，饭也未煮熟。有三轮车就是好啊，又快又舒服，要是那日天光到城底去也踏三轮车，哪里还会疡爬起哦。还是城底人顶有福气！

---

[1] 风滩郊外村庄。

就是这样我才改成学修车。第二日我把三轮车踏到城底还给伊两公婆，往风滩走的路上，我决定不去修船铺了，直接走归去，跟我阿爸讲自个的打算，要去城底跟人学修车。我问过供销社的男老了，城底东门边那眼修车铺就招徒弟，老师头也好讲话，男老还讲可以帮我打个招呼。

我当时跟我阿爸讲，单单我们西湾就有三眼修船铺，做修船老师，手艺不论多好，也赚不到几多钞票。我阿爸一听到我讲想赚大钞票，就火烧起哝，讲我不安分，骂我日日讲食不讲做，还想去城底，城底是我待得住嘎？骂起骂起就讲到我做伢仔时的事情，讲我在沙滩拿石头卵仔把别人头砸破那次，伊领我去那人处里，赖尾呢，我未到门口就啼起，跑归去了，害伊只能自个走进去给人赔不是。伊讲从那时候起就晓得我这人有胆气，做海做不起，这样才把我送去学修船，为的就是叫我老老实实，赚一口饭食。还想赚大钞票？不看看自个是何物人。

伊讲的事情我早早个记不得了。伢仔胆小不懂事，大起来自然会转变，无空讲到做伢仔的时候，不晓得伊到底想讲何物。我听得糊里糊涂，反正讲来讲去肯定还是觉我有听伊的安排，就是不行。每次统这样，我跟我阿爸话讲不到两句就要吵起。

我现在年龄大起，有时候看到年轻人讲话做事头脑一热的样子，心里也会单下不大舒服。也不是觉得伊们的想法不对，我晓得事情会变，有时候年轻人懂得还多点，特别现在新式物事越来越多，真真是一年一个样……怎么讲呢，好像觉得自个给人欺负了，一口气憋牢走不出。也不对，又不是伢仔，做阿翁的人，哪里还能讲给人欺负？讲不灵清，就是不舒服，我跟我儿子讲话也是未讲两句就讲不下去。

反正到赖尾我还是去城底学修车了，修三轮车。我学过修船，修车学起来特别顺手，城底老师头经常讲我细腻，弄得好。几个师兄弟讲我是风滩人，看不起我，但是明里也冇胆太欺负我。

老早海头归，网统是放箩筐里，用扁担担归来的，你晓得不？我在城底学修车的时候，有些大点的船队开始用板车载网了，做海人有条件也想省力嘛。

冇过几年，风滩的三轮车也一部一部生出来了。我正好走归去，把风滩第一眼修车铺开起，就开在沙滩边，东湾的修车铺还得过好几年才有呢。当时冷冻厂新厂房还未建，西边那块统是空的，铺面就在空地上用篷布搭搭起，但是我觉得天下冇比那里更好的地方了。以后的店面不论多大，多道地，统比不上头起那一眼。

我还记得学好走归那日，我也是踏三轮车，我自个的三轮车。本来是一部旧三轮，破败噜苏[1]，是我用那些年存的钞票从一个老客人那边收来的。我把零件尽修好，有办法修的就把其他破车上拆下来的旧零件换上去，又用油漆整个油一遍，蓝颜色的油漆，油完新崭崭、亮烁烁，洋气受不了，何人看到统讲好。

1　破旧、破烂。

这次跟两年前头一次踏三轮根本不一色了，我踏得很顺，山路跟平地也冇差。这次我踏的是我自个的车，我自个的！车后头载的那些旧工具旧零件也是我自个的，我的好日子以后就靠这些来挣。踏到白溪赖尾的一段下坡路，两年前那种痒受不了的感觉又出来了，这次更痒，里头外边全身统痒，脖子到小腿统又酸又胀，手心脚心麻麻个。怎么讲呢，就像有时候坐那不动坐太久了，全身统不舒服，统在那挠尔，催尔，逼尔，凑尔耳朵边跟尔讲：快点踏，快点呐。好像以后冇机会了，就这么一次，身上有几多力就用几多力，千万莫不舍得。要不是怕车给震不好掉，我真真想踏起快，踏起用力，放开了踏，越快越好，马上赶到我的新铺面那里。一路上我统得把自个控制牢，慢点，慢点，莫听那声音讲，小心莫把车踏不好掉……

尔是不是觉得我讲的话很奇怪？真真？尔能理解？尔也有那种痒的感觉过？啊嚯，我就晓得，人生起好像不一色，其实统差不多，对不对？统是日子不安定的想安定，安定下来，过几年又忍不住了。

那时候才安定几年啊，两个村又打起来了，冇办法做海，冇人修车，好了，我的铺面也得关掉。过几日又讲铺面跟沙滩近，要我把门开开，给伊们放物事，旗啊刀枪啊火药啊，尽扔里头。莫讲做生意了，要是哪日火走起，整个修车铺全炸完，把我弄得担心受不了。赖尾村里的板车三轮车尽给伊们调去送饭、载伤员，用车的人不是自个的，不晓得可惜，车给伊们用得全是问题，我才重新到铺里修车。

我真真开始赚钞票，是在三轮车装马达以后。马达顶容易坏，经常火打不上。赖尾又修自行车、摩托车，兴何物车我就学起修何物车，统靠自个试，车的修法其实也统差不多。再是兴电瓶车，一年比一年多起，电瓶车里的电瓶是有寿命的，充的次数多起，慢慢就充不满了，电不够用，就得换新。我在城底风滩买进卖出，收旧电瓶，换新电瓶，换一个赚几十。我那几年靠电瓶赚了几多钞票啊，城底新场屋建起，楼上是套间，一楼照样开修车铺，把我阿妈也接过来，给她在城底过好日子。可惜我阿爸走得早，冇看到。

城底三轮车早早个就有载人的了，基本上统是外地人踏。外地人勤力啊，不怕苦，有时候我走牛家堡菜场过，看到路边停了一排三轮车，那些踏车人尽蹲那食饼，白葱包里头，干巴巴，不用呷汤也能吞下去。城底人看不起伊们，我跟伊们反有话讲。我晓得伊们到外边做事不容易，有时候伊们车有点小问题，我就相帮修修，也不收钞票。在城底那些年，要讲真真交朋友，还是跟外地苦命人交得多。

城底的场屋我现在给儿子了。老人家了，还是得回风滩来。刚走归我嫌憎无聊，又把修车铺开起，修两个月就弄不下去了。为何物啊，有人造我，讲我把伊们车里好的零件换成不好的，就是靠这种办法才变有钞票起。

不开就不开，随伊讲去，不用修车我还有闲，跟几个盟兄弟食食酒打打扑克搞搞手机，顶快活。莫觉得我们老人家就搞不来，手机电脑我统会用。十几年前讲股票好赚，我就跟人家学电脑了，炒股炒了两三年，头起赚来，赖尾又赔掉，到头是白白弄。现在的新手机我也用得来，尔们年轻人把以前的手机叫"老年机"，讲起真难听。跟尔讲，我每日统用手机看新闻，还在微信上跟我宝贝孙女视频……

修车修这些年，我就看明白一个道理，人是顶下贱的，比何物事统下贱。一部破车停外边，一下担心伊给雨淋了，一下又担心给人偷走，点点零件有问题统得修，修不好就换。但是人呢，几多苦命人日日在外边做事，风打日头晒，何人晓得，何人关心？人身体里出点问题，哪里会花心思去修？一部车要有机油，马达就不论怎样也发动不了，电瓶车要是有电，就一步也不肯往前走了。苦命人呢，顶多讲，忍一下就过去了。痛也忍一下，饿腹肚也忍一下，就算瘸腿断手也得做事啊，要不怎么赚食？一日做到暗，年轻做到老人家，冇人讲尔一声好，还嫌憎尔不够勤力。

第二部

1

台风能刮走什么？败叶、枯枝，还有无名树木梢头将熟未熟可怜兮兮的红果，或是烂瓦、破砖、斜挂的横搭的帘幕与椽梁，有时也掀起一片屋顶，有时将一棵细柳连根拔断，似乎有意提醒人们，灾难毕竟是灾难。

但是在沙滩上，它什么也刮不走。刮走几千几万颗沙子？那不过是九牛一毫。刮走恼人的暑热？过不了两天就会恢复如初，而且比先前更凶猛，更势不可当。

在沙滩上，台风留下的远比带走的多。当三兄弟走入一片狼藉时，他们看到的是遍地宝藏。一簇簇带叶的断枝横尸其间，蔫头蔫尾，被茂盛的海藻附着、盘踞，闪着晶光。

台风刚过，天气是茫然的。浪潮遥远而低迷，仿佛刚在前一个瞬间急遽后退，使前方变得过度空旷，青灰一片，连空气都显得稀薄。须得伫立片刻，呼吸几口海风，等到熟悉的咸腥气息在鼻腔深处缓缓沉淀，才使人确信自己仍旧身处亘古常新的亚热带海滨。定睛一看，原来碎石滩在连续几日狂风巨浪的推涌下挪了位置，完全松散开了。孩子们奔涌而来，掀开一块块石头，去寻找一方富饶。

在这更新之际,三兄弟满怀热情,开始分配起出海的职务。明勤是当仁不让的船老大,明杰担任副手,留给明泽的便只剩水手了。明勤一边宣布,一边心里暗暗盘算,等到了海上,一定要尊重明杰的意见。明泽那里,在听到阿大说要分配职务时便已经有了不好的预感,真听到自己受命为普普通通的一名水手,立刻用叫嚷声表达了抗议。明勤装作没听到,任他去吵,倒是明杰主动说:一只船上两个副手也没问题,就好像主任只有一位,副主任却可以有好几位……那么水手们何在?水手自然就是船上的每一张帆,每一条橹,乃至每一块船板。

仅凭三兄弟当下的准备,当然还无法顺利实现他们出海的愿望。因此明勤决意继续跟船学习最基本的出海事务,尽可能在每一项动手操作的具体环节上都亲身体验一番。他原本不愿再回先前那只船上去,至今一回想起第一次出海时的屈辱,他仍旧又羞又恼。若是随后几天又咬牙上了,或许浑浑噩噩撑过去,这面向新人的"考验"很可能自然宣告结束。可偏偏中间碰上了台风,隔开这样长一段时间,似乎恰好为他的逃避制造了绝佳的机会。

天灾当然不是他所能控制的,但是他总觉得那些船员们都会将他的"幸运"作为谈笑的口实,并且想出更刁钻的手段来打击他。无疑他是想得太多了,可是在那种情况下,在那样一颗固执而受伤的心中,会出现重重疑虑倒也不足为奇。

明勤想到了退缩,想要换一只船去历练,最好船上有熟悉的叔伯,能格外照顾他些,其他人也就不会一个劲为难他。然而想要这么办就得找阿爸去说，不，他更不愿意向阿爸坦承自己的怯懦，而且到时候阿爸一定又要借机提起读书的事……想来想去，自己只能继续忍耐，继续埋头干下去。

明杰和明泽另有安排。一开始，明杰想的是每天由他带着明泽去西湾渔港参观，让明泽多见识见识出海与海头归时的场景，他自己也可以默默观察做海人的一举一动，将出海的各项要点牢记于心。听到这个想法，明勤一面微微点头，一面却又表达了质疑，以为只是这样远观，很难有充足的收获，最好还是能够亲自到船上去看，从近处学习出海前的准备以及海头归时的各项工作。至于渔船出海期间，伢仔肯定是不能够留在船上，便只能寄希望于明勤了。

怎么才能去船上？明泽话刚问出口，明勤明杰便不约而同地想到了大伯。没错，在所有大人中，只有大伯会允许他们这样"胡闹"。而且大伯顶喜欢明泽，就算他凑到大伯身上，就算他忍不住乱动乱翻碍了事，也不会招来责骂。不过也不能真的瞎胡闹，明勤对明泽半是提醒半是警告地交代了一番，一旦上了船，就得老实本分些，而且尽量待在大伯身边，万万不可干扰船上其他人的工作，否则一定被赶下去，就是大伯也护不了他。

明勤说这话时恶狠狠的神情，倒果真唬住了明泽，使他连连点头，只是不知他能牢记多久。

在三兄弟拟定计划的同时，渔港中已聚集了众多渔民。熟人们见面来不及打一声招呼，便各自奔向过去几天风雨飘零无人问津的渔船。先从外面环视一圈，拨开船帮周围的藻衣和被海水泡烂了的枯枝败叶，审视一番，幸好幸好，只有些小破损，自己就能修补，不必劳请修船师傅。

同船之人一概松了口气，面露喜色，又立刻给起皱的面庞吸摄一空，相视时便只剩下茫茫的淡漠。接着进到船上，合力解开篷布各角尚未被狂风扯断的绳结，猛地一把掀去，暴露出饱浸了雨水与海水后腥臊冲鼻的船舱。所幸这场台风来去匆匆，船上不至于腐烂，将积水排尽，晾晒一阵就好。

日头将露未露，浪声也好像为浓重的潮气所吞饮。后面几天，人们都等待着，观察着，犹疑着。终于，有一只船启航了，半大不小、半新不旧的独桅船，由三四位经验丰富艺高胆大的渔人操引。上百双眼睛盯牢那船，上百颗心悄然悬着，众人驻足观望，手上的动作也停下了，就像严父送别远行的子女，心底挂念，面上却不动声色。

只见那只船在水面上晃晃悠悠，似乎尚未从锚定的局面中完全脱离，对眼前的一切充满了好奇。刚驶出一段，忽然一阵后退，为着骤然失了怙恃而惊慌失措。再度鼓起勇气，试探着迈出脚步，海水随着阵阵激荡翻涌上来，飞沫润湿了舌尖，多么咸，多么凉，多么熟悉的滋味。它终于从中品尝到自身的宿命，箭在弦上，它逃无可逃，只能坚定向前。

上百双眼睛望着它远去，上百颗心渐渐振奋。行动起来，起锚，扬帆，同样要经历一阵觳觫。有些就此退缩，转向，返回风滩海滩，蓄势而待发；有些强忍着陌生与不安，抖擞精神，追随已然消失在雾气中的先驱,奔向远方那充满未知的命运潮旋……

这场名为"泥潭"的台风就此宣告落幕。因为太过寻常,并不算惊天动地的天灾,往后也便鲜少有人再会提起。

2

受访人：缝纫铺老板娘

其实也有何物设计呐，就是把出殡、拜坟时候用的旗改一下，旗面上还是用姓，姓陈就举"陳"字，姓郑就举"鄭"字。我跟我老公统是踏衣裳[1]的，平时也做旗。

讲起也简单，旗面是四四方方一块大红的软布，边上踏一圈黄布条，字眼也是黄的，用硬点的土布。当然需要模具，把木板翻过来压布上，用粉笔把字眼画下来，再用交剪[2]去剪，剪好了翻过来，粉笔的印就在后头看不到了。我两个伢仔统懂事，喜欢剪字眼，叫也不用叫，看到有画好字眼的黄布摆成衣台上，伊们自个就抢去剪了。

船上用的旗统是从两句话里头挑，不是"一帆风顺"，就是"渔业丰收"，哦，还有国旗，一个大五角星，旁边围四个小五角星，每次两姊妹统抢那个大的剪。阿峰比萍萍小三岁，抢不过伊，就啼有歇，做阿姊的点点也不肯让阿弟。两个人做伢仔时就日日相骂，

---

1 开缝纫店。"踏"指踏缝纫机。
2 剪刀。

但是未过两个钟头，好了，阿弟又跑去找阿姊嬉了，两姊妹就是这样。

我阿峰大起还记得剪字眼的事情。有一次过年边聊起来，伊讲这些字眼里头，"一"顶好剪，"渔"顶难剪，"渔"的四个洞得折起来，剪一个缝先，再把交剪伸进去，顺笔画仔细把四方的孔剪出来。伊那时候太小，难的剪不了，只有"渔"不跟伊阿姊抢。萍萍听到也讲，伊顶喜欢剪"丰"，围牢中心那条竖，往外边把长短几横尽剪出来，剪好以后那几横就挂下来，像生了六只腿的虫。

几十年一下就过去了。现在萍萍在杭州，阿峰在义乌，有时候半年才走归一趟，未宿几日又要走了。城市里生活压力大啊，单单伢仔读书就不晓得用了几多钞票。伊们从来不讲自个辛苦，但是我心里顶灵清。

伊们阿爸走了以后，萍萍就讲把我接杭州去，阿峰也讲要接我到义乌去，我想想，赖尾还是冇答应。我不想给伢仔压力，也冇胆走，我连普通话也讲不大来，走去当哑人哦。在凤滩我起码还有事情做，有时候理理网，剥剥虾蛄虫，赚来自个食食也够了。要到杭州义乌去，我做何物事？日日只有躲处里。

别人讲我现在顶有福气，两个伢仔统孝顺，其实我宁可倒回以前去。老早辛苦是辛苦，但是两个伢仔统在身边，我跟我老公坐那踏衣裳，伊们在旁边相帮，阿妈阿妈叫我，赖[1]我，多好也

1　依赖、缠。

不晓得。讲起来，那段时间做那些旗的时候，我跟老公冇暝冇日赶了好几日的工。那些姓我们冇胆给伢仔剪，有些老字眼比"渔"还难剪。当时祠堂里单下要我们做一批旗出来，布也不够用，要是给伢仔剪坏了冇解。

那时候两边就要开始打了，等祠堂鼓敲起，大家就统得跑去，一下也迟不得。讲是何人伢仔在沙滩给一班东湾伢仔打了，两边的大人赶去，棺木东湾人还讲自个对，这样才相打起。那段时间我们日日讲这些事情，讲起来就气受不了。男子客喊起喊起，讲要打，要打，要跟东湾人从头到尾把账算算灵清，近的讲造反时候东湾的造反队多不像话，远的就一直讲到自个祖上跟东湾人几多代的过节去了。

头起，是两个村的破人[1]每日在沙滩相打先，何人要有哪里受伤，处里人也不骂伊，平时看不起伊的隔壁邻舍还把好食好呷的拿来，把伊哄得老起受不了，讲自个怎么怎么打的东湾人，跟讲戏一色。只有阿妈不舍得自个伢仔，一边上药，一边眼泪汪汪，软声软气在伊耳朵边讲，莫讲了，侬啊，莫讲了。

不晓得是哪日起，单下冇人吵了，沙滩上也冇人相打了，村里有点点声音，特别是中兴路上，连个人影也见不到。风也像冇胆吹哝，闷受不了。过两日祠堂里的人就走来了，叫我们快点做一批旗出来，讲是相打用的，一定得做起威风。怎样叫威风哦？我们想来想去，单下想不出来。

---

1 称男性相当于"流氓"，称女性相当于"婊子"。

正好那日下半架[1]，我看到阿峰跟隔壁一班伢仔一起嬉，伊跑过来伊追过去，我阿峰一边跑一边跟老虎哝爪子伸出，嘴巴里哇哇叫，把其他伢仔吓得拼命跑。怎样才叫威风，我当时想，这就是威风！做旗也一色，顶要紧的就是一大面摇起，摆来摆去要好看，给风吹起响动要大。东湾人很远就看到，又听到响动，可能也跟这些伢仔哝，直接被吓跑掉。

我跟我老公讲，伊马上就晓得怎么办了。伊这人有时候不大灵光，但是踏衣裳方面从来挑不出问题。伊讲，要让旗摆起声音大，不能只用一面软布，得把双层的布叠拢来，风一吹，中心就膨起，声音跟打鼓哝。要讲好看，把边上的黄布改一个花样就行。赖尾我们剪了三角的纹路，接在旗子伸出来的短边上，风一吹，就跟一朵朵火在那滚哝，好看受不了。

我老公姓陈，但是伊字行矮[2]，祠堂里那些事情轮不到伊。旗赶好以后，伊才给人叫过去。伊跟我讲，那日天光大家统站大殿门口，就跟过节哝，闹热受不了。伊排顶赖尾，根本看不到大殿里头，就一直听到嗡嗡响动传出来。听别人讲，大殿里在做好事[3]，还是专门从咸家尖请下来的师父，跟一般人处里做好事根本不一色，统是从来冇见过的真本事。每个人统想看，往前头挤，伊呢真呆，不挤前头去，反拼命往后头走，赖尾自个一人站外边

1　下午。

2　辈分低。

3　摆道场。

去了。

伊讲有些人挤到前头，看一下又给别人挤出来。有一个是我表兄，大娘舅的儿子，日日在外边不日溜的，走来跟伊打招呼，激动受不了，讲这老师父真真有功夫，看伊那眉毛下巴须，已经是半仙了。我老公就对伊头定定，我表兄还以为伊也看过了，也是刚给别人挤出来的。

我问伊，尔就不想看看啊？伊讲，想看，但是怎么好跟别人挤来挤去哦？伊这人就是这样，一世不肯跟人争，不用讲跟何人相骂相打了。那时候经常有几个隔壁邻舍站我们门口的招牌旁边讲话，我老公闲下来也站旁边听。做那批旗之前几日，每个人统在那讲，东湾人从老早起就怎样坏，做了几多不好事，大家统气受不了，忍不住骂起来，只有我老公不响。有一日暝里，我问伊气不气，伊躺眠床上，眼睛眯拢讲，气，好了，就不讲话了，点点也听不出气！

我有时候也讲伊两句：有点点脾气，别人统觉得尔好欺负。赖尾想想，一世安安稳稳，也有何物不好。就讲当时几个人打起凶受不了，头起风光的是伊们，赖尾坐牢间的也是伊们。这种事情要是出在我处里，我病也吓出来。

担心啊，我当然担心，这样老实一个人，单下要伊去跟别人相打，伊怎么做了出哦。伊讲大殿里好事做完，大家就重新排队排起，又有人把顶高的调到第一排去，给伊们发我们做的旗，当然是"陳"字旗顶多。我老公又给人挤到赖尾去了，祠堂里长辈讲了何物事，伊一句话也有听灵清，只晓得每次讲两声，前头的人就喊起喊起。有人开始喊口号了，何物打倒东湾人，打倒反革命，东湾人不投降就叫伊灭亡。我老公讲，好几年有听过这些话了，听来真亲热，就是不晓得东湾人跟反革命有什么关系。伊未想灵清，也跟旁边的人加进去一起喊起来了。接下去又听到几个人喊，共产党万岁，毛主席万岁，大家也跟进去，越喊越激动，声音也喊哑掉，想到毛主席就想啼，眼泪汪汪，毛主席啊，尔老人家怎么走这样急！我老公讲，伊那时候心里真真难过，想不到天下顶了不起的人也会有那一日，不用讲我们这些老百姓了。

发刀也是从前往后发的，头几排发的是真真的砍刀，到后头就剩下锄头那些了。有些人把刀柄握牢，这看看那看看，有些人呆下呆下，不晓得怎样握，怕把旁边的人揎到。大家单下统不讲话。我老公讲伊拿到锄头的时候也吓一吓，到现在伊们才晓得，相打是真真打，要动刀的，不单是为了闹热一下。当然了，弄得这样大，怎么可能不是真打？

要出发了，但是有一个人动，大家好像统给何物事拖牢哝，走不出去。这时候前头有一个人单下把手里的刀举起，叫了一声：出发！我老公讲，就跟伢仔学解放军打仗哝。我听到这句话就笑起：伢仔打仗是学大人的，尔们这些大人反倒过来学伢仔！

祠堂鼓又敲起来了，大家慢慢往前头走，第一排旗也挥起，风吹来噼啪噼啪响。我老公讲，伊听到这声音，马上觉得自个有力起，腿迈开，跟别人往前头走，大家又开始喊口号，越喊越大声，耳朵边嗡嗡响，不晓得要走到哪里去，不晓得要走到几时。看前头那些旗，真真跟火哝在那滚。伊听到旁边有人讲：这旗真好看!另一个人有点字眼[1],又加了一句:真威风!是啊,真威风,伊心里多快活也不晓得。

---

[1] 认字,有学识。

3

"收网!"明勤听见船头那里传来老大的喊声,立刻站起身,振作精神,迎风撑大了眼睛,叫黎明前沁凉的海风一扫,顿时恢复了七八分清醒。

他紧跟着身边一个阿叔走上前去。收网这种关键的活计用不着他,他便将堆放在某一侧鱼舱里高高叠起的箩筐一个个卸下来,在两侧鱼舱之间的甲板上摆开,预备着用来装鱼。

除了船老大留在船头掌舵,其他几个船员已经聚拢到另一侧凹陷的鱼舱里。一路放网,放了半个多钟头,那之后是好一阵等待,船员们接连睡倒了,现在终于到了收网的时候。年轻些的个个摩拳擦掌,老船员脸上也挂起了几分凝重。这回用的是大拖网,还狠下心费了不少机油,花销即使分摊到每个人头上,也还是一笔不小的钱。他们上有老下有小,承受不住风险,却又偏偏生在渔村,只能像大多数人那样吃这口饭,靠天靠海,靠这世上最为喜怒无常的两尊神佛。

明勤听不见老船员心底的叹息。第二次登上这只船,他没想到气氛同上一次相比会如此迥异。而这一回的经历,无疑给他带来了莫大的鼓舞。

从他夜半三更睡眼蒙眬地走出家门时起,头顶上眨眼的星星就使他感到快活。台风过后的阴雨终于要彻底结束了,明日将会是晴朗的好天气。明勤喜欢晴天,就连给日头晒出来的那股子热臊也喜欢。

他当然紧张,上次的遭遇并未淡忘,然而刚踏上沙滩几步,远远地,他便看到那只船上点起了明灯,而船下有人似乎在对他招手,还从涛声中溜出两声"阿勤阿勤"的叫唤。他应声加快了脚步,最后几乎慢跑着到了船下,结果还是被批评慢手慢脚。他低垂着头,虽然从那位大伯的话中听出了几分教训后辈时不耐烦的语气,某种大展身手之前的兴奋却是怎么都藏不住的。

无怪他们如此激动。这一天里陆续从海上传来消息,最早冒险出海的那批渔船全都大丰收——台风把附近海域的鱼全都赶到风滩来了。渔汛能够持续多久谁也摸不准,后来者已经失了先机,当下自然要和时间赛跑。充沛的热情缓解了生活的苦闷,他们没空也无意再和明勤过不去,对明勤的态度不知不觉改善了许多。这倒不是认定他已经成为合格的水手,而是期望着他也能在这次出海中派上用场,为丰收切切实实出上力气。

明勤所在的这只船,是一只中型机动船,配备了拖网设施,属于风滩海域捕捞船的主力。操作室在接近船头的位置,由船老大掌舵,保持船尾向前行驶。虽已升帆,马达依旧开到最大,訇响声震耳欲聋。渔船破浪追奔,想要赶超时间。

刚开始,明勤还能看到周围有十几只船,小型居多,中型屈指可数。稍微驶近一些,各只船上忙碌的众人也能依稀瞧见,其中不乏熟悉的身影。前方的船驶进两侧群山夹成的犄角时,有些从东湾来的渔船也渐渐同它们接近,甚至交汇。明勤不由得感到紧张,可是看见船上的叔伯们面不改色,便知道这是常事。

一钻出海湾犄角,前方顿时变得无比宽阔。每只船似乎都有意拉开同彼此的距离,于是各自朝着不同的方向独自远去,去寻找理想的捕捞地点,就像飞鸟寻找可供驻足的沙洲。

有意无意之间,西湾的渔船大多驶向金屿岛以西的海域,东湾的则多数驶往东侧。无论如何,船与船都相隔渐远,在明勤眼中,先是人的细影荡漾着,消融于船体粗壮的轮廓,再就连船影都越变越小,转眼失了形状,只剩下一道扑闪的亮点,大概是渔火的光芒。

放网至少需要三个人合作:一人转动转轮,将卷成一团的网匀速放开;两个人面对着站在舷边,抓住浮子,托起网沿的两端,然后一节节抛向海面。网被放出的速度和抛向海面的速度必须基本保持一致,放出过少不足以供给抛网,网面会绷直而中断,放出过多,堆在鱼舱里的话,后放的网压住先前的,抛网时就有了阻力,同样不能顺畅。

说来困难,配合默契的叔伯们却很快找到了相称的节奏。宽大的网面下坠,部分贴上鱼舱地板,时紧时松,无论放网还是抛网都显得游刃有余,在使力与松弛间交替。渔火映照下,身影被拉长了，扭曲了，头重而脚轻，落在甲板上，机舱上，帆面上，摇颤不休，好像那里有另外一些人，在某个扁平、阴暗、无法逃离的古老世界里，进行着更为费力艰苦、永无尽头的劳作。

明勤看着被抛向海面的网从灯火奋力撑开的一小片光明中迅速滑入黑暗，那是紧挨着光明的，远比黑夜更加深邃的黑暗。他将视线避开近处的灯火，向更远处望去，等到眼睛适应了远方的昏暗，才隐约能够看到海面上载浮载沉的浮子，以及星光下的粼粼波澜。

浮子是用大鱼的鱼骨做的，透明泛白，由阿妈阿婶们一块块磨去毛刺与凸起，成为网绳的节点。此刻，两排浮子在海上排开，向渔船已经驶过的后方弯弯曲曲延伸开去，架起了一条隐匿的道路。它的下方，渔网已经在海水中铺展开来，此刻正随着浪潮微微荡漾，诱骗来往的生灵。

明勤遥遥凝视着这条深夜时分的海上之路，看得越久，他越感到恍惚。海面是如此神秘，仿佛具备某种摄人心魄的魔力。忽然一阵风吹来，渔火扑闪，他竟感到一丝同夏天格格不入的寒意，使他瞬间惊颤，于是急急收回目光。

放完网之后，船不再向前行驶。收帆，马达熄火，伴随着最后几声呻吟般的长音结束，世界顿时坠入一种不真实的寂静。直到此时，众人才清晰地感觉到船正在海上摇荡。接着，感官被风与浪的喧嚣占据，细碎平缓，催人入眠。蛰伏的困倦即刻上涌，船员们或坐或躺，纷纷陷入晃荡不休的梦境……

有人梦见半夜出门去井边打水，因为老婆说小儿子发烧了，要靠凉井水来降温。他想也没想，随手提起水桶，一转眼就到了井边。井边长了棵野桃树，泥地上还落着几朵褐沉沉的烂花瓣，枝头已经挂上了桃子，只跟李子一般大，一看就知道是干巴巴的硬桃。不过快有一年没吃桃子了，他想得很，打算上前去摘，结果一踩上泥地，就一脚陷了进去，吓得他赶紧抽出来，两脚湿透，黏糊糊的。

后面总算打来了水，他拎着桶往家里走，那水却不知怎么的荡来荡去，连带着桶前后飞摆，走得再慢也止不住，反而越飞越高，水拍打桶壁的啪嗒声响极了，马上就要飞溅出来……

有人看见自己躺在阿妈怀里，正被阿妈轻轻拍打着安睡。年轻的阿妈原来长这个样子，他几乎已经忘了，脸更白一些，背更挺一些，头发不那么灰，眉头心也不那么皱。他想走近点，可是迈不开步子，身体累极了，重极了，只有脑子里的想法轻飘飘立在那里。

一转眼，却发现阿妈怀里抱的并非自己，而是自己的儿子，可奇怪的是阿妈还很年轻，完全看不出已经当奶奶了。他看到儿子突然皱起眉头，好像不大舒服的样子，马上就要醒来，就要放声大哭，他心慌了，连连念着莫啼，莫啼，可是他的声音传不过去，被面前的什么给阻挡住了，于是尽全力呐喊，声音竟完全嘶哑，近乎失声。阿妈呢，却安坐在前方，对眼前的一切毫无察觉，自顾自地用完全相同的频率摇着、拍打着怀里的婴孩，好像从过去到现在到将来都不会有什么改变。

而那个婴孩——这时候已经看不出他到底是谁了,跟谁都有点像,却又分明不是他所认识的任何一个人——他只是时不时就要不安分地动弹一阵,面露痛苦地抽搐一阵,到底也没有哭出声,或者闹腾着醒来。可是他呢,在旁边看着,却比婴孩更耐不住性子,想要挣扎,想要哭闹,无法忍耐……

有人先是听见念经人的声音,在耳朵边呜呜嗡嗡。眼前的画面慢慢清晰了,往前几步的地方摆着一只大火盆,几叠黄纸在里头烧,烧得整座屋子的空气都轰隆作响。他猛然记起,今天是堂兄尾七的日子啊,他在的那只小船出海时候翻了,听说是给外面的大船撞的,船上三个人全部失踪,船也找不着,人十有八九是没了,也寻不到证据,只是同一天出海的其他船里有人说看到一艘运货的大船经过,说那船至少有一百多米长,银光闪闪,漂亮极了。

到头来葬礼也没办成,尸身都没有,拿什么办,再说不办葬礼,好歹还留个念想,没准,没准……好了,现在就认命吧,就从出事那天算起,起码尾七办得风光些,叫阿大下辈子投个好人家。

他欣赏着眼前和尚作法的闹热景象,恍惚又想到那句:七月半过后,海里一定死人,每年统这样。他经常听说或是亲眼见到其他人家里出过这样的事,回回就是这么一句,"每年统这样"。也是,不然还能说什么呢?留下孤儿寡母,只好邻里乡亲往后多多帮衬，要是肯改嫁，日子还能好过点。也有肇事船找上门来赔钱的，极少，这么多年也就一两回。

茫茫大海，反正没法找他们去，只有等人家主动找来。等吧，等吧，渔村人命定有一个等字。真要找来了，一赔可就是一大笔钱啊，叫人看了眼红。要是没被什么船撞上，只是被那种古怪的风浪卷进去了，那就是命，龙王做法，收他进龙宫当差。没错，连死法也是有好坏分别的。

今年总算轮到他身边的亲人了，也许将来有一天也会轮到他。死者没有亲兄弟，自己这个堂兄弟往后就更得帮着照管他的家人。留下一个还没讨亲的儿子，好嘛，十九岁了，顶不听讲，天天在外边鬼混，过去给他阿爸打骂，没用。这下好了，以后更没人管得了他。阿嫂也苦命，外头买来的，蛮话都讲不好，儿子学他爸，根本就不把自个阿妈当人看。

他于是抬眼四处寻找那个侄子，发现他果真是不像话，在自个阿爸尾七上还吊儿郎当，走路晃来晃去没个正形。真是怪了，他难道就没办法端端正正站着吗，啊？他看得火大，实在忍不了了，决定去教训他一顿，树一树阿叔的权威。没了阿爸，往后就得听他这个阿叔的。想到这里他觉得很得意，甚至隐约感到快活，他迈开大步往前走去，却发现脚下的地像浮萍在水上似的，一挪动步子就往后退。他拼命撑着，想要从旁边找点什么扶一把，可没想到整片地都裂开来了，每个人，连同地面、灵台，以及那架通往不存在的二层的楼梯，都被分隔在一块块裂片上，漂浮着远去，火盆里的火还烧个不停。人的挣扎是最厉害的，倒显得比那些无生命的东西更加松散，更难保持平衡，于是一个个都跳起了古怪难看的舞蹈……

梦中的明勤，又一次来到那艘巨大渔船的阴影之下。他还完全沉浸在茫然之中，因为并没有走过什么路便已抵达，并不像"往常"那样，总是先远远看见渔船巨大的身影，有时裸露在清澈明净的空气中，有时浸润在夜露瀼瀼的朦胧之中，使他激动，使他向往，于是努力跋涉，渐渐接近那道神圣威严的幻影，及至幻影渐渐转变为可嗅可感的真实。

然而这一次有所不同，真实从一开始就向他递交了解除神秘的锁钥。巨船牢牢嵌入沙体，在海浪拍打下几乎纹丝不动，好像并不只是短暂地停泊于此，而是经年已久。

他太过困倦了。尽管已在梦中，这种困倦仍旧得不到消除，甚至隐约将他推向更深一层的梦境。困倦致使他在梦中无所行动，只能凝视着眼前那过于逼近的，波澜反射下闪烁着金属光泽的船壁，耳鸣一样虚幻，像是被斩落在地的星辰。视线游离不定，时而接近时而疏远，好像做着揣摩与切割，使船不断加宽，变薄，更加棱角分明，可是过于集中，向着头尾两侧迅速收拢，接着不受控制地朝外延展。

船的过度变形使他憎恶。他无法预料将会发生什么，却又清楚地感觉到某种叫他恐惧的事物或者说状态正在诞生。变化是无声的，整个海滩寂静得可怕，浪潮已悄然退隐，仿佛在这不可遏制的趋势下选择了避让。

渐渐地，船壁被拉伸成一张薄而宽大的铁皮，像篷布，又没有篷布的柔软，只是僵在空气中，浮颤着，带动众多微小的凹陷与凸起，制造出无数苍白、浮躁而缺乏意义的扭曲与折射。不，说颤动并不准确，应该说是一种病态，是无力却勉强支撑的绝望状态，饱含恶意，传达出不同于噩梦的另一种恐怖。

然而这一切尚未结束。眼前的铁皮，在局部凹凸变幻的同时，整体却表现出一种确定的趋势，即中央部位向前微微隆起，周围各点维持不动，似乎在同隆起的趋势对抗。变化是缓慢而模糊的，就像梦中的时间深陷于泥潭，黏稠，迟滞，直至一道无比确定的念头如陨石般骤然坠入做梦者的脑海——这是一面鼓，也是一面鼓起的风帆。或者应该说，它所等待的命运决定了它的本质，那便是一声敲击，以及随之而来的共振。它将在这繁星点点的夜晚激奏出一曲日昼般刺目的恸歌。

恸歌响起了，哦，多么庞大而广远的震荡，那潜伏其中的凛冽与尖锐无休无止，使做梦者藏于深处的灵魂随之惊颤。然而明勤无法将这种感受加以言说，他只是感到昏沉与刺痛两种感受在相互对抗，一方想要埋葬一切，一方想要冲破一切……

"收网收网！"

从船头那里接连传来几声叫喊，使船上众人纷纷挣脱了梦境。晕眩尚未解除，某种曾被捆缚的触感还遗留在身体表面，但是来不及多想，必须立刻起身，为深夜海上的凉意匆匆打个冷战，便向各自的岗位走去。原来双脚确实可以迈开，扭一扭发僵的脖颈，又酸又胀，试探着从喉咙里往外咯痰，响起浓重而使人振奋的沸响，最后懵懵然打量一番黎明前灰蓝一色的天空与大海，到底还有些难以置信，眼前便是那个寻常所说的，实实在在的世界。

起网，首先要在渔船回航的过程中拖网，同时转动转轮，将散开的网慢慢聚拢成一只网包，最后挂上钓绳，由船员们合力将网包拉起，使麻绳勒进手心，唤醒那些缄默的疤痕。刚拉起的网包哗啦啦往外淌水，乍一看显得很小，明勤还以为收获不佳，心里头不禁跟着紧张起来。他没有意识到，不知不觉中，他已经将船的利益得失同自己视为一体了。

网包沉沉下坠，一半超过了船舷，另一半胖溜溜压在舷边上，有一段时间似乎卡住不动了，深深凹进一道痕，挤得上下两头凸出，好像随时都会炸开来。明勤的心也跟着提到了嗓子眼，他忽然起了个念头，一旦网包不堪重负炸开，他就会扑上前去，尽自己所能拉住网包，用自己的身体堵住其中一个洞口，或者至少夺回一些鱼。

大量海水仍在淌出，好像网包的容纳空间无穷无尽，有一些鱼头鱼尾鱼鳍鱼肚从网眼里钻出来，随着激越的水流飞速弹动。网包终于还是被拉过了船舷，重重砸在凹陷的鱼舱里，却没有如同预想中那样立刻炸开来，而是缓缓塌陷，就像被刻意放慢的无声影片，微暗，摇晃，也像船员们泄力后松弛的肌肉，软耷耷垂下，鼓出滚圆的腹肚。

明勤只觉得钓起时小小的网包，一落到鱼舱里便胀大了好几倍，甚至仍在持续膨胀，网眼也跟着渐渐放大，接着，从那隆起的腹肚下方开始往外流出鱼来。没错，就是流出来的，刚开始像是白色的脓浆，慢吞吞，黏糊糊。其实不该这样放任网眼扩大成窟窿，没准会毁了一张渔网，可是船员们都已力竭，因此没有人想到立刻去解开那个网包。等到明勤想到应该上前补救时已经来不及了，不过也没有人会怪他，因为那鱼流个不停，真多，水瀑一样，白花花的，中间混了些灰灰黄黄的颜色，只粗粗一看就能知道，里头有鲳鱼、黄鱼、黄山、梅鱼、杂骨鱼、水潺、蛤蟆䲘鱼。当然也少不了花螺、毛蚶、乌贼、水蚝仔[1]、蛇鱼[2]，还有白虾、黄虾、硬壳虾、江蟹、蝤蠓虎[3]、红沙蚂[4]……海物是看不了，数不尽，命名不完的。

大家目瞪口呆盯着那瀑流，只见它减缓了速度，终于停滞下来，但是满舱鱼虾还在蠕动，它们由于相互依偎相互挤压，而获得了某种极具欺骗性的、致命的安慰，因而并不十分剧烈地挣扎，好像甘愿接受死亡。渔船向这沉重的一侧微微倾斜，压抑着木板夹缝深处关节倾轧的喘息，悼念般的欢乐。

两个船员这才走上前，用水鞋探着、拨着，小心踩进鱼舱，去解开放任已久的网包。他们同时抓住下方大窟窿口附近尚好的网，将网筒子往上扯，使网包整个倒翻过来。深处的鱼虾被倾倒一空，多得超乎想象，立刻淹过了两人的膝盖，幸好有加厚的下水裤阻

---

[1] 一种小软体动物，形似鱿鱼。
[2] 海蜇。
[3] 花蠓，一种螃蟹，形似蝤蠓，背有花纹。
[4] 一种螃蟹，全身鲜红色，肉汁鲜甜，但肉少。

挡，否则腿脚中早已灌满咸水，而且会被其中隐藏的尖刺刮伤。

在他们费力将腿拔出的同时，那渔网也已经被完全扯起，小小一叠，满是破洞，凭空垂下几条粗麻绳，还在滴水，细密而散乱的浮子像某种动物褪去鳞甲后的残余。渔网失去了形状，再没有被鱼虾撑开时的福气与威风，又湿又黏，沾满了水藻和烂泥，终于被甩到一边，无人问津。大家的目光全都被那满舱的鱼虾吸引去了。

下面要做的是拣货，也就是对鱼虾进行初步的分类和挑选。明勤先前分开摆放好的箩筐终于派上了用场，大箩筐小箩筐分别装不同类别和大小的海货。多的、贵的、完好的单独成筐，那些零散而廉价的杂鱼杂虾则胡乱堆在一起。

接着，两人合力将箩筐提到船外，另一个人用备好的大桶海水小心冲洗，既为了将杂在里头的脏东西冲走，避免过早发臭，也为了将不慎落入网中的鱼苗冲回到海里头去，不能贪它的，往后才保佑你继续丰收、平安。

然而无论如何冲洗，船上这些离海的鱼虾们都在无一例外地走向死亡和腐烂。明澈夜空下，航行于无垠海面的小小渔船，远远看来鲜明可爱，实际却是一座熔解生机的黑作坊，而且全无火炉的炽烈，处处散发着霉烂与腥冷。

选拣完毕后，明勤同另一位船员跪在甲板上，徒手抹去那些碎壳残渣，很快就浑身沾满一种说不清道不明的黏液，不知是源于遗留、喷吐抑或挤压。船上所有人，在离海之前，对此都不会有半分察觉。

做一辈子海，假如有幸并未横死海中，那么在弥留之际，殒灭前夕，或许他们还将在黑暗隧道般的漩涡尽头，同已然隐匿半生的敏锐嗅觉重逢。那茫茫一片中无数绚丽的光点，鱼群的幽灵，将围绕他，亲吻他，啃噬他，引起残败生命最后一场惊悸。

而刚刚踏入这种漩涡般的生活的明勤，也仿佛立刻被吸纳其中了。

鱼舱里慢慢浅下去，一只只箩筐渐渐满起来。直到这时，船员们才敢真正告诉自己，这回确实是一场大丰收。发财了，发财了，他们在心里念叨着这句朴素而真挚的话语，并没有听见钱币叮当或者看见一叠叠钞票出现在眼前，也没有想到这一笔收入将给自己带来美酒美食，抑或只是换来一口好烟。

这一刻，明勤也跟着喜上眉梢，快活得几乎要冒出眼泪来了。他为如此难得一见的丰收场面而感动，这份感动使他暂时忘记了自己的遭遇，忘记了曾经的不愉快。不过转眼他又想起来，在风滩，关于出海有一种说法，说捕到的再多、再好，也不能表现得太高兴，尤其是回航后搬网下船的时候，态度要严肃，脸色要凝重，毕竟你是从海里头拿走了点什么，毕竟这鱼虾螺蟹都是大海生养的孩子，所以千万不能够得意忘形，你得学会克制自己的感情，像神明要求的那样做，像生活圈定的那样做，否则下一次，大海不会再让你交上好运。

4

受访人：做会钱人

走进来讲呐，老场屋暗洞洞，我把灯开起先。冇其他人，阿威在义乌，伊阿爸到外地渔船里做事了，两年走归一趟。工资高啊，一个月给伊一万多，要不欠这么多钞票怎么还得完。

冇错，风滩做会钱[1]的我是头一个。零二年还是零三年嘛，我那阿姆[2]中风以后就躺眠床上躺了两年，一个月得打好几次营养针，处里钞票早早个用完了。别人统劝我们，老人家这个样子也受苦，营养针莫打了，宁可把钞票省下来用在有用的事情上面。

我根本冇胆跟阿威伊阿爸讲，伊听到肯定要气的：有用？何物叫有用？何物比我阿妈的命还有用？伊每次统这样讲。伊这人孝顺，冇兄弟姊妹，从小给阿妈当宝哝宠大，但是不像有些伢仔，宠得不听讲。要讲勤力，冇人能跟伊比，做事做起就半日不响，饭也记不得食。

做媒的到我处里就是这样讲的，我根本不相信，那些媒人嘴

---

[1] 互助会形式的民间集资、借贷等。

[2] 对丈夫母亲的代称。

巴里有一句真实。赖尾嫁去了,才晓得这世上真真有这样的人。讲伊呆嘛,事情做起比何人还好,讲伊好嘛,有时候脾气大起一句话也听不进去。有办法,又过半年,我阿姆走了,处里欠账欠了上千,统是我去找娘家亲戚、盟姊妹,一个一个借来的。那时候要讲到欠账,统是顶不像话的人家才会这样。我这人本来欠别人点点物事就整暝睡不去,单下欠这样多钞票,我暝念日念,怎么办哦,这可怎么办!

尾七过后,阿威伊阿爸才重新去做海。过两日,伊海头归,到暝里跟我讲,打算买一只船做老大。我当时也有吓到,真真,我不跟有些老娘客哟,老公想做点何物事统不给伊做,我心里也是觉得,要做就得做大事情,做老大。我晓得,阿威伊阿爸有这本事,就是一个问题,我们冇钞票,买船可不是一点钞票啊。

第二日,我又到娘家去,打算跟我阿妈讲,想叫伊帮我问问,还有哪些亲戚那可以借钞票。我难开口啊,每次走归统是为了借钞票,就算对自个阿妈,脸也拉不下来了,这次又不是借点点,买船起码得好几千。正好那日,在钱库[1]的表姊到风滩来分茴豆[2],讲伊大儿子讨新妇了,讨的是钱库人。隔壁邻舍统在我处里,人多受不了,我连开口的机会也冇。

我表姊这人细腻受不了,伊早早个就看出我站旁边,好像有

---

1 苍南县辖镇,经济较发达。
2 相当于分喜糖。

话想讲又有胆讲。等到跟其他人招呼打完，茴豆分完了，伊就把我叫到房间里讲话，听别人讲我阿婶走了,怎么不叫伊来送送。我讲伊在钱库不方便，不好意思麻烦伊走一趟。伊又讲我阿婶苦命，在眠床上躺了两年多，讲起来眼泪汪汪。

伊问我，今日到娘家有何物事情，看我半日话讲不出，就凑到我耳朵边细声问，是不是想借钞票。我单下脸红起，头定定，看也有胆看伊。伊问我要借几多，我说起码五千，就把买船的事情跟伊讲了。

要讲我处里这些亲戚，就是这个表姊顶有福气，早早个跟表姊夫搬到钱库去开店，现在儿子又讨了钱库新妇，真真变成钱库人了。我那日看到伊，就打算跟伊借钞票，未找到机会讲，伊自个反讲起先，把我弄得不晓得该怎么办。

伊讲，这么多钞票伊一时也拿不出，大儿子讨亲钞票刚用掉，又要建新场屋，又要下聘，又要办酒。我们两个人统有讲话，这种时候真真是头皮大，特别是借钞票的人，巴不得地下找个洞钻进去。但是我表姊单下想到，讲：要不尔参会呐！

参会？我根本不晓得这是何物意思，头起还以为就是跟借钞票一色，还讲自个有胆跟不熟的人借，利息高受不了。我表姐讲，参会不是借钞票，是一班人把处里钞票拿出来，凑起一笔大钞票给人标，标到的人交利息，其他人统有利息食。伊讲，现在钱库那边叫会的人很多，伊有熟人，我要是想参会，伊就跟那个人讲，把我拉到会里。头一笔是不标的，过三个月第二笔，要是给我标到，就有钞票拿。

听我表姊讲这些物事的时候，我头脑里乱糟糟的，跟做伢仔时上课哝，一只耳朵听进，另一只耳朵马上跑出去。就是赖尾开始做会钱了，也不是何物事统灵清的，得慢慢学，慢慢试才行。尔莫觉得会钱好做，冇这样简单的，里头门道很多。就讲标会的时候，利息写几多好呢，写矮了标不到，写高了标是能标到，赖尾钞票拿出也多啊。还有，何物时候标，也是不一色的，前头标到呢钞票拿去早，后头标到利息拿得多，有好有差，就是中心那几笔经常冇人肯标，那怎么办，也得安排出去才行。

我表姊给我讲的那些话里头，我记顶灵清的就是那句，讲头一次标会是定好给会头的，连利息也不用交。我那时候还不晓得做会头是弄何物事，就是觉得可以顶早拿钞票，还不交利息，这样好的事情想了冇噶？我就跟我表姊讲，这样我宁可当会头，自个叫会。伊听笑起，讲叫会这样好叫噶？麻烦受不了。我头起不懂，等到真真做起了才晓得多不容易。我表姊赖尾把那个钱库朋友介绍给我，阿满姊，专门做会钱的，叫我有问题就给伊打电话。

想叫会，得有人参会才行。参会的人呢，第一处里要有钞票多出来，第二还得相信尔。别人跟尔参会，是给尔面子，得给参会的人包红包感谢伊，钞票不多，算是心意。那时候风滩冇人做这个，统跟我一色听也有听过，哪里有胆随便把钞票拿出来哦。

还有，也不是不论何人统给伊参会的。做会头，中间要是出了问题，尔得负责任。何人给伊参，何人不给伊参，都要想灵清。处里人，亲戚朋友，盟姊妹，还有阿威伊阿爸那边的，关系定的，认得早的，统要考虑先。但是也不单单是看关系，有时候就算是顶亲的亲戚，也要留个心眼，钞票的事情不能不小心。有时候呢，就算刚认识的也能给伊参，就是得有靠得牢的人做担保才行。

我食过冇人担保的亏。差不多零七零八年那时候，一个远房阿姊，伊从四十来岁起就在庙里相帮煮饭，一直在师姑娘庙[1]里念经。当时伊跟我讲处里需要钞票，想参会。我头起还有点担心，觉得是不是得叫伊找人担保，赖尾想想，有庙放在那嘛，在庙里食菜，念阿弥陀佛这些年，还不够担保噶？其他人也跟我讲，伊这人肯定不会的，才五十来岁，钞票不还，以后不做人了？我就是这样才给伊参会，还跟别人统讲好，把第二笔会给伊标。

何人晓得伊把这钞票拿去，是给伊那个在处里混事的儿子的！伊儿子跟伊讲要做生意，打算在沙滩开卡拉OK店，讲有一个朋友之前在城底开店的，现在关门了，店里那些物事统便宜转给伊。话讲起棺木好听，把伊骗进去。赖尾呢，伊那帮朋友日日冇事做，就赖伊店里唱歌食酒，好了，店未开两个月，本钱折完了。

怎么办哦，那阿姊打电话给我，一边啼一边讲对不起，真真对不起，讲自个下山了，冇脸在庙里了，不论想何物办法也要把钞票还我。我听到心里真真难过，跟伊讲不要紧。天下做阿妈的统一色，为了家庭为了伢仔办法想完，出了问题何人也靠不牢，只能靠自个。赖尾有几次伊会钱交不上，统是我帮伊垫上先。伊到厂里做事，赚钞票还账，伊那儿子呢，还是躲处里，还是不做事。

---

1 尼姑庵。

从那次以后我就学起心狠了。不大熟的人想参会，统得找人做担保，要不就莫想。我顶担心的其实不是有人把钞票食掉，再也不还，那时候根本想不到会发生这种事情，听也有听过。我怕的是有人跟那个阿姊哝，心太好，为别人借钞票，到赖尾自个受苦。我宁可心狠点，宁可给别人讲，讲我这人只认钞票不认人，给伊讲去就是了，起码不会害了别人。

做会钱差不多十年，朋友很多交起，但是不跟我讲话的更多。就连我亲阿姊，有几年也为了这跟我相骂，有时候临时要我跟其他人讲，下一次标会让给伊标，有时候我叫会叫完了，伊才来讲要参会。我讲这有办法，伊就讲我们是亲姊妹，为我点不行啊？怎样为伊哦，会钱又不是只有我们两个人，又不是处里的事情。这也要我为伊，那也要我为伊，为得过来嚼？好了，伊就气起，讲我这人冇良心，为了钞票连亲姊妹的感情也不讲。

感情，感情，我做会钱那些年，每个人统走来跟我讲感情，讲来讲去还不是为了钞票。尔讲这会钱到底是靠何物事做起来的？靠人情？可为了做这个事，几多亲戚朋友弄得不讲话啊。尔讲靠法律？就是借点点钞票，跟法律有何物关系，讲起来这样吓人。我们普通老百姓过日子从来不靠法律。

我还记得的，零三年，第一次叫会，叫的是单万会[1]，参会的人都是顶亲的。头笔一万块拿来，我把账还掉，剩下的买船。本来

---

[1] 指每位参会者在整个参会期间需要拿出的金钱总额（不考虑利息），也即每次标会的竞标金额。

我打算就弄这么一次，赖尾有好几个人晓得，又来问我还叫不叫。我想不定，就去沙滩电话亭给阿满姊打电话，伊听到马上劝我再叫一笔，讲我第一次叫会就这样顺利，应该跟伊一色做会钱，那几年赚头特别大。伊讲的那句话我到现在也忘不掉：就靠做做海，发财了起嘎？发财不起，我听到心脯头单下勃勃跳，当然发财不起！

我心里灵清，我们风滩顶不缺的就是做海人，男子客不论多勤力，有靠做海叫一家人不缺食不缺穿的，也有存下点钞票的，但是从来冇真真发财起的。外边发展多快哦，物事越来越贵，单单靠做海，永远莫想变成有钱人家。阿满姊那句话讲是啊，阿威也大起了，不用成日看牢牢了，我也可以想办法赚点钞票。

当时我那么快就决定要做会钱，其实也不单是为了阿满姊跟我讲的那些话，是我自个早早个就想做点何物事了。会钱也行，其他的也行，只要不是躲处里理网补网，只要莫跟风滩其他老娘客哝，日日过那种日子就行。

我讲不出来那种日子有哪里不好，我阿妈我阿姊统是这样过来的，一世冇出过问题，安安稳稳。我不是讲伊们不好，就是，怎么讲呢，好像这日子过得冇头冇尾，不晓得在干吗，不晓得为了何物。为老公，为伢仔？那顶好的也就是跟我阿婶哝，有阿威伊阿爸这样孝顺的儿子，到老也不用操心。

我那时候还未四十岁，这些事情还未想灵清，也不肯想。我阿妈老早经常讲，我这人生下来就不安分，暝里躺眠床上，过两个钟头就醒一次，啼冇歇，把伊弄得冇一日睡好。大起了也一色，不让伊安心。

啊嚯,其实也冇想这么多,那时候就是喜欢钞票嘛,当然想钞票越多越好。两公婆一起赚,统比一个人赚得多。我就想试试先,做会头到底能赚几多我也不灵清,阿满姊讲,有何物不懂的就问伊。会头怎么赚钞票?也简单,要不就是把第一笔拿到的钞票直接借出去,要不呢,拿到别人那里参会,风滩这边有人,我就交付阿满姊,拿到钱库去。讲简单点,就是食利息。

做会钱那几年,我每日赶来赶去,有时候拉人参会,有时候还要坐公交车、残废车[1]到城底啊钱库啊去标会。讲起来也洋气的,那几年要讲坐车,全风滩冇一个人比我坐得多。

我就读了两年小学,但是算学比语文好多了,冇想到有一日还会用到。那些年我不晓得记满几多本簿,统是数字,每日在那算啊算,有些要加上去,还有要乘起的,起码算三次,笔头写一次,口算一次,赖尾又用计算器按一次。统是钞票,当然得小心又小心,点点也不能有错。有些人还讲,做会钱顶爽皮,好像坐处里就行,何物事情也不用做就有钞票赚,那统是盲堂讲。

那几年确实是钞票赚蛮多,吃爽用爽,新场屋也建起,阿威书读不来,高中、大学统是我给伊买进去的。不单是我这边,阿威伊阿爸做海也顺,捞好受不了,不过理网、补网那些事情我点点也不管,统是雇别人做的。

---

[1] 一种拉客的四方铁皮小车。

现在想想，可能就是太顺了，头起那种小心、仔细，才慢慢有了。老人家有讲错，钞票赚越多，人反越贪心，这样赖尾才给那棺木阿仙哄进去。伊是钱库人，做会钱认得的，那几年经常一起食酒，唱卡拉 OK，话讲起来呢好听受不了。有一次伊凑我耳朵边细声跟我讲，瑞安有一个大老板打算开皮鞋厂，伊亲爷[1]是市里做官的，销路统搭好了，包赚。阿仙的叔伯姊夫是公务员，土地局上班，跟这个大老板一起食过酒。那老板也是看伊叔伯姊夫老实，才把这个事情跟伊讲的。

阿仙问我现在有几多钞票，我半日不响，伊就有点急起，叫我莫黏斯疙瘩[2]，这样好的机会，别人求也求不来。我也是头给伊讲昏掉，就讲出来了：差不多有廿几万，还有别人放我这的十几万。伊叫我把这些钞票尽投进去，过两年起码翻一番。赖尾呢，四十来万一分也有讨回来！

唉，其实骂阿仙也有用，伊自个的钞票也给骗光了。伊有造话，那个老板的亲爷确实在市里做官，但是那老板早早个就在外边跟别人好上了，想离婚，老婆又不肯，为了把伊绑牢就不给伊一分钞票。根本有何物皮鞋厂，伊就是想靠亲爷的名声骗钞票，再带小三逃出去过日子。赖尾伊亲爷还找人把伊捉回来了，听别人讲是逃到越南还是泰国。还哪里有钞票哦！死男女！早早个败完了。

---

1 岳父。
2 犹豫、不痛快。

赖尾就平账[1]了嘛。头起，参会的尽赶过来，日日站我门口，多难听的话也骂出来，我当时觉得自个这一世完了。阿威伊阿爸面色难看受不了，一句话也不讲，管自个出海捞鳗去了，十几日冇走归，留我一个人在处里，躲楼上冇胆走下。赖尾怎么想开的？我就冇想开过，靠想有何物用，只会越想越乱，迟早把自个弄癫了。只能冇面有皮，混世哝混下去，莫把自个当人看。伊们讲要告我，我讲告去就是，我那时候觉得坐牢间可能还好过点。冇办法，新场屋卖了，船也转出去给别人，也只能三股还一股[2]。本钱慢慢还，利息当然就不管了。

我晓得，阿威伊阿爸讲是讲为了还钞票才去外地渔船里，其实就是不想看到我。阿威赖尾也不认我这阿妈了，讨亲以后就在义乌做事，我到现在连孙子也冇见过一面。子女啊，尽心尽力养大，点点苦也不舍得给伊食，现在呢，统不当数[3]。这样老人家才讲，人活世上，何人也不亲，只有自个手脚顶亲。

不要紧，反正这些年也过来了。我现在跟风滩其他老娘客一色，剥剥虾蛄虫，理理网。我做这些不为别人，就为我自个。我就想把钞票还了，能还几多是几多。我每日天光到西坂庙里拜经，师父讲轮回，这世受苦统是还上一世的罪，这一世的罪要冇还完，又要留到下一世去。我这世反正只有这样了，起码莫给下一世留

---

[1] 宣布破产，并且对债务进行一定比例的不完全偿还。

[2] 偿还三分之一。

[3] 没用，一场空。

太多，要不怎么还得完。想想自个以前食牛肉羊肉，还杀生，不晓得杀了几多鱼，那统是要还的。

我跟尔讲，单下叫尔改成食菜，尔们年轻人肯定忍不住，但是起码莫食这几种，何物事呢？团鱼[1]、泥鳅、黄鳝。团鱼跟乌龟一色，有灵的，泥鳅黄鳝腹肚里头经常有子，一粒子就是一条命啊，千万莫食。

讲实话，除了我阿妈，何人我也不觉得对不起。我欠伊钞票的那些人，把钞票放我这也是为了赚，跟做生意一色，难道就一点风险也有？只有我阿妈，从来有想从我这里赚何物事走。就算是我顶有钞票那几年，给伊买营养品，买脑白金，伊也不要，讲自个这些物事食不来，叫我莫浪费。赖尾晓得我平账了，伊拿了五千块过来，嘴巴里骂有歇：死女儿啊，尔以后怎么办哦！骂得我也啼，伊也啼。

我阿妈以前每次叫我名字的时候，声音都拉开很长，阿芬——阿芬——叫我。我做伢仔时不喜欢听伊叫我，听到就烦心。每次统是叫我快点爬起，要不就是叫我相帮伊做事，我就假装有听到，随伊叫。爬起迟了，走去迟了，肯定要给伊骂，我就是不怕。赖尾呢，嫁人了，有跟阿妈一起住，处里也有人这样叫我，心里反想了，觉得那种叫法真好听，别人统叫不出那个味道。我到现在有时候做梦还会听到阿妈叫我，但是跟以前不一色了，以前

---

[1] 甲鱼。

阿妈是在梦外边叫我，怎样叫也叫不醒，现在伊在梦里头，我不舍得醒，反回回一下子就醒过来。醒来天还未光，处里暗洞洞，只有我一个人。

我这个女儿也是不当数的。我阿妈对我多好啊，阿威刚生出的时候，伊跟阿姊走来送月里羹，我记得的，有长面、鸭卵、猪肚、黄鱼、红糖红枣、圆眼荔枝，两箩筐满满个，何人处里也冇送这么多物事。我不孝顺，给我阿妈操心一世，病也气出来，要不伊那血怎么会往头上冲？几个兄弟姊妹，我统欠伊们钞票，头几年伊们一句话也冇讲过，冇走来跟我讨。等阿妈走了，阿姊才跟我讲，阿妈找伊们一个一个劝过，叫伊们莫催我，等我慢慢还。我点点也不晓得。有时候阿妈多讲两句，我还嫌憎伊噜苏……不当数哦，不当数。

尔走归跟尔阿妈讲，叫伊给尔外婆外公念那个咒，报父母恩的，我念来给尔听嘿，南无密栗多哆婆曳娑诃，南无密栗多哆婆曳娑诃。农历七月，一日念七七四十九次，报现世还有累世父母恩德。就算阿爸阿妈转世了，这经念去也会应伊们后一世身上。

我以前不晓得有这个咒，统冇念过，赖尾还是一起拜经的师兄跟我讲的。现在想想真对不起阿妈阿爸，伊们走了这些年，我何物事也冇为伊们做过。记得不，南无密栗多，哆婆曳娑诃，哦，手机里有是不，这样顶好了。念念好的，一定要叫尔阿妈念。

163

5

海头归的时候,明勤望见许多泊在岸边的船上晾着床单被罩,粉的,黄的,浅淡褪色,要么就是大片大片花团锦簇,浓艳盖过了发旧的痕迹。有些船上缆绳刚刚拉好,一端连着桅杆,另一端接到高高翘起的船头,系在铁环上,松紧不一,海风吹拂下,或者晃晃悠悠,或者惊颤不休。

只要望一眼天边那骄傲的朝阳,就能够想见今天将是一个晴到发咸的日子。纯白炽亮的小小圆日,孔洞般鲜明,好像天穹被灼蚀、穿透了。一片辽阔的明黄色光晕从下向上喷薄而出,接近边缘时颜色转深,橙色轮廓若隐若现,将尚未褪尽的庞然夜色缓缓撑开。满天繁星完成了预告的使命,此刻正悄然消隐。

有个灰胡子爷爷侧对着朝阳,正坐在船上补网。干瘦到胸骨毕露的深褐色躯体,像一尾剖开晾晒的鱼鲞。也有所不同,鱼干是失衡的,左瓣细长,右瓣肥短,中央的鱼骨黄浊、贯通而微微凹陷,鱼刺向两侧伸展罗列,看起去混乱、狰狞。

那网已经理过晒过,可看起来仍像没有完全洗净的样子,深一块浅一块,斑驳错杂。要补的网摊在膝头,其余的厚厚堆在脚边,老爷爷提起一层,在面前展开看那破洞的形状。清早的新鲜日头打在薄薄一层网上,残余的盐粒像晶钻似的光灿夺目。

眼前这些画面,使明勤远远便感到亲切,那是来自陆地的画面,只不过一夜未见,竟已显得弥足珍贵。

明勤想起儿时常常在午后斜阳中,跟随阿妈去收那些晾晒在船上的床单。有时还没到傍晚,天色突然转暗,有落雨的迹象,有时乌云已经低得几乎触及海面,有时远方的雨幕疾驰而来,清晰可见,总之他狂奔过去,先阿妈一步到达,正要环视四周骄傲一番,却不想一头扎进了迷障般的重重帷幕,完全失去了方向。风势增大,床单被罩咘咘振响,他有些慌了,阿妈,阿妈,他在心里急急叫嚷,嘴上却不出声。他羞于大声叫唤,大概自从有了两个阿弟,自从目睹那只丑陋的粉红小兽蜷缩着吮吸阿妈的胸脯,还不时一阵抽动,他便生出了这份羞赧……

联翩浮想被降帆的讯号打断。篷布收敛,咘咘声响戛然而止,明勤赶紧上前帮忙揽绳、收帆,心中只隐约感到一丝失落。那帷幕重重的画面,则早已褪色,剥落。

这天早上海头归的船不下二十只,前头有些早已泊岸,后头有些尚未降帆。在海湾入口的犄角处,两村的渔船又一次交汇,或许因为天已大亮,船员们都显得有些不自在。昨晚的那种和谐只不过是借了夜色的掩饰,受了夜色的安抚。一通过狭窄的海湾入口,渔船便立刻分作两股,远远隔开,各自朝西东两向驶去。海岸的中央地带也空出了一片,没有任何船只停泊,而且空得过于夸大。

渔船纷纷到岸，相隔着停泊。虽说做海人大都不是情绪外放之人，但不难从他们微小的神情中窥探出出海结果的好坏。比如眉头，舒松的想必捞得多，微皱的大概收获平平，下垂的估计没有什么赚头。所幸这一回，神色满足的居多，尽管大家谨记着代代流传的教诲，不敢喜上眉梢，可那种盎然的兴奋是掩盖不住的，从他们劳作时紧绷的腰间往外冒，悄悄向四周试探。众人的兴奋纷纷相遇，连缀成一片柔软宽厚的飘带。浪潮冲到这样一只船前，想要展现威势，却好像撞进了棉絮、云团，无处着力，一下子哑然失声。

对持续不断的喧嚣与震颤感觉最清晰的，是那些收获不佳而心情低落的渔民。他们很快便将几筐鱼虾倾销给进货的生意人，脚边摆着打算带回家去的杂鱼、破网，但又不愿就此离去，似乎是出于心底对家人隐约的愧疚，以及藏匿在更深处的一丝厌烦，也似乎是对眼前的什么还怀有不舍与眷恋。

一场出海告终，骤然间懒下来了，心里头空落落的，他们茫茫然向其他船上那些仍在忙碌的人投去困惑的目光，盯着那几乎满溢出来的鱼虾，一筐又一筐，好像永远都搬不完似的，叫人难以置信。于是艳羡涌上来了，但也只是艳羡，绝不至于嫉恨，因为都是同村甚至同姓，而且到了海上，又不是谁抢了谁的，那样大的海，望不到头，任你去挑，随你去选。要怪只怪自己运道不好，明明也撑大了眼睛，看风看浪，却还是选到一块棺木地方。

老话讲冇错，他们自我劝慰道，捞多捞少统是命。

明勤所在的船终于靠岸了。这里刚刚抛锚,那里进货的生意人已经迎上前来。船员们开始接力搬网,船舱里的将箩筐递给船舷边的,船舷边的两人合力提起,小心越过船帮,转交给下方高高举过头顶的双手。穿着胶底人字拖的双脚不时被白浊浪头扫过,然而箩筐在上,必须落脚稳当,不能犹疑,更不能动弹,只得放任它缓缓下陷,被绵软的沙层掩没。

明勤被安排在最后一步,他和另一个比较年轻的阿叔共同接过箩筐,按类别大小肥瘦摆放,以等待生意人的挑选。老船员们一筐筐传来,飞快又稳健,传给明勤时,尽管前头的大伯已经刻意降了速度,他还是有些应接不暇,几次将箩筐放错,急匆匆调换位置时又险些将面上的鱼虾撒出筐外。可是没过多久,他便进入了节奏,沉醉其中。他的脚步变得轻快了,手臂也格外有力,那些原本又沉又扎手的箩筐好像忽然之间通了人性,开始顺应他,配合他。他觉得自己能够掌控一切,感到信心十足。

明勤身在近处,因此清楚地听见了船长同生意人的交谈。他知道刚捞上来的海鲜一般是不直接卖给个人的,有时候说是能卖,但定成二三十斤起卖,价格也高得多,相当于拒绝的话术。

为什么只卖给生意人,明勤想不明白这里头的道理,或者说他从未想过,只知道向来如此,也就理应如此了。他隐约知晓这是一种约定俗成的"合作",但不懂得合作如何达成双赢的局面,更不用说交易层面背后的风险转嫁问题了。渔民们捕捞到海鲜,生意人用较低的价格大量收购,同时也承担起海鲜死亡、腐坏的风险，因此不得不使用大量冰块保鲜。

先"进来"再"卖出"，提价一番，要是运到城底去卖，总得提到进价的两三倍以上。要照顾生意人，渔民自然不能随意卖给个人，否则在风滩，谁还愿意花更高的价格去生意人那里购买海鲜？

不过只要自家有人做海，风滩人也就很少掏钱去买。渔民们每次出海，都会留一些海鲜带回家去。除了杂鱼杂虾，他们也总要悄悄拣些好的。比如这两只江蟹断了脚，卖相不好，但是肥得很，腹脐又圆又凸，里头肯定红膏满满，水煮也好，腌了吃也好，当然味道顶好的还得是拿来炒水晶糕[1]。又比如这三尾梅鱼，头不晓得被什么夹断了，可是细看那鱼身灵光烁亮，新鲜得很，刚好蒸了给瘦弱的小儿子补身体。

说是悄悄，倒不至于像做贼似的偷摸摸干，只不过各干各的，人人都干，自然谁也不声张，谁也别太计较。便宜的里头掺点贵的，拿得多点少点，都是小事，大多数人心里自有那杆秤，可也会有人失了分寸，挑三拣四不说，还将卖价最高的珍品塞进筐里，而且急忙用其他的什么去遮掩。正是这本不必要的遮掩吸引了身边人的注意，看到的不会点明，但一定摆不出好脸色，回家路上提着自己分到的那筐，打量里边蔫头耷脑的鱼虾，越瞧越不是滋味。到家后将东西交给老婆，江蟹虾仔一股脑儿全倒进铁锅，孩子们刚睡醒，围上来眼巴巴望着。没多久水沸了，咕咚咚响个没完，他好像给喷涌出来的热气淹没了，憋闷得很，脑子里乱哄哄

---

1 用花菜、碎肉等佐料炒的年糕。

的，反复浮现出老婆接过东西时的眼神，分明是低垂的，压抑着几分不满，再看孩子们期待的模样，这会儿好像也蒙上了一层失望。

拣两尾水潺，化一帖粉干，腹肚饿到绞割，却咽得费劲，半道上落不下去，好像哽在喉管中央。做海人肚量大吗？大概比起寻常人要大一些，毕竟时常眼望大海，那是世上顶宽阔的所在。可肚量再大，穷苦人勤力做活也不过就为了这么五分半角，为了挣一口吃食，所以眼瞧着自己吃亏，那感觉总会像蚂蚁似的挠心，叫你想了又想，寝食难安。这才知晓，大海恐怕也不比陆上宽阔多少，做海人到了海上，远远望见天边一条暗蓝的粗线，许是海岛，许是一片雨云，瞧过也就罢了，不必挂心，就像陆上的人看那远山的影，淡淡的，缓缓的，矮矮的，又不是压在头前，也不碍着什么，自然不会莫名其妙冒出翻过它的古怪念头。就算是为捞鳗出了远海，一路向南，驶到铁律划定的边界，连台湾岛都隐约可见的地方，也只是对那一母同胞的不肖兄弟远远投去一点好奇，略略徘徊一会，自然而然地便折返回来了，谈不上隔离或阻碍，因为从没想过出去、离开。

不谈渔民，就是自家不做海的，假如亲邻之中谁家海头归了，也一定要馈赠一番，表表心意。至于送多送少，就看关系的亲疏好坏，以及各人大方与否了。馈赠自然有来有往：做面的磨点米粉，做酒的舀些送去，做衣裳的免费剪条裤脚，什么时候做海人家门前洗衣台松了，住隔壁的泥水匠师傅便去砌砌牢固，有时候更简单，也就是海头归以后，邻舍众人相帮着理网、补网。

总之，在如今这样丰收的时节，寻常风滩人家里虽说吃不上太好的，可一般海鲜总是不缺。生意人便主要将海鲜载出去卖，贵的卖给城底人，便宜的卖给乡下人。明勤一边搬，一边零零碎碎听到船长和生意人讲价钱。不同品种、大小价钱自然不一样，还要看卖相，尤其那些城底人顶讲究，挑三拣四，只要卖相好的，好像买回去不是为了吃，是为了摆着看。

生意人收多收少，出什么价，也要看时节。比如现在江蟹产得多，红沙蟳是卖不出去的，风滩人自己又不愿意吃，假如运出去卖给乡下人嘛，天气太热，一路上不晓得要费多少冰，划不来。运海鲜加冰，就相当于灌了水，板车重得不行，上个山路要人命，吃力又不讨好，所以红沙蟳还不如直接丢掉，或者晒干了当肥料卖。

明勤于是想起路边铺满杂鱼杂虾的场景，猛烈日头下，冲发出一股滚烫刺鼻的腥臊气。从这样一条路上走过以后，就是进茅坑也不觉得臭了。

可是红沙蟳实在难吃，他想，基本上都是胮[1]的，一掰开就咸水四溢，肉质还软烂，糊突突一团。风滩人品海鲜，喜欢一绺一绺肉质分明的口感，喜欢那纯粹的腥气，能够从中品出一股内蕴丰富的甜香来。像红沙蟳这种螃蟹，天生就胮，肉里的腥气受了海水那股咸气的浸染，就显得肤浅、低劣了。所以风滩本地人

---

[1] 即胮潽（pāng pū）：浮肿，也指肉不结实。这里指螃蟹大而中空。

不吃，有钱的城底人也看不上，只有那些大多在山间野地种地为生的乡下人，愿意花点小钱买去一饱口福，哄自己说这便是地道的海味了。

几百年来，大抵都是如此，谁也想不到，短短三十余年后，风滩的海鲜产量骤减，以至于连红沙蚂都成了难得一见的名贵海鲜，远销省内外。可任凭它怎么涨价，城底人或许就此不再轻视了，风滩人却还是不屑于去吃的，大概保留在世世代代渔村俗人舌尖上的尊严，远比所谓雅客们只用稀有度衡量事物价值的标准更加牢固。于是风滩人一边将红沙蚂冷冻、密封，一边望着远去的卡车和货轮，嘲笑外地人钱多人傻，实在好骗。

总之，天气一热，海鲜就要降价，船长和生意人不外是为了进价的多少而争执。船长声明如今未到盛夏，绝不至于太热，他信誓旦旦，尽管远处烁亮逼人的日头又升高了一些，斜射而来的光线分明使他的脖颈察觉到某种骇人的威势。

气温正在以清晰可感的速度上升，他们不能争执太久，放任海鲜腐坏。而且都是旧相识，对于各自谈判的底线也了然于胸。所以明勤这边刚一搬完，他们已经敲定了各种海鲜的进价。于是一筐筐鱼虾被帮手们拖上板车，一辆辆满载的板车被拉走，吱咯晃荡着远去。那曾经鲜活的、蠕动或跳跃的生命，就此告离了大海。

明勤想，等到阿胜阿大讨亲那天，天气只可能更热，而他们三兄弟却很难得到冰块。因此，不到一个月之后的出海计划，最好能够碰上第二日是阴雨天。明勤想象着他带领两个阿弟驾船出海的画面：那将是一个没有星光的夜晚，月亮深埋于云层之中，海面上灰扑扑的，但他们的心一定激动又快活。要不然，他想，就必须赶在天亮之前趁早返航。

这时船员们围聚上来了，探问着卖价，黄鱼几斤，江蟹几斤，统共赚了几多，然后在心底暗自盘算，除去成本之后，各自手上能够分到几角几分。明勤自然没有产生这些念头，他的报酬便是这一整趟出海下来积累的经验。全部搬完，骤然闲下来了，他站在柔软细腻好像随时可能崩塌的湿沙上，先前不间断劳作所生的疲惫，挟着困倦再度上涌。眼前发生的一切，就像潮水般急速退落，从"当下"迅速陷入"过往"，化作模糊、混乱的记忆——鱼、虾、蟹、贝的体型、色彩、流畅感与生命力，全都遭到那分明早已散去却如死灰般复燃的晨雾的掩盖，退化成一个个搏动的数字，引起病态而空洞的激情，像沾满泥腥的落英，像高热发到顶点时的一记暴汗。

6

受访人:"垃圾"

我年轻时候做过顶勇的事情就是领头去把东湾人的船烧了。我赖尾坐了好几年牢间,但是冇点后悔。我不是呆人,也晓得现在做的事就是靠坐牢间换来的。伊们眼红我,讲我有铁饭碗了,一世不用操心,其他的不能做,只能在嘴巴上讲讲,才"垃圾""垃圾"叫我。尔是不是以为伊们这样叫就因为我平时在沙滩管垃圾?不是,其实伊们是特地借这个由头骂我。莫觉得我不晓得,这些年了,整个西湾还是有几个人看得起我。

头起还只是几个人造出来,在我后边这样叫,赖尾看我无所谓,不讲伊,就在我面前也敢这样叫了。现在呢,连那些后辈也跟伊们叫我"垃圾",懂事点的伢仔还叫我"垃圾阿爷""垃圾阿翁",好像真真把"垃圾"当我名字了,把我弄得笑也不是,啼也不是。尔是读书人,晓得叫人垃圾不礼貌,我头先看尔嘴巴张张,想叫我又有出声,是不晓得怎么叫我,对不对?

我当然有名有姓,我身份证里的名字是陈宗鹏,但是我本来是姓张的。亲阿爸在我周岁的时候就走了,我阿妈又带我嫁到陈家来,我才改成姓陈,又改成现在这名字。其实我阿妈一直叫我阿巧，从小就这样叫，连我后阿爸还有伊那边的亲戚也这样叫我。

本来我还以为这是小名，就是有点奇怪，不晓得这小名何物意思，又不跟其他人哝，叫自个伢仔统是叫阿侬阿姆阿䑐。我那时候也冇想太多，就给大家叫阿巧叫到大了。

我阿妈以前不论是叫我食饭、洗脸，还是叫我去睡，统要连牢叫好几声阿巧、阿巧、阿巧。伊声音又亮又响，传出去很远，有时候听来就跟敲门声一色。老场屋一间间连牢，隔壁邻舍也能听灵清，就尽学去了。跟我一起嬉的伢仔走来，每次统特地笑我，大声嚷起，叫我阿巧阿巧，一边手指头"嗒嗒嗒"敲门。我那时候呆相呆相，有点不灵光，还跟伊们一起笑。

到我办发蒙酒[1]那日，我才头一次见到亲阿爸那边的人，是两个叔伯阿爷[2]。伊们到我处里来，头起对我阿爸跟其他亲戚还算客气，到跟我阿妈讲话的时候，两个人单下变了，头抬起高高个，眼睛往下斜。

不晓得是当时听错了还是记混掉，伊们同一句话讲了好几次，何物祠堂啊，拜拜啊，还一直讲到一个叫阿丰的人，赖尾我才晓得那是我亲阿爸的名字。我阿妈呢，从头到尾不响，也不看伊们，就是一边听一边头定定。

排场食完，我阿妈就带我走到榕树脚去。我还记得伊把我手

---

1 发蒙指孩子开始识字读书，当地有为发蒙办酒席的习俗。
2 堂伯。

捉特别牢，好像怕我给别人偷走。我们在树下等，过一会驶来一部牛拉的板车，我和阿妈坐左半边，那两个阿爷坐我们对面。

我是头一次坐牛车，觉得蛮有意思，一直把牛尾巴盯牢看，看伊打过来打过去。那牛还边走边拉屎，拉有歇，屎刚拉出也不臭。有时候拉地上的一摊牛屎正好给车轮碾过去，中心就扁下去，车轮的花纹印起很清楚。我把头转过去看，一直到那摊屎看不灵清了才转回来。转来转去好几次，我阿妈嫌憎我动有歇，就伸出手在我脖子后头用力拍了一下。

那下的声音特别响，怎么讲呢，尔要晓得牛车动起，车轮在土路上骨碌骨碌滚动，声音本来就大，但是我阿妈拍我那下的声音更大，半日散不走。车轮转一圈，就跟老早那种石磨碾白豆一色，把那声音磨点点掉。尔不晓得石磨有多重，推起来多费力，白豆榆木多堆上头，好像永远也磨不完。

我阿妈一打我，那两个阿爷马上就盯着伊看，眼睛撑开大受不了。我头起还以为伊们是为我的，不让我阿妈打我，但是伊们又转过来把我盯牢看，一句话也不讲，好像我脸上有何物地方奇怪。

赖尾我才晓得，那日去的是张良山，张氏祠堂在那，风滩姓张的基本上统是张良山搬下来的。

我们往祠堂走的时候，路两边有很多人，有些站门口，有些站门后面，把头伸出来看我们，用手指头指我们，嘴巴里还细声讲有歇。我听到好几声"就是伊，就是伊"，不晓得讲的是我还是我阿妈。我看到阿妈头犁下去，眉头心憼拢来，就有胆问，也有胆这看看那看看了。

祠堂里头暗洞洞,刚走进去,只看到好几根大柱子立在那,把祠堂顶撑开高受不了。柱子后头点起一排蜡烛,火摇有歇,把那些牌位弄得一下光一下暗。可要说风又有风,里头的空气重受不了,人一走进去就觉得像给何物事压牢哝,气也透不上来。

张良山的老祠堂当时有上百年了。之后冇过几年,给造反队砸完,门啊墙啊屋顶啊尽给拆掉,就剩下几条柱还立在那。听张良山的亲戚讲,伊们当时看到十几个城底学生赶来,拼命推拼命踢也弄不倒,就不管那些柱了。赖尾建新祠堂,本来打算还是用这些柱,但是村主任觉得原本的祠堂太矮,想建高点,就找人把老的柱子锯掉,新祠堂的柱子更粗更长,又往上头多建了两层。

讲远了,反正那日伊们叫我干吗我就照做,要我跪,要我拜,这边拜了又拜那边,讲哪里哪里是阿太、太太、太太太[1],我头也听混掉,反正统是跪下拜拜。赖尾我给伊们带到顶边上的一个地方,给了我几条香,跟我讲前头那个牌位是我阿爸的,我也跪下拜。我阿爸的牌位摆顶下头那张桌上,第一排,右边数过来第二个。这张桌上的牌位看来统蛮新的。高点的地方还有一张矮桌,上头的牌位就旧多了。

那时候我根本不懂那些木头做的牌统是死人的。我又认不得上面那些字,哪里晓得是何物事哦。我还以为那阿爸就是我陈家的阿爸,赖尾才晓得叫我拜的阿爸是我亲阿爸,伊好几年前做海

---

[1] 曾祖,曾曾祖,曾曾曾祖。

的时候船翻了，人到现在也未找到。我到那日才晓得自个本来姓张，不是真真的陈家人。对了，张良山那边跟我同辈的叔伯兄弟都是克字行的，我的名字本来讨的是张克巧，"阿巧"就是这样叫来的。

也是从我晓得这些事情以后，慢慢大起，我才想起自个其实一直给别人看不起。姓张的那边讲我改姓了，认别人当阿爸，姓陈的又嫌憎我不是亲生的，流的是别人的血，两边统看我不起。有时候我想起给伊们带到张良山祠堂去的那日，越想越觉得，我跟我阿妈就跟两个犯罪的人一色模样一同。

我赖尾给捉去坐牢间，给警察押牢往自个那间走的时候，头脑里就想起去祠堂那日。其他牢间里的人也跟那时候路边场屋里的人哦，躲在暗洞洞的地方，拼命把头往外边伸。等我自个牢间坐久了，也就晓得了，其实伊们不是真真在那看我，就是在里头太无聊，听到外边的声音就想看。平时哪里有何物热闹看哦？要不就是牢头，要不就是犯人，反正老娘客是莫想了，几个月也看不到一个。每次看完就觉得冇意思，但是等到下一次，又听到声音，还是忍不住想看，连躺上铺的也爬下来，眼睛撑开，盯着外头转冇歇。

我阿妈经常讲，我大起来人就变了，冇做伢仔时那样听讲，脾气也越来越大。要是何人还有胆一边叫我阿巧一边嗒嗒嗒敲门，我肯定跑去跟伊相打。有些人就再也不跟我一起嬉了，其实伊们本来就看我不起，我晓得的，伊们阿爸阿妈早早个就讲过我的事情。

我宁可跟那些被叫成破人的一起嬉。我们日日在外边走来走去，偷物事，还经常跟其他班子相打。

发蒙是发蒙了，不过那几年统在造反，何人还读书哦。想想也有意思，书可以不读，发蒙酒还是得照样办。我们这班人也想过参加造反队，每个人统晓得，当时西湾顶厉害的就是那支龙王军[1]，我就代表我们这班人去讲，想在下次伊们跟东湾造反队相打的时候一起去。我刚讲一句，造反队里几个认得我的人就嘡起：孙子走来找阿翁嘞！[2] 孙子乖，叫一声阿翁，我们老大可能就同意了。讲完还有人跑到旁边一间门前嗒嗒嗒敲了几下，敲完一班人笑冇歇。

呵呵，我不生气，现在还有何物好气的。过去这么久了，要是不讲起，我自个也记不得了。当时造反队确实也不是想进就能进的，有些看尔出身，有些还看尔姓何物，看尔字行高矮。这就叫保持，啊，保护，保护革命队伍的纯洁。对，就是这样讲的。革命革命，革何人的命，反正革不到正宗陈家人的命。

我那时候想，好，尔们看不起我，我也不肯跟尔们一起。我心里有气，跟人打起来比何人还狠。过几年，到跟东湾人相打的时候，我变成班子里的头人了，讲起来也有点名声。我一心想给那些从小到大看不起我的人晓得，随尔看起看不起，统得给我怕，看到我走旁边过就得躲开，何人也莫想在我面前摆出一副了不起

---

1 即陈明胜率领的造反队伍。
2 叙事人为宗字行，是明字行的孙辈。

的样子。

赖尾讲要捉人了,有些人怕起,就造我们,讲统是给我们害,讲我们是破人,讲我们太闲了,赶去盲堂搞,把好好的事情弄得乱七八糟。伊们难道忘记了,自个当时走路上喊起多大声,旗挥起多猛?伊们肯定记得,就是冇胆承认自个也会变成那样,变得跟我们这些破人一色。

世道变真快,才过几年啊,何人也不讲革命了,一个个就晓得钞票,老早地主的罪又到苦命人身上去了。伊们一心一意想的统是赚钞票,做海人捞越好,越要半暝三更出海,一尾也不肯给别人捞去。好了,弄得累受不了,还肯把以前的事情放心里噶?船驶到海上,到冇人看到的地方,就跟抛网哝,把那些事情尽抛了,把责任,把罪过尽抛了,抛到我们这些坐牢间的人身上。

我是心甘情愿接下来的,一句话也冇讲。对,我坐牢间,我有罪,我把罪食进去,别人日子就好过了。我不后悔,我一直统想有那样一个机会,我得到了,也叫其他人晓得了我们的厉害。

那时候讲是讲跟东湾相打,其实也就是面上搞搞。有一次把大家尽叫来,队排起,旗摇起,赶沙滩去,东湾那边也一大班人赶来。两边隔很远就停下了,面对面看来看去,口号喊起。头起每个人眼睛里统有火气,想到几十年的仇怨,巴不得把东湾人食掉。赖尾呢,眼睛也看酸起,喉咙管也喊哑了。接下去做何物事,大家统不晓得。是不是得冲上去正式开始打?越站后面的胆越大,想把前头的人往前挤,但是排第一排的人根本不动,何人也莫想往前走一步。

其实也不是第一排的错，旗摇了一路，到沙滩早早个冇力了。伊们手上连刀也冇，拿何物事打？拿手上的旗杆？偏偏两边的人想到一块了，对面站顶前头的也是高个子，有些还把旗举牢，有些放下了，插沙里，呆七呆八，把我们盯牢看，也不晓得怎么办。

那日顶好笑。打呢打不起，两边又统不肯就这样走掉，好像哪边先走就是哪边输。大家就站那，天光早站到日昼边，有伢仔跑沙滩来叫自个阿爸阿大走归食饭。有些人觉得倒面子，头起还骂伢仔，到赖尾大家腹肚统饿起，尽走归了。

从那日起，两边就僵着，好几日冇响动，顶多有几个人走到沙滩看看。大家心里统灵清，这样打，不晓得几多人会受伤，可能还会死人。伊们好像到现在才晓得，手里的刀是真的，不是三岁伢仔办餜酒的物事。

要不是我们几个把东湾人的船烧了，还不晓得会僵到何物时候。我记得那段时间村里有人开始讲，估估打不起了。有人在那抱怨不能做海，日子也过不下去了，打算偷偷出海，但是又听人讲东湾那边从城底运了鱼雷来，碰到冇命。还有人讲，祠堂里在商量，要跟东湾人讲和。姓陈的跟东湾那边姓林的讲好了，统是那个明胜，讲伊讨姓林的新妇，不肯两个村相打，日日去找人，还想把新妇讨归去。不过东湾那边也不统是姓林的讲了算，才一直冇讲定。

我们一班人那日走大殿旁边过，正好听到有人在讲这个事情。有些人讲明胜不好，有些人为伊，为伊的统是姓陈的，讲这些话是别人造出来的,信不得。另一边就问,伊讨亲的事情全西湾何人不晓得,难道也是造出的?姓陈那班人又讲,明胜讨姓林的也是为了西湾好,要不城底做官的怎么会红包包来?两班人吵来吵去,吵冇歇。

我听到也忍不住了,走上去讲,几年前造反嘛伊搞得顶凶,现在自个名声大起,就不给别人打了,是怕别人把伊名声抢走掉哦!我一讲完,几个弟兄也走过来,讲陈明胜怎样冇下数,讨东湾人做新妇,讲西湾的脸尽给伊倒完了。姓陈的那班人越听越气,就指着我谓[1],讲我是山种,认两个阿爸,讲轮不到我们这些破人讲明胜的坏话。还好另一班人把我们拔开,才冇相打起。

姓陈的那班人里头有一个叫阿增的,讲话做事顶奸,特地对我们嚷:真真这样勇,就打东湾人去啊!吵来吵去就有人讲到烧船了,阿增又嚷起:去烧东湾人的船?伊们哪里有胆哦!我当时给伊们谓掉,本来就火烧起了,听到这句话马上叫起:烧就烧!冇胆的是犬!伊们尽笑起,有一个人还讲:尔要有胆去烧,我就给尔偷机油。伊本来是讲笑,以为我只是为了面子才胡乱答应,冇想到我是讲真。赖尾伊们还真真给我们拿来五桶机油,还不晓得从哪里偷来一样物事,尔猜是何物?两条火弹[2]!

我们这班人统共有七个,一起四五年了,那时候统是十七八

---

1 最凶狠的骂。

2 燃烧弹。

岁的年轻人。处里大人觉得我们日日混世哝，不给我们拜盟兄弟，其实我们早早个就比盟兄弟还亲了。一班人里头，烂头阿国顶大，姓黄。大舌龙潘姓郑。阿健、阿利是两兄弟，姓邱，伊们阿爸是顾茅坑头的，别人统叫伊茅坑邱。阿星住西坂山边，处里养了好几头乌脱隆天[1]的大狼犬，有几次我们去找伊，从那条石头路拐过去，刚一叫阿星，几头狼犬就汪汪叫跑出来，人也吓死。

赖尾阿星跟我们讲，统是伊阿妈教的，就是不想我们把伊叫出去。阿星这人不管何物时候统眯眯笑，话多脾气好，给人欺负了也无所谓，伊姓何物我单下想不起了，肯定是小姓，少数人的。

要讲给人看不起，我们几个统是一色的。除了我，就只有阿秀姓陈，伊顶小，人矮墩墩，从小就跟我身边，亲是不亲，也算我叔伯阿弟。做伢仔时我不晓得自个的事情，把阿秀当亲阿弟疼惜，赖尾懂事起，阿秀走来找我，我就躲起来。但是阿秀还是日日走来，每次统"阿巧阿大，阿巧阿大"叫我。别人笑伊认错阿大了，讲我不是伊陈家人，伊就气起，还跟伊们相骂。

那时候我才晓得，姓陈的一班叔伯兄弟里，只有阿秀真真把我当阿大，当一家人。赖尾我跟这班弟兄交起，又做头人，就把阿秀也带进来了。冇办法，伊日日跟我跟牢牢。其实除了阿星，其他弟兄统不大喜欢阿秀，觉得伊是正宗姓陈的，跟我们不是一路人，看我面上才冇为难伊。

我们也不是盲堂搞的。决定要烧东湾人的船那日，我们就到

---

[1] 黑不溜秋。

182

阿健、阿利两兄弟处里,商量怎么办。伊两兄弟亲阿妈早早个冇了,伊们阿爸又买了个外地女人,人高高个,瘦叽硌碌登,好像是贵州还是云南那边的山头人,蛮话讲讲普通话搭搭,除了阿利,其他人统听不懂,连阿健也冇办法跟伊讲话。伊那普通话听起来也很奇怪,山头腔。

我做伢仔时根本不晓得贵州云南在哪,反正远受不了,但是那几年从那边买来的外地女人,我们西湾顶起码有五六个。那些外地女人好像从来不出门,就站门后头,也不点灯,暗洞洞。有时候走伊门口过,会看到一双眼睛,从缝里往外边看。尔要是把头转去看伊,那眼睛单下就冇了。

阿健、阿利的阿爸不在处里的时候,我们就过去嬉。我们统晓得,那外地女人日日给伊们阿爸打,胆也打冇完。伊看到我们马上躲起来。我们想讲何物讲何物,想做何物做何物,快活受不了。

对了,烂头阿国赖尾老婆讨冇,也买了个外地新妇,伊讨亲的时候我还在坐牢间。

那日下半架,我们一个个坐下来,我坐交椅上,阿秀坐我旁边凳头上,主人家阿健、阿利坐眠床边,烂头阿国坐伊们中心,把伊们隔开。这两兄弟感情不大好,碰到就吵,性格有点一色,阿健胆大脾气大,阿利有点小姊样,不大讲话。还有大舌龙潘和阿星,坐泥地上。

我们差不多围成一圈。我记得很灵清,弄巷里的破场屋,窗头做得矮,光照进来,正好从我们一班人中心照过去,灰蒙蒙,地上粉浮起，像虫哝飞有歇。我感觉大家统有点紧张，一直有人讲话。还是阿星开口先，伊讲：老大，我们现在是不是就跟水浒里那些好汉一色？这句话单下把大家讲激动起。有错，就是这种感觉，一班英雄好汉凑起来商量大事。当然得保密，声音压下来讲，千万莫给别人听去。就跟水浒里顶有名的那场戏一色，叫何物啊，对了，智取生辰纲！几百年了，每个人统在那讲，统在那传，顶勇，顶厉害，真真了不起。阿星讲，我们这次就叫"智烧东湾船"，我们尽听笑起，笑完就心脯头勃勃跳，面色也认真起来，何人不想做英雄？

要做英雄，得有名号先。阿秀讲：阿大坐头位，当然是及时雨宋江！阿健马上讲：及时雨？我们是去放火的，要是落雨，还烧了起噶？我头定定，确实叫不得，要是叫衰掉有解。这时候话不多的龙潘讲话了，讲宋江还有一个名号。伊讲了几个字眼，大舌龙潘，话一讲快就听不灵清，我记得听起来差不多是"锄头地[1]"还是何物，觉得奇怪，伊处里也不做田，怎么讲到锄头过去了？赖尾我们才听灵清，是"呼保义"，"呼保义宋江"嘛，戏里讲梁山好汉一百零八尽走齐以后，宋江排头，用的就是"呼保义"这名号。

几个弟兄也领了名号。阿星是吴用，伊讲自个是智多星。阿健要当武松，行者武松，伊老虎是冇打过，但是我们统晓得，伊做伢仔时打死过一头癫了的老犬。阿秀头起要当林冲，烂头阿国听到就讲：尔们姓陈的真真要跟姓林的结亲了？其他人也摆出看

---

1 蛋话中"锄头地"三字声母均接近声母 d，又分别与"呼保义"三字韵母相同，故有此讹变。

笑的样子。我看到阿秀给阿国讲掉,眼睛挂下来,不大快活,不晓得怎么办,还好阿星讲话了,叫伊当关胜,大刀关胜,关公的后代,出身顶好。

剩下几个选来选去,赖尾统选了水浒里洇水顶厉害的人。烂头阿国是"浪里白跳"张顺,讲伊可以在水里潜七日七暝不走出。阿国生下来就烂头,脸上又有疤,红通通,不好看。从小伊就成日帽子戴牢牢,日头照不到,特别白。洇水的时候,伊不想别人看到伊的烂头,就一直往水下栽,憋气的本事顶厉害。

大舌龙潘是"混江龙"李俊,伊讲自个名字里也带龙,叫这个正好,就是可惜是混江龙,不是混海的龙,要不更威风。我记得那时候我还偷偷想,伊话讲不灵清,别人头也听"混"了,叫这个确实适合。不过其实龙潘就是话讲不灵清,伊头脑是灵清的,有时候讲一个人讲得少想得多,龙潘就是这种人。

还有阿利,选的是阮小二,"立地太岁"阮小二,就是得改成邱小二才行。阿星一听就叫起来:我阿婆讲我今年犯太岁,要去庙里打普佛[1]才能解掉,原来犯的是尔哦!一边讲一边手伸出,讲要把太岁打掉,省下打普佛的钞票。阿利这呆人,还真真坐那给伊打,也不还手。

我们打算烧船的时候分开两班,一班给烂头阿国领头,带大舌龙潘和阿利洇去先,看东湾渔港那边有有人。我带阿健、阿星和阿秀划船跟后头,把烧船的物事带牢。分两班也是我们从戏里

---

[1] 一种消灾祈福的法事。

学来的，讲有一次那张顺潜到敌营去，把船凿了一个洞，把棺木高俅活捉回来，想起来就快活。

我们刚领完名号，马上觉得自个真真就跟水浒里、跟历史上那些有名的人一色了不起了，好像看到自个将军做起，王爷封起。阿星第一个站起，把窗头两块花枝板[1]拿来，一只手一块，学戏里哝大声嚷起："智多星"吴用在此，识相滴留下买路钞票，要不我这两柄大斧冇生眼睛！普通话讲讲蛮话搭搭。

阿星这鬼灵精，眉头心蹙拢来，眼睛撑开大受不了，样子做起顶有意思。阿健把伊手里的花枝板抢过来，讲："智多星"这个样子嗄？尔这是"黑旋风"李逵。我讲：不对，伊顶多算李鬼，冒充的。大家统笑起。

为了不给东湾人听懂，我们赖尾还想了暗号。阿国伊们泅回来的时候，要是那边有人就讲"潮涨"，冇人就讲"潮落"。划船的时候，"头毛"是往前，"夹臀"是往后。还有，"蚊虫"是倒油，"苍蝇"是点火，要丢火弹了就喊"茅坑苍蝇"。这些暗号现在想起来反灵清，其实烧船的时候一个也冇用过，大家又激动又紧张，尽忘记掉了。

我们定在三十暝里出发，冇月亮，天色暗，不容易给人看到。我们又想到戏里讲的了，这叫何物，这就叫月黑风高，那时候我才晓得这四个字眼不是随便讲讲的。风吹起越大，浪就越猛，海里的点点响动越看不出来，火也容易烧起。

---

1 乌贼骨。

我们统想那暝风越大越好，何人也想不到，赖尾就是风太大，才弄得乱七八糟。

我们讲好，暝里等处里人睡了就走出，到大殿旁边炒米店门口，人齐了再出发。刚好那日我阿弟身体暖起[1]，我阿妈跟我后阿爸很迟未睡，房间里一直有响动。我等不下去了，就把鞋拖拿手里，小声走出去。

走伊们房间门口过的时候，我听到里头好像在那相骂，后阿爸的声音压牢，在喉咙管里滚，听不灵清，我阿妈一直有出声。走楼梯的时候我顶仔细，怕踩出声音。那楼梯旧受不了，踩一下就摇动，我平时就怕那声音，两块木板挤来挤去，下头又空窿窿，一动就响有歇。我永远忘不掉那日走下来心里多不舒服，又得小心，又气，我就想马上跑出去，以后再也不走归了。

我们人到齐以后，有马上到沙滩。我们从大殿边门溜进去，到二楼主主爷[2]的像前，跪下拜拜，保佑我们平安顺利，又从香炉里头捉了一把香灰，抹脸上额头上，也是学戏里那些英雄好汉的，就是有呷酒，酒呷了不能洇水。这些做完，我们才往沙滩走，一路上风很大。

船是大舌龙潘处里的，肥东船，破败噜苏，长久有用过了，一直停西边岩头那，嵌沙里嵌牢牢，船虱[3]爬满。我们把里头的沙

---

1 发烧。
2 西湾村供奉的地方神祇，也称地主爷。
3 海蟑螂。

清掉,又一起把船拔出来,拖到海上。浪大受不了,船摇来摇去。我们把机油放船头,火弹冇胆胡乱放,就给阿里拿一粒,阿秀拿一粒,叫伊两人坐船尾,跟其他物事隔远点。我坐船头顾机油,阿健坐在我后头划船。

烂头阿国三个人出发先,往东湾泅,风大浪大,天色又暗,海上乌脱茅坑[1],伊们一下就冇影了。我们怕船太明显,冇胆直接划过去,就先在西边岩头旁划了一圈,到金屿边了才拐过去,慢慢往东靠,跟东垟山贴牢牢。东垟山边统是很高的岩头,冇人住,暗洞洞,我们就躲在那,等伊们泅回来报信。

我看到瓜山码头那边点起一条火柱,火烧起猛受不了,给风吹得飞来飞去。盯牢看一会,眼睛就看花了,感觉那旁边好像有东湾人走来走去,阿国三个人又半日冇泅来,我们担心伊们给人看到了,越想越紧张。火光亮烁烁,面前的海水反更看不灵清,风浪声音又大,头也听昏掉。一直等到阿利单下从船边钻出来,我们差点吓死,这才晓得伊们顺利泅回来了。

烂头阿国讲,伊三人泅到瓜山旁边,只看到一个人在码头边,坐交椅上,不晓得是睡还是醒。伊们又往东湾渔港泅去,那边船停满,也冇看到人,但是旁边有好几个场屋仔,可能里头有人。阿利讲,伊泅到东边顶边上的地方,有好几只船停那,旁边还有一只很高的大船。我们要是能把船划到大船后头,就不用担心给人看到了。

---

1 黑不溜秋。

伊三个在前头泅，我们划船跟后面，一直靠着岩头。过一会划到石头礁里了，水单下浅掉，还好是肥东船，腹肚大，专门在岩头边捞螺的，才冇停下。我们看到阿利讲的那只大船，就钻到那船的夹肢窝下，正好给伊遮牢牢。

风大受不了，打过来呜呜响，好像人在那嚷。我把油桶拿出来给大家分，自个跳水里，阿星单下激动起，把手里的火弹交付阿秀，也衣裳脱了跳水里。我们和阿国三人，一人一桶机油，还有火柴，统顶头上，往边上的几只船泅过去，只剩下阿健和阿秀留在船上。

往那些船里倒油倒简单，但是风太大，火柴怎么也划不着。我转来转去，想把风遮牢，冇想到那机油那么好烧，一点上，火马上猛起来，又给风一吹，差点就烧到我身上了，把我吓得马上往回泅。泅到船边，头转去看，好几只船上的火统往天上冲了，乌烟在那滚，气味重受不了，这样肯定会把东湾人引来的。

大家拼命往船上跳，正打算划走，阿健单下叫起：阿利还未泅来！我们这才看到那棺木阿利还在一只船边，空油桶挂手上，划火柴划冇歇，大声叫伊也冇反应，不晓得是听不见还是吓呆了。还是大舌龙潘反应快，马上跳海里，冇两下就泅到阿利旁边，一巴掌扫过去，把伊拖了回来。我们几个人一起把阿利拉上船。阿健把橹给阿国，跑到阿利身边，撸了一把海水往伊脸里抹，一直在那叫阿利牯，阿利牯，好像两兄弟感情单下变得好受不了。到底是亲兄弟啊！

那时候几个场屋仔里出来好几个人，一边嚷一边跑过来了。火好像把海上的风招来了，一直往我们身后吹，船半日划不出去。我们就看到那几个东湾人越来越近，远点的场屋里也一间间灯点起，几十双眼睛哝把我们盯牢看。整个东湾好像统醒过来了。阿秀单下嚷起：火弹！火弹还未扔！我吓一吓，想也有想，马上从伊手里拿一粒走，往火里扔过去，伊也把另一粒扔过去。

我看到伊那粒比我扔得高多了，肯定飞很远。我扔的那粒爆炸先，赖尾又连牢响好几声，好像整个渔港统给火弹炸翻了，海水沸起哝，冲过来冲过去。火扑起高受不了，天上的云也烧得红通通，连风也是烫的，嚷有歇，一边打到尔脸上，就跟火扑来哝。阿国拼命划船，我们统用手和空油桶在水里划，冲过来的浪也相帮推，这样才划出渔港。

把那个东湾人炸到的火弹肯定是阿秀扔的，其他人可能不晓得，但是我跟阿秀心里统灵清。那个东湾人全身烧得乌焦烂炭，在眠床上躺了好几年才爬起，人是活下来了，就是皮肤尽烧完，脸上的肉红通通露出来，跟鬼哝，难看受不了。赖尾伊阿大和阿嫂把赔伊的钞票拿去在中兴路开了一眼批发店，两公婆成日坐店里，进货运货那些累活统叫伊做。伊们还跟别人讲，也就是伊们心好，要不何人肯跟这么吓人的人一起住，还给伊食给伊穿？尔做伢仔时见过伊的吧？重盖[1]阿山，也是苦命人。

要有我们去烧船，之后那些大打根本就不会有。东湾人的船给我们烧掉了肯噶？祠堂鼓又敲起，人尽叫去。这样才真真打起……

---

1 重壳蟹，即处于脱壳期的螃蟹，煮熟后剥去外壳，内部软壳通红，可直接食用。

到赖尾呢，整个风滩喊起受不了，讲县里做官的要下来管了，还讲把别人打死、打残废的，统要捉去坐牢间。每个人统晓得我们这班人烧过东湾人的船，也晓得有一个东湾人给火弹炸了，那时候还躺处里不死不活。想起我们烧船刚烧完的时候，大家统讲我们真勇，冇人有胆看不起我们。好了，等到讲要走来捉人了，伊们又单下变了，路上把我们盯牢看，好像是怕我们，好像是嫌憎，反正冇好脸色。

其实也不单是对我们，当时哪家男子客冇参加哦，统怕给别人举报。我记得那段时间整个西湾奇怪受不了，走路上也冇人打招呼，好像统认不得了。

是阿秀阿翁找了我，叫我替阿秀去坐牢间。伊看到我第一句话就是：阿巧，尔也不晓得那粒火弹到底是何人扔的，是不是？我是不灵光，听完也明白了，就算我自个不承认，伊们也会把罪尽算到我头上的。伊讲阿秀还小，要是现在犯罪，这一世就完了。又讲我顶厉害，带一班人去烧东湾人的船，胆大，有本事，到了牢间里也不用怕，阿秀就不一色了，伊在牢间里肯定给人欺负。伊阿翁叫我莫担心，会相帮照顾我一家人，讲等我牢间坐完，就给我安排正式工作。

我本来还觉得自个何人也不怕，单下给伊叫过去，又听了这些话，头脑里乱糟糟，糊里糊涂就答应下来了。当然喽，我也不肯叫阿秀坐牢间，伊把我当亲阿大，我替伊也情愿。

我牢间统共坐了五年半，就给阿秀伊阿翁找人保出来了。伊冇骗我,把我安排到冷冻厂里做事。但是厂里的人讲我坐过牢间,统跟我交不来。我也不喜欢做那事,日日关冰窟里,跟坐牢间一色模样一同。别人介绍我讨了老婆,但是伊也看不起我,未过两年,讲要走外地做事,再冇走归。

赖尾风滩开始搞旅游,讲要弄成景区了,得干净点,别人才肯走来嬉。阿秀阿翁就跟镇上的人打招呼,让我去沙滩管垃圾,每个月给我工资,还帮我交保险,老了还有退休金。垃圾捡来,卖掉的钞票也分我一股。好了,别人就讲我这工作是靠坐牢间坐来的,随伊们讲去。一下摆出看不起捡垃圾的样子,一下又眼红我有这么好的事做,自个讲自个是[1]。

不要紧,我早早个就不把那些话放心上了。这些年,我一直想着那些看不起我的人,想做一件大事,叫伊们服气。我做成了,但是有用,一个事情是好是坏,过一个月就变了,过一年呢,可能又反过来。这些年,我就晓得自个不好过,从来冇想过我阿妈,伊跟我一色给人看不起,一世给人讲不好,讲伊不忠,嫁两个人。但是我从来冇关心过伊,还日日给伊操心。

坐牢间那几年,我才真真晓得不自由是何物感觉,有多难过。我想起去烧船那日暝里,听到伊两人相骂,只有我后阿爸一个人讲话,我跑出来了,但是我阿妈永远也跑不掉。伊食了一世,忍了一世。到走前,躺在眠床上,我姨娘问伊还有何物话要讲,伊头摇摇,一句话也冇。

---

1 自说自话。

冇错，冇错，统过去了，现在我日子好过了，我阿妈在天上要晓得也快活。啊嚯，尔怎么晓得我跟伊的事情？肯定是尔阿妈讲的，伊两人做伢仔时就认得。伊老公是前几年生癌走的，酒咽太多呐，肝咽不好掉。伊答应跟我处的时候，只有一个要求，就是从今日起再不能咽酒。头起我怕自个成日跟垃圾一起，不干净，配不上伊，冇想到伊点点也不嫌憎。伊喜欢扮，我就经常找人给伊买化妆品，伊脸上粉打起，又白又香，又喜欢穿颜色鲜的衣裳，女伢仔哝。

伊这人有时候有点心家[1]，别人讲伊不好，伊也无所谓。有人讲伊老公刚走就开始扮，点点看不出难过，讲伊冇良心，还有更难听的，讲伊一心勾引男人，伊肯定统听过。前几年为了给伊老公看病，处的钞票尽用完了，还欠账欠起，伊一心想还钞票，就打算在处里放赌头[2]。正好我这几年管垃圾管下来，也算有点关系，警察局里的人也认得几个，就帮伊讲讲，钞票塞点，把关系打通了。

那日我到伊处里去，跟伊讲事情办好了，伊听到不晓得有多快活。我单下想灵清了，在风滩，何人要是活舒服点，别人看尔就不舒服。我阿妈跟我一色，太把别人的看法放心上，才过得那样苦，病也忍出来。这样我才特别喜欢伊这性格，呵呵，讲喜欢

---

1 形容大大咧咧。
2 开设赌场，抽取一定比例的赌资作为场地和茶水费。

有点不好意思，也就是一起过过日子。

伊有一个儿子，讨亲了，还算懂事，我们碰上就头定定，冇讲过何物话。哪里想得到，现在我也变成后阿爸了。伊还有一个孙子，才两周岁，脸圆圆个，眼睛很大，真有趣相，叫我阿翁。

伊们处里现在日日有人打赌，香烟食冇歇，伢仔闻了得噶？我就把伊领出来，带伊在沙滩上捡垃圾。有些游客留下来新式的物事，我就拿海水里洗干净给伊玩。每日下半架，我统给伊买馒头食，有时候带伊食锅淋絮[1]，伊跟我一色，喜欢加牛油渣[2]。牙齿嘛刚生出，半日咬不掉，但是咬起咬起味道很好。有时候伊跟我讨泡辣[3]食，食不得啊，吃了嗽起，要给伊阿婆骂的。有几次伊真真想食，阿翁阿翁叫起，一定要我买，冇办法，我给伊买一条泡麻糍[4]，食饱饱个。我看伊嘴巴嗒吧嗒吧，食起香受不了，就跟伊讲，给阿翁也咬一口，伊还不肯，头转过去，怕我抢伊哝。

啊嚯，暗边了，游客快要走完，我得去做事了。捡一下快的，捡完再食暝[5]。

莫跟莫跟，捡垃圾有何物好看，讲讲还行，到底还是难看相的。

莫跟嘿。

---

1 将米糊淋在专门的大锅里烤成松软的薄饼，层层相叠，切块后淋上肉汤食用，也称作风滩锅贴。

2 牛杂。

3 油炸食品。

4 炸年糕。

5 吃晚饭。

7

三兄弟大伯所在的船队共有四人,都姓陈,但并非同支。一般的说法是亲兄弟不共事,同样,亲等差别较小的堂兄弟或表兄弟一般也不会同属一支船队。立这个规矩既是为了避免船上拉帮结派,也因为亲兄弟明算账实属不易,公私纠葛,更容易滋生矛盾。

大伯船队四人,虽然年龄相差不多,辈分却隔着一代。年龄最长的是永字行的,名叫永丰,性格同大伯一样开朗,爱谈笑逗乐。大伯按年岁排行第二。后面两个则是明字行的,大的叫明英,面颊两边凸着两块鼓肉,像塞了两只拳头,所以大家都叫他拳头阿英。四人中年岁最小的叫明辉,长得瘦叽硌碜登,他有个人尽皆知的绰号,叫"鸟人辉"。

这绰号怎么来的?原来明辉家世世代代都养鸬鹚,外头把鸬鹚叫作水鹰或者鱼鹰,因为鸬鹚驯养过后可以用来捕鱼,猛一扎就衔起一尾鱼来,有鹰的准劲,可是蛮话反倒叫鸬鹚,听起来佶屈古怪,以为是什么俗称。只有读过书的才知道这是学名,顶规范的称呼,足可见蛮话里头也大有文化。

风滩自古以来就有几家以这种方式做海的人，他们大都居住在水田边或者海湾地带，便于驯养鸬鹚。具体的养法和训法也代代相传，大同小异，不过各自都有些独特的门道和见解。也正如古今一切身怀技艺之人那样，他们视自家为正宗，各持己见，互不相让。

鸬鹚不光会自己衔鱼，还会协助渔民捕鱼。它们扑腾翅膀，用尖喙和利爪驱赶鱼群，将猎物集中到一起，做海人只需要将头上连着网兜的长竹竿扎进海里，就能轻松捞起那些早已经晕头转向的笨鱼。

有时遇到那种十几斤重的大鱼，鸬鹚们还会合力抓捕。当然，这也要考查驯养之人的本事，如何调度、包围，如何时时用长竹竿驱打鸬鹚，避免它们因争抢猎物而发生内讧，还有如何赶在大鱼被过度发狂的鸬鹚啄坏之前及时捕捞上岸……这些无不需要熟练、狠劲以及高超的判断力，没有从小练到大的苦功是干不成的。

阿辉阿爸没得早，他驯养鸬鹚的本事是跟他爷爷学来的。正所谓隔代亲，虽说阿辉身为独苗，必须接下家里的饭碗，但爷爷从不忍责骂他，只是每回出海都将他带在身边，整日同鸬鹚作伴。一来二去，阿辉耳濡目染，倒真心喜欢上了鸬鹚捕鱼这门技艺，学起来不但不觉得苦，还深以为乐，学得又快又好，他年纪轻轻便认定了这种活法。

在爷爷溘然长逝以后，阿辉独自承担起了赡养阿妈和年迈多病的奶奶的责任，村里人个个喜欢他，佩服他，夸他孝顺。虽说他所在的一支在陈姓里头不算正宗，可到了阿辉讨亲的年纪，那些女儿待字闺中的次姓人家,便一个个托媒婆找上门来,想要和他结亲。

然而好景不长,没过几年,鸬鹚捕鱼突然被禁了。被禁的原因传得五花八门,始终没有定论。有说错在鸬鹚的,说鸬鹚这种鸟捕鱼时不分大小轻重,种鱼幼鱼一通乱衔,说这样会破坏环境,又有说到生态啊,可持续发展之类的,听得村里人云里雾里。

也有说是鸬鹚现在越来越少见,成保护动物了,都得放去野生,不准再养。一谈起野生,风滩人可就来劲了,野生的鱼虾蟹总是比养殖的好吃,那股子鲜甜,还有肉的精与韧,是海中的圈养场里怎么养都养不出来的,更不用说那些水池子了,蚶仔养出来肥得离奇,一看就不正常,打了药的。不信你尝一口,乌膏跟浆一样喷出来,天下哪有这样的蚶?所以说还是得吃野生的,不管吃什么,吃鸬鹚、吃麻雀的也不是没有,就连吃老鼠的都有呢!跟有钱没钱都不相干,是人格品相的问题。倒是那些有钱有势的人,寻常吃食已填不满他们那无底的腹肚了,背地里将精奇古怪搜罗遍尽……这么一想,确实听说过有人偷偷打鸬鹚吃的,没想到直接把它给打成保护动物了。

还有一种说法,叫风滩人最为不解,说驯养鸬鹚的方法太过残忍,为了使鸬鹚听命于人,竟在它们脖颈间套上铁环或绳索,叫鱼进不了腹肚。这蠢笨的水鸟不懂咀嚼,只会整尾整尾生吞,没想到吞不下去,只好吐出来,为渔民所得,转眼又忘了自己的处境,赶着衔另一尾鱼去了。下水前早已连续饿了几天,没想到越衔越饿,越饿越衔,饿极了,所以什么鱼都衔,拼了命地衔，也就是因为这样，做海人捞得才多，日子才过得滋润。可叹鸬鹚奔波劳碌，结果却只是替他人做了嫁衣，一天下来，赏赐最终也不过几条杂鱼，土话讲"鸬鹚命"，大概就是这个意思。鸬鹚饱受痛苦，寿命也大大缩减，因此被禁养。

村里人把这种话当成笑料在传，毕竟鸬鹚只是畜生，畜生有畜生的命，鸬鹚命生在鸬鹚身上，自然理所应当，不叫它吃累受苦，难道要供在家里叫它享福，像老爹老娘似的养着不成？他们嘴上在笑，心中却将信将疑，毕竟这些年来奇令怪令颠来倒去层出不穷，使他们对一切都不再那么笃定了。没准就是哪位官老爷开始吃斋念佛，悲悯众生了，才突发奇想，下了这条禁令。可转念再想，官老爷们山珍海味吃得比谁都多，馋筋一动，哪还管它保护不保护，残忍不残忍？

猜测永远是猜测，真正的原因是永远无法知晓的。命令之所以能持续施展其赫赫威势，正因为它叫人猜不透，摸不着。鸬鹚们四处打探、寻摸，窜过来、奔过去，扑腾腾一片浑浊，却总还是慢了一步，好不容易跟上，则势必来一出大转向。汗流尽了还不算完，非得咯出血来才行——喉咙口好像被什么东西堵着，说不出话来，一呕，竟吐出一尾活蹦乱跳的大黄鱼，走近一瞧，哪有什么鱼，分明是一条条金科玉律。

还是来说说阿辉的绰号吧。其实"鸟人辉"是骂人的话，蛮话"鸟""屌"同音，"鸟人"就是"屌人"，然而无论言者或听者，都不会想到这个意思。蛮话人好像动不动就要咒人死，什么"棺木""短命""泥圹[1]",还有"绝代",是咒人断子绝孙,比死还惨。这些话几乎人人都会脱口而出,可其实谁也不会细想其中的含义。话头只是话头,话头是无字无义的,要是被人点明,说的人自己倒会吓上一跳,然后反过来委屈又气愤,指责你污蔑了他。或许有人会停上个一时半会,嘴上好像贴了封条,说什么都不自在,可到底挡不住从小到大的语言习惯,没过多久又开始满嘴"棺木"了。

因此,"鸟人辉"说到底也就是"怪人辉"的意思。

阿辉这人怪在哪呢?他至今仍养着一只鸬鹚,并不为捕鱼,而是当孩子似的养,甚至比对自己的亲生小孩更好。鸬鹚到了海上,明明自己也会衔鱼来吃,可每次他们这只船捕来了鱼,阿辉分到自己那一份,却总要先挑出几尾顶好的给鸬鹚吃饱饱个,剩下的才带回家去。

在众人眼里,这自然是古怪可笑的行径。风滩向来也有个别将猫狗当成孩子养的,也同样会遭到耻笑甚至暗地里的辱骂,只不过从没有"猫人""犬人"之类的叫法,毕竟远不及"鸟人"来得顺口。

鸬鹚捕鱼遭禁之后,阿辉只好学着跟船做海。从他进船队的第一天起,这只鸬鹚就跟在他身边,有时停在肩上,有时在他头顶环绕,有时落到桅杆上、船头尖,斜睨俯视众人,神气威风,凛然不可亲近。然而只要阿辉一招呼,它便倏然飞落,雀跃、嘹叫,再没有半点架子。

---

[1] 旧时埋葬幼儿尸体的小土坑。

阿辉身边这只鸬鹚为什么还能留在身边？这要说到养鸬鹚的禁令刚刚公布不久，政府里的人开始到各个渔村收捕鸬鹚，据说要统一放归水泽。阿辉自从禁令下来之后就一声不响，整天待在养鸬鹚的湾口，将它们脖颈上的铁环一只只摘下，好像完全认命了。

那天，收捕队带着笼套网绳，到了阿辉家里，由阿辉新妇领着前往海湾，却不见阿辉的踪影。海湾上的鸬鹚优哉游哉。半个多月不戴铁环的日子，鸬鹚们骤然脱了束缚，大吃特吃，攒下一身肥膘，连游泳的动作都变得笨拙了，一只只憩息沙洲，毫不动弹。

轻松捉完之后，收捕队的人问阿辉新妇："就这些吗？"她默默点头。收捕队里有个懂行的却发现了不对劲——头鸟还没现身！

头鸟指的是鸬鹚群的头领，阿辉家的鸬鹚头领是顶出名的。西湾只有他们家使用这种驯养方式，先培养头鸟，通过头鸟来监管和引导群鸟。阿辉一家把头鸟叫作"将军"，"将军"这个称谓是代代传承的，老头鸟死后，新驯成的头鸟才能够接替成为"将军"。

培养"将军"照理不论公母，虽说事实上总是公鸟，也并不从雏鸟开始，毕竟鸬鹚刚生下来一概光秃软烂，无甚分别，而是对已经长大、上环并开始参加捕鱼的年轻鸬鹚进行长期审察，经过多次筛选才最终确认。要选的当然是捕起鱼来最卖命的，甚至你还未曾驱使，它便主动钻到水下去衔鱼，然后立即飞奔向前，将肥鱼吐进船里网中，欣然如此，好像生来就有一颗乐于奉献的心灵，认定了海里的所有都属于至高无上的主人，一切进入自己腹肚的必是主人的恩赏。

被选为下一任"将军"之后，继承者会得到更好的喂养，以使其长得比寻常鸬鹚大一些，能够起到带头作用，使群鸟趋之若鹜。这样做还能加强它对主人的亲近，而不像寻常鸬鹚那样只知惧怕，并不心悦诚服。

依照阿辉家世代相传的古训，无论"将军"如何亲驯，都绝不可就此卸下那脖颈上的铁环。畜生究竟是畜生，一旦彻底失了约束，很快就会野性泛滥，不再为人所用……

收捕队的人一提起头鸟，阿辉新妇立刻吃了一惊。没错，她早就发现平日里那只最积极，做什么都冲在前头的"将军"同阿辉一样不见了踪影。她暗暗惊慌，这几天来阿辉的所作所为也浮上心头，看似平静沉稳，却分明压着一股骇人的情绪。夜里同处一室，她更加感到不安，隐约察觉丈夫或许要做出什么傻事。如今端倪毕现，她环顾海湾四周，发现悬停的小舟少了一只，一定是叫阿辉给划走了，莫不是往海湾深处去了？

她主动将自己的猜测向收捕队的人交代一清，当然不是想害阿辉，而是为了尽早制止，以免他真犯下什么大错。这些年来事事都是如此，坦白从宽，抗拒从严，尽管有不少坦白的照样受尽苦楚，但是抗拒的话下场只会更加悲惨。

收捕队一行人气势汹汹，仍旧是笼套网绳全副武装，准备去捉那漏网之鱼，也有心治一治那个违背禁令不识好歹的刁民。原本该是鸟衔鱼，人驱鸟，而如今这鸟中将军竟成了俎板上的肥鱼，驯鸟之人则一如蛮性难改的野鸟，非叫铁环套住脖颈不可。

循着崖壁深入搜查，他们果然在一片隐蔽的浅滩上发现了阿辉和停泊在旁的小舟。阿辉身边坐卧着一只鸬鹚，一看到船上众人接近，立刻变得不安起来，身体不住地挪动，身下青白卵壳时隐时现，原来是在孵蛋。阿辉猛然站起身来，挡在孵蛋的鸬鹚身前，与此同时，半空中劈来一道沙哑的尖啸，一只巨鸟俯冲而下，横挡在收捕队众人与阿辉之间，双目炯炯怒视众人，翅膀奓开，啼叫连连，满是威吓。

收捕队给这从天而降的神鸟吓了一跳，一时竟不知如何是好，似乎完全被它的威风与英勇慑服了。他们腿软了，手也松了，笼套网绳差点脱落。幸好恍然惊觉，及时捏紧，挽回，又因这切实的触感和重量而深受抚慰，平添了几分勇气，好像唯有这些利器，才是他们赖以生存的根本。再定睛一看，呀，哪里是什么神鸟！这不正是他们正在寻找的鸬鹚将军吗？说到底只是小小水禽，不足为惧。他们为先前的怯懦暗自难堪，又由难堪生出恚愤，于是纷纷动用手里的收捕工具，抛、投、甩、撒，却被"将军"一个振翅蹿升全部躲过。

有人对阿辉喊话，要他停止抵抗，主动交出鸬鹚，阿辉却痴了一般，一声不响，两眼直视前方。众人无奈，只好划船向前，慢慢逼近浅滩，打算先将孵蛋的母鸬鹚收捕。两个年轻队员一跃而上，轻松制伏了阿辉。母鸬鹚呕哑惊叫，但是并未逃离。收捕队员顾虑着鸬鹚蛋，也放缓了动作，正打算用网罩将母鸬鹚小心套上，却没想到半空中的"将军"忽然飞扑下来，对着那人一顿狠啄，反而使他失手将网罩套歪了地方,竹条编成的外框狠狠抽在母鸬鹚身上,终于使它弃卵而去。"将军"见母鸬鹚受了抽打,更加愤怒,疯狂地用翅膀和尖喙攻击众人,大家完全乱了阵脚,又想趁机把"将军"给捕获,于是笼套网绳一通乱砸,等到捉住"将军"时,鸬鹚蛋早已被打成一摊糨糊。

这时候趴在沙上的阿辉骤然发了狂,怒吼一声,一下子挣脱了身上的两个人,扑过去想要解救"将军",对着俘虏"将军"的收捕队员拳打脚踢。再度被众人制伏在地后,他还不肯罢休,竟然从旁边一个人腿上咬下一块肉来。大家将他狠狠打了一顿,他满嘴是血,却还骂个不停。

这之后,阿辉被关进了派出所,他家里的鸬鹚则全部被收捕队带走,据说是送到了放生地,有说是在城底北门外一个乡下地方,有说更远的,送到鳌江边的滩涂地去了,不过确切地点无人知晓。阿辉发狂的事早已传遍了整个西湾,大家议论纷纷,虽然也有心胸狭隘的加以嘲讽,但更多人只是哀叹他的不幸。所有人都以为这场闹剧就此告终,谁也没有想到,在阿辉被拘留两天之后,"将军"竟然自己飞回来了。它在海湾上空来回翱翔,叫声凄厉,如泣如诉。

往日满是鸬鹚的海湾,如今空空荡荡。一席海浪奋力翻涌上来,无力逾越夹岸的山崖,便又退落回去,隐没于茫茫汪洋。前浪尚未退尽,后浪已将其掩盖,好像急于凭扼杀陈旧来证明自己的新,急于以他者的僵死来凸显自身的活。那些沉底的,被鱼群狂乱啄食，圆瞪着一双空裸的眼眶，亟欲诉说而不得，最后经由一阵潮漩浮上海面，被冲到海湾地带，浮荡摇摆，面目全非。

往年，鸬鹚们总会用它们喑哑而泼辣的鼓噪，为溺毙者献上一曲挽歌，扶摇而上，急转直下，画出一道道空洞的弧线，那便是鸬鹚的吊词了，饥饿是如此痛苦难捱，但仍止不住白费力气的习惯，谈不上挣扎，甚至无关愿望，就只是忽然一次心悸，筋脉猛地搐动，于是飞上，于是飞下。空气丝毫没有受到鼓动，海湾深处亘古淤积的泥沙却兀自翻腾沸涌起来，于是浮起，于是沉落。存在，尚未消泯，便注定这般徒劳耗散。

本已解散但始终心有不甘的收捕队闻讯再度赶来，队员们全副武装，激动万分，都想要抓住这最后一次机会施展自己的威权。众多村民也聚集到海湾沿岸，议论纷纷：

"伊怎么找来的？"

"鸬鹚是不是跟白鸽一色，可以把路记牢？"

"要真真这样，其他鸬鹚为何物不飞来，只有伊……"

"那可是阿辉处里的'将军'啊！"

"……"

有人惊慨之余，试探着向身边一位年轻的收捕队员询问放养地的确切所在，一问完便后悔了。被问之人扭过头来，对其所问感到茫然，然而海滨烈日直射过来，照得他眉头紧皱，仿佛怒目相对。哦！发问的人吓得浑身发抖，好像触犯了列举不尽的族规中的一条，正在祠堂里等候审讯。

被问的人又奇怪了，这个干瘦的风滩老头，脸都被晒紫了，一看就是世代做海的穷苦人,他干吗低下头去,为什么不敢看我？问的是什么，放养地？这个收捕队员知道吗？他分明是知道点什么的，在这风滩老头面前，他不得不多知道一点什么。可是一旦他回到城底，走在小巷两侧那山一般的围墙之间，一旦他离开收捕队，只剩下孤零零一个人的时候，他就什么也不知道了。

收捕队学了新招，先用弹弓往空中射石子，把"将军"诱逼到低处，然后另外几个人悄悄从背后接近，果断套下网罩。就这样，"将军"再一次被收捕，送走，可是没过两天，它又一次出现在风滩上空。有人远远看到，大喊一声："将军"又飞回来了！人们抬起头，不自觉跟上前去，只见它飞得歪斜，左侧翅膀好像受了伤，耷拉着，没精打采。它一飞一顿，大概做不到直行，只能不断调整方向，弧旋而前。

地面上，跟的人越来越多，大家原本是看热闹来的，后来不禁触动了慈悲心肠。有几个风滩人回忆说，收捕时分明看见石子击中了"将军"，那伤一定就是当时留下的。有人附和说自己清楚听到了"将军"被击中时痛苦的哀叫，那声音不单哑，而且碎了。还有人想起了那颗从翼膀滴落下来的触目惊心的血珠……在"将军"顺利降落在海湾沙洲上的那一刻，人群中顿时爆发出一阵欢呼，就连阿辉那瞎眼的老奶奶都冲出门外，激动得泪流满面。

这之后收捕队的人没有再出现，据说是"将军"受伤的消息传开了，上次来的几个受到上头训斥，其他人早已听说过"将军"的事，谁也不愿啃这块硬骨头，于是不了了之，只当从始至终不存在这只麻烦的鸬鹚。

领导自然也不再为难,他们虽然从没有做过海,却深谙这条做海人的至理:执行政策时总是宣称"不放过一条漏网之鱼",可要是太当真,鱼果然一尾也不漏,没准将网给撑破了,拉断了,反而得不偿失。再说了,假如政策什么时候来个天翻地覆的大转变,先前的错谬可就都算到你头上去了,因此最好给别人留点余地,也给自己留下退路。

最后,不单"将军"留下来了,连阿辉也被提前释放。从那以后,阿辉便每天都把"将军"带在身边,生怕被人捉去。买东西带着,上船带着,看戏也带着,晚上就让"将军"进家里休息,据说连觉都一起睡。

这样不到一个月,街巷间的议论又起来了。众人好像都将不久前自己对"将军"的同情与钦佩忘得一干二净,开始嘲讽阿辉古怪的行径。就是在那段时间里,他得了"鸟人辉"这个绰号。

也有明白阿辉的人,想为他辩护,说这鸬鹚将军身上有他爷爷的影子。阿辉同爷爷的感情很好,一定放不下他爷爷一辈子的心血,才做出这许多怪事。说话之人又忽然自觉太过动情,担心别人察觉出他对阿辉的同情已经超了限度。对不幸之人怀有同情当然好,只是不能过多,过分同情就有认同而情愿成为同类之嫌。尤其对于那些怪人,同情之时总得保留些敬而远之的克制,否则那古怪似乎会顺蔓摸瓜,也侵入你的内心。

没错,说话之人已经发觉那威胁的迫近,好像有一种污秽沾染上身,必须立刻甩掉。他分明瞥见了旁人怀疑的目光,那是什么意思呢？是觉得他跟阿辉一样失了理智吗？他几乎感到愤恨了：

"好嘛，伊哪里是当伢仔养哦，根本就是当阿翁养！"

他悄悄环顾众人的反应，急忙又补上一句：

"这鸟人辉！"

终于，从人群中爆发出一阵哄笑，这哄笑化解了言者与听者之间的隔阂，使他们亲如一家。那似有若无的紧张与怀疑也遽然散去……

当初"将军"两次被抓走又飞回来的故事，有人至今还拿来当传奇讲，说它重情重义，说它有王者风范。可是越来越多的人不再这样看了。有人觉得"将军"之所以这样坚持回到这片海湾，大概是舍不得我们风滩鱼虾的鲜美。有人说这鸬鹚太蠢，世世代代受人圈养，如今有了自在日子却不去过，真是贱骨头。有人听了这话，不禁为"将军"感到悲哀。这悲哀把一切都串联起来了，比如头顶上那道盘旋的影子，比如凄厉喑哑的叫声，还有满地的碎沫与粘浆。鸬鹚命啊，鸬鹚命，他心中蓦地浮现出这个词来，好像有一个顶老顶老的老人在说话，说老百姓个个都是鸬鹚命，他想起来了，这才是土话真正的意思。

对了，还有鸬鹚嗍，伢仔吃了止咳化痰，他小时候分明是吃过的。一双粗糙的大手，不知是谁的，那样大，手背蜡黄，手心里的纹路深不可测，搓了又搓，搓个没完，搓成一大颗黑乎乎的丸药。说里头是鸬鹚嗍，鸬鹚嘴里流出来的，多么骇人，更叫他难以忍受的是那双大手，丸药上一定沾满了污垢。他不愿意吃，可最后还是吞了，架不住阿妈连哄带骂。怎么吞得下去哦，用水送，喉咙口一松，囫囵滚下，滚到极深极远的地方，找不到了，也许始终在那，从没有化开过。

那时的咳嗽治好了吗？抑或只是被他遗忘？

8

受访人：被拐卖女人

阿栋牯跟尔是怎么讲的？我的阿栋牯啊，大起了，不给阿妈抱了，嫌憎我倒伊面子……单下好单下差呐，就是这样，一世统过来了，冇何物不好过的。

我的阿栋牯啊，真有趣相，生下来就肥卵卵，啜阿妈的奶。阿妈对不起尔，苦命伢仔，奶臭了，只有臭奶食，啊，伊躺我身上，真臭啊，烂头阿国，骂冇歇，讲伊们统看不起我，啊，看不起我，尔也看不起我，是不是，啊，尔还有胆叫，再叫，再叫，把尔弄死，尔阿母给我弄，尔阿母……伊嘴巴真臭啊，摸上来，啜我的奶，我的阿栋牯啊，奶给别人啜去了，苦命伢仔……

我的阿栋牯，我怎么会不疼惜尔？那时候连牢好几暝，我就要睡去了，单下觉得自个不一色了，好像变成鸭母，变成蛤蟆牯，手指头膜生出，整个身体变薄了，浮水里哝，越来越远，不晓得要浮到哪里去。我以为自个是饿的，太饿了，腹肚也痛起，酸水积满满个，重受不了，膨起膨起。我真真变成蛤蟆牯了，蛤蟆牯好啊，腹肚里全是卵，生一次就够，不用跟我哝，生了又生，全活不下来，苦了伢仔。只有阿栋牯，伊顶懂事，晓得我生伊辛苦，做伢仔时身体就好，只有伊活下来了，从来不给我操心。

我想翻过来，又给铁链拽牢，丁零当啷响起，响一下我就抖一下，又是阿弟养的那头白毛老鼠，喜欢咬笼子，偏偏要在半瞑三更的时候咬，把人吵得冇办法睡。我担心哦，老鼠要是把笼咬破了跑出去怎么办，阿弟会啼起的，阿爸听到要把我打死。我得走去看看，但是冇办法动，这棺木铁链，这样重……毛崽，毛崽，我的阿弟，伊几多岁了，讨亲了未，伢仔有了未，我们处里就伊一个男伢仔，怎么不当宝哝疼惜……不行，一定不能给那头白毛老鼠逃走，阿弟眼泪一流，我们几个阿姊就怕抖起。我的大姊啊，我真想伊，伊嫁到别村去，我跟两个阿妹统啼了好几日，讲伊要到那么远的地方去。我问阿妈，指着那个山，阿妈讲要翻过伊，再翻一个……何人想到我会到这里来，这一世再冇见过了。我的两个阿妹啊，嫁到何物人家去了，千万莫跟我哝，变成暗货[1]……今日有几张皮子？三张，咯咯咯，两张暗，一张明[2]，明的那张可乖哟……伊转过来把我盯牢看，眼睛里有火。过一下火冇了，变成钩子往外边伸……尔这头几斤几两[3]？估估一斤六七两顶多，高脚骡子，给人嫌憎，真真是野骡子，碰一下就弹起，难卖啊……莫急莫急，野点才有味道哦，啧啧，走出打工的？讲是打工，其实是伊阿爸要扔，那老汉啊，胡乱开价，张口就跟我讨……几多？老麻批！草鸡当凤凰！

1　拐卖妇女团伙的黑话：骗来的女人。

2　明货：在家中生气、遭难等出走后被拐来的女人。

3　指年龄，如一斤八两，就是十八岁。

不晓得了，路上到过何物地方嘛，我就记得车换了三四部，统是半暝三更换的，我躺那睡，给人摇醒，要我们下车。山边风呜呜叫，好几部卡车停一起，车里的女人统走下来，冇一个身上穿的衣裳是好的，头毛给风吹起，乱七八糟散开。我们冇胆讲话，载货的手里统冇棍子，又乌又粗，哪个讲话，要不走慢点点，那条棍子就把伊腰窝顶牢，用力往里头顶，弄得乌青夹烂。伊痛得叫起来，身体单下软掉，拼命往前走，载货的反快活起，一直顶伊，顶伊，笑冇歇。

路上从来冇其他车，天乌受不了，月亮也冇。那乌啊，厚受不了，离我们很远，好像是给那些山顶起来的。近点的地方亮点起，冇一点一点的何物事浮那哝，不是白，也不是灰。到地上，那种光又冇了，好像是给风吹走的。山路上的风真大啊，何物统吹走了，点点也留不下。

我在车上也有认识几个姊妹，我们少数讲话，也冇胆随便看别人。我们统给人看怕了，那些男人看我摸我的时候，我头犁下去，心里想，千万莫给这些人讨去。我那时候还觉得自个真是到别人处里去当新妇，还想挑一个好点的。我真真呆，头起不晓得要是卖不出去，就会越载越远。载货的看我的面色也越来越难看起，我顶怕伊看我，伊那眼光跟我阿爸一色模样一同，嫌憎我是赔钱货，嫌憎我把伊拖累了。我心里难过，觉得自个又有何物事情做错了，又给阿弟摔倒，皮摔破了……毛崽，毛崽，我苦命的阿弟哦，尔千万莫摔倒，统是阿姊的错，我冇用，我对不起伊，把伊拖累了，我冇胆看伊，我把伊的手拿来放自个手里，我们一起躺车上，日里稻秆暖受不了，汗流冇歇，到暝里又寒起。其实我们可以讲话的，不用担心给载货的听到，那卡车开起来吵受不了，其他声音统给伊食进去了。但是大家统不肯讲话，讲也顶多讲点点，腹肚饿啊，冇力气讲，也怕听到自个的声音。

我们统把别人的手拿牢，撸起撸起，又把手伸伊头毛里捉头虱[1]，捉出来摁掉，真真好玩。要是车停下来，载货的来叫人了，千万记得松开，下车的时候也莫想搭何人一下，更不能讲话。要不给载货的看到听到，伊就马上拿棍子顶尔，要把两个人分开，送两部车里去。伊怕我们熟起，一起逃走。宁可装出认不得哝，才冇机会又到同一部车里。

其实就算在同一部车也冇何物用，反正迟早要给人挑走，以后再也见不到了。人就是这样，随伊走哪里去，统想冇个伴。我们算何物伴呢，连名字也不晓得，哪里人也不晓得。我们冇话讲，我们讲的话统不是自个的，是把我们骗来的人讲的，是那些载货人的。每次换一部车，到一部新车上，冇过一会就晓得了，车里黄货[2]几个，白货[3]几个，哪些是跟我一色的南路货，哪些是西路货。我也不晓得哪里是南哪里是西，反正统是很远的地方载来的，要是老早，我根本不相信这世上真真冇这样远的地方，更不用讲见到这些地方的人了。

1　跳蚤。

2　未婚女人。

3　已婚女人。

做伢仔的时候，看到货郎担从山那边走过来，我马上叫起，想把阿姊的手甩开。这时候阿姊顶讨厌，每次统把我的手攥牢牢，一边对我嚷：还远嘞！还远嘞！我不相信，叫起叫起，但是过一会就看出了，那货郎担的脚是有停过，可走来走去还在原来的地方。真真，看来近，其实远受不了。统讲货郎担脚顶快了，要是给我自个走呢，估估永远走不到山那边。我那时候经常想，山那边是怎么样的？跟我们村一色不一色？也是一排排场屋仔，一块块田？我有办法相信。我越想越觉得，山那边何物也有，不，根本就冇山的那边，冇那个地方，统是假的，是骗人的……我到现在也有见过山那边的样子，等我那日睡醒，发现自个躺车里，早早个不在村里了，还出了镇，出了县，早早个就把那座怎么走也走不到的山甩后头去了。这一暝到底走了多远啊？听人讲连一百座山也不止……怎么可能，尔讲我能相信这种事吗？我就当伊是造话，骗人的……我苦命的阿姊哦，嫁到那边去，还走了归吗？阿姊顶讨厌了，出嫁的时候又跟我讲：莫啼，莫啼，近的嘞，近的嘞！统是假的，骗人的，我只晓得再也冇人会把我的手攥牢牢了。

有时候，车里也会上来一两个本地货。本地是哪里，我想问问，又冇胆问，更冇胆听到那个从上车起就啼冇歇的人讲话。那声音啼哑了，话讲起来蛤蟆响，真吓人。我们就想起自个刚上车的时候，也这样日啼暝啼。赖尾不啼了，顶多做梦梦到里头一个人在那啼，头起还看不出是自个，好像已经好几年过去了，早早个记不清了。其实顶久的也只有几个月，但是不晓得走了多远，换了几多部车，不晓得驶几个村过，给几多男人看过摸过。

我们慢慢开始怕了，怕自个卖不出去，变成老货，可能要在车里过一世。赖尾我们晓得了，不用多久，老货就会给伊卖去做鸡。还有更吓人的，讲要是一直卖不出去，载货的嫌憎多一张嘴巴食饭，就把老鼠药放饭里给尔食，扔山下去，讲好几个红货[1]统是这样有的，根本不是生病。

我们统怕起，千万不能变成老货。也得收拾一下自个啊，顶起码清水点。车里有镜，看不到自个样子，但是能看到别人，统好不到哪里去。还有，莫跟车里的老货一起坐，会把伊衰气染来的。那时候我们觉得，要是下了车，有一个人家，不讲过上好日子，起码有点人样，冇错，起码比现在好点，起码……我们统这样相信，不能不给自个找点盼头。有些人又下车了，但是我一直冇下车，我又换了一部车，换了个载货的。头起我顶怕到村里，到现在想也想到村里去。但是有用，照样冇人挑我，肯定嫌憎我太高太瘦。阿妈啊，无空把我生起这样高做何物事，我苦命的阿妈！

越驶我心里越奇怪，这一路到底是往哪里去？晓得方向的有讲过，车驶起弯来弯去，主要还是往东的。冇错，往东走，一路往东驶，我们统晓得，东边是有钱人家住的……送去享福哦，算这些赔钱货命好……冇错，我们是去享福的，老家的女人想了有噶？一世连山也走不出。

---

1 死去的女人。

头起统听了懂，口音不大一色，意思还是听了出的。赖尾，好像是重庆过了以后——我记得那日听到两个载货的讲，再驶三四个钟头就到重庆了。第二日暝里，我又换了一部车，里头有些人讲的话就有点糊里糊涂了。

再往东边驶去，我慢慢就一个字眼也听不懂了。刚到这里的时候，头一次听到有人讲蛮话，我还以为自个到日本啊，一个个统讲的日本话，生起跟日本人哦。日本人顶可恶，我做伢仔时就听村里的老人家讲过，伊们碰上一个女人，不管老人还是伢仔，统要把裤子扒下来，我们这些女伢仔马上把耳朵捂牢，有胆听了……到赖尾呢，我不晓得给几多男人扒过裤子，扭我夹臀，摸我的奶。尔讲呢，男人这样对女人，跟日本人打中国人有何物不一色？当然了，尔是读书人，肯定不会做这样的事，对不对？只有苦命人，唉，统是苦命人呐，男人讨不起老婆怎么办哦，只能从外边买一个来，要不还有何物办法？那些本地女人眼睛看天上过去，看不起我们苦命人家，统想嫁到城底啊钱库啊，嫁到有钱人家里。我的阿栋牯哦，苦命伢仔，讲了几多个女伢仔，统不肯嫁我们处里来，那些破货，害我的阿栋牯赖尾只能讨个离过婚的，我苦命的阿栋牯啊，伊有讲错，伊怨我是应该的，我这阿妈倒了伊的面子，是我把伊害了。

还是读书好，读书人不一色，以后当官，讨亲也讨正经人家的女伢仔，尔阿妈顶有福气。老早讲勤力，现在讲书读起高，有文化，比何物还重要。尔阿妈有尔就有盼头了，老早辛苦，以后就管享福。

我的盼头？我七十几岁了，还讲何物盼头哦。我现在就想每日听阿栋牯叫我一声阿妈，这就是我顶大的盼头。尔莫相信别人讲的，我阿栋牯对我冇点点不好，是我自个在这眼房间仔里住熟了，不肯搬出去。阿栋牯每日把食的呷的送来，从来不缺我的。

尔讲何物事？当时那个盼头？何物当时，我头先讲的，冇呢，我讲哪里去了……哦，在车里啊，车里暗洞洞，挤受不了……哦，想起了，想起了，其实我们心里也明白，哪里有何物有钱人家，哪里有好日子给我们过哦。我们就是不讲出来，不肯想明白，宁可骗骗自个。往东驶，一路往东驶，我们统在那念，有钱地方，有钱人家。车停下了，棍子伸进来，给伊顶醒，快点，快点，赔钱货，跳下来……奇怪，怎么还是黄泥路，眼睛拼命撑开看，天色灰蒙蒙，全是破场屋，何物有钱地方嘛，看起来还不及我们山里……十来个男人鬼影哝飘过来，衣裳破败噜苏，走到我面前，摸我，捏我，凑上来嗅我，嘴巴真臭，比车里的尿桶还臭……尔阿母，把我钞票用完，阿爸今日就把尔弄死……这头几多钞票……黄货，当然是黄货……叫呐，叫，咯咯咯，叫大声点，尔这犬母，买一头犬也比尔会叫……冇胆了，再冇胆了，莫打我，真真冇胆了……办一张结婚证就这样贵？相也冇照，何物棺木结婚证……顶冇钞票的，新妇讨不起，才买伊们那些老货……一斤七两，身体健康，好生养，准定生男伢仔……统是姓陈的那些山种，讲起来好听，钞票收去给政府，呸，政府碰到伊们姓陈的还不是得叫阿翁！一张结婚证这样棺木贵……挑鸡仔也挑肥肥个，瘦叽咯破登，养了活噶……伢仔生下来就好了，尔要伊逃伊也不逃……食我的用我的，尔阿母……铁链把我拽牢，铃铃响，铃铃响，响有歇……全是残废，单只眼，歪头歪喙，聋病，哑人，苦命人啊，手比来比去，走来挑……伊们统看不起我，讲我顾茅坑，嫌憎我臭，啊，看不起我……要是生了女伢仔怎么办……放心，到那时候我们走来收，咯咯咯，生几个收几个……有逃，有逃，毛崽放心，白老鼠还在这，阿姊帮尔顾牢牢……茅坑邱，这钞票不是给我，是给村里的，以后何人要问，尔就叫伊来找我……看到了未，整个村的人统去捉尔，啊，尔再逃，下次就不单是把尔腿打折了……烂头阿国，好好跟尔新妇过日子……逃不掉，逃不掉的，放心，笼关牢牢个，怎么也逃不走……

那日是我头一次去沙滩。讲是讲在风滩，过了好几年我才看到海。那日暗边，我本来坐大厢里，天色暗下来我就怕，头也冇胆抬起，只能把阿栋牯抱牢牢。但是伊挣来挣去，一定要爬下来自个走，落地上就往外边跑。我早早个给伊阿爸打跛脚了，路走不快，我就叫伊：阿栋牯啊，走慢点，阿妈跟不上喽，仔细点，莫摔倒。但是阿栋牯嘻起来就不听我的，头也不回，管自个跑外边去了，一边咯咯笑，一双手肥卵卵，摆过来摆过去，何人看了不讲有趣相哦。我的阿栋牯啊，要是走冇了，阿妈还怎么活！我冇办法，只能跟伊走出去，拼命走，单下也不觉得脚痛了，就想把伊跟牢，糊里糊涂就到了沙滩。

沙滩上人多受不了，我也冇管，心里只有我的阿栋牯，伊跑进去一下就冇影了。阿栋牯啊，阿妈的心肝，尔跑哪里去了？干沙又松又软，人越急反越走不快，越走不快我就越急，怕起受不了。啊曜！我单下看到，我的阿栋牯，伊有走远，伊一个人蹲那玩沙呢，真乖，就是鞋拖不晓得哪里去了，赤脚，这呆伢仔，给阿妈操心。

我单下眼泪流下来，人也冇力了。这是哪里啊？我到现在才把眼睛撑开看，我看看阿栋牯，又看看沙滩，湿沙里全是石头卵仔，旁边就是西坂山，前头就是海了，真真是海啊，大受不了，远受不了，浪一下一下打过来。我还看到旁边那些人，我冇胆抬头，又转过来看阿栋牯，我好像又找不到伊了，伊还蹲在那，但是就剩下一个影哝，看不灵清。我心里空窿窿，难过受不了，觉得自个把顶要紧的何物事给弄丢了。

我想不懂自个是怎么走到这里来的。再往前走就是海，再冇路可以走了。阿姊啊，尔还记不记得走归的路？天真暗，整个暗下来了，西坂山另一面原来是这样的，光溜溜，点点物事也不生，这就是西边岩头了，真真吓人，好像从头到底给人砍了一半走，给浪打得碎末末，顶边上的浪打起来有三层楼那么高。

我一直在山后头，暝里日里统听到浪的声音，听了几多年哦，差不多忘记那是从海里传来的了。浪的声音，海水的气味，传到山后头，传到我耳朵里、鼻头孔里的时候，统变得跟海冇点点关系了。等到我那日单下走到沙滩上，就觉得面前这些物事不晓得哪里来的，真奇怪，真吓人。我看到海水满过来，又倒回去，往顶远顶远的地方退过去，远受不了，天跟海也分不灵清了，乌脱隆天一大片。

伊们肯定有把我认出来，不晓得那次为何物冇人捉我，赖尾还是我自个带阿栋牯走归的。伊们肯定是给我吓到了，跛脚老娘客，衣裳全破，又邋遢，嘴巴念起念起，叫阿栋牯、阿栋牯，叫冇歇。伊们肯定觉得我不敢逃，要逃也逃不走，车驶来的那日我就晓得，这地方真真偏啊，山路上弯来弯去才驶到。那些山高是不高，但是一座接一座，夹牢牢，有些人家、村子，就夹在山角里，矮墩墩，走去的路也看不到。

我那时候想，怎么还未停呢，怎么还能往前开呢，前头那些窄焦焦的路到底是哪里冒出来的？冇想到赖尾真真把那些山尽翻过去了，后头还躲了个风滩。更冇想到我在这里食了几十年，躲了几十年。

到风滩那日，车里就剩我跟另一个年龄大点的阿姊了。伊是赖尾才上车的，到了车里就睡，磨牙齿，打呼打冇歇，还讲梦话，讲起又多又大声。头起我发现能听懂，还吓一吓，赖尾才晓得伊也是西路货。

伊那梦话讲得糊里糊涂，两句话前后搭不牢，我从来不认真听，听到就烦心，觉得不大舒服。有时候伊睡热起，就把衣裳拉起来，奶露外边，我们统嫌憎伊难看相。不晓得为何物，我们慢慢统晓得伊的事情了，讲伊好几年前就给人卖过一次，这次是逃出来的，冇想到又给引子[1]骗去了。我们冇人觉得伊苦命，统讨

---

1 负责诱骗妇女的人。

厌伊，讲伊又呆又不安分。不单单是讨厌，到赖尾大家统有点恨伊了，看到伊就气，好像是伊叫我们也跟着伊倒霉。

我怎么也冇想到，自个会跟伊一起剩到赖尾，不论怎样讲，我是黄货，比伊好一百倍，难道这几个月我变得难看受不了，冇人样了？我在处里的时候，好看是讲不上，但是从来也冇人讲我难看。我想到这里就看伊，看到伊那张脸，嘴巴咧去，牙齿黄抖抖，嘀流冇歇，喉咙管里好像给何物事堵牢咙，气透不上来，呼声震天响……我看得真真怕，怕受不了，我觉得那就是我自个的样子，我肯定也变成那样了，才会卖不出去。要讲在风滩这些年我顶怕何物事，不是给伊打，不是，是镜，我顶怕照镜，怕看到自个的样子，连玻璃，连水缸，我也冇胆把头转去看。

我永远忘不掉赖尾那条下山的路。那是我头一次闻到那种腥气，我心里还想，啊嚯，真真到海边了，单下激动起，还有点点快活，好像我是走来嬉的，到海边嬉。啊，我那时候头昏了，好像自个是参加何物比赛，心里想一定要把这次机会抓牢，起码不能做赖尾名，不能输给伊。

我想把头伸出去看看，但是车篷扎起紧受不了，只有那个阿姊躺的地方有一条缝大点，我就爬去把缝拉开，看到路边黄抖抖的物事铺满，日头下烁起烁起，黄金河咙，往后头滚。一股更重的腥气单下冲进来，我从来冇闻过这样臭的物事，比车里的尿桶还臭。赖尾我才晓得，那统是人不食的鱼仔虾仔，臭了，拿出去晒干，卖给乡下人当肥料。那股腥气啊，真真是臭受不了，我闻这些年还是闻不习惯，每次隔壁邻舍摆门口晒，我躲处里闻到，就忍不住想吐。

车从山路上驶下去的时候，那阿姊嘴巴里就呜哩呜哩响，跟啼起哝，梦话讲有歇，讲臭水沟，真臭啊，水怎么是绿的，管里流出，讲腹肚饿受不了，跑不动了，叫伊幺儿原谅伊，不是不要伊……讲何物死掉了，尽死完，工厂倒闭了，老板点点事也有……阿咿，细娃儿有啥子罪嘛……死人，臭，真真臭啊……伊翻来翻去，睡不安稳，手还单下伸起来……可能是外边那腥气叫伊想到何物了，这腥气真吓人，我当时还不晓得，后边几十年统要闻这种气味过日子了。这就是海的气味？我好像看到海了，就在路边，黄抖抖，往我这滚过来，又单下往后头滚回去，一大片，黄抖抖的海。

我头起也是呆，还想逃，逃了走噶？不论尔逃哪里去，那腥气统把尔跟牢牢，一世也莫想除掉。还有我这腿，别人看到就晓得了，走起来真费力啊，越来越重，伊死这些年了还压在我身上。不论逃哪里去，别人看到我这腿就晓得了，尔是烂头阿国处里的人，给伊弄，给伊打跛脚掉，一班伢仔在旁边做鬼叫……连捉也不用捉，尔自个就会忍不住跑归去。

对了，阿栋伊新妇要我跟尔讲，想把伢仔转城底去读书，叫尔相帮一下。灵光也是蛮灵光的，就是不认真呐，风滩学堂又教不像话，好点的尽转出去了。啊嚯，尔小学也是转城底读噶？二小？有错，就是二小！难怪新妇跟我讲，尔讲一声，校长啊教育局啊统会听的。何人不晓得尔以后做大官哦。

我这记性啊！等下记得把这袋鳗片带上，我们自个晒的，点点心意。尔会相帮的吧？上次我跟那几个女人会[1]的讲这些事情讲完，赖尾伊们给我带好几领新衣裳来，还帮我洗面洗头。这些年我哪里有穿过新衣裳哦。现在我阿栋牯从伊"垃圾"阿叔那里给我挑旧衣裳，统挑顶好的，洗干净了才给我穿。

女人会的还带我去照相，叫我上车。小车里暗洞洞，把我吓一吓，还以为又回到那时候了……真奇怪，赖尾是到派出所里，讲要照身份证，身份证照完又坐半日车，到另一个也是政府的何物单位里，讲要照结婚证。我吓也吓死，伊阿爸死好几年了，结婚证跟何人照去？我冇胆问，反正别人怎么讲我就怎么做。伊们又给我换了一领衣裳，还往我脸上抹这抹那，口红膏涂起，跟做梦哝。那衣裳红通通，新崭崭，真道地，真洋气啊，就是照出来何物样子我冇见过，身份证结婚证统给阿栋牯收起来了。

那段时间阿栋牯真快活，处里建新场屋了，阿栋牯讲统是亏了有我。新场屋建好的那日，伊叫我阿妈，阿妈，伊有几多年冇叫过我阿妈了哦！连新妇也跟伊叫阿妈，还有孙子，叫我阿婆。隔壁邻舍统走来食排场，闹热受不了。那几个女人会的也来了，还是眯眯笑，阿婶阿婶叫我，我顶喜欢伊们。

赖尾有一个男子客走来跟我讲话，伊们讲那是领导，我还觉得奇怪，女人会的领导反是男的。伊把我的手握牢，话讲了很多，旁边还有一个人照相照冇歇。伊讲城底话，我听不懂，但是听起

---

[1] 妇联。

来舒服。伊的手也暖乎乎,光溜受不了,我觉得给伊当领导有错,领导就是得这个样子。旁边一个人跟我讲,这次不单给我们建新房子,还帮我把户口办下来了,本来我是黑户,现在真真是风滩人了。尔真有福气啊,阿婶,以后日子就好过了,长命百岁。感谢党,感谢政府,我们一家人统这样讲。

啊嚯!这样多字眼,眼睛也看花了,统是我讲的话?想想也真奇怪,话盲堂讲的,到纸上就变成字眼了,跟神仙作法哝,这样才讲,有知识的顶了不起。书就是这么写出来的?真真?尔大学生平时在学堂里读书就是读这些话?那伊们也是写书的了,就是那些女人会的啊,听我讲话的时候也记有歇。真真对不起,我话讲起糊里糊涂,有一句像话,尔这书肯定也不好写。一世过得不清不楚,话也讲不灵清了。

我阿栋牯走来了,伊肯定不想我话讲太多,怕我讲累了。伊顶孝顺了,不讲我倒伊脸,还肯养我,不把我送老人院去。老人院人多啊,统往前挤,挤受不了。听别人讲连食饭也要抢,我有胆跟人抢嗝?鳗片记得带上,莫忘记嘿。那个阿娣赖尾到哪里去了?真多啊,挤来挤去,头也挤昏掉,还好有人把我牵牢牢。这是何人的手?尔拉我干吗,啊,尔是何人哦?我阿栋牯呢,尔把伊弄哪里去了?我的阿栋牯啊,大起了,不给阿妈抱了,莫跑,摔倒怎么办哦,走慢点,慢点……

9

明杰、明泽两兄弟跟随大伯，绿荫下踩着轻快的空气走来。

天边积聚着雪白云朵，丰盈而柔软，稍高处，片片卷云呈合抱围拢之势，将初升的太阳推向那极远的天穹。

大伯的船停靠在西湾渔港，预备今晚出海，因此船队众人清早便前来完成出海前的准备事项。凉风拂面，驱散了兄弟俩的困意。明杰不言语，暗自思量着此行的任务，将要观察什么，学习什么，力求完备。明泽聒噪，心里头却空荡荡。嘴上大伯大伯叫个没完，问七问八，可大多过耳即忘。他看起来兴冲冲，似乎对一切都是如此，根本不为了什么特定的事物，只是漫无目的、耗散精力罢了。

两个侄子拖慢了大伯的脚步，等他们踏上渔港沙滩的时候，其他三位船员都已经各安其位，埋头做事了。昂首翘尾的船只，日头下闪烁的那份骄傲，即便早已见过无数次，凑近时仍会感到惊异。大伯让两个侄子先在船下等待，他独自上船，先向其他船员略作说明，主要是征得年龄最长的永丰同意。

那永丰大伯探出头看了看两兄弟，看到明杰低垂着头，明泽眼光朝上却像哈巴狗似的缩着脖子,便立刻哈哈笑起来,连声说没问题。拳头阿英也点了点头,双颊的两块鼓肉随之抖动,好像有属于它们自己的脾气。鸟人辉呢,则只是向船下两兄弟远远投来一个眼神,不置可否,叫人捉摸不透。

两兄弟攀上了船,大伯叮嘱他们小心,莫要爬高,便顾自忙去了。四名船员各司其职,合作时也并不言语,仿佛罩着一团迷雾,中有神秘光彩暗自流转。船上偶尔发出些铿啷的响动,总是立刻被海潮声吞饮。

明泽骤然跌入那片颤动的光雾,不禁感到一丝畏怯,竟陷入了沉默,牢牢跟在明杰身后。他渐渐熟悉了眼前的景象,开始用一种既包含困惑,又凭借某种一往无前的力量消解一切的眼光,西瞧瞧东看看,脚步亦悄然迈出,远离了阿大,凑向那些忙碌的身影,只是不敢靠近鸟人辉。

昨晚上明勤叮嘱过,到大伯的船上有一件顶要紧的事,就是千万别惹到那个养鸬鹚的怪人,明泽头定定,脑海中却满是对那只名为"将军"的鸬鹚的联翩浮想,那威名背后的英姿,以及传闻中鸬鹚捕鱼的场景,他都百般好奇,真想亲眼见到。

此时明泽才想起此行那个错误的目的,他开始寻找"将军",然而环顾四周,船舷,甲板,头尾前后,却并未发现鸬鹚的身影。仿佛冥冥中受到指引,或者只是出于某种动物本能,像一尾鱼逐光而去,那光,被纵横交错的桅杆骨架切割成碎块,彼此较量,由于阴影的存在而更加扑朔、刺目,又赋予阴影一份遥远神圣的静谧——它高高伫立在船桅顶端的桁杆上,沉稳如铁,就像是桅杆本身长出的一副锈块,受海风经年腐蚀,在斑驳处渗出暗红色浆液,风干,凝固,铸造一具轮廓,化不开的黑暗,迎着亘古如期的朝阳。

在那最初的瞬间,明泽分明感觉到从高处射下了一道眸光,那样苍劲、凌厉,绝不同于散射的日光,像一根线将他钓起。他渐渐看清了"将军"的身影,尤其是那强壮身躯上高昂的头颅。他仍旧沉陷其中,沉陷在先前四目相对的奇妙感受里,好像已然同那高高在上的鸬鹚领袖进行了超越言语的沟通。

他想向船上众人大声宣告这一非凡体验,刚要开口却又失了底气,因此期盼着再一次的对视,即便谈不上对视,至少应该等它转过头来瞥他一眼,或者仅仅是一瞬间掠过。然而它,"将军",拥据这赫赫威名的鸬鹚领袖,是那样高傲、毫不松懈,时刻保持着猎人的惕惧。

鸬鹚里头寿命最长的也不到二十岁,鸟人辉的这只"将军"已度过十六载风雨,可谓是鸬鹚中的耄耋老者了,却威风不减,毫无老态。多么庄严的老年,虽孑然一身,却不显沧桑,反而更衬那遗世独立的孤高。死亡,死亡在它的身上从不隐晦形迹,是振翅瞬间,片片黑羽末梢闪过的暗铜褐色辉光,生之秒,并非终结,而是通往更加广大之所的玄关。

"将军"挺立桅顶,好似安然憩息于水边礁石,笔直坐立,不时扇动两翼。羽毛层次分明,完整的长羽由三级飞羽相接而成,循着羽尖的辉光向内追溯，灰褐渐渐加深，沉淀为凝实深邃的黑，羽干基部则转为灰白，带一种内敛的苍劲。根根长羽完美契合，舒展自如，形同骨扇。

每日必须花上许多时间晒翅膀，没错，明泽几乎看见了那样的一幕："将军"背对日头，一对长翅岑开，昂首，挺立，羽翼齐整光洁，熠熠生辉。日光将源源不绝的热导向它的躯体，将丰沛的生命力填塞其中，狂乱，近乎野蛮，使腹边两胁的白斑，连同胸口、脖颈、两腮间连缀成半环状的白羽，以及淡黄色尖喙、喙下暗黄泛棕的喉囊、喙边目下两块金斑，还有那双深邃幽暗的翠绿眼珠，在这夏日的早晨，一概泛起某种独特的光纹，像一团幽暗的火。

据说到了冬天，鸬鹚身上的白羽都会变得暗淡，甚至完全消失，可惜明泽已无缘得见。

明泽的心思全跑光了，只有明杰还在认真观察和学习出海的准备事宜。首先要大致弄清船员们的分工，再逐一细察各自手头的任务。他并不近前，只是远远观望，因为即便是对自己的亲大伯，他好像也没办法凑到身边去，更不用说像明泽那样亲昵了。

他每每对明泽的表现感到诧异，无论阿妈还是阿大，或是大伯和其他长辈，甚至连平日里面对阿大或他时最不苟言笑的阿爸，在明泽面前似乎也会变得开朗。好像人人都喜欢明泽，尽管在他身上小错不断，可大家对他基本上吓唬多过指责，因此不愉快倏忽即逝，转眼又回到了轻松的氛围。相反，明杰自己明明极少出错,却总是自觉不安,对懂事以来犯错的记忆,即便只是言语上的一次纰漏,他都件件难以释怀,时常翻来覆去地咀嚼,为之脸红心跳。

有时他会羡慕明泽,可如果叫他也像那样撒娇、耍赖,实在难以想象。是因为年龄略长吗?还是因为两人的性格天生不同?他好像始终端着一副架子——他对此并非懵然不知——就连在阿妈面前,都显得拘谨,可那绝非他的本意。他多么想要像阿弟阿妹们那样,投入阿妈的怀抱,他对阿妈的爱与眷恋绝不比他们少,可是他无法付诸行动。顶多,他会稍稍靠近阿妈身边,克制着紧张,迷醉于从阿妈身上飘出的气味,却总要为心中的怯懦感到深刻的愧疚。

朝阳驱散晨雾,摄下明杰倚靠船舷的身影和严肃的神情。只要回归外在的生活,明杰就还是众人眼中那个聪慧可靠的孩子、兄弟与朋友。他的计划是严密的,他追求清晰、有规划的生活,因此,对于人生中的第一次,很可能也会是唯一的一次出海,自然要做到万无一失。他一面多方观察,一面将获得的信息分门别类,暗记于心。

首先是穿着,头戴笠斗,身穿专在干活时穿的破衣旧裤,脚上套着水鞋。四人中只有拳头阿英在衣裤外又套上了宽松的连体下水裤,虽然称作裤,实际上高至胸口,肩系背带,裤脚则牢牢塞进水鞋,塞满了还多出一小截来,皱巴巴垮塌着,随便一动弹就上下摆荡。拳头阿英算是高个了,可套上下水裤之后还是显得笨重。明杰想到,三兄弟中除了明勤阿大,他和明泽要想找到合身的下水裤只怕不太容易。

拳头阿英主要负责鱼舱的清理。上回在台风过后急着出海,太过匆忙,海头归之后只是草草清理了一番,舱中还满是鱼虾的细碎残骸,有些泡发后又晒干,粘连在船壁四处,淤积于舱体缝隙,散出阵阵腥臭。拳头阿英便用一桶桶海水猛灌猛冲,使秽物全部浮起。尤其要将排水口周围冲净,然后将浮泛的大片残骸舀除,再打开排水口,排尽污水。

只这样一次是清理不干净的,仍有许多残碎沉淀下来,接着便使排水口持续开启,用海水反复冲洗,谈不上多细致,只是直到不再有明显可见的脏污即可。

船上其实还有不少脏地方,可大多数脏污是不必理会的。那众多夹缝处淤积的青灰色污泥,日积月累,几乎成了老渔船本身的黏合剂与润滑剂,不可或缺。明杰很快就看明白了,清理其实并不为了整洁,而是出于实际用途的考虑,比如鱼舱既要排水,又要在收网后暂时用来装载渔获,因此才有清理的必要。

还有一些地方,加以清理则是为了减缓损坏,尤其是那些金属器具:比如放网收网用的转盘,又如那藏匿在甲板之下,整只船里最神秘的部件——马达。抽去木板,再掀开防水用的塑料袋,顿时有一股浓重的机油味从那幽深的孔穴中涌出。方形的马达匣子渐渐清晰,其中所藏的小小器械,竟有驱动巨轮的本领。只不过先进精致的铜铁到底不同于原始粗笨的木头,必须时常检查、维护,那错综复杂的内部结构,对门外汉而言简直如法术般玄奥,一旦出了差错,就只能束手无策。

明杰忽然感到一阵难以言说的激动，他稍稍走近，只见永丰大伯戴着麻布手套，用螺丝刀旋开匣子外壳，暴露出里头迷人的铜金色马达，在日光下熠熠生辉。海头归时做海人手上常见到的麻布手套，此时四个船员中只有永丰大伯戴着，大概是为了阻挡机油。明杰看见永丰大伯用抹布在马达周围擦了一圈，那墨黑、黏腻的油浆，顷刻间沾满了两只手套，接着，他将透明略带棕黄的润滑油滴入其中，摆正了马达一头连接的红蓝两根电线，又走到发电机旁边，同样擦去油污，加入新的燃油和润滑油，然后连压几下杠杆，启动了开关。

发电机开始运作，带动马达，共同发出巨大訇响。开始似乎有些羞涩，不时咯噔一声，叫人不免紧张起来，担心那奇妙又充满未知的可怕造物随时会卡壳、熄火，就像个捉摸不透的怪人，阴晴不定，某一刻的脾气是好是坏，只能听天由命。

船上众人不约而同地将目光投向此处，听到那声音缓慢加速，渐渐变得连绵顺滑，不再能够区分每一道震响了，才放下心来，各自回身做自己的事去。明泽已闻声而来，凑到永丰大伯身边，对发电机满是好奇，刚要上手触摸，就被明杰喝止。

明杰想着，服装和各种物资、器具都得提前准备，千万不能缺漏。笠斗、手套和其余物资，收集完备了可以提前存放在船里，下水裤比较麻烦，得再想办法，水鞋的话家里都有，不用特别准备。

船上各种设施设备的检查与测试还在进行。两兄弟都没有注意到，桁杆上的"将军"一听到马达声，便扑动翅膀飞上了天空，等到声音停息之后也没有降下，始终在空中盘旋。大概它误以为要开船了，或者是预见将要升帆因而提前让位。

只见大伯检查了一番桅杆和绞盘，鸟人辉则站在铺展于甲板上的船帆一侧，手中迅速解着那些缠成一团的缆绳，然后将完全解开的绳头递给大伯，两人合力将这升帆用的绳索绕上绞盘。做完这些之后，他们忽然不动了，直到某一刻，才不约而同抬起头来，开始徒手拉起悬垂在外的缆绳，使布帆傍上桅杆。明杰立刻明白了，要趁着无风的时候升帆，避免帆过度受力，难以控制。自然，降帆时也是一样。

船帆升起一小段之后，缆绳已然绷直。这时鸟人辉便上前将略显局促的布帆撑开，把各道褶皱展平，大伯则走向绞盘，改用摇把继续升帆。当那摇把摇动，发出吱咯声响，船帆平稳上升之时，明杰心中又一次涌现出了那种奇妙的兴奋感。他牢牢盯着绞盘，好像试图从中获得某种理解，却陷落于那周而复始的转动。

淡棕色的主帆升起，似乎唤来了海风，牵拉着升帆索。鸟人辉踩上粗壮结实的第一级桁杆，攀身而上，把左右高低四处主要的升帆索简单固定。大伯已将缆绳从绞盘上解下，迅速在桅杆底部环绕几周，将其系紧扣牢。

风帆鼓涨，咻咻作响，高处两大块褐色补丁前后相叠，透过日光细看其中已经被缝补的破口，却不过极小的一道，被补丁完全包裹。鸟人辉始终严密监视着升起的船帆，风起时，他那刻满愁闷的眉头更加紧蹙，凄厉的目光即刻投向补丁所在的高处。明杰知道，破口再小，经风势一催，也可能毁掉整面造价不菲的布帆，因此无论如何谨慎也不为过。

除矗立于龙骨中板的主桅以外，前后还分别立有一杆侧桅，用以支撑三角形的前帆和小面副帆，也都试升了一番，继而降下，小心收叠在一起，避免帆索纠缠。其余部件和设备一一检测完毕，船员们聚集到甲板中央，开始处理渔网。每张渔网都要从箩筐中取出，铺展开来，快速查看一番是否有脏污、破洞——经过渔村女人们的晒网、理网、补网，自然鲜有差错——然后收拢成束，悬挂在侧桅横生的枝干上。这只船此次出海并不拖网，而是采取小网多撒的传统捕捞模式。

拖网和撒网各有利弊。拖网看似复杂，其实只要循规蹈矩地操作，就不会有什么大差错。然而拖网较为粗放，一次投下去，什么都捞，至于那片海域里头有多少好东西，可就说不准了，没准拖上来的尽是杂鱼杂虾，甚至整张网被淤泥朽木填满。广撒网更加精确，机会更多，可是捕捞的难度也更大，不是一次就能成的，必须不断变换抛网位置，这样也就拉长了出海的时间，意味着风险和变数的增加。

这样看来，拖网或撒网的选择对他们后续的准备非常关键，必须同明勤阿大商议过后才能决定，明杰想。

随着明杰观察得越多，想得越多，他反而越发觉得处处都是疑问，都是变数，整件事也变得更加难以把握。他总是如此，对一件事的考虑比谁都全面、细致，却也每每被困入其中，无法再往前一步。

选择其中一种，难道真的只是轻易做出一次选择，而非竭尽全力，将其他所有可能狠狠遗忘？他表示怀疑。他庆幸拍板的权利属于阿大，绝非谦让，而是近于推脱，与此同时他又盲目地相信阿大能够毫不犹豫地做出决断。他几乎已经看见阿大虽不敏锐却诚恳、坚定的神情，正如从前许多时候那样。而且阿大出了两次海，肯定有经验，明杰在心中默默告诉自己。

明泽的注意力这会又溜到了永丰大伯手中的望远镜上。他好奇又兴奋，一直拉扯明杰的衣角，叫阿大快看。那望远镜木头外壳，木纹繁密鲜明，是在城底五金店里买的，据说是老板闲时自己做的，所以价格低廉，风滩许多渔船上都备了一只。

那五金店老板在风滩几乎是个传奇人物，好像事事都懂，样样都会，店里更是时时都有闻所未闻的新鲜玩意儿。什么机器要是出了毛病，怎么敲打也不响动，经他那手指一调弄，就咯噔噔运作起来了，还细细给你讲解，下回莫急，只须如何如何……然而到头来缺了那根手指就是不行，好比有方无引，药力到不了病处。

被缠着求了几句，永丰大伯便大方地将望远镜交给了明泽，又故意吓唬他说，要是摔碎了，或者掉海里头，就把他卖给山头人做儿子。明泽早就听惯了这种无羁的唬人话，顾自摆弄着望远镜，可是脸太小，双眼对不上两个目镜，看着花蒙蒙的。永丰大伯帮他把镜头拉远了点，他便立刻大叫起来：金屿，金屿！我看到树了！又转着头，沿西坂山一路看过来，接着开始对着船上看，从甲板看到桅杆，往桅顶上升，终于"发现"了"将军"，先是大如伞骨的尖爪，再到每根羽毛都清晰毕露的腹下，忽然又消失不见了。明泽把头扭来扭去，找寻着"将军"的身影，非要在那个膨胀而局限的世界里自讨苦吃。

明杰接过明泽主动递过来的望远镜时心跳加速，脸颊发热，但是他极力控制着自己的神情举止，不愿使人察觉到心愿得偿的喜悦。不需要帮助，他轻易找到了最适合自己的镜眼距。聚焦，画面渐渐清晰，遵照每个风滩人望远的习惯，他也首先向金屿岛看去。只见崖壁分明，倾斜的岩层与大块青棕色石纹纵横交错。崖壁下方是连绵礁石，上方是茂密的树荫，再往里则渺不可见。

明杰将望远镜观察了一番，发现整个器械的核心说到底就是两块透镜。对镜查看，他的脸立刻在镜中出现了大小变化的投影。面对眼睛所视的较小的镜子时，他的脸被放大了好几倍，只能看到眼睛和鼻子。远端的镜子比较大，照出来的脸却又小又远，然而脖子和手臂却在镜子边缘显得极为粗壮。

明杰发现，眼睛所对的镜子是向中间凹陷的，远端较大的镜子则中间厚两边薄，他想起家里那面放大镜也是一样，可是透过放大镜看到的事物能够变大，不知道为何照出来的影像却是缩小了的。用放大镜观察物体，离得稍远些就模糊不清了，不明白手头的望远镜如何能够将几百米远的地方都放大得这么清晰。他又想起，他们三兄弟曾经一起用放大镜将阳光聚集成一点，热得能够把树叶烧出一个个黑洞，那时候只当做游戏，现在才感到匪夷所思。

这一切的背后藏有多少未知啊！这些未知撑满了明杰的头脑，

使他又一次感到兴奋，也带给他一丝痛苦。他隐约察觉到，在当下的生活与他所追求的答案之间，似乎存在着一道无法跨越的鸿沟。生活永远不能为他解答这些困惑。他的聪慧、严谨和努力将根本无济于事，因为他已经认定，他的生活所扎根的这片土壤太过贫瘠。这里的生活，经汗水浇灌，或许将依循旧例，年复一年，结出那顽强的瓜果，却永远开不出自由与智慧的花朵。

明泽又不知从哪里找来一副麻布手套，湿答答的，腥气很重。那手套对他来说太大，因此戴上后大概有半根手指套耷拉着，指尖的位置发黑，被磨薄了，不时透过一抹纤细的光。

明泽对着再度伫立于桅顶桁杆上的"将军"甩弄手套，想要引起它的注意。"将军"不时岔开双翅，好像有意展现它成熟而矫健的身躯，似乎果真是在回应明泽。它的头颈向前伸直，缓缓扇动两翼，脱离桅杆，向下方滑翔，轻轻掠过水面，略微腾起，再振翅收刹，稳稳停落。明泽满心期待，以为"将军"终于要捕鱼了，然而"将军"只是悠悠然泅着水，脖颈始终向上伸直，连那淡黄色尖喙都上扬着，丝毫不见潜水捕猎之势。

没有鸟人辉的指令，"将军"是不会擅自捕鱼的。明泽曾有耳闻，养鸬鹚的人会吹一种特殊的口哨，用来向鸬鹚传达指令。他多想听一听那种哨声啊，他鼓起勇气，偷偷看了鸟人辉几眼，那瘦削的侧脸锐利如锋，眼神却极其淡漠，一副拒人于千里之外的派头，使明泽彻底打消了念头。

时近正午，日头渐烈，出海前的准备工作结束，到了回家的时候。明泽跟着大伯和阿大走到山脚,又转过头去望了一眼"将军"。那个瞬间,他分明看见了,"将军"奋力一振,半跃出水面,紧接着便翻身潜入水下,叼起一尾肥壮无比的大鱼,寻尾在空中拂扫出一道美妙的弧线,水珠晶莹飞溅。他听见鸟人辉傲立船头吹响了口哨。那哨声时长时短,忽高忽低,抑扬顿挫,好像有调子,却又不成旋律,更像在说话,没错,他正是在同"将军"对话——他们之间的交流毫无阻碍——命令它向某处游去,命令它发动攻势,最后对它的猎获表示称许……

淡水是必不可少的,明杰继续做着规划,或许还可以带点吃食。连接船头和铁锚的那根粗壮缆绳悬绷着,留下一道暗影,在他心头不时抖颤。离去之际,他观察到绳索周围的沙体塌了一块,却根本看不见铁锚的影,近来风势尚大,想必埋得很深,那要如何才能从沙子里拔出来呢,只靠蛮力?他忍不住问了大伯。大伯回答说,起锚时得用到绞盘。

绞盘!明杰恍然大悟,就是绞盘!它的形象在脑海中骤然鲜明起来——摇手带动盘身,辘辘旋转,通过缆绳向四方传递那成倍增长的力量,用来升起船帆,拔出铁锚……在明杰的心中,大船似乎溶解了,变得透明,那些腐朽、发黑的木板,还有箩筐上冒刺的破竹条,也全都消失了,只剩下一只绞盘浮在半空,光鲜明亮,从中射出连接四方的绳索……

明杰感觉到心底那份隐约的激情变得越发清晰。难言的激动,不再使他手足僵硬,而是解放了他。他好像同时发现了某种悲哀的根源——对于双手,这双人类的手,软弱,尚未脱离稚气,而且分明看不到脱离的希望。这双手在虚空中胡乱探触、拍打,愈加焦躁和疯狂,如同行将溺毙时的挣扎。他终于抓住了那根浮木,看似微小,几次被浩瀚洪流卷没,却总能再度升起,绝不腐朽。

此刻的明杰不再畏惧洪流,甚至有一股洪流正从他心底涌现,满涨而出,冲破了堤坝。他期待着,真正开始期待出海,却并不为出海本身,而是希望借此机会来验证那层外壳是否坚固。它武装了自己,武装了生活,将使他稳立潮头。他已然认定,人并非船的核心,那些看似庞大的船体结构也不是。是机械和精密的器具,四两拨千斤的奇迹,掌控着全局,弥补人力的不足,同海风海浪,同可怕的自然相对抗。

起锚,这是离岸的讯号。将沉重的铁锚狠狠拔出,从沙体深处,那由碎石和贝壳堆结成的大地的脊骨。当然会导致撕裂,而且将勾连起大片淋漓的血肉,可是非如此不可。

那撕裂所引发的怒吼,正在唤你离去:启程离岸吧,离开这片沙土地,前路浩瀚。

10

受访人：离乡之人

我父亲是去年夏天离世的，这次回老家，既为了过年，也是想提前去祖坟扫墓，担心清明的时候来回太赶。我母亲吗？她身体还算康健，多谢你挂念。

想不到你这么年轻，反而对家乡有如此深厚的感情。很奇怪，我从来就对风滩没有什么感情，以往除了过年这几天带父母和妻儿回来一趟，平时亲戚朋友们邀请我回来参加什么宴会，我都推辞了，慢慢地也就不怎么和他们来往了。

我们从小到大在书本上读的那些诗，总讲思乡之情，只要远游在外，就想终有一天要回到家乡，起码老了之后要回去，叫落叶归根。有些人说衣锦还乡是天底下最大的乐事，我却觉得再可怕不过了，要我年纪大了回风滩养老，怎么住得下去？

你这么说我就明白了，所以你对家乡的感情，其实是对海、沙滩，对你小时候住的老房子的，是吧？说到底，这些都是你童年的回忆。哦，还有蛮话？这个我倒是没想到，可能跟你学这个专业，在语言和文化方面思考比较多有关系。

我当然跟你一样在沙滩上长大。算起来我待在家乡的时间肯定比你要长，你是什么时候去金舟读书的，从小学就开始？那我是到了高中住校的时候，才算真正离开家。当然，跟你没有办法比的，可是并非我自夸，当年在风滩能上苍一中就是最好的了。其实我也不是考上去的，我根本就没参加中考，每年苍南中学都给风滩一个保送的名额，算是照顾我们。

那时候我们家真是风光，在家门口搭棚子办酒席，搞得很热闹。一整个夏天，人人都在恭喜我，奉承我，听得我头昏，但是信心十足。结果到了苍一中，第一次摸底考分班，我考了个全年级倒数。我到现在都记得很清楚，那些题目里有不少是高中知识，数学里有一道等比数列求和的，我看到直接傻眼了，连等比数列这个概念都没听说过。

英语阅读全是生词，语文还好，都能做，可考出来一塌糊涂，连初中时最擅长的作文，也不知道为什么被判成了离题。成绩出来以后，我在学校里根本抬不起头，我慢慢知道了，那些金舟、钱库、灵溪的同学，人家考高中有些只出了六七分力，书读得多，知识广博，不像我只是学好初中课内的东西，就已经出完十分力了。

我那时候不跟人交朋友，也从来不说自己是风滩人，怕他们知道了，猜出我是保送进来的，凭自己肯定考不上。每次有几个同学在我旁边低声说话，我就觉得他们是在笑话我，我的头皮就开始痒了，我拼命抓，抓得书页上全是头发，还有一颗颗芝麻一样结实的头皮屑。

星期五晚上坐公交车回家，先坐到金舟东门车站，我不敢直接在站里换乘回风滩的车，每次都很快走开，一直走到牛家堡那里，等公交车开过来，还要看一圈，确定没有同学了才敢上车——苍一中的都穿校服，很容易辨认——后来几个金舟的同学还以为我就住在东门外。

我拼了命地学，想考上一所好大学，想离开这里。不单是为我自己，更是为了父母，所以要努力学，拼命学，天天学到半夜。我相信你虽然有天赋，可还是要付出足够的努力才能取得那么好的成绩的，对不对？为了让你妈妈过上好日子，她前半辈子不容易啊。我们这些农村出来的学生，谁不是这样想的？

有些人说，高考的时候千万不要考虑太多，不要老想着这次考试有多重要，考砸的话会怎么怎么的，过度紧张，肯定考不好。可是我当时就是靠这些想法撑过去的，一直到高考那一天，进了考场，我还是一刻不停地告诉自己，必须得考好，必须抓住这唯一的机会。

我父亲也天天跟我说，他的希望都在我身上了。他这辈子不知道做了多少种生意：沙滩上卖过冷饮，开过电话亭，养过蛐蟮，做过印刷，还经营过旅馆。别人都说他眼光毒，看得比别人远，做什么都赶在人家前头，所以样样都能赚到钱。可我知道，他从来没有对自己的生活感到满意过，他什么都做不长久，也不能够长久，因为这些生意的获利期都很短，还因为眼巴巴等着商机的人太多了，一看到有人赚了钱，就会有几十个几百个人冲上去，你争我抢，最后谁也别想全身而退。

我父亲受够了这种日子，除了他自己，大概只有我清楚，看起来他走在前头，像个领头人，可事实上不是他在领导生活，而是生活在追赶他，叫他不能走，只能跑。刚跑得顺了些，就又在道路上设下那些阻拦，迫使他非得转向不可。

他曾经说起过，年轻的时候家里本来安排他做海，可他说什么也不愿意。他怕极了，真的，他觉得要是自己走上做海这条路，这辈子就完了，他觉得做海很大程度上是靠天吃饭的，没有什么施展本领的机会。我爷爷很生气，因为这种话相当于否定了他，好像他靠做海养活一家人，乃至他祖祖辈辈努力挣下的生活，都在他儿子口中失去了意义，变得一文不值。

你知道老一辈常说这样的话，比如"老祖宗都是什么样的"，或者"自古以来如何如何"。他们的观念相对固化了，对时代的变化好像总不如年轻人那样敏锐。可是我父亲不一样，他生前一直都在求变，在努力地适应时代发展。

大概五六年前，我把父母接到杭州，想让他们一块享享清福，我儿子上小学了，除了接送，平时也不用带，他们可以没事就去逛逛公园，喝喝茶。可是我父亲根本闲不住，没过两个月，他联系了风滩做水产生意的盟兄弟，开始在微信朋友圈里发螃蟹、虾蛄的照片。也不知道什么时候，他加了一批在杭州的苍南人老乡微信，结果就这么做起海鲜经销的生意来了。

苍南人嘛，都认风滩海鲜，那个味道杭州买不到的。

生意越做越大，我父亲天天记订单，收货送货，我看他经常到了晚上还在忙，几次劝他别做了，需要钱就说一声。他说自己不是缺钱，就是闲不下来，而且，只是坐在家里动动手机，记记账，快递都送到家门口，要寄东西也直接上门来取，轻轻松松就能赚钱，干吗不做？到杭州两三年，除了全家人共同的开销，两个老人家硬是没花我一分钱，出去买东西都自己掏腰包，平时过得也节俭。

我跟你说这些，不是想证明我父亲比一般人厉害。不是的，正相反，我从小到大都能感觉到，从他身上，从他眼睛里散发出的那种不安，也充斥在我小时候住的那座房子里。中兴路旁边，靠海第一幢，六层楼房，我们家是第一户开旅馆的，后来整排房子全开成旅馆了。整整六层，楼梯是环形的，很窄，铺着棕红色的地毯，一圈一圈升上去。我走到顶上，抓住扶手往下看，心里害怕，感觉自己随时都会掉下去，但还是忍不住探头，坚持看了一会就晕乎乎的，又很痛快。我看到下方我父母忙碌的身影，听见客人们从房间里走出来，踩在楼梯的地毯上，脚步声被吞掉了一大半。我感觉下面的世界好像被一团雾气给罩住了，不是很浓，不至于阻挡视线，可是有一种黏稠、潮湿的感觉，一股住店的年轻男女喝剩下的啤酒的气味，还有一股咸味，整座房子里都有那股咸味，房间太多，太密，总是关着门，太阳照不进来，咸味也散不出去。我原本以为离开这座房子就闻不到这种气味了，没想到过了这么多年，我在杭州又闻到了，从我父亲身上，比小时候更浓更烈，也是带着一片白茫茫的咸气。

我并不是觉得老人就一定要享清福，就不该有自己的人生追求，我没有那么狭隘。我只是觉得，人忙碌了一辈子，到老了，如果有条件的话，总该试着追求内心的安宁，你说呢，我们不都是这样期望终有一天会到来的老年，期望退休生活的吗？可是很显然，我父亲根本没有考虑过这些。难道这不可怕吗？连老人都闲不下来，连老人的心都无法获得安宁。

对我父亲那一代人而言，其实不管做不做海，在他们的概念里都没有退休，甚至不存在休息。如果有钱可赚却不赚，如果不把所有精力都投进去，那就是傻子。这就是所谓的劳碌命啊，我越发意识到，其实我自己也是一样的，恐怕你也是吧？你发现了吗，我们都没有闲下来的勇气。小时候费尽全力想要考个好成绩，想要走出去，到了大城市继续熬，熬到站稳脚跟，理应停下来缓一口气了，可是手脚不听你的，还在动，逼着你继续往前走，偶尔休个假，过得比工作还累，还难受，总觉得自己对不起谁……

都一样，都是一样的，劳碌命。

从小到大，我没给家里帮过忙，因为我父亲要我专心读书，不让我干其他的。有时候我体谅父母的辛苦，自己主动去退房的房间里帮忙收拾，反而会被骂。我父亲觉得自己没生在好年代，小时候没机会读书，没能像某些有知识的人那样，拿到一个铁饭碗，所以不得不什么都做，变来变去，永远没个安定。在他眼中，赚钱当然是最要紧的，可是钱赚得再多，好像也填不满心里的那份空缺。

九九年，那时候我们这里大学生还很少，全风滩没几个，我却是第一个考上重点的。我父亲早就给我定好了路，要么学法律、学医，要么就得进国企、考公务员。我当时只知道读书、考试，对这些职业根本不了解，可是感觉有一技之长总是更好，所以选了法律，到杭州读书，最后定居在那里。

其实我也有自己的喜好，我像你一样喜欢写作，真的，我高中时语文最好，偶尔也会读那些名家的作品，《骆驼祥子》《雷雨》……巴金的《家》我很喜欢，里面那些青年的想法，跟我们所处的时代虽然隔得很远，可是很容易感同身受。

对了，我记得当时还从图书馆里借过一本《罪与罚》，读得一知半解，只是觉得人名很难记，段落也长，不过经常读着读着就心惊肉跳，后来才知道原来陀思妥耶夫斯基那么伟大。我不敢多读，都是闲书，怕耽误学习。

到了大学，记得在社团招新的那天，我逛了一圈，全都是新奇的事物，之前连听都没听说过。可是我心里最初的那种兴奋和好奇全被磨光了，等到看见文学社招牌的时候，我已经连上前问一问的勇气都没有了。我劝自己，大学应该先把专业学好，业余爱好等以后稳定下来再说。对了，后来到律所实习的时候，我修改的文书也总是被领导夸，说文采好，又严谨，要是我当年真走文学这条路，没准也能成个作家，呵呵。

当然，稳定了，现在算是稳定了，可哪还有那股劲头啊。说是稳定，我却从来没有过安稳的感觉。杭州这几年变得很快，到处都是高楼、商场，我住得久了，反而比以前更加难安。走在这些庞大的建筑外面，走到纵横交错的高架桥上，看到下面那些车流的时候，我就会想起小时候从六层楼顶往下看的那种感觉。浮在那团云雾上头，在一个没有办法踩实，好像一直颠簸、摇晃的地方，咸味被尾气的焦味取代了。大城市就像是一片更大的海，身处其中的人更加彷徨、无助，只能听天由命。你奋斗了半辈子，有了车，有了房，也不过就相当于有了一只可以行驶的船，但你总不会希望自己一辈子都待在船上，出海之后理应有回航的一天。可是在这个城市里，在这片由人和建筑汇成的大海上，回航又意味着什么呢？难道指回到家乡？

我越来越明白我父亲当初为什么对做海那么抗拒了，那种不安定的感觉，那么直接，那么强烈，简直叫人手足无措。可是他所设想的生活，他以为拼命争取就能得到的那种安定，其实并不会轻易实现，至少我在自己身上已经看不到实现的可能了。我们从一开始就牺牲了幸福的能力，为的却是追求幸福的生活，这多么矛盾。

至于下一代，你们，甚至我的孩子，他们又会有怎样的生活？他们能够得到那种脚踏实地的安宁吗？他们能够在偶尔想要休息的时候，丝毫不感到内疚吗？我不知道。但现实是，社会的竞争愈加激烈，人们的生活压力也只会变得更大。不过至少对我自己的孩子，我不希望他像我当初一样，完全局限在课本上，希望他能够学习更广泛的知识，发展更多兴趣爱好，这样的话将来才会更有竞争力。哦，你说的没错，竞争力，我还是抱着这种优胜劣汰的观念，太根深蒂固了。

风滩实在是一个古怪的地方。我们这些离开家乡的人，好像绝大多数都不愿意回来,这不是我自己的想法,而是跟别人聊起时发现的共同点。对于风滩,我们好像怀有某种厌恶,或者说是恐惧,想要远远避开,也可能没那么严重,只是不会有主动接近的愿望。所以我刚开始才那样诧异,觉得你怎么会对风滩有这么深厚的感情。

唉,其实我只是不愿意承认,叫我厌恶、叫我恐惧的,可能就是那些还留在风滩的人。你说我怎么敢面对这种疯狂的感情?那些活生生的具体的人,假如我轻视、否定留在这里的他们,不就意味着否定了我们祖祖辈辈的生活吗?更何况里面还有很多是亲戚朋友,是从小就认识的、共同生活的一群人。所以每次我不知不觉表现出居高临下的态度,都会很抗拒,因为自己也曾经被那样对待过,但还是克制不了那些情绪。

我不愿意面对的,还有从他们身上看到的自己过去的影子,看到了自己生命的底色。你看过年期间的风滩,和我们小时候有什么不一样?那些在沙滩上奔跑的小孩、无所事事的青年、辛苦劳碌的中年,还有最可怕的就是那些老人,好像从来没有变过,还是以前的那些人,每天都坐在家门口凝视前方,用陌生和不解的眼光凝视所有游客,还有我们这些归乡的游子。

所以凭什么把我们和他们分割开来?离开或者留下,有那么大的区别吗?然而厌恶和恐惧却是真实的,无法抵赖。这种厌恶很残忍吧,可只要用心去回想,我们又会找到许多叫它变得合理的原因。你看这个风滩,我们从小到大听到的,经历的,那些到处捕风捉影的谣传,那些势利的、充满偏见的眼光,那些相互伤害的人们，难道不值得厌恶？

那些走出去的，走到金舟，后来还有到龙港去生活的，每次回到风滩都显得特别有面子。可像我们这些，走得更远的，到杭州，到上海了，反而不想再回来，甚至不敢回了。可能是因为离得太远了吧，疏远了，没必要再凭这个去挣什么面子。更重要的是，我们好不容易把过去的经历甩在后头了，我们实在不愿意再去面对那段回忆，那种处处不如人的、抬不起头来的感觉。

也许不能说是厌恶，更多的是不忍心，害怕看到、想到他们，好像有什么东西难以面对。也不只是对他们，不只是对人，而是对整个风滩的感觉，害怕自己被卷进去，所以宁愿表现得冷淡，自私，也要干脆远离。

这个地方，在这里的生活，好像都被什么东西给抓住了。不是从外面，不是从空气里伸出一只手来，也不是从上面压下来，没有那样的感觉。怎么说呢，好像只是站在那里，你就受到那种力量的控制，没有那么强烈，可是感觉很清晰。对了，就像踩在看起来已经硬结的沙子上，看起来没有水了，可是把脚抬起来之后，才发现那个脚印，浅浅的一道，很快就被溢出来的水填平了，还是因为那上面不断反射出波光，否则还辨别不出来。

就是这样的感觉，不太对劲，不太自在，沼泽地的感觉，没错，不是大海，是沼泽。这个建立在沙土地上的渔村，这片大海，不是海了，已经开始干涸了，缺水了……你恨它，但是摆脱不了。如果不远离，就只能一点点陷下去。

很好,你做这个研究很好,不用考虑太多实用性,不要受别人的干扰,就去寻找你想要的答案。有时候我倒觉得,只有风滩不说谎。就算老房子快要拆光了,新房子建起来,还是一样挨在一起,相互之间总想把对方挡住,挤开,乱成一片。只有风滩还在提醒我们,用那种最顽固的语气在说话,说有些东西是不会改变的。表面上的那些变化,我们以为一天新似一天的,其实都是假象。整齐有序的规划,只是把肮脏混乱的东西遮挡住、包裹起来的外壳。

每次回来,只要坐在沙滩上听听海浪声,我就会感觉不太对劲。好像我身后的日常生活,五光十色的城市,还有城市里头虽然紧张但至少充实的节奏,全都是某种欺骗的手段,太过充盈了,把我的所有心力都占满了,没有余力去思考,去怀疑。可是等我离开风滩,回到城市中去,就立刻又会心甘情愿受那份欺骗,照样在该疲倦的时候疲倦,该自在的时候自在,好像不是自发的,而是提前安排好了,是为了表现出顺从。

对谁的顺从呢,对命运?对上帝?我父母是信佛的,我也愿意跟着信佛,偶尔去一趟寺庙,也跟着交钱做点法事,可事实上我没有真正的信仰。不是无神论,无神论起码是一种怀疑,我却连怀疑都是缺失的。

你知道吧,东海从近处看永远是动态的、浑浊的,但要是离远了看,比如站在西坂山上看,海面就像镜子一样又清澈又平坦,能够把天上的云都给映出来。不能靠得太近,那样只会被卷进去,搅得心乱如麻,非得隔远一些才能看清。所以,你的研究也许能抓住某种生活的真谛，假如风滩确实存在这样的东西。

关于你想了解的那场械斗，我虽然没有亲身经历过，可是从小就听大人们讲起，听了一遍又一遍，有很多事情都听到了好几种不同的版本，也有一些始终没有搞清楚过。

你知道的，我们这里好像总有避讳。大人们讲到某些话题时就会压低声音，眼睛四处张望，生怕别人不知道他们在谈论秘密。

械斗发生的时候，我母亲刚好怀着我。有流言说两个村要开打了，她就整天担惊受怕。我父亲也不愿意参加那些争斗，总是找借口留在家里。直到打得最凶的那一次，好像当时各宗族下了死命令，要求全村所有青壮年男人都上，跟东湾人决一死战。据说是东湾人先挑衅的我们，他们全聚到一起，气势汹汹，大言不惭说要灭了我们西湾。好像是因为在之前的某些争斗中，他们完全败给了我们，还被烧了船，毁了房子，所以才这样气急败坏。

那次打斗，应该算是整场械斗事件的高潮了。据我所知，主要的伤亡都是在那一次出现的，战况十分激烈，持续了一天一夜，到最后连女人们都自发上场了。

我父亲曾说，打完以后的那个晚上，凌晨时分，他和一些只受了点轻伤，或者幸运地安然无恙的男人们，一起瘫坐在大殿一层的黄泥地上，先前发生的一切就像做了一场梦。那个时候，大殿静得像是退潮以后的滩涂。

风滩是没有滩涂的，小时候我从没见过，所以无法理解这句话的意思。现在想想，大概是因为滩涂地退潮之后，海岸线会直接退到肉眼不可见的远处，海浪声就完全消失了。滩涂地的退潮，比起沙滩上的退潮要彻底得多。

我父亲当时听见大殿上方的木头在叹气，一声接一声。我做过许多猜测，也许是风声，也许是某种虫鸣：蝉、蟋蟀，或者木头里的蠹虫。也许是从那些木梁结构中传出的爆裂声，大殿太老了，那时候还没有重修过。或者，还可能是蛀空了的木料内部空气的闷响。我跟随父亲的叙述亲身经历了那个夜晚，体察了那种使人恐惧的静谧，亲耳听到了那些颤动不休、叹息似的声响，虽然微弱，却足以和脑海中残留的疯狂的喧嚣对抗。

记忆常常是片面的、扭曲的，它好像总喜欢紧紧抓住那些并不重要的事物，比如那碗临行前的香灰酒，叫人想起鱼刺卡喉咙时喝的香灰水，老人朝里头念诵古老的咒语，但那一次施加的不是化刺的法力，而是保佑战士们得胜归来的信念。我父亲将那碗浑黄的神秘一饮而尽，来不及怀疑，就已经被那股振奋人心的潮涌推动，和众人一起向列祖列宗叩头，发誓要让东湾人有来无回。

又比如那一声声战鼓，还有大殿里民乐队的演奏，刚好在我父亲耳边响起一道巨大的锣声，震耳欲聋，很长一段时间都没有消散。记忆在振动，在狂热的人群中迷失了方向，被持续不绝的声波反复冲撞，所以乱抓一气，就算只是虚空里的几片浮萍。它步履蹒跚，就像那个被砍中的人，往前走了几步，突然倒在我父亲面前，没有发出任何声音，或者说没有任何声音能够冲破当时的喧嚣。他满脸都是惊恐，好像不是因为受伤，不是因为从自己身上喷出来的血，而是被突如其来的伤害给吓坏了……

月光映照着这一切。当我父亲瘫坐在大殿下方时，月亮差不多升到了顶点，所以只能照亮大殿最靠外的两根柱子，其余都被黑暗笼罩，也被寂静笼罩。我清楚地看见过当晚的月亮，看到那个镰刀般的形状，锋刃一闪而没。忽然它躲到云里头去了，把所有血肉模糊的惨状都留给寂静的大地。

周围越是寂静，我就越感觉喧嚣充斥耳边。是寂静本身在言说，寂静，或者说横亘在那些亲历者面前的沉默，沉默在言说，它道尽了历史不屑于记载的痛苦与挣扎。

然后慢慢地，有什么东西回来了，理智、良知，还有胆怯，我父亲想到了怀孕的妻子、尚未出世的孩子、年迈的父母……这些东西先前消失后留下的那个空洞，这时候却没办法重新装下它们，塞得太满，憋得难受。

还有原本被那道锣声掩盖的声音，也都像虫子似的飞回来了。我父亲说他忽然听见了子弹的呼啸声，从他头顶上飞过，他还以为是东湾人又回来了，拿枪在扫射。空气在炸裂，好像要将整座大殿掀开，可是一抬头，却连半点风声都没有，空气沉闷得不像在海边。他想到真正的战争，从古到今那些英勇无比的士兵，只觉得反胃。他有大半天的时间什么都没吃，可肚子还是很胀，胀得不行。

也许只有在孩子们眼中，那才真正称得上是一场战争。无论大人们怎么说，我们听来都觉得他们打了一场大仗，当然是站在正义的一方，也当然取得了最终的胜利。我们这些孩子完全陶醉其中，虽然没能亲身经历，可是个个都被点燃了战斗的热情，于是玩来玩去都是打仗游戏，却总不尽兴，只想跟恶贯满盈的东湾人打一架，再续辉煌。

在我小的时候，我们跟东湾人是绝对没有半点来往的。但是在孩子们之间有一种特殊的交流方式，那就是隔着中兴路，或者在沙滩两边，各自站在一条看不见的线后面，朝对方扔石头。

在这件事情上，东湾的小孩和我们好像有着完全相同的热情，甚至可以说是一种默契。每个人都用最大的力气扔石头，但是隔得很远，所以其实没有多大的威力。大家都极其愤怒，可是从没有人越界，这是不成文的，却像铁一样的规则。

我从来都只是躲在后面远远地看。我父母管我管得牢，从不允许我参与这种事。父亲说，那都是没出息的人才会做的事。他的话在当时听来特别刺耳，因为几乎全村都将东湾人视作死敌。因此，同东湾人对抗，包括两村小孩们的"战争"，都是合情合理的，而且填补了大人们不能够再打一场的缺憾。就是那些被判了刑，坐牢的，虽然大人们平时全都避免谈及，只怕惹祸上身，可是在孩子们心中，始终将他们视作英雄。

有些人说我父亲眼光毒辣，那会就知道在中兴路边上盖房子。当时人人都嫌那里挨着东湾，没有人愿意住，现在呢，全凤滩最热闹的就是那一块。与其认为我父亲提前预判到了几年之后世道将要大变样，人人都会涌向中兴路去做生意，游客们也将一拨拨地到来，倒不如说，他根本没有把同东湾人的纠葛放在心上。好像他很早就看透了这场闹剧从头至尾的荒谬，也许正是这种清醒，才让他这一生过得更加难安。

哦，没错，其实我没有资格做这种评价，把这件事说成是闹剧。据说当时两个村加起来总共有上千人参加了械斗，好几个人被杀死，十几人重伤，轻伤起码上百人，还有那些被烧毁的渔船和房子……然而我却只是将它看作一场闹剧，轻而易举就否定了这一切。

我们总是用这种眼光看待过往，好像"当时"和"现在"是两个毫不相干的世界，好像过去一旦过去，就变成了一场戏。就连那些具体的人，他们做过的事，他们跳动的心脏，淌过的血，都像是舞台上的情节和道具，遥远，抽象，让人在感同身受的同时又不由自主地想笑，无论喜剧还是悲剧都显得滑稽。而我父亲那晚在地主庙下，身边躺满了精疲力尽呼呼大睡的人，那个画面，还有他体会到的深刻的孤独，有时候在我脑海中一闪而过，也让我莫名地感觉可笑，既荒诞又无聊透顶。

我知道这是一种历史虚无主义，然而，不就是历史本身在强调这种虚无吗？在那群王侯将相的背后，总有一群人，可能就是同一群人，在那里狂奔，在制造烟尘滚滚的景象。一下子为了这个抛头颅洒热血，一下子又为那个甘愿赴死，到头来全成了戏里的笑话。更可笑的是，我们所有人的疯狂，在整个冷酷的历史里头，简直连一道小浪都算不上。

对的变成错的，白的变成黑的，良民成了刁民，翻来覆去。回回都是那样，教唆一帮人和另一帮人对着干，回回都生出狂热无比的信仰来，很快又变成祸害无穷的陈词滥调。可是人自身呢，人对于自身的生活呢，到头来还是没有多出任何理解。是不是可以这么说，真正的大事件，真正能叫人把根底的思想翻过来的，从来都没有——至少在我们风滩，在这片偏僻的、被人遗忘的沙土地上——从来没有发生过。那以后呢，以后会发生吗？

啊！我说到哪里去了……

那片沼泽地，它延伸得太远了，太远太远，我以为自己已经把它抛在身后，可是每走几步，脚下的阻碍感都会唤醒那种陷落的恐惧。离开或者留下，到底是没有什么分别的。

所以说，你这个想法很好，继续去追问吧。可是你得知道，要了解到真正的过去是不容易的，大家都不会说真话，真话是很难说出口的，可真相会隐藏在那些真真假假的话下面。我现在明白了，你也踩在这片沼泽地上，你也是循着迷雾回来的，在那个隐蔽的中心，拨开最浓郁的那团雾气，里面藏着我们真正的过往。

不，还有更多——更多的地方，更多的人，不单是过往，还有未来，对吧，我们关心的是未来。你从这些讲述过往的话语中，有没有听到未来的声音？

11

大伯家眼见着热闹起来了。伯母整日站在门槛边,对众人发号施令,身后的屋子深邃昏沉。

三兄弟有时从门前经过,总带着好奇略看一眼,可是不敢久留,垂头屏息,压抑着内心深处隐秘的紧张与期待。那帮"香姑娘",由最年长的春香领头,在房屋的腹肚中来回摆荡,忽聚忽散,眼神交织间浮泛起点点水沫,好像也有秘密在涌动。只有小妹毫无心思,全然不知晓阿大阿姊们的谋划,整日叽叽喳喳,生平第一回,也是仅有的一回,在那座平日绝不能随便闯入的房屋中肆意奔逐,渴望每一双忙碌的手。

伯母原本要骂的,可是想到婚期临近以来弟媳始终里外帮衬,连向来同她不和的老二好像也放下了芥蒂,干起他顶拿手的活计,将这个房子上上下下修缮一新,也就不再说什么了,只是觉得女伢仔这样闹腾实在不像话。她想起这幢房子刚建起来的样子,那时明胜还在腹肚里头,是她身上的肉。她硬挺着来看,人人都恭维她,在她身边站成一圈,向她指明那最宽敞最亮堂南北通透的头间是分给他们一家三口的。一家三口,没错,在降生以前,明胜就已经带给她莫大的荣耀。她走进围合的正门,穿过大厢,又径直走出后门,前后贯通,边窗宽豁,果然一路都有光照。

后门临街,往后进出将主要从这里经过,她驻足凝视,内心越发警惕不安,后门做那么大,白日里敞露着,好像专为给人家听墙角用的。她不能不为腹中的孩子着想,她决意将门给改小,将门槛抬高,再安上那种会自行关合的双扉。正门是排门,也就是可装可卸的铺门。从此以后,那一排长条门板便常年嵌在门框和门槛的凹槽里头了,只在远离小叔子一家的那侧留出一道狭缝,刚好够人穿过。

唯有那扇朝西的边窗,一年四季透进来同一抹余晖,被毛玻璃筛去了色彩,愤而激起一片绿烟。氤氲缭绕,使昏暗更暗,使她隐约回想起更早之前的那段日子,自己还是陈家唯一的新妇,还有那场属于她的婚礼:轿辇、盖头、跪拜、酒席,多么遥远,多么恍惚,倒不如当成她对于五天以后的想象。因为自从那腹肚的沉重感过早地出现——一半是出自紧张和怀疑——过往的一切便由于过分轻松而失去了真实性。直到产婆接过那把烛火爇热的交剪,麻木,一声咔嚓脆响,往事便如同脐带收缩般急速退灭。唯有那声啼哭冲出去了,如此明亮,注定不能被她精心筑造的围栅阻拦。

五天以后,明胜,她的独子,她的幸与不幸,陈家的长孙,整个西湾最有出息的年轻人,就要讨亲了。伯母并不感激众人的付出,有什么可感激的呢?明胜的任何事都是大事,更何况讨的是东湾姓林的女儿,这不仅关乎他们一家,也关系到整个陈姓的体面，甚至是西湾每一个人的体面，因此不办得风风光光的，怎么说得过去？

伯母索取，要他们怎么出力都是应该的，然而她看到这一切汇集于此，却并未积淀，而是沿着洞开的门庭飘然散去了，真正遗留下的或许根本不足以补偿漏泄的损失。如今，每到白天，正门的木板就被一条条抽走，后门的双扉也被拉开，而且无法凭借那股扭转的力道自然合上——左边那扇由一把高头交椅阻拦，右边那扇的前头赫然坐着一口水缸，外壁上满是经年处于阴湿而生的绿苔，天光下暴露，竟如此触目惊心。她二十年来精心维护的小家，在那烈火性子之下隐匿的痛苦与希望，好像一概遭到了毁坏。

她不禁想起造反那几年抄家的景象，首先做的就是破门、砸门，要是一户人家没了门，就像人被扒光了衣服，人人都来看上一眼，这下子甭管有罪没罪的都得认罪。穿上衣服是抵抗的罪，不穿衣服是有伤风化的罪。

在造反的年代，从没有人敢来抄他们的家。谁敢？这可是正宗的陈家，更是陈明胜的家。然而这几天她分明感到被抄家的恐怖，来来往往的人，肆意搬动房里的物件，改变原本的格局，给旧的髹上新漆，给新的添上那些红红绿绿的光彩。有许多明明是她自己下的指令，别人照做了，她却觉得处处都不顺眼。

只能怪这媒婆来得不是时候，惹得伯母将积蓄已久的怒气和不满全部发泄在了她的身上。媒婆讲，那边要问问民乐队几时到

——指的当然是东湾姓林的女方——讲启门酒的时候也叫民乐队去接,先热闹热闹。伯母还没说什么,媒婆又连忙讨好似的加了句,那边讲了,多花的费用由伊们来出。伯母闻言立刻破口大骂:还没嫁过来就要我们西请东请,伊面子真大!啊,是伊给我端茶还是我给伊端茶?讨了个姨姊婆[1]哦!

当地蛮话里头有三种骂:一般较轻的称作"骂",较重的称作"忾",还有一种最严重的叫"谓",本来是指男人骂人。一般要带上对方祖宗的才能称"谓",比如骂对方"山种",也就近乎野种,是对其血脉的侮毁。大概男人不骂则已,一骂便不可收拾,必得往最凶处戳去才得以尽兴。

当伯母大声质问媒婆到底为哪边时,已经由骂发展到忾的地步。媒婆涨红了脸,却不敢吭声,她当然知道在西湾哪个姓说了算,也早已见识过这个准婆婆的厉害。

想当初,她在坎头[2]老家接到这份活时,怎么也想不通风滩人讨亲为何要来他们坎头找人做媒。看到男方是西湾陈姓的,她只觉得定然会有一笔大赚头,还没问清就答应下来了。后来才知道,要讨的居然是东湾人,还是姓林的,她才明白为什么这件肥差竟轮得上她,只怕两个村根本就没有媒婆敢接。而无论出自东湾还是西湾,做媒的都难免偏袒本村,对面自然无法认可。

既然接下了这块硬骨头,就得有咬碎牙齿往腹肚里咽的心理

---

1 相当于"姑奶奶"。
2 风滩西边的村落。

准备。她不能不忍耐,不能不左右逢源,对哪一边都说尽好话。否则一个不小心惹恼了两个大姓的人,谁也不知道会发生什么。

她回想起下聘时的麻烦,聘礼多少,彩礼多少,两边都想要通过她去打探,还非得问她的意见。怎么说是好呢?往少了说好像轻视这边的财力,往多了说便立刻怀疑她给对面的收买了去。门当户对,真算是门当户对,再没有更登对的了,所以分毫不让,既不愿叫对方占去一点便宜,又不能输掉半分面子,到头来只弄得她里外不是人。

就是选日子,定亲,以及两边日常的往来,无不使她冷汗直冒。风滩东西两村之间的世仇是出了名的,都说这两年关系转好了,这不,陈姓和林姓都开始联姻了,这在过去可是闻所未闻。可只有夹在当中的媒婆才最清楚地感觉到埋在两边根底里的那股怨怒。如今总算快要到头了,再难办也只剩五天,等讨亲一结束,她一定会马上回坎头老家去,从今往后再也不贪恋那一口鲜美。

在坎头的时候,这样肥的活鱼活虾哪里想了有?啧啧啧,囫囵一桶倒进铁锅,白水煮熟了吃,什么调料也不用加,顶多蘸点酱油醋。是那铁锅的问题吗,怎么好像总带着点焦煳味?她听到灶台下柴火滋滋作响,不时掺进一声爆裂。点燃了,冒烟了,由远到近引过来,就要烧着了。她感到紧张不安,一旦猛起来就不好办了,事情办完马上就走,马上。

半个西湾都在向明胜家那一带涌去,大部分人只是想见识一下传言中的热闹景象。他们朝那高大门庭和新崭崭的家具投去艳羡的目光,落到横眉冷对的伯母身上时则多了几分畏惧与妒恨。他们对那即将嫁入西湾的林姓姑娘倒有些恶意的期许,新妇娇生惯养,婆婆又脾气火暴,往后这一家的热闹还有得看呢。

多少人忙进忙出准备着五天后的婚事,却唯独不见大伯。哪里去了?众人背地里指指点点,说伊这几天跑去做海了。怎么,自个儿子讨亲伊点点也不管?还不是为了伊那棺木老婆……他们立即压低声音,好像隔着两幢房子也会被伯母听见似的。都说大伯是有意要躲开伯母的霸道,却无人知晓伯母独自操持一切的悲哀。

几天来从众人眼前离奇消失的还有明勤三兄弟。可是大家都忙极了,连他们的阿爸阿妈也没有发现这个事实。有了第二次出海的经历,第三次出海的过程中,明勤和其他老船员们虽然还是没有说上几句话,却起码能够和谐共处了,谁也不会刻意给他使绊子。

而只要船没有出海,明杰、明泽就会跟着大伯去西湾渔港。有时候船上并没有什么要干的,只有大伯一个人去,到了以后略略收拾一下就拉开躺椅,靠在上面打发时间,就这么躺个一天光,又躺完下午。明泽说,大伯真是怪,说勤快嘛可以一整天什么也不干,说懒嘛天天起个大早走去那么远的渔港,倒是不嫌麻烦。

计划在顺利推进。婚期临近,三兄弟心中的期待也水涨船高,他们又一次聚集在沙滩上,很多事好像只有来这里才能商量。

潮声汹涌,吞饮一切。海水掩盖下的碎石滩,此刻正发生着天翻地覆的变革。无人知晓,因为这片海是如此浑浊,没有顷刻的安宁。海风不能刮走任何东西,只是将所有都搅在一起,越发拥挤、局促，磨碎了，成糨糊状，一团愤怒的糨糊。

海风再也搅不动它。可怜那无力的海风，只好退避三舍，等待下一次几千万倍猛烈的风暴袭来，再乘势作威。三兄弟饱涨的激情不是它可以阻拦的，现在的他们可谓团结一心，并非全然一致，而是如榫卯相接般坚固吻合。

三兄弟信心十足。明勤和明杰相互交流着他们近来学到的行船知识，分明有所保留，只是大略描述，而且隐匿着内心的骄傲。这克制、略带羞赧的话语落在明泽耳中，使他既快乐又满足。帆、橹、马达，他看到三兄弟，六只手，各自操控着属于自己的那一部分，最前头的当然是他，傲立于帆篷一侧，迎风撑帆，毫不动摇，明勤阿大手握两柄巨大船橹，大臂肌肉隆起，橹叶掀起狂涛巨浪，明杰阿大稳坐船后，调度、掌舵，更控制着奇妙无比的马达……齐心协力，星夜下前行。

明泽想起有一两次在大伯的船上待腻了，劝明杰跟他一起下船看看，阿大也欣然同意。是啊，怎么能像大伯一样，就那么躺着不动呢？明泽有无穷无尽的精力需要耗散，照说他也虚岁十三了，该稳重一些，却从没人对他说过这种话，连阿爸也是，一板一眼，最喜欢教导孩子的阿爸，对他却格外宽容。大概明勤、明杰长大后都那么沉默寡言，明泽的活泼好动便显得尤为珍贵，甚至连话讲个不停的坏习惯也不讨人厌了。说起来明勤阿大的性格同阿爸最像，明泽想，许多话不直说，总是忍着，总是沉默。

有多少矛盾与误解都应归咎于沉默。人心本如海潮般汹涌澎湃，却每每用沉默筑堤，愈积愈高，直至天光都被阻挡在外，唯有坚壁被反复冲撞的战栗与痛苦长存。

可是明泽不同,他从小就跟在两个阿大身后叽叽喳喳讲个不停。话语是倾泻而出的瀑流,带走了阴暗与污秽,使他的心灵始终宽绰、明朗而澄净。

有关"敲黄鱼"的说法,是明杰和明泽在西湾渔港闲逛时,从其他渔船的人那里听来的。兄弟俩回去问大伯什么叫"敲黄鱼",大伯听到以后身体不由自主地从躺椅背上升起了一点,又缓缓落下去,淡然问他们是从哪里听来的。明泽说刚才几个人在一只大船下围成一圈,他们俩默默走近,在旁边站了好一会,只听见那些人小声商量着什么"敲黄鱼",还有下次"领头"的安排。有人注意到他们俩时,好像吓了一跳,连咳两声,其他人便立刻不说话了。

大伯耐不住明泽反复催问,只好告诉他们,那是一种几年前被禁用的捕捞方法——十余条甚至几十条小船由一两只大船带领,在海面上围成一圈,不断敲击绑在船舷之外的大竹梆子,然后渐渐缩小包围圈,到了一定距离,再猛地加大敲击力度,发出的声音能够震晕黄鱼,使之上浮,最后一网打尽。据说黄鱼脑袋里有两颗石头,听到梆子声就震动,就像孙悟空听唐僧念紧箍咒似的,疼晕过去。

大伯叮嘱兄弟俩不要在外头乱说话,不是怕触犯禁忌有人来抓——对这件事大家全都心知肚明,除非最近搞什么整改运动了,否则监管的人只要有钱喝酒,自然睁只眼闭只眼——而是担心小孩管不住嘴,传开了去,反倒显得偷偷摸摸不体面。大概做与说是两回事，真相事小，声张事大，说到底也就是一种自我欺骗的办法，只要不曾听闻，便只当没有这回事，于良心上亦可以高枕无虞了。

禁止，在百姓们听来无异于诱惑，是对这种捕捞方式效率之高的肯定。不管幼苗还是成年黄鱼，敲黄鱼确实都能一网打尽，可这种办法自古就有，从没听说过黄鱼不够捞，怎么偏偏到今天就不行了？还记得造反那些年，大生产活动层出不穷，政府时常带头组织大规模的敲黄鱼船队，产量之高空前绝后。当时的风滩，就连乞丐也能吃上野生大黄鱼，小一点的直接扔到路边沤肥，或者当猪饲料了。那才是最好的时代啊，怎么如今连一尾野生大黄鱼的影也见不着了？就连小黄鱼，竟也变成了珍贵的佳肴。

风滩人根本不相信如今黄鱼变少了，他们分明眼见着船越来越大，人越来越多，卖得也越来越远……对了，一定都是叫城底人给吃没的，城底多大啊，城底人起码是风滩的几十上百倍，黄鱼再多也不够他们吃的！他们为这股愤恨找到了发泄对象，几乎勾连起数百年来祖祖辈辈站在城外仰视那堵围墙的屈辱，即便古城墙已在二十多年前尽皆被毁，那股可憎的威严却从未消失，仍在借助一道道不明所以的禁令，传达着权力的粗暴与蛮横。

经明杰、明泽一说，明勤也认定，确实没有比敲黄鱼更好的捕捞办法了，禁止的意味更叫他们心潮澎湃。然而敲黄鱼至少需要一支船队的合作，他们只有一只船，哪里谈得上围成一圈呢？明杰却早就有了解决方案，他上前一步，压低声音，阿大、阿弟也不自觉地凑近，三人就跟西湾渔港上那些船员们一样，暗中商量起四天后那个夜晚的大计。

啊，满满一笼黄鱼，鳞片金光灿灿，一定会使所有人都惊叹不已，让他们知道，陈家并非只有明胜一个有出息的年轻人。当然，不是对明胜阿大不服气，而正是出于那份钦慕，所以同样想要做出一番超乎寻常的成就，才无愧于明胜的堂兄弟这个身份。

12

受访人：计划生育出逃女人

认不得的，我当时在好几个生分人家处里住过。想想也是胆大，现在何人有胆随便敲别人的门，讲自个想借住一暝？人心不一色了，那时候农村里冇这么多想头，越是苦命人家，越晓得相帮。还有，一年到尾不晓得几多大腹肚的逃来逃去，哪个人家处里冇生伢仔的一日，碰到这种事情自然肯搭一把手。但还是要看开门的是不是女人，要是男子客走来，我顶多就在外头讨一碗水呷，门是冇胆进的。

那日半暝三更，那家阿婶把我摇醒了，问我：小娘子，尔是哪里人？我讲是风滩人。风滩人啊？那尔快点逃，尔风滩的车开上来了，听别人讲是何物永忠来捉大腹肚人。我单下慌起，要是给永忠捉去，腹肚里的伢仔准定活不下来。统晓得伊的，积极受不了，不晓得把几多伢仔打掉，把几多人捉去结扎。

那户人家也在海边，住岩头上面，旁边只有一条大路。我到门口看，确实有两三部车连牢从山下驶上来。山路暗摸摸，又不平，车灯鬼影哝摇来摇去。几部车驶到一户人家门口就喇叭按起，走下敲门。红袖章戴牢，何人有胆不给伊走进？

怎么办，往前逃也来不及了，迟早会给车赶上的，我看到车后面篷搭起，就晓得是装大腹肚人的。要给伊们捉里头去，我的姆妈就有了。我求那个阿婶帮帮我，我盼这伢仔盼了几多年，受了几多气啊，六个月大了，就快熬完了。伊心好，把我带到场屋后面小路上，叫我往山上逃，把我手捉牢牢，跟我讲小心小心。

我走很快。浪在下头打有歇，我心脯头也跳有歇。那条小路顺[1]受不了，还好那几日冇落雨，不会太溜，但是有些地方还是得用手爬上去。我看到上头山腰里有何物事白烁烁的，当时冇想那么多，就晓得拼命跑，到旁边了才看出是坟头。头转去看看，边上全是死人的坟，那个山根本就是坟堆。我命也吓冇了，想马上跑下去，人才转过来，就看到下头山路上车又开动了，再过一会就会驶到那阿婶处里。冇办法，还是得躲山上先。

那山上的坟，有些修了五六层，肯定是哪个大户人家的祖坟，不晓得建了几多年，几多代人躺里头。大坟我是不怕的，怕的是那种躲草堆里的小坟仔，暗洞洞，远点就看不到，走近了单下跑出来。那山有点半秃了，冇何物树，统是草，脚踩进去就有影。我走到一棵树后头，打算躲那，到赖尾站不动了，我一只手把腹肚托牢，另一只手按树上，背对着坐下来，才看到正前头就是一个矮底坟仔。我吓一吓，马上把头偏去看其他地方，眼睛又偏偏要转回去看。人有时候就是这样，心里越怕，越忍不住想看。

那个小坟仔统共只有两个洞，一看就是苦命人家的，给老人

---

[1] 陡。

家两公婆宿宿。有一个坟坑还开着，里头空窿窿，乌脱隆天，我只看了一眼人就吓抖起，背脊心冷受不了。这是新开的坟坑，可能过两日，棺木就要放进去了。现在想想也是奇怪，旁边有那么多已经放进去的，反是这个未放进的更吓人。

我心头刚定点下来，又听到车喇叭响。我转过来往下看，气也有胆透。车驶到阿婶门口了，我看到阿婶处里灯亮起，几个人走进去，过一下又走出来，不晓得为何物有上车。我正觉得奇怪，伊们单下把手灯往山上照过来，好像晓得我躲山里。

冇，我从来冇想过是那个阿婶，肯定是永忠自个看出了何物事。那阿婶是老实人，不是造话的人，单下人棺木多到伊处里，怎么不紧张哦？我又想起永忠那些事情，伊头脑灵光，眼光顶毒，不论大腹肚人躲哪里，统能找出来。

听别人讲，大腹肚人要是给伊捉去，就关起来，冇饭食，只能呷点水，然后叫伊处里人走来看，跟伊们讲，要不罚款，要不就流掉。大腹肚人听到要把伢仔流掉，当然又啼又嚷，人嘛饿受不了，冇点点力，声音也哑了，处里人怎么受得了叫伊受这种苦！冇办法，罚款又不是一般人家交了起的，就偷偷给永忠塞香烟，往伊处里送螭蟒，送鳗胶、鳗片。赖尾放出来了，千万得躲好，要不下一次又给伊捉到，不管尔之前送过何物事，统得从头再来一次。伊讲，做官就是得公平公正、铁面无私，对何人统一色。

计划生育那些年，有一次事情闹得顶大。讲一个地方，灵溪旁边哪个村嘛，捉了十几个大腹肚人，塞货车里，两三点连暝送灵溪去，山路上翻了，十几个大腹肚人，连计生办的，连车师，尽死完。何人听到心里不难过哦，有些人就喊起喊起，我们风滩也在那传，讲起来严重受不了。

永忠听到就走出来讲：啊？这样就想不搞计划生育？跟计划生育有何物关系？那就是车有驶好，驶翻了，有错也是车师的错。伊又讲，我们这些人根本不晓得伊们多辛苦，日日半暝三更捉人，想睡受不了，山路上车又难驶，何人考虑过伊们？要讲真真有错，也是大腹肚人的错，无空要逃，无空要生。大家听完统冇话讲。

永忠这人，一世风光。别人讲一个时候有一个时候的过法，只有伊看得顶灵清，次次统冲到顶前头，等风头一转，伊也早早个换一条路了，提前一步出来，好处给伊拿完，到算账的时候又算不到伊头上。对了，其实那年打东湾人的时候，也是靠永忠，我们西湾才能打赢。伊那时候廿来岁。跟东湾人开始打以后，伊很快就变成我们这边领头的了。伊懂打仗，真真是有战术的，有些听来就跟老早的电影里放的一色。

有一次打之前，永忠把一班老娘客叫拢来，给伊们一人一包蛎灰，教伊们躲大殿上，前后的窗尽打开。等暝里西北风猛起的时候，就把蛎灰从窗头撒下来，尽往东湾人那边飞，把伊们眼睛迷得撑不开。男子客单下打过去，东湾人根本冇办法还手。

还有一次，就是打顶大顶凶的那次，两边的人尽走出来，面对面排开，长受不了。两边隔得远，头起只是把对面盯牢牢，巴不得把伊们食下去，但是何人也冇胆动先。还是永忠有办法，伊叫排前头的站那莫动,手里拿旗的尽摇起来,又偷偷叫后头的人往中心靠。为何物要摇旗呢?是不想给东湾人看到后头。那些东湾人还呆相呆相,以为我们在摆威风,也把旗摇起来,在那嚷。

赖尾呢,我们这边的人尽从中心那块冲过去了,单下把东湾人冲得乱七八糟。何人叫伊们排那样开,中心给人冲掉,两边太远,赶不过来,头尾也接不牢,当然要乱。懂的人讲,这就叫"打蛇打七寸,冲锋冲中段"[1]。

道理我不大懂,反正永忠是真真灵光,比蛇还奸,办法统是伊在后头想的,做嘛又不用伊自个去做。到政府里的人走来算账的时候,讲要捉人,还要坐牢间,赖尾捉的统是那些平时跳顶高的破人、"两百五",真真领头的一个也冇。永忠姓陈,又是正宗,一班人统相帮瞒,相帮造,头人怎么找得到?永忠这人又精,风还未起,伊就已经把帆放下,人躲起来了。

尔讲我怎么不怕?给永忠捉去有命啊。我当时躲那棵树后头,要是给手灯照到,肯定遮不牢。我越想越慌,得马上换一个地方,但是旁边其他树更是短命瘦,根本冇地方躲。怎么办哦?我头转来转去,又看到前头那个坟坑,啊,那里头躲人倒是顶好,我想也冇想,几步就走到坟坑里去了。哪里还顾得牢那些物事哦,活人比死人更吓人。

头起是真真难熬,坟坑从两边压过来,泥气重受不了,上头

---

1 蛮话"寸""段"押韵。

的泥统松落落的，撒下撒下，我不小心食点进去，味道苦顿顿。我把手放腹肚上头，怕坟坑会单下塌掉。我放心不下，不晓得永忠伊们走了未，会不会还未走，就逼自个再等等，再多躺一下。又想到要是伊们单下决定到山上找怎么办，永忠这人想到何物事统是可能的。我紧张受不了，整个身体一直绷那，到赖尾就想爬也爬不起了。

我在坟坑里躺了一整暝。头起我只注意山下，其他声音点点也冇听到。等车尽驶走了，风的声音，树叶摇动的声音，还有海浪的声音，才慢慢浮上来，又沉下去，在坟坑里头掺拢来，分不灵清。海浪的声音明明顶远，又感觉顶近，就在尔耳朵边，隆隆响，越听越不真实，好像另外几种声音尽给伊食进去了，现在点点、点点吐出来，跟人声一色，就在我耳朵边，有人细声讲话，有人哼哼响，有人呀呀呜呜好像在那啼。我脑里乱七八糟，何物想法统跑出来了。我想到旁边那个坑里的人，伊是何物时候冇了的，是男是女，以前是怎样的人，一世食了几多苦……还有整个山上的，从老早老早的时候起，伊们过的都是怎样的日子，跟现在的日子比起来是好是差……有些人孤零零真苦命，有些就不一色了，子孙满堂，伊是伊的儿子，伊有三个儿子，十个孙子，伊连孙新妇也个个孝顺，真好，真有福气。

我想起我苦命的阿妈，不能躺祖坟里，只能搭搭旁边，就是这么一个坟头仔，每年拜坟，连香也点不得，只有我带阿弟阿妹在伊坟头边压几张黄纸。我叫小妹跪下来念念，跟阿妈多讲讲话，伊还不情愿，跪在那扭来扭去，我怎么能不气？小妹做伢仔时有点晓得，阿妈是为了生伊才走的，别人讲这样的女人顶不干净，祖坟千万进不得。我苦命的阿妈，到那个暝里我才晓得，一个人躺坟坑里头有多冷，有多怕。想到阿妈我就流眼泪，我的眼泪尽给坟坑里的泥食进去了。

就是因为我阿妈，我顶怕倒头生，每次大腹肚统担心受不了。一下梦到脚伸出来先，一下又梦到夹臀走出来先。那些会倒头生的讲法，我全部记牢牢：江蟹点点食不得，食了伢仔会横在那；手铰[1]不能戴，会把姆姆的脖子箍牢；还有莫食牛肉，这是大荤，看到别人卖牛肉也得马上念南无观世音菩萨，南无观世音菩萨，念十句。

我现在日日念经还愿，念地藏王经，给我那个冇生下来的姆姆超度，也给我阿妈赎罪。庙里师父讲，每年七月半把经拿去化掉，还有初一点佛灯，统是阴德，保佑子孙平安。我要早点晓得，早点给我阿妈念经，我那个姆姆可能也不会冇了。

我也不晓得那暝怎么就流血了，我冇用，躺在那爬不起，全身绷牢紧紧个，根本冇办法松下来。别人讲，我的姆姆是给伊们带走的，说明伊生得好，地上地下统喜欢。也有人讲是坟坑里阴气太重，讲我把别人位置占了，每个坑统是有定的，活人躺不得。大人嘛命硬，姆姆怎么受得了？是啊，姆姆怎么受得了，我当时连这也冇想到，我苦命的姆姆啊，是我把伊害了，我对不起伊！

---

1 手镯。

跟我姆姆比起来，我受这么点点苦又算何物？菩萨讲，人生下来就是要受苦的，统是上一世的罪，放到我们这世来还。其他人也一色啊，那时候的大腹肚人，何人有逃过，何人有在生分人家睡过？何人有半暝三更爬起过，躲到田里，躲茅坑头？还有人讲伊有一次是泅水泅走的，冻得话也讲不出，伢仔还是好好个。讲起才晓得那日是九月十九，观世音菩萨出家日，难怪了，有菩萨保佑。

这样大家才讲，走路上就要念，南无观世音菩萨念三句，南无阿弥陀佛念三句，释迦牟尼佛念三句，有些佛菩萨不晓得，就念南无一切佛。天上会应的。

我现在统想灵清了，这就是命，是命里该受的难。现在的人就晓得怨别人，老公老婆怨完怨阿爸阿妈，身边的人怨完，又怨到那些有钞票的人身上去，好像自个有钞票统是给伊偷去抢去的，从来不晓得想想，别人也是靠努力，靠本事赚来，又不是天上掉下来的，怨了着嗄？

以前我也一色，日日怨别人，怨世道不好。永忠还在的时候，我对伊又怕又恨。赖尾伊身体不好，男人的癌生起，讲动手术割了，最后几年连头也抬不起。大家背后笑伊，统讲是伊以前做那些事情，应自个身上了。想灵清以后，我也就不恨伊了。讲来讲去，也不是伊把我姆姆流掉的，是我自个有用，躺那躺呆了，腹肚疼也不晓得，血流出来也不晓得。

其实国家不给我们生，也是为我们自个好。那时候确实人太多，不该生的，是我们不听讲，头脑里还是老想法，觉得生越多越好。还觉得跟我阿妈那辈人一色，生多光荣，人多力量大，毛主席亲口讲的嘛。毛主席叫大家生，当然得多生，但是毛主席赖尾讲，生够了，不用生了，这样还生何物事？那些年我们日日跟东湾人争，闹冇歇，我看就是人太多了。人多起来就烦心，脾气也大起，真真是这样。我现在顶不喜欢人多，特别是食排场的时候，人棺木多坐拢来，讲七讲八，烦心受不了。

我不恨永忠，我不恨伊，真真。

现在不一色了啊，手机里怎么讲的，现在是新时代、好时代，不论生多少也冇人捉尔，生多的国家还有补助，我们那时候想了有噶？有些年轻人还不肯生，真不晓得好坏。老娘客哪里有为自个活的哦，何人不是为家庭，为伢仔？

有些人讲不喜欢伢仔，那是未生过，要是自个伢仔，就是不一色的，自然会喜欢起的。还有人讲连自个也照顾不好，伢仔怎么能照顾好。啊嚯！难道有人生起就会照顾伢仔？统是一边照顾一边学的嘛，到第二个第三个就晓得了。

就讲我那侄子的新妇呐，杭州人，讨来四五年了，一定不生伢仔。我那侄子也呆相呆相，尽听伊讲掉，对自个阿爸阿妈有点孝顺。啊，生伢仔难道就是伊两人的事情？我阿弟两公婆也要六十岁了，就想抱抱孙子，跟伊们讲过了，起码生一个，不管男女，现在也不是老想法了，生出来要是女伢仔也行。那新妇好像觉得自个是城市里的人，看不起我们，老起受不了，别人的话点点也听不进去。三十来岁了，还不生伢仔，书读起高有何物用！

13

怎么能叫偷呢？三兄弟发誓用完第二天就会全部送还，而且是光明正大地还回去。因为他们相信，到那时候，凯旋的号角一定已经传遍了整个西湾，人们将会为他们独力出海的壮举而惊叹，而议论纷纷，就像曾经明胜阿大在村里制造的赫赫威名——哦，就是那个明胜的堂弟啊……没错，最大的也还未成年，最小的听说才虚岁十三……是呀，真真了不起，不愧是姓陈的……因此，那些"失而复得"者，不仅不该抱怨，还应当感激三兄弟给他们那些寻常的事物镀上了英雄的光辉，使所有原主人都与有荣焉。

渔船的获得最为重要，原本三兄弟为此费了不少工夫制订计划，结果却出乎意料地容易。那位幸运的宠儿，几天来始终停泊在西湾渔港，悠悠晃晃，百无聊赖，像少年等待天晴。大厢幽暗，厚实的圆木门槛，遥望檐下的雨幕，拨开层层梦幻，便看见那背后深深的不幸。全西湾早已传开,这只船上的两个人都生病了,听说是出海时给不知道哪种毒鱼划伤了脚，回来以后两人的脚都肿起来，长满水泡，再后来人也倒了，躺在床上，发烧，讲胡话。

卫生所长看了说是细菌感染，屁股上打完退烧针，又挂吊瓶，打葡萄糖，打抗生素，可是到现在也没有起色，还是昏迷着，送到城底医院，还是宣告不治，只能回家等死。大家都说卫生所那个大瓶头里的药放少了，全是盐水，就是医生为了多赚钱，要不然家里怎么会买得起那台顶好的缝纫机？啊，衣服坏了都不用拿到裁缝铺，自己就能补，他老婆天天坐家里唧咯唧咯没完，响动从终日紧闭还贴满深色玻璃胶纸的门窗里传出，听得门外来往的行人眼红不已。

也怪那两人不小心，还照老早的做法夹个拖鞋出海，水鞋都不穿。起码台风过后一段时日要多加注意，毕竟外头搅进来的脏东西还没排尽。老人说，海上不太平啊，以前从没有这么多古怪之事，近几年却频频发生。好像自从毛主席离世，山河湖海里的邪祟都压不住了，通通往外冒。众人悲叹，渐渐从对他人的同情转为自我哀怜，最终导致那股深邃而广袤的忧伤四处弥漫。还有许多人，再度怀想起毛主席在世的日子，继而深深陶醉在至今铭记那份恩德的满足中，徒留两个家庭暗自饮泣。

三兄弟自始至终不曾分享过这份悲哀，他们被激情包裹，已经好几次偷偷潜入那只船中，做着出海前的各项准备。早早吃过晚饭便悄然离家，穿过一条更加偏僻崎岖的山径，错开那些归家的渔人，抵达背倚潮声的寂静海港。这几天众人都聚集在他们家吃饭，大人们忙得不可开交，几家人便合用一个炉灶，由阿妈掌勺，姑姑婶婶们帮忙，晚饭从四点来钟热烘烘蒸炒到七点多日头落尽，一碗碗一盘盘摆上方桌，紧接着又到了夜宵，也不拘吃饭的时间了，自己端来自己吃，吃多吃少没人会管。

斜阳将三兄弟的身影打落在沙滩上。棕红色沙滩，吸饱了沉重的海水而显得过度平坦，仿佛失去厚度，徒留表面，更接近一块被海风吹出皱褶的幕布。影子移动，更揭示出沙面幕布的特征，并非平移，而是随皱褶游摆起伏，如三尾巨蛇滑过，梭刺刺攀上同明勤齐脖高的船帮，大浪拍至，一震，蛇影转瞬无踪。

这只小型渔船起码有六个年头了，腥气已经在船上的各个角落沉积。没有人记得它初次下水时的模样，船只是船，或许曾受到悉心维护，却从未被珍视，更谈不上爱。在这片沙土地上，连对人的爱意都羞于表露，以至于终有一天被彻底遗忘，更不用说对船了。因此三兄弟第一次登上这只船时，明泽叫嚷着想要给它取个名，立刻被明勤喝止。明勤和明杰虽说同样激动不已，却又对这份激情感到无所适从——船只是船，没错，说到底就只是一只船罢了，没有，也不能有那么多讲头。

明勤和明杰正在自己的思想世界里潜游。此刻，明勤想象着这只船的过去，想象在船上曾发生过的一切：那一场场捕捞，一次次收获，捞多捞少，满意或失落；脚步密集，心潮澎湃，老水手经验丰富，一举一动都恰到好处；也许还有像他一样的新手，体会着初上船时的挫败与沮丧，而沉默，该死的沉默，笼罩一切；紧接着是忙碌过后的慵懒，一团暖洋洋的倦意使坚冰消释，尽管更庞大的冰川仍旧牢牢盘踞在水面下方，凝视长久压抑的心灵。

明勤打量着这只船的整体。稍显低矮的控制室靠近船尾，上头伸出短短一截旗杆，在搭建的架构之外，控制室外头又歪七扭八钉上了几块颜色各异的木板，有几颗钉子接近脱落，左摇右晃，原本的木板也都形状古怪，却恰好契合，使人想到弄巷里古老的石头房子，或者是卖老酒的百年老店那完美嵌牢的排门。

主桅居中，分枝带杈如同枯树的黑影，古怪而峥嵘，侧桅接近翘起的船艏，只接了一道桁杆，势单力薄，绞盘则低坐在主桅与侧桅之间。两侧船舷外各悬挂着一只救生圈，黑色硬皮，坚挺着，看不出有气没气，随船身摇摆，敲打船帮，应和海浪。控制室下方留出一格机舱，撑大了船内的空间，鱼舱则被甲板中道分成四格，从肥壮的腹肚向尾部收缩，如今显得空洞，像干涸的水渠在乞求，在低声嘶吼。

明勤听到了那声呼唤，传自脚下，又好像来自远方。他一阵恍惚，遥远的梦境再度浮现于脑海。他仿佛看见这只船在膨胀，变高、变长，甚至在其木结构的外表，在那层已经半剥落的油漆上，渐渐生出了一层金属的银白色光泽，泛着夕阳那绚烂的光辉，好似一场盛宴。在庆贺什么呢？当然是庆贺他的成长、他初步实现的理想，庆贺他们三兄弟的凯旋。

明杰和明勤一样激动，却是源于叛逆与亵渎的不安。有一种独属于旱鸭子的、溺水者的恐惧，在他心底浮泛，使他在接近船舷时悄悄压低身体，尽管船外头的海水其实只到他膝盖的高度，那股浑浊在他眼中却显得深不可测。

明杰表面上不动声色，近乎淡漠的过度冷静却隐约透露出异常。他退后两步，不算宽大的脚掌在甲板上竟有种举步维艰的意味。他吱咯跌下两级台阶，钻进控制室，手掌轻轻滑过舵盘，接着迫不及待地打开了马达的箱盖。明泽也凑过来，眼中满是好奇。

马达声起，轰隆巨响如潮水滚沸，却不时在骤然沉寂的卡壳之后混入几声炸裂，在昏黄的渔港中显得尤为骇人。船底下的扇叶并没有被启动，怪声的来源只能是马达本身。明勤闻声而来，蹙着眉头，穿过控制室的窗口朝明杰投来询问的目光，明杰判断这只是润滑不足的缘故。不要紧，他对阿大说。明勤点点头，眉头却并未松落下来。

这马达的訇鸣声，此后将时不时地出现在明杰心中，在他行走、吃饭、工作、睡觉时蓦然响起，每一次都同这回没有两样，同样使他呼吸急促、兴奋难耐。他好像听见两种声响在相互碰撞，先是浪涛声从四面八方涌来，潜伏于脚底，恍惚间又冲上天际，然后是越发激烈的马达声占了上风，从滚滚雷鸣转变成天锣地鼓齐作的景象，接着骤然沉寂，留下一片惊恐无力的空白。

于是他低垂下黄浊而布满红血丝的眼睛，克制着颤抖，往手中的器械挤出一滴同样黄浊的黏液，向其中倾注自己全部的悔恨与倔强。到这个时候，修理马达对他来说已经是再简单不过的工作了，好像真的只是点进去一滴润滑液，悄然融入那淤积的墨色浆液之中，损伤就会自行弥合，设备就能够顺利运转，完好如初，而某种叫人欣喜的嘶嘶声也将铺展开来。顾客惊叹于这份巧技，满意离去，徒留他一人深陷在工具和零件的废墟中，抵抗那尖锐怪声时隐时现的回响……

三兄弟之所以要转移船，一方面是因为西湾渔港太过遥远，将各种用具搬到船上很不容易，另一方面则是由于入夜后渔港上有许多船只要出海，到时候人多眼杂，被发现就麻烦了。是该转移，可转移到哪里去？直接停靠在大沙滩上当然不行，太过显眼，很容易叫人认出这是谁的船。

思来想去，他们最终决定将船转移到西边的小海湾附近，就是鸟人辉一家紧邻的海湾，先前饲养鸬鹚，如今闲置了。那里相对渔港比较接近村子，路程不远，又礁石错落，最为隐蔽，而且除了原本的几家住户，鲜有人至，确实是理想的所在。

转移在出海前一天的傍晚进行，只使用了这只船上原有的帆橹。三兄弟合力在主桅上升起单面的主帆，明杰谨记着要趁风歇时升降帆，提前在绞盘上缠好帆索等待，时机一到，明勤双手撑开布帆，明泽也帮忙拉扯，明杰立刻转动把手，只见布帆似乎升起了一些，却没有顺利傍上桅杆，胡乱挣扎一通便收缩成一团，像头不听话的牲畜。虽然只是单面，布帆却十分硬挺，比想象中更难驯服。

顺风顺水，因此原本计划挂上侧桅的三角形前帆没有用处，也省得麻烦。明勤为自己先前的手忙脚乱感到不快，也因为在刚才，他终于向明杰提出了出海当晚尽量不使用马达的建议，因为他在船上从没有碰过，毫无经验，明杰也只是在一边观察，实际操作起来也许会出问题。不知为何，他对诸如马达一类的器械有一种本能的排斥，不，倒也称不上厌恶吧，大概只是一种敬而远之的逃避。

明勤清楚地看到了明杰眼里的失落。他当然知道自己这个阿弟平日里对新事物的浓厚兴趣，也知道自己带有决定意味的建议将对明杰造成打击。放在以前，他绝不会这样做，可是不知不觉中，明勤自己都没有发现，自从"拥有"了这只船，他便开始展露身为大哥所应有的威信了，原本对明杰的盲目信任，随着设想逐步落地为现实，也已悄然隐退，属于他个人的得失心则渐渐高涨。面对这个难能可贵的机会，只相差一岁的两兄弟暗暗展开了一场争夺。明杰面上没有反对，可是心中却并未放下那份期望，他自行决定要在恰当的时机尝试一下马达，只是没有明说。

明泽还是给船取了名字，他顾自把这只船叫作"竹床"，就是放在大厢里夏日乘凉的竹板床。他偷偷在心里快乐地叫着这个名字，带着自己在大厢的海洋中遨游的经历，带着曾经受困于海上七天七夜不懈抗争的顽强。他是船长，是水手，也是落难得救的旅人。他有泥巴搓成的美味佳肴，有树叶捣出的灵浆妙液。他船上的桅杆曾被飓风拦腰折断，船舱曾被巨鲨咬穿……

这一次，他将展开真正的冒险。他双手扶住船舷，探出头去，向下观望，也向内凝视，凝视那深邃的眼睛，其中有一只历尽磨难的船，陌生却熟悉，渐渐驶远了，消失了，他抬起头来，取而代之的是四周毋庸置疑的、微微摇荡的甲板，在落日余晖中同海风交谈。

明泽忽然对眼前的世界感到困惑，昔日乘风破浪的幻想即将成为现实,却显得如此不真实,而且隐约浮现出一抹黯然失色的疲态,倒不如重新装进幻想的口袋。于是明泽躲进那个简陋的控制室,终于找回了眷恋的竹床,他窝在小小的四方空间中,时而透过窗口向外张望,时而将双眼贴近木板间的缝隙,如同屋檐前雨幕下,身处大厢,观望朦胧的场院。

当明泽凑到明杰身边观看他全神贯注启动马达时,他蓦地想起了自己的那些宝贝。于是,在兄弟三人一次次将物件转移到船上时,明泽也偷偷夹带了宝贝,把它们带进"竹床",他的乐园,他幻想的根据地,让它们跟随他一起出海,真正地出一次海。他用湿沙在控制室的角落里筑成一道椭圆形的弧圈,然后把自己珍藏的最精美的螺贝,还有捡石子游戏[1]的战利品,通通嵌在上头。在弧圈内部,他把明勤阿大两年前送给他的生日礼物,他最喜欢的第一只地螺,头朝下尖向上摆在中央。这地螺是明勤阿大亲手做的,尽管木纹已经开裂,转不平稳了,他仍然视若珍宝。

弧圈围成的这方角落,就像是一只船上之船。地螺成了控制室里的控制室,或者更像一座堡垒,明泽又在旁边加了一堆湿沙,往里头插了根竹签子,顶上挂一块暗红色的破布充当旗子。至于三兄弟的冒险之船上悬挂的那面,则是货真价实红底黄字光鲜亮丽的崭新旗帜。三兄弟趁没人时,从存放在自家的箩筐里偷拿了大半斤油泡枣——等明胜阿大讨完亲后要分给亲邻们的——跟做旗人家的小儿子换来了这张新旗在交付给客人之前最后两天的使

---

[1] 抓子儿,一种儿童游戏。

用权。

明杰前去交换的时候,从弄巷深处接连传来无力而凄楚的犬吠声,使他感到一阵凉意。他将旗子展开来,月光下"渔业丰收"四个大字光彩熠熠,可那小孩似乎还有些犹豫,嘴里满当当塞了三根油泡枣,眼巴巴望着他。放心,放心,明杰卷好旗子,摆摆手,制止了对方发问的念头,又恶狠狠看他一眼,警告他不准对外泄露半个字。

笠斗、手套、下水裤,三兄弟西"捡"一只,东"拿"一件,提前存放到机舱里,不知不觉就凑齐了。只是麻布手套和下水裤对明泽来说都太大了,明杰也不高,从矮人志那里偷来的那条下水裤给他倒是勉强能穿,明泽的却实在没有办法,只能留一套尽量小的勉强应付。至于水鞋,出发时在家里提前换好就行。

燃、润油的补充是明杰自己默默进行的。给马达注润滑油的同时,他往一旁的油箱里加满了从修车铺门口拎来的半桶柴油。他时常站在那里观看年轻的修车师傅摆弄那些工具和零件,每每看得入迷。加油的时候,他听见柴油灌入油箱发出敦实的咚咚闷响,想象那道迟缓的瀑流,坠入一汪亮黄浓稠的深泉,不禁心旌摇曳。

还有"敲黄鱼"用的竹梆子,三兄弟从来没有在做海人家里看到过,大人们又对此讳莫如深,没办法,他们只好往其他地方上考虑。先是从米店里拿了一只舀米用的竹筒,每口米缸里都有,明勤去给家里担宴席上要用的米时,一下接一下慢慢地舀,趁米店老板招呼新来的顾客,他便把竹筒埋进满满一箩筐的白米里头去了。另一只是流水坑那里取来的一截竹管,导山泉用的。竹筒是有底的，竹管则太长了些，而真正的竹梆子，则只有他们买夜宵时从馄饨担子上顺来的那根。三兄弟分别用木棍敲过了，果然不一样，真正的竹梆子声音尤为清亮，大概是中间进一步镂空过，轻轻一敲，震响就能传出去好远。

出海一晚，除淡水之外，也可以备点吃食，这对三兄弟来说更不成问题。当天晚上要吃启门酒，第二天又是正式讨亲的宴席，冷盘早已备好，摆满了大伯家和自家的灶台、桌面。明泽整个白天都在自家后厨附近游荡，没人时便假装路过，每个盘里拿几块，不至于被察觉，先往嘴里送一点，其余的立刻装进布口袋。

鱼饼、炸花鱼、鳗鲞、猪头肉、酱油肉，还有橘子，再加上满箩筐的茴豆、花生、红枣、油泡枣……明泽就像过年一样快活，他将把这些美食带到船上，和阿大们共同享受幸福的冒险时光。他的一举一动都浸泡在充满期待的遐想中，月光如水，星星像宝石闪烁，海面上萤火浮动，咸咸的海风清爽拂面，食物更加美味，泉水更加甘甜。

最后就差渔网了。三兄弟原本想的是直接使用自家存放的渔网，可明勤迟迟不发话，两个阿弟也没有擅作主张去挪用。或许是出于惧怕，或许就连间接借助父亲的力量也不愿意，明勤对家里唾手可得的那几兜渔网始终怀有抗拒。不知不觉拖到了出海当天，还是明杰主动来找明勤，建议使用大伯船上的渔网。前面两天，他已经带明泽偷偷溜过去看了，备用渔网还存放在鱼舱里，用蓝色油布遮盖着。虽然只有三筐单面渔网，对他们来说也已足够。明胜阿大讨亲那天，和大伯同船队的自然都要来吃酒，最近两天肯定不会出海。

  各类物资都已准备完毕，三兄弟在出海当天的早晨聚到船上，对设备做最后一次检查。测试无碍，只有马达没再启动，明杰知道加过了润滑油，自信不会再出差错。

  到了下午，三兄弟开始清洗船只。明勤舀来一桶又一桶海水，将鱼舱的每个角落都冲了个遍。明杰、明泽拿着抹布和刷子，努力清除那些积年的污垢。他们越干越认真，谁都没有发觉对待渔船本是不必如此的，渔民们虽然也会清洗，但最多不过用海水随便冲上一冲，看不到鱼虾的大片残骸也就足够了，哪会像他们似的这般卖力？明勤和明杰似乎坠入了明泽所在的同一片海，尘埃之海，痴想之海，恍惚与迷离之海，也是他们记忆深处的梦幻之海。他们已然身处海上了，微微漾着，痴痴笑着，等待夜幕沉落，铁锚浮升……

14

受访人：女子械斗队长

我们那时候统做阿妈了。头起，村里叫老娘客去相帮烧开水、煮饭，我跟玉英也想去，但是处里伢仔还小，放不下手，一步也走不开。一班盟姊妹里头，我们两人一直是顶好的。我记得十来岁的时候，担衣裳到伊那里的河边洗，洗好了晒伊门口，又在伊处里食饭，食完跟伊一起嬉，次次统要到暝里才肯走归……真奇怪，也不晓得那时候到底有何物好嬉的。

到打东湾人的时候，我日日听别人讲，何人把对面哪个人头打破了，何人的船又在海上给伊拦下，只能跳海泅回来，心里激动受不了。我把阿星抱玉英处里去讲话，讲到以前的事情，我们两个人统参加过造反队，全西湾就只有我们一支女伢仔的造反队，统是胆顶大，顶不听讲的，还有就是处里不管的。要是有些人家，阿爸阿妈凶点的，早早个把尔关起，头毛也剃掉。

玉英胆有我这样大，统是给我带进去的。当时我们两人真真是钻进去了，造反，造反，日日捉人，批斗，把别人坟头也扫掉。玉英把伊阿思抱牢牢，声音矮下来，叫我莫讲莫讲，以前做那些事情，罪重受不了。

我看伊这样慌张，心里不大舒服，我晓得，伊自从嫁了人就不一色了，觉得那时候是头昏了，女伢仔在外边不日溜，还跟其他造反队里的男伢仔相打，讲起来不好听。我跟伊讲，这次不一色，是跟东湾人打，想想东湾人这些年做了几多不好事，啊，怎么不气哦？伊听完头定定，冇讲话。

慢慢越打越大了，赖尾村里叫老娘客也去打，讲要组一个女子军。我又去跟玉英讲，劝伊跟我一起参加，伊讲伢仔冇人照顾，啼起怎么办？我有点火气，讲，啼就啼，莫管伊，统是给尔惯坏了，棺木不乖！伊听到也气起，讲我骂伊伢仔，讲我也是阿妈，冇点责任心。啊，我难道不想照顾自个伢仔？我听到伢仔啼起不难过？但是我不能不心狠，要每个人统跟伊哝，就顾自个家庭，不管村里，女子军怎么组得起？

啊嚯，这些事情尔是从哪里听来的？冇错，我们女子军刚组起未久，永忠就叫我们去撒蛎灰。伊给我们蛎灰的时候讲，到时候跟其他那些送饭送水的老娘客一起走，蛎灰就装饭盒里，莫给别人看出来。不单是骗东湾人，连我们这边的人也骗过才好。我记得当时我们有十来个人，一人带一盒，偷偷到大殿上头。我一直把头犁下去，心脯头勃勃跳，统觉得有人把我盯牢看。到大殿上，一班人声音也冇胆出，蹲窗头边，眼睛转来转去，等西北风起。

我不喜欢那种感觉，无空弄得跟做贼哝。想当年造反的时候，我们统是大大方方走路上，一边喊口号，一边大步往前走的。现在呢，只能躲在这，偷偷摸摸，风头尽给下头那些男子客抢完。

那暝过后，大家统讲永忠了不起，冇一个人记得我们女子军。第二日，大殿里开大会，我们也想去，赖尾给人拦楼梯口，不让我们上。我问伊，以前在大殿里开批斗会，男女统可以参加，凭何物不给我们上去？伊讲，批斗是批斗，现在是食祠堂酒，尔们这些老娘客凑何物闹热？又有姓陈的长辈来骂，讲我们冇下数，嫁了人就不晓得自个阿爸姓何物了，连祠堂也有胆闯！我们给伊堵得冇话讲，祠堂酒确实从来冇女人去食的道理。

冇办法，气管气，我们也只能在大殿下头等，日昼也冇走归食。等了两三个钟头，男子客一个个走下来，看到我们一班人，统把头偏过去。一直等到永忠走下来，我们马上迎过去，问伊头先祠堂里讲了何物事，有冇讲到我们女子军。伊本来给好几个人围牢牢，话讲起笑有歇，嘴巴也抿不拢，一看到我们，面色马上冷下来。伊还骗我们，讲有有有，讲我们女子军做得好，未讲两句就走了。

我们当时就觉得奇怪，但是冇人有胆把永忠拦牢问灵清。想起前几年伊捉大腹肚人，哪个老娘客不怕哦。到那日暝里，我们等伊来讲之后的安排，等半日伊也冇走来，就派了一个手下人，叫我们走归带伢仔去，要不就跟之前一色，相帮烧烧开水、煮煮饭。我们这才晓得，日里有人在祠堂里讲，相打有男人就够，老娘客做这些事难看相，赢来也冇面子。那人跟我们讲完就走了，留下我们嘴巴张张，一句话也讲不出。大家统明白了，伊是想我们女子军就这样解散。

我看到有几个人眼睛挂下来，真真打算走归了。又听到有人讲，我阿侬饭不晓得有有好好食，我阿姑半暝醒来看不到我要啼的……西一句东一句讲有歇。我脾气大，越听越气，就嚷起，尔们这些好阿妈好新妇要不现在就走归饲饭[1]去！我们吵起来了，有人问我：那尔讲，现在怎么办？连永忠也不来了，我们还在这干吗？我讲：有永忠我们就做不起啊？尔是为永忠才来的？伊给我讲气起，头转去就走，有好几个人也跟伊一起走了。

我们剩下的人半日有讲话。赖尾还是细花姊开口先，伊走到我身边，把我眼睛下眼泪抹掉，讲我头先那个话讲起确实太难听。但是，伊又讲，我有一句话有讲错，我们女子军有永忠也照样可以打东湾人，我们靠自个，不靠男人。我把头抬起来，其他人也往我们这边看，大家统觉得细花姊讲得是。

伊们走掉后，我们还剩下六个人，从这时候开始，我们才是真真的女子军。六个人，除了我跟细花姊，还有阿丹、尾燕、金钗，之前统跟我是同一支造反队的，本来就熟，年龄也差不多。只有芬芳比我们小两三岁，当时还未给人，头毛剪了短短个，男伢仔哝，讲自个不喜欢男人，永远不嫁人，讲男人身上统是臭的，还是女人香。伊一边讲一边把我搅牢，还把鼻头孔凑上来，在我耳朵边叫阿姊阿姊，弄得我棺木痒。全是伢仔的呆话，到赖尾还不是给人了，生了两个儿子一个女儿。

我们这些年龄大的统还在，芬芳反前两年洗身体的时候血高

---

[1] 喂饭。

起，冲到头上，单下倒那了。等伊女儿听浴室间里半日冇声音，叫阿妈阿妈也冇答应，人已经救不起了。才六十来岁，真真可惜。

讲起来，我们的头人也是正经选出来的。尔莫笑，投票又有何物新式，村主任、代表我统有选过，打个勾就有好处拿。我们选头人不跟有些的一色，明明只有一个人还要尔投票。我们六个人都有的选，何人票多何人当。

我投的是细花姊，赖尾伊得了两票，我得三票，还有一票是尾燕的。细花姊头一个巴掌搭起，其他人也搭起，芬芳呆相呆相，搭特别大声，手也搭红掉，把我弄得棺木头皮大。我跟大家讲，从今日起，我们再也不做那种偷偷摸摸的事情了，要打就大大方方去打。毛主席讲的，老娘客可以顶半边天。天塌下来我们也不怕，还怕东湾人？

这时候金钗问，祠堂里不让我们去打怎么办？尾燕就讲，管伊肯不肯，除非把我们缚起来。讲是这样讲，大家统不大安心，真真要跟祠堂对着做，还是有胆的。赖尾，听人讲东湾那边学人样，也组了一个女子军，人比我们还多，可能就是这样，祠堂里也就冇讲何物事，随我们了。

头起，我们连一把刀也冇。芬芳问我们，造反的时候统是用何物事打反革命的？我们单下讲不出，想想，其实当时根本就不是靠手里的物事。那些反革命，听到我们走来了，早早个就把门开开，蹲地上等我们捉了，哪里还需要何物事哦，有一双手就够。讲难听点，就算冇手的，有一张嘴巴也够了，红袖章挂牢，嚷一声，伊们命也吓有掉，何人有胆不听？

但是抄家的时候就不一色了，大家统把自个能找到的带来，扫帚、柴棍、草刀、锄头啊，尽拿出来。我记得有一次哪个人从乡下把宰猪用的那种刀带来，长长个，讲这刀快受不了，大家统有胆站伊旁边，怕给刀揩到。那日真真是闹热，从场屋顶上的瓦，到地下藏的酒桶，尽找完砸完。越砸越用力，越砸越激动。

当时门给人砍成好几块，也有人捡归去当柴火烧，明明处里棺木苦，还讲反革命的物事不干净，不要。赖尾给讨米人捡走了！现在的人不论做何物事统是为自个，要不为钞票，要不为名声，我们当时就不那么想。我们想的统是大事情，是打台湾，是解放全世界苦命人……

想来想去，我们决定不用刀了，打东湾人本来也不是为了杀人，从头到尾统有人要杀人，要不就真真变成犯罪了。记得顶早的时候，就有人从山头人那边拿来几支打鸟用的火枪，给做海人，叫伊们轮着在渔港还有岩头边站岗，要是看到东湾人的船驶过来，就把枪打起，把伊们赶走。

做海人拿到枪，头起还觉得新式，看到东湾的船就打——棺木远，其实根本打不着！顶多海上炸点起，声音听来吓人。也就是够远才有胆打，晓得不会真打到人。有一次，东湾那边一个做海人耳朵聋，管自个把船往我们西边驶，越来越近，岩头上拿枪的年轻人反给伊吓着了，把枪扔了就逃，给人笑死。

这样才讲，跟人相打，枪是不及刀的，刀又不及柴棍。要是每个人统拿枪，尔看嘿，根本打不起来。统拿柴棍，才会越打越凶，何物时候有人倒地上了也不晓得，也讲不出到底是何人把伊打成这样的。这道理不是每个人统明白，赖尾打东湾人的几次，我看到有人特地把刀啊、锄头啊给那些胆小的人，以为这样伊们胆就能大起，其实伊手里拿这些，只会更怕，更有胆上。

芬芳当时经常讲，要是给我做头人，我们西湾肯定赢更大。我叫伊莫讲这种话，男子客肯给老娘客领导嘎？我就想把女子军带好，莫看我们只有六个人，点点也不输几十个人胡乱凑起的一班。我们统是真真想打的，不跟有些男子客哝，冇办法才走去。

尔从来冇听过我们把东湾人的船赶走的事情？那尔晓得我们女子军做过何物事吗？只有头起撒蛎灰？呵呵，这根本就不是讲我们，是讲永忠厉害。伊有本事啊，每个人统晓得伊，讲是总领头了，老起受不了，赖尾我们女子军又碰到伊，伊连看也不看我们一眼，好像认不得哝。

早早个就冇人记得我们做过何物事了，当时听到的人就不相信，就算亲眼看到，我估估伊们也就当是自个做梦。不用讲其他人，就算是我们女子军，还有何人会跟我哝，把老早那些事情拿出来讲哦？伊们统后悔了，统不承认，宁可自个从来冇做过。

我冇讲伊们不好，我一世当伊们是顶好的姊妹。我就是想把我们做过的事情讲出来，想叫大家统想起来，打东湾人的还有我们女子军。随伊们讲去，顶多也就是讲老娘客做这些有下数，我早早个听过听了，还有何物好怕的？

算起来，我们统共参加了两次大打。头一次，我们冇碰上东湾那边的女子军，找了一大圈，对面一个老娘客也冇。大家冲上去的时候，队伍单下变得乱七八糟，我大声嚷起，叫女子军莫散开，六个人站拢点。我走顶前头，尾燕和金钗走我两边，芬芳走中心，后头是细花姊还有阿丹。我当时是这样想的，等到东湾人跟我们混拢来，前后就统会有人打过来，就得这么站，才能前后顾牢。

头起，对面冲过来的东湾人看到我们一班老娘客，统吓一吓，往两边走掉，有些人把我们盯牢看，有些人眼睛眯拢来，笑起笑起。只有顶呆相的人，连弯头也不晓得，管自个往前头跑，给我们棍子打两下就阿姊阿婶乱叫，冇点点用。这些男子客人是高高个，其实根本打不来。

从那次以后，我们几个人就日日想打受不了。走归去，别人闲话讲冇歇，在处里也根本待不下去。我们等了好几日，一直冇打，大家统在那讲，接下去要打，可能就打起很大了。有一暝我们六个人凑拢来，阿丹讲，伊听伊阿大跟别人讲，永忠变成总领头的了，下次要打，大家统得听伊安排。芬芳马上叫起来，讲自个在处里日日给阿爸阿妈忓，讲女伢仔在外边混世哝，棺木难看相。伊处里伢仔多，阿爸阿妈又忙，以前从来不管伊的，问伊二姊才晓得，是伊阿爸碰到永忠，永忠叫伊把自个女儿管管牢，莫跟我们这些冇教调的人学坏了。

芬芳讲的时候，我看到金钗和尾燕统不响，还把头犁下去了。我晓得永忠看我们不顺眼，觉得我们倒伊面子，冇伊领头还管自个组女子军。永忠在背后造我们也不是一日两日了，伊还跟别人讲，我就是毛主席讲的假海瑞，看来胆大，其实腹肚里全是火药。伊越有胆讲这些话，我们就越不听伊。伊这人日日跟大头火蚁[1]哝，真以为每个人统得听伊领头。

等到打顶大那暝，听到祠堂鼓敲起，我们冇走大殿去，倒头往沙滩去了。我早早个就有打算，这次直接不参加大部队，等大家打到赖尾了，再从沙滩绕过去，把那些东湾人打个怕，永忠也莫想管到我们。

我记得很灵清，那是一个月光暝，海上灵光烁亮，水上月亮的影像一条船哝，摇过来划过去。我还以为是自个眼睛看花了，到芬芳指着海上喊有船，我才晓得自个冇看错，真真是船，从东湾那边驶过来的，统共四五只，肯定是要往我们西湾的渔港去。

我们拼命嚷起，往西边岩头跑过去，叫那边顾船的人快点准备起来，莫给东湾人的船驶过去。嚷了半日，根本冇人答应，赶到岩头边才晓得，那暝只有两个老人家留那，还一起呷酒，醉得连话也听不灵清，问半日才回答我们，讲渔港那边也冇人在。

那些东湾人，肯定是算准了那日暝里我们这边会尽走去打伊们，才偷偷把船驶来。怎么办哦？其他人统看我，连细花姊也有点慌了，东湾四五只船，上头起码有十几个人，还不晓得带了何物事，反正就靠我们肯定打不过，只能动脑筋，用脑……我单下

---

[1] 蚁后，指做什么事都带头的人。

想起，西边岩头的场屋仔里头之前不是有火枪吗，不晓得还在不在。

我从老人家那边把锁钥开拿来，叫尾燕跟我一起去找，芬芳也想跟，但是我叫伊跟剩下的人一起，把岩头边的火把尽点起，再去捡几条大点的柴火来。我对芬芳讲，伊动作快，做这些厉害，其实我是有胆叫伊一起找枪，怕伊不细腻，不小心揿到枪，把人打到了冇解。

场屋仔里零碎物事堆满，全是做海人的，破网、破裤、破手套，洗也冇洗过，就塞那，臭受不了。暗洞洞，尾燕把油灯点起，我们看到窗头边敲了一排钉，上头挂着好几顶笠斗，里头挂的是雨伞。我走过去，才看到有两把瘦焦焦的不是雨伞，是火枪。一条管又长又粗，另一条细点，后部统点点大，只有一个按按的扳机。两把枪锈生满，拿牢还有点重，把后头掰开，子弹统在里头，不晓得还打出打不出，冇办法，不管怎样统得试试。我把管细点的那支给尾燕，凑伊耳朵边讲，拿牢的时候一定要把枪头对地，等东湾人的船驶来，就开枪打伊们。伊听到吓一吓，但还是头定定。

我们走出来的时候，岩头边的火尽点起来了，跟日里一色亮，海上头反变得暗摸摸，有点看到，东湾人的船驶到哪里了也不晓得。我有点慌起，现在怎么办？伊们肯定看到我们这边火点起来了，要是再驶近点，晓得我们这边冇几个人，肯定会往渔港驶。冇办法，不论怎样统得做下去。我把大家叫拢来，叫细花姊和阿丹、金钗、芬芳统把大条的柴火举起，在岩头边走来走去。我又叫尾燕站我旁边，把枪端起来，何物也莫管，就往海上打。

当然紧张，头次打枪，何人不紧张哦，我把枪端起来的时候，心脯头就跳起快受不了。我还在那想，按扳机前是不是还得做点何物，尾燕那边已经嘭嘭嘭响起来了。我也不管了，把扳机往下按，真真可以感觉到子弹往前飞，震起很猛，把人往后头推，差点就站不牢了。海上乌脱隆天，根本不晓得子弹统打到哪里去了，我就像癫了哦，盲堂按，旁边尾燕打得比我还凶，冇几下就打完了，我这边子弹好像多点，又响了好几声。

打完以后，耳朵边点点声音也听不到，过一会，浪的声音才慢慢响起来。我单下冇力了，坐坐下来，头偏过去看，尾燕早早个坐地上了。后头细花姊伊们，还把柴火举牢，站那看我们，两个呷醉了的老人家谮起谮起，难听受不了，好像要赶过来打我们，站嘛又站不起来。我根本冇理伊们，拼命嚷起，莫站着，走呐！快点，快点走起来！头先打枪还不晓得东湾人有冇给我们吓走，就算走了，要是看到火不动了，可能猜到何物，又会驶回来。我站起来，把尾燕也拉起，我们也拿了柴火，在岩头边走来走去，装出人很多的样子。一直走到这些柴火就要烧完了，再冇看到东湾人的船……

那暝过后，大家统在讲永忠多厉害，办法想出来，把东湾人打得屁也冇胆放，冇一个人晓得我们在西边岩头做了何物事。尔讲呢，要当时冇我们女子军，渔港的船还不晓得会怎么样，船要是冇了，东湾人打再多又有何物用？从第二日起，就有人传，讲我们一班老娘客，昨暝看到东湾人太多，冇胆打，半暝三更到西边岩头做贼，把做海人的物事翻得乱七八糟。我头一次听到的时候只觉得好笑，想想肯定是那两个老人家怕我们把伊们酒呷醉了不好好顾的事情讲出去，才特地造我们先。

我根本想不到大家统会相信这种盲堂话，连我们女子军里头也开始西讲东讲了。我记顶灵清的就是，过两日东湾那边传来，讲有一个人给枪打死了，我们六个人凑拢来，我就讲，打到那个人的肯定是我，要不就是尾燕。尾燕听到单下叫起，不是我啊，当然不是我，肯定是尔！几句话把我的心也讲冷了。那是我们女子军赖尾一次凑拢来，之后就再冇六个人一起过了。

我打就我打，有何物冇胆承认的？尔难道以为算账的时候伊们不讲我们女子军，是为了保护我们？呸，伊们就是不想承认，老娘客也能做出这了不起的事，觉得给我们比下去了。我有何物好怕的，坐牢间我也不怕，男子客坐得老娘客就坐不得？

我顶烦心其他人日日在我耳朵边，讲我阿星在处里啼，讲伊啼起多苦命。我心里灵清，阿星顶好带，从来不赖我，暝里冇人在旁边，自个也能睡。好了，其他人统走归了，统去煮饭、洗衣裳、照顾伢仔了，伢仔在那啼啊，啼冇歇，棺木烦心，喉咙也啼哑了，统是阿妈冇责任心，不管伊，苦命伢仔，阿妈要走归伊就不啼，这样讲满意冇？好，忘记了好，除了芬芳赖尾还会跟我讲两句以前那些事情，其他姊妹再冇讲过。

对了，打起顶大那次，也冇人碰到过东湾那边的女子军。赖尾听人讲，伊们根本就冇上过，刚组起未两日，就散了。

为何物要打？尔是问我还是问我们西湾？我听老人家讲过，老早打东湾人，一般统是为了做海。讲两只船在海上碰到，我也想在这下网，伊也想在这下网，就争起来了。赖尾越争越大，就相打起。

但是要真为了做海，等两边打起来，根本冇人出海了，还做何物海？有时候船也烧掉，场屋也砸掉，物事嘛反冇人抢，跟造反时候一色模样一同。

要给我讲，根本不为何物事，就是为了赢，为了出那一口气。有时候一个人做事情，不是讲做了对自个有何物好处，统是生起的，争是忍不住想争，不争也是冇办法只能不争。我跟尔讲这一件事，尔就晓得了。差不多三十几年前，一个暝里，我本来睡了，听到楼梯上好像有何物声音。我是躺二层的，单下醒来，叫阿星伊阿爸快点爬起，有贼偷进来了。我们两个人爬起的时候，那贼肯定听到了，马上跑下去，又从窗头跳出去。我们走下去，看来看去何物也冇少，楼梯口反多出一双亮烁烁的皮鞋。那贼鞋穿错了，把阿星伊阿爸的破皮鞋穿走，这双又新又道地的好鞋反留下，阿星伊阿爸一穿，长短正好。真真好笑，走别人处里来偷物事，反过来变成给我们送物事了。我们不用想就晓得是何人，隔壁邻舍早早个就有给伊偷过的，统晓得，就是明里不讲。伊处里有钞票，穿的用的比我们一般人家还好点，不是苦极才做贼，是有偷物事的瘾头，不偷就难受。

就讲尔读书这样认真，又是为了何物事？从小尔阿爸阿妈统不用叫尔，尔自个就坐那学的，对不对？真有福气啊！我两个伢仔书统读不来，孙子孙女也一色，叫伊做作业，就是在那坐一下也坐不牢，想嬉，跟我做伢仔时一色模样一同。

尔讲呢，要怎么教？有些人讲不能日日在伢仔面前讲阿爸阿妈多辛苦，得跟伊讲，读书统是为了自个。有些人又讲，就是得给伢仔晓得，做事多不容易，书要是读不来，以后只能打工，书读起高，工资才高。要是北大清华考来，读起做官，坐坐办公室，何物事也不用做，钞票统有人给尔送来。

何物话我们有讲过哦，从来有点点用。给我讲，读书也是命生起的，也是瘾头。喜欢读书的，作业未做完就难受，不喜欢读书的，坐在那题目做一下也难受，好像有虫在夹臀下咬尔。尔看是不是这个道理？

就讲我跟玉英啊，也是生起就不一色。伊来找我的时候，还讲是为了我才参加的和事班。和事班尔不晓得啊，就是公人班呐，我们这边出点人，东湾也出点人，组起来调解。

其实刚打起的时候就有和事班的人到两边讲，根本有用，伊们也就是做做戏，随便弄弄，赖尾讲调解不了，就散了。玉英参加的时候不一色了，早早个喊起来，讲城底镇里要管了，不给我们再打下去了，和事班也是真真要调停的，要不玉英根本不会参加。

伊问我，晓不晓得别人是怎么讲我的，讲我是鸡母头勃勃弹[1]，难听受不了！我讲，随伊，不论怎么讲统跟我有关系。伊大

---

[1] 形容女孩不安分守己。

气透起[1]，讲我就算不为了自个，也得为阿星想想。看看伊呐，小伢仔日日头犁下去，棺木罪过相，以后要给人晓得伊阿妈老早在外头相打，新妇也讨冇。叫我想想，那些阿妈在外头打赌、不日溜的，有哪个伢仔大起听讲？统不乖受不了！

未等我回答，伊又讲了，也就是阿星伊阿爸老实，给我管牢牢，冇胆讲我。又讲，现在连祠堂里也想停了。伊看我不大相信，就问我，尔难道觉得真真会把东湾人打光？又问我，以后统不做海，统不过日子了，打几十年下去？伊叫我走归去，从今日起再莫参加这些事情，又把声音矮下来，讲镇里决定了，要捉一批人坐牢间……也不晓得伊几时变得话这么会讲，我讲不过伊，又想气伊，就特地跟伊讲，东湾人那边有一个人是我用枪打死的。玉英听到就不响了，把我盯牢看，过一会又大气透起，对我头摇摇。

尔晓得伊赖尾做了何物事吗？伊帮我买了一副猪肝，加到送礼的箩筐里头，好几个年轻人担起，讨亲哦，送东湾那边去了！当然了，伊从来冇讲过这猪肝是为何物送的，怕有人走来捉我。伊们和事班就是做这些事的，东湾那边也把礼物送我们这里来，也是年轻人红花戴起，打花炮一路打过来，意思就是算了，算了，过去了，统过去了。

要这么容易过去就好喽！

---

[1] 叹气。

15

婚礼前夜，启门酒吃到一半，三兄弟便打算开溜。先坐不住的倒是明杰，他一门心思都钻到晚些时候出海的计划里去了，各项准备是否已经齐全，届时将先做什么，再做什么，都得梳理清楚。他从头到尾过了一遍，又复盘了一遍，却还是难以心安，好像刚奋力逃出混沌般的旋涡，立刻又被卷入另一股旋流。

明勤正痴痴看着启门酒的景象，明胜阿大端起酒杯，在亲朋间自信周旋，东湾来的新阿嫂紧跟在他的身侧。那新阿嫂生得真好，手臂粉白，端茶的手指纤细柔婉。他瘪着头，不敢再往上瞧了，最高只到那张红唇，始终带着笑意，显得平易近人，给长辈们敬茶时恭敬有礼："大姑食茶""二婶食茶""三婶食茶"，一个个轮过来，红包一一叠上。大家早已受了交代，谁也不会为难她，更何况伯母在旁边虎视眈眈，哪还敢做出什么出挑的举动？端盘子的那位，该是新阿嫂娘家来的人，听说是她表姊，却面色严肃，眉头显露出警惕与傲慢。

阿叔忽然凑上来，在旁边打趣明勤，说下一个就该轮到你讨亲了，听得他面红耳赤，心跳加速，连明泽什么时候走到他身边了也不知道,衣角被拉了好几次才恍然醒悟,猛地站起身来。阿叔问明泽:做何物事?明泽说:走归拉尿,暗洞洞有胆。阿叔大笑:十几岁了还怕,尔属兔子的?

大厝外头,明杰已经等在檐下了。他先叫了明泽,再让明泽去叫明勤阿大,这样才不引人注意。三兄弟先回家,明杰跑上楼,进到三兄弟的房间里,把薄被子通通摊开、揉乱,然后放下蚊帐,又掩上了房间门,叫家人回来时以为他们已经睡下。他们换上了各自的水鞋,绕道后门,想要躲开吃酒看热闹的人群。刚走几步,却看见大伯家门口有个娃娃的身影,原来是小妹拿吃剩的猪骨头出来喂闻香而来的小土狗。三兄弟吓了一跳,要是叫缠人的小妹看见了,她一定吵着嚷着要跟。这时候倒是明泽有主意,他捡起一颗碎石子,朝土狗丢去,吓得土狗嗷嗷直吠,也把小妹吓跑回去了。

有惊无险,三兄弟踏上了去往海湾的道路。他们奔跑,在西湾交错纵横的小巷里穿梭。水鞋啪嗒作响,敲着节拍,你追我赶,越发急促。风儿在歌唱,在叫好、助威。海浪的声音近了,近了。尘土飞扬,好不快活。

到鸟人辉家附近时,那里的人家差不多都已经入眠,只有一两间房屋中留存着零星的光点。这里是西湾最冷僻、最不闹热的所在。

月亮早早踊上天顶,月形尚不圆满,腹肚只微微鼓起,倒有几分胖乎乎的可爱。星星零零落落分散在天空,闪烁不定,偶尔被稀疏的片云遮盖。云朵似乎在缓慢下沉，远处天边则积累了厚厚一层灰翳。星月洒下银辉，海湾在温柔与静谧中隐隐表露出欢欣，粼粼水光炫目，愈远愈密，汇成一道曲折漫长的海上浮桥。

这是属于夜晚的辉煌。

潮声起伏，时而响起鱼群跃动的一串轻鼓。还有更细微琐碎的，你可曾听见，那岩蟹用锋利的爪牙刮划礁石的疯狂，那冷酷坚硬、沉默不语的螺蚶藏身夹缝的隐忍战栗，还有寄居者们成功夺舍后已然失去自我却仍旧无法遏制的欲望在痛苦骚动。此刻，它们一概听到了渔船的呼唤：等不及了，等不及了！船儿正悠悠荡荡，满心期待着三位新主人的到来，连接铁锚的缆索抖得厉害。清脆的脚步声越发清晰，浪花飞溅。

三兄弟立刻按计划开始分工合作。明杰和明泽先上了船，明勤留在岸上，徒手将埋得不深的铁锚从沙里奋力拔出。锚身沉重，但是尖钩朝上，像即将冲天的炮弹。碎沙随之扬起，又纷纷抖落，如同四散的花火。

起锚的刹那，渔船似乎有所察觉，顿时为之一振，明杰心中同时亮起一道转瞬即逝的光芒。他不禁恍惚，默默套上了明泽兴冲冲递过来的麻布手套，等到挂旗的时候才发觉套早了，隔一层东西只是徒增操作的麻烦。更何况他们尽力找到的麻布手套对两兄弟来说还是太大，明杰手上的看似直挺，实则在指尖处空着一小截，明泽的直接有半根耷拉下来。但是他们都没有摘下，因为已经套上，好像一旦套进去就被烙上了渔人的印记，冰凉、黏腻、纹路粗糙，使人迷醉。

旗帜垂挂在控制室顶部的短杆上，明杰再次将它拉开，四个大字依然如故。明泽站在下面仰头望着，念出了"渔——业——丰——收"，他当然不认识这些字，都是跟明杰学来的。文字读音的佶屈聱牙使他隐隐感到不自在，倒是同文字本身的古怪相符。相比之下，还是一处角落、一块碎石滩、一座废弃的房屋，更能吸引他，使他想要一探究竟。一转眼，他已经钻进了控制室，不知做什么去了。

明勤上船，同明杰一起将主帆和三角形前帆挂上桅杆，又用帆索反复缠紧，等到驶出海湾之后再打开。黑夜里做这些更加不易，布帆束成臃肿的一团，看不分明，明勤裸露的手掌不知不觉被桅杆上一块凸起划了道浅浅的口子，但是他浑然不觉。尽管时处盛夏，夜晚的海湾仍不时泛起阵阵凉意，可是这丝毫影响不了他们高涨的热情。

起航之际，渔船伴随摇橹一阵颠簸，不是立刻向前，而是好像先被某种力量托起，变得轻盈了几分，接着才颤抖着开始移动，从前方传来水被拨开的清澈声响，满是欣喜与渴望。

明泽察觉到那阵颠簸，立刻从控制室里钻出来，径直跑上了船头。他感到高高耸起的船舶频频点头，只见水面像是被剪开的一张绉纱，点缀无数晶钻，漂浮着，翻滚着，朝两侧远去。明泽看呆了，他的思绪同样飘然远去，甚至没有听见那滔滔不绝的水声，没有发现船越驶越快，已经告别小小的海湾，远离了西坂山崖壁高大嶙峋的暗影。团团相叠而非缕缕漏泄的劲风扑面而来，眼下正是扬帆的最佳时机。

是那声略显惊慌的嘶鸣惊醒了明泽。他转头一看，从猛然张开的布帆中竟飞出了一只大鸟，直蹿上天。明泽立刻认出那是鸟人辉家的"将军"，竟不知何时躲进了布帆。他边叫着"将军"边走到桅杆旁，听见明勤对明杰说，这鸟是停在上头桁杆上的，先前乌摸摸看不到，还一声也不叫。明杰给绞盘上缠好了的帆索打上结，也走过来仰头看向仍在上空盘旋的"将军"。

"将军"的出现，虽然使三兄弟惊讶，却也不算离奇。毕竟先前船停靠的地方，就是它原本的栖息地。只是三兄弟都听说过，在那件事之后，鸟人辉每天晚上都会把"将军"带进屋子里，免得叫人捉去，怎么今晚"将军"却蓦地出现在他们船上？

明勤说，这鸬鹚看来是要跟牢了。明杰皱着眉头说道，不晓得伊要干吗，千万莫坏事。明泽马上大声回应说，"将军"才不会！明杰不置可否。明泽一直对这曾经的鸬鹚头领满怀敬意，他相信"将军"是一身正气的，绝不会干扰他们。能够受到"将军"的青睐，更是他们的荣幸。

好了，莫看了，明勤对明泽说，从上船起就盲堂嬉，还不快点去把物事尽搬出来。三兄弟早就安排好了分工，到达下网的海域之前，明勤主动承担起了船上的大部分杂务，同时监视着海流与风向，明杰待在控制室中负责调度和掌舵，而留给明泽的任务便是传递，既传递物件，也给内外传递消息，尽管两个阿大只要稍微大点声就能使彼此听见，但是有人负责传递消息，总是显得更加正规和有序。

明泽翻出下水裤，先给明勤，又回到控制室，将明杰的递给他，最后才拿起自己的，兴冲冲套进宽大的腰身，可是不光裤腿长出了一大截，连肩带都垂到了肚脐眼上，褶皱堆叠在一起，活像胖子腹肚上的赘肉。明杰穿好了自己那套勉强合身的下水裤，走过来帮明泽收好肩带，直拉到卡胳肢窝了，裤腿还是有余，水鞋口又太小，塞不了多少，只能坠在外头。明泽撑着手臂，岔开双腿，像木偶那样艰难挪步，一举一动都十分不便。明杰心有不忍，说要不莫穿了，他却呵呵傻笑，一点不觉得难受，照样满足得不行。

渔船正平稳而迅速地驶向目的地。航向是正南偏东，他们拉紧了桅杆下的调帆索，将帆面向右侧微微调整，又松开帆索，使主帆吃足风力，完全张开。

金屿岛渐渐变大，从淤积的暗云中挣脱，显露形迹。依稀望见岛上最高处丰郁的树冠，已触及低垂的孤星，转眼便将其吞没。光秃绝壁面向月光，破碎成明暗交错的许多斑块。

驶出海湾之后，明勤便不时看到有渔船从金屿岛西侧的方向驶来，似乎都是回航的。他每次都要提醒明杰，然后合力调转航向，稍微躲开些，以免碰到熟人。好在三兄弟的船位于背光处，不易察觉。

时间尚早，明勤却接连看到回航的渔船，不禁感到一丝古怪。他向弟弟们提起，明杰想了想说，这就好像在路上走，统觉得其他人是对面过来的，同方向的人一个也有，其实两边差不多。明泽立刻说是的是的，他经常有相同的感觉，明勤也默默点头。

这之后，明勤不时环顾四周，却始终没见到同方向的船。但是他没有再提出来，毕竟他虽然也有同感，却并没有完全想明白明杰所说的究竟是个什么道理。困惑不解使他感觉有些压抑，连空气似乎也变得沉闷了，难道要下雨？他顿时惊觉，然而仔细看看，海面上分明平静得很，他告诉自己没必要多虑，又想起从小就听过的话，下雨之前鸟会低飞，甚至紧贴海面。他不禁仰头，只见将军还是高高盘旋在上空，似乎没有什么异样，附近也看不到其他水鸟的踪影。

接近金屿岛后，南面吹来的风明显减弱了不少，明勤将帆收起，船速在前冲与回涌的浪潮反复中迅速降低，明杰也小心配合着方向，使渔船同崖壁保持一定距离，沿着隐形的环道缓缓向前。

明勤伫立船侧，明泽凑到旁边，走起路来摇摇摆摆，学着阿大，也向外探头仔细观望。在三兄弟的计划中，金屿岛附近藏有下网的最佳地点。明杰已经交代过了，他们必须先找到暗礁地带，再确定下网之处。

如何判断水下有暗礁呢？想要只借助夜晚微光用肉眼分辨是几乎不可能的，能够提供依据的主要是水流。海底的潮涌受到阻碍，有的回流，有的顺势腾跃而上，形成一股股间歇的涌流，甚至可能产生漩涡。

不难理解为何要在此下网。礁石地带丰富的食物很容易吸引黄鱼之类不算大的鱼群前来——漂荡的成片水藻、纤细透明的小虾和鱼仔、潜藏于石隙的众多螺贝，以及海底洞穴的水母和乌贼，都在深夜时分接连浮上水面，沐浴月光，倾诉心底的哀愁。

在复杂的水流中行驶，自然也须更加谨慎。而暗礁地带深浅难测的水势和无数暗渠，也给下网捕捞增加了难度。明勤和明杰都清楚这一点，但是仍旧决定倾力一试，毕竟他们的筹谋不止于此。不要忘记，三兄弟此行主要的目标是黄鱼，而且船上已经准备好了敲黄鱼的用具，却不知仅凭这单独的一只小船，要如何使他们心愿得偿。

弛行十几分钟后，明勤通过水流判断，船只已正式进入礁石地带。就连明泽都同两个阿大一样，神情不觉凝重了几分，同时也难掩兴奋之色。他们的目的很明确，就是在礁石区寻找那些半围合的水域，每到一处，便将船横停在没有暗礁的豁口，从而制造出基本围合的局面。

这种主意当然来自明杰，他是从邻居奶奶抓鸡的场景中获得的灵感。他见场院里养鸡的围栅四四方方，平日里只有一侧打开一道缺口，任鸡群进进出出，活动觅食。久而久之，那些鸡便学会了只通过这道缺口进出。结果到奶奶抓鸡的时候，偏偏将这道缺口关上，被追捕的鸡慌忙逃窜，却径直往缺口跑，最终无路可逃。其实栅栏矮得很，鸡只要稍微一蹿，也就跃出去了。

三兄弟的渔船所在之处，就相当于那道开启的栅栏。船下还留有空隙，当然没办法完全阻绝鱼群，而且要的就是不阻绝，好让鱼群向船下涌去，尽入网中。抓鸡利用的是经年累月培养出的习惯，捕鱼则利用鱼群向广阔大海逃窜的天性。如此一来，即使敲黄鱼没有把鱼群成功敲晕，他们也不至于一无所获。

将网下在空阔的急流中,能够使网保持漂动,最大程度地铺展开来,还能吸引鱼虾,也更容易将猎物缠住。同时又避开了暗礁,否则抛下去的网可能有一大半都叠在礁石上,什么也捕不到。

说到敲黄鱼,最重要的还在于那个"敲"字。仅凭兄弟三人,当然不可能造成十几只乃至数十只船上的人同时敲梆子时的震撼场面,明杰却说他们可以利用海底的暗礁制造回声,或许也能起到作用。就好比有时在海湾深处,面对崖壁夹成的峡谷发出呐喊,便会产生连绵不绝的回响。海底的暗礁和岩穴十分类似,虽然处于水下,却也能使敲打竹梆子制造的震响反复回荡。

明杰从没有过出海的经验,可是他仅凭着推论与想象,就制定了如此严密的计划。明勤在出海前夕听着明杰的整个计划,心中暗暗震惊,紧接着便产生出一种将信将疑的情绪。他不愿承认这份怀疑是出自嫉妒,于是对明杰说,计划毕竟只是计划,实际操作起来还不知道会怎么样。同时他在心里告诉自己,经验仍旧是重中之重,好像在自我宽慰。

明杰压抑着心中的不快,补充说道,当然了,不是哪里统有黄鱼的。既然他们总共有三筐单面渔网,也就拥有三次下网的机会。明勤听了,只是微微点头。

到分竹梆子的时候了。真正的竹梆子只有从馄饨担子上顺来的那根,明杰递给明勤,明勤却摆摆手说,这个给尔,主动拿了舀米用的竹筒,让明杰有些惊讶。其实与其说是谦让,倒不如说,明勤总是不能十分相信这些取巧的办法,便宁愿不要最好的,不做领头的。舀米用的竹筒最粗,一头又有底封着,敲上去声音温温吞吞,另一根导山泉用的竹管比较细长,给明泽握住倒是正好。

明泽一手拿着竹管,一手拿着木棍,想要敲击,却发现双臂根本没法收拢。他叫着阿大,让明杰来给他松一松肩带,把裤子放下来一点,结果一松,腹肚处又坠下来太多,行动更加不便,只好再收回一些,却怎么也不妥帖。折腾来折腾去,明勤在一旁看着也烦了,于是让明泽直接把下水裤脱掉,等捕捞完别踩进鱼舱就是。

第一次找到被礁石半围合的水域时,三兄弟格外小心翼翼,他们挥动船橹,一边将船调整成横向,一边渐渐逼向豁口。他们不敢把海水搅动得太厉害,以免吓跑鱼群,礁石地带的浪头却一刻不停,阻碍着船只的靠近。试了又试,始终到达不了理想的位置,他们只好作罢,明勤将铁锚抛下,一声咚响,渔船泊定。

单面渔网不需要用转轮,徒手抛出即可。明杰和明泽取出其中一兜,首先找到浮子和网绳,一半用看的一半用摸的,终于确认了节点和方向,然后小心将叠好的渔网摊开。

抛网是个技术活,也是明勤一直下功夫苦练却尚未娴熟的。好在这回不必抛远,只要落在船的近前方就可以。明杰和明泽也一同来到船边观看,只见渔网落在水面上,先是厚厚一叠,接着可以清楚地感觉到下方的渔网在下沉,而留在明勤手中的半截网绳也被渐渐拉直。他立刻将两头分别递给左右两边的阿弟,让他们牵着网绳相背而行,最后把网绳固定在船舷的钉头上,使水中的渔网徐徐展开,构成一道屏障。

拿起竹梆子的刹那，三兄弟不约而同深吸了一口气。是明泽先开始敲击的，从细长的竹管上传来略显单薄的脆响。明勤和明杰差不多同时开始敲击，三股音流交汇，却并不融为一体，如成列的鱼群交错翻滚。三兄弟很快就入迷了，被震响与深夜的潮气笼罩，好像浸没在水中，屏住了呼吸，任手足扑打不休。手腕似乎被音浪推动着、催促着，使他们越敲越快，渐渐失控，几乎没入一种宗教式的迷乱，而风浪也一刻不停，甚至悄悄加大了声势，在暗紫黑色的夜幕中显露出藏匿已久的伟力。围合处的潮水几乎也要随之沸腾了，可是在下一瞬忽然恢复了原貌，一切也都随之崩解，恍若梦境。

三兄弟停止了敲打。没有见到一尾鱼上浮，可能这片海域确实没有黄鱼，也可能是明杰独创的敲黄鱼新法子没能奏效。他们决定在起网之前再等一段时间，只当是寻常的抛网了。

站在舷边，俯视船下隐匿的渔网，明勤和明杰显然有些失落，他们同时感到怀疑和不安，却出于不同的原因都没有明说。这时候明泽从控制室里兴高采烈地跑出来了，高高拎着装食物的布袋子，喊两个阿大过来吃。

先前吃启门酒的时候，三兄弟的心思全溜走了，吃得不多，连味道也没尝出多少。放在以前，他们哪里能抵挡这些宴席上的美味呢，一定会你争我抢，扫荡到最后，腹肚滚圆还意犹未尽。

此刻，三兄弟聚在一起享用美味，明泽坐在甲板上，明勤和明杰站在鱼舱里。月光下，点点油星闪烁，滋味真是好，他们匆忙嚼着，吞咽不休，虽然只有冷盘，没有现做的烧碗，但是食物囫囵落进肚子里,却热得醉人。然而光吃这些味道好的,又怎么吃得饱呢?明勤脑海中蓦地浮现出这句话。还是要有米饭,要有番薯,或者面,或者粉,否则人只吃大鱼大肉,迟早要吃出毛病来。他惊讶地意识到这是阿爸常挂在嘴边的话,他没有停止咀嚼,齿尖却不时感到一阵冷涩。阿爸蹙着眉头的形象愈加清晰,还是一如既往地冷酷、严厉、不容置疑,使他感到敬仰却难以接近,好像已经几百次在他面前张口说话,却哑然无声,不可传达。他不禁猛地摆头,想要挣脱那份充满无力感的痛苦。他看向明泽,只见他满脸都是享受,嘴里咂吧咂吧,吃得津津有味,不由得感到羡慕。要是自己也能像明泽一样无忧无虑,有吃有喝就满足,那该多好。他哪里知道,明泽的心早已经飘走了,看似还在这只船上,其实早已回到了摆在大厢的那张竹床上。

是的,明泽觉得自己正置身于竹床。船外是充满未知的凶险浪涛,他小心翼翼,不敢离开,也不愿离开这漂浮的孤岛,仅存的庇护所。他盘腿坐着,穿堂风在呼啸,真真切切地带着咸腥,好像要将他吹下窄窄的竹床。

他微微发抖,将头扎得更低,身体蜷缩得更紧,收拢最后一点温暖。面对那方寸之地,他投入无限的珍视,无论尘埃如何汹涌激荡,只要伸手,便是美味与甘泉。

不必再等了,起网的时刻已经到来。拉回网绳,拢起网兜,随着亮晶晶的咸水从网眼里哗啦啦往外涌淌,渔网重重砸落在了鱼舱里。三兄弟同时凑上来看,只见渔网像漏气的轮胎,迅速瘪了下去，缓缓摊开，原来底部沉淀着厚厚一层淤泥，上面嵌着软烂的朽木。

明勤和明杰踩进鱼舱，用戴着手套的手指拨弄淤泥，搜索其中的鱼虾。然而不要说黄鱼了，就连像样些的杂鱼都见不到几尾，乌贼倒是不少，却都小得可怜，软耷耷坍着，透明的躯体上隐约可见点点黑斑，眼珠子隔着一层晶膜骨碌碌转动，满是嘲讽与不屑。

三兄弟都不言语，连明泽也能清晰地感觉到气氛的低沉。他挪来一只箩筐，供两个阿大将零星的收获拣进去，明杰还能使动作维持小心仔细的状态，明勤却忽然不耐烦了，将杂鱼一把摔进箩筐，接着用力翻搅了几下，便愤愤地说全都是泥巴，什么也没有，示意明杰跟他一起把网抬起来，直接把淤泥倒回海里去。明杰的脸色也顿时冷了下来，但是他没有反对，默默照做了。

来不及收拾鱼舱，三兄弟再度踏上了寻找下网地点的旅程。已经用过的那张渔网沾满淤泥，绝望地躺在鱼舱角落，散发着腥臭。明勤独立于船头，一动不动，凝视着前方。明泽趴在控制室窗口上，看着阿大的背影不敢上前，只能摆弄基地里那只宝贝地螺，使尖端插入手套的缝隙，感受它的锋锐。他实在按捺不住了，于是胆怯地走到同样沉默不语的明杰身边，小心问阿大还能不能捕到黄鱼。明杰立刻信心十足地回答说，本来就不是哪里统有黄鱼的，他不自觉抬高了音量，三筐渔网，才用掉一筐呢，急何物急！这最后一句话分明不是对明泽说的。

第二次下网之处十分贴近金屿岛的崖壁，崖下的巨大礁石块块分明，连成一片，只要再驶近一些，三兄弟就能轻松上岸。一直停在桅杆上的"将军"这时也飞下来了，降落在远离三兄弟的礁石上，低头啄着遍布礁石的海螺，又不断吐出，看起来有些失望，接着再次振翅飞向桅杆。明勤用船橹四处试探，担心触碰到水下的暗礁，在成功横停后再次抛锚泊定。

下网前，明勤忽然放下手上的渔网，问了一句：还是跟头先一色？明杰呆了呆，显然没有马上听懂。在明白阿大是质疑他的计划后，他不禁涨红了脸，但还是强忍着点了点头。明勤也没再多说，把头别过去，顾自放下了网，让两个阿弟固定好网绳。

三兄弟再次拿起竹梆子，明杰首先开始敲击，清亮而坚定的邦邦声瞬间便传出去很远，明勤、明杰紧随其后，也跟着奋力敲击。密集的鼓点相互激励，相互碰撞，气势渐涨，好像具有魔力，使他们将先前的怀疑与不快全部甩在脑后，全身心投入其中。似乎是因为靠近崖壁，这次的回声尤为清晰，绝壁之下，山风与海潮的訇鸣也加入了这场声势浩大的合奏。忽然，明泽瞪大了眼睛，他刚隐约瞧见被围合的海面上接连涌出了几串气泡，就听到身旁的明杰一反常态地喊起来：有鱼！有鱼浮上来了！明泽这才跟着喊：有鱼！有鱼！明勤也叫了一句：莫停，接着敲，敲快点！三兄弟都沉浸在激动和喜悦之中，敲，敲，拼命敲，尽全力敲，敲得蒙了心，发了狂，敲到精疲力尽，只见一尾尾鱼接连横躺着浮上水面，像是被毒死的、电晕的，灰黑一片，丝毫看不出颜色，但他们都坚信那就是黄鱼，甚至都离奇地从闪烁的鳞片中捕获到一

313

抹炫目的金光。

明勤嫌水下那网收拢太慢，总觉得黄鱼随时可能苏醒，于是想要把剩下的最后一兜网也直接抛下去，先捞起来，再用水下的收尾。明杰也表示同意，他的声音竟莫名有些沙哑。明泽连忙把另一侧鱼舱里最后的那兜渔网搬过来，和明杰一起将渔网摊开、归拢，再交给明勤。他用满是期待的目光看着阿大，想要见识一下真正的抛网，不是像先前似的落到近前，而是抛向远处，刚好落在浮起的那些黄鱼上。

明勤的抛网技术并没有那么纯熟，可是此刻他被兴奋推动着，完全顾不上紧张，或者说一心都是对黄鱼尚未得手，可能会得而复失的紧张。他接过网兜，拿住网绳，双手还未握紧就朝着眼中的目标点抛去了，没有刻意发力，倒不知不觉第一次做到了同船的前辈教导他时反复强调的放松，手腕要放松，心态要放平，用甩的而非投的，不要跟着把网绳掷出去……等到他看见渔网成功落在黄鱼最密集的位置上，而且平平铺展开来，才惊觉自己完成了一次完美的抛网。

他不觉多了几分自信，立刻脱掉下水裤和里面的衣裤，露出年轻矫健的躯体，翻身下船，踩上连绵的礁石，走向渔网。明杰也兴冲冲打算跟去帮忙收网，明勤却说自己一个人就可以，让明杰留在船上等他。

踩进水中，向前探了几步，明勤发现水位迅速加深，才知道围合区中央的水一定比想象中深得多，难怪会藏着一大群的黄鱼。看来，要在礁石遍布的海域捕捞黄鱼，就得专找这种水深的区域。

在三兄弟的探险之旅结束后的几年里,明勤偶尔还会问自己:为什么第二次下网能捕到黄鱼,同第一次有什么分别?他反复回顾,不断做着自己并不擅长的分析,想要找出更多成功的奥秘,来为那只有他们三兄弟知晓,而其他人都无缘得见也不会相信的成功做一次无声的宣告。可是很快,真相就在他面前徐徐展开。一次次出海的结果告诉他,捞多捞少全凭运气,成功或失败纯粹只是偶然,这正是靠海吃饭的做海人亘古不变的命运。

然而明勤还是沉默而固执地将当时那个猜测记在心里。此后,在做海的半生中,他好几次划着独木舟,清晨时分孤身一人去往西坂山崖壁下的礁石区,在礁石围合的深水地带投下一张网。

躺倒,闭眼,安心等待,渔网在水中漂荡,暗影浮动,勾连起一片朦胧的情感,仍有些许期待,却忽然看见一尾尾细小的游鱼从网眼中飞快穿过,一闪而逝。他心头一惊,赶紧睁开双眼,想要摆脱回忆的纠缠。他从不敢选择金屿岛附近作为下网地点,他试图证明什么,又分明在躲避最终的确证。

于是他收起了渔网,看到里面照旧只是些杂鱼杂虾,再没见过半条黄鱼的影子。他并不失落,反倒安心得很。回航顺风顺水,他抽空把鱼虾都剥出来丢进了水桶,回到家,通通倒进锅里煮熟,蘸点酱油醋,便是最美味的下酒菜。满口鲜香堪称绝味,日子多么快活,还有什么不满意的呢?醉了,醉了,把不安分全都甩开吧,只当曾经那满眼金光不过是一场幻梦……

水很快没上了明勤的胸口,他向前一蹬,蹿到渔网旁边,将黄鱼全部拢进网中,然后拖着网汹向渔船,两个阿弟已经等在舷边。接过满满当当的渔网时,明杰刻意看了一眼明勤,视线交汇的刹那便立刻扭过头去,好像只是不经意间的举动,兄弟俩却都感到一丝尴尬。

明勤在水下托着渔网,明杰明泽合力拽起,使之越过船舷,啪嗒一声摔落在鱼舱里。明勤也回到船上,用破布草草擦干了身体,边套衣服边看着两个阿弟从饱满的渔网顶部剥出了几尾肥鱼。看!明泽手中高高举起的那尾鱼,头钝身尖,背部隆起,口裂向下,好像满是被捕获的悲愁,可不正是大名鼎鼎的苦面黄鱼吗?每一尾黄鱼都显得如此不同凡响,月光照耀下,尾鳍摇曳,扫出一片晶莹剔透的水珠。

明勤套好下水裤,迫不及待踩进鱼舱,让没穿下水裤的明泽回到甲板上,三两下解开了渔网的束缚。小土包似的网兜立刻炸开,迅速向外坍塌,一尾尾黄鱼滑溜溜四散开去,翻滚着,蠕动着,仍然生气十足,尚未昏厥。

三兄弟心满意足,当即决定返航。明勤明杰转过身去,开始收起还在水下的另一张网。他们正在拉网绳,忽然听到身后传来明泽的一声惊叫,急忙转过头去,却看见一只硕大的黑鸟站在鱼舱里,正在疯狂地叼着黄鱼,一口一尾,还尽挑最大的叼,又长又大的鸟喙中塞得满满当当,来不及吞下,黄鱼尾巴还露在外面。明泽在一旁傻站着,竟也不知道驱赶。顾不得另一张网了,黄鱼都给吃了可还了得!明勤一个猛蹿,扑过去想要抓住它,明杰也拿起了边上的船橹向它挥去，却都落了空，那大黑鸟早已腾空而起，落在桅顶的桁杆上。

三兄弟跑到桅杆下，仰头瞪着上方那道暗影，他们都知道了，那正是从起航开始就一直跟着他们这只船的"将军"。此刻，"将军"的身体随着海风微微摆动，一副惬意悠然的模样，长长的脖颈不时隆起又回落，好像在享用藏在喙里的美食。

明杰又急又气，跑到桅杆旁，举起船橹还想要把它打下来，可是没能够到，明勤也摇撼着桅杆。"将军"惊飞而起，却趁机冲了下来，径直飞向鱼舱，伴随着一声粗哑的喉叫，又叼走了两尾黄鱼。三兄弟又赶过来，明勤也拿起了船橹，和明杰一起挥打，明泽跳上跳下，嘴里叫着"将军""将军"，好像以为鸬鹚能听懂人话，又喊莫打莫打，劝个不停，然而两个阿大根本没有理会。

三兄弟焦头烂额，"将军"却锲而不舍，一次次冲向鱼舱，用翅膀和尖喙尖爪抵挡着船橹的拍打，又好几次成功叼到了黄鱼。明勤意识到这样下去不是办法，便将船橹递给明泽，让他也帮忙驱赶，自己拉来一只箩筐，开始把渔网和散落的黄鱼收进去，还拿另一只箩筐罩上。"将军"又在上空盘旋了好一会，似乎知道没法再抢掠了，才悻悻飞离。

明泽望着"将军"朝海湾方向远去的影子，不禁陷入了茫然的悲哀。先前发生的一切多么令人难以置信，他一直都认为"将军"是一身正气的英雄之鸟，他坚信从小听闻的传奇故事，因此对它十分仰慕。然而在目睹"将军"抢夺黄鱼的景象时，他的脑海中却不自觉浮现出了当年它保护族群、反抗收捕队的英勇画面，显得极为讽刺。他看到"将军"展开宽大华美的双翅，伸出锐利的长喙和尖爪，曾经是为了将孵卵的母鸬鹚牢牢护在身后，如今却是作为一个小偷、强盗，更是作为当年它自己深恶痛绝的劫掠者。

"将军"从桅杆上飞降而下时的唳叫，也同它屡次遭到船橹拍打时的鸣叫相叠加，在明泽耳中反复回响，其中既有痛苦与愤怒，又包含恐吓，更有一种混乱的嘈杂感，似乎不单是它自己发出的声音，更是众多鸬鹚被关在笼里的绝望齐鸣。

明勤的声音惊醒了明泽。落雨了，他说，让明泽去控制室里把笠斗拿出来。他发现明泽有点魂不守舍，只以为是同自己还有明杰一样，因为黄鱼被那只棺木鸬鹚叼走而气愤。

那遭人恨的鸬鹚飞走以后，他和明杰瘫坐在鱼舱里，看着狼藉的景象，除了被叼走的，还有散落在鱼舱里的好几尾黄鱼，都断了头，破了肚，暗褐色的血浆泛着细沫，其实那是混乱中被他们踩坏的。好在箩筐里的那些仍旧完好，带回去也已足够。他们很快就重整旗鼓，收了网，调转船头，开始返航。而收上来的渔网居然还有小小的惊喜，里头缠着一只桶口大的八爪章鱼，触手慢悠悠试探，丝毫没有逃脱的念头。

雨是在刚刚驶离金屿岛的时候开始落的，明勤叫明泽去拿笠斗，叫了好几声明泽才答应。很快雨就变大了，风也跟着起来，斜飞的雨丝扑面而来。戴上笠斗时，明勤舔了舔落在嘴唇上的雨水，却尝到一股古怪而熟悉的咸味。他顿时警觉，这咸味分明是海水的。他低头看着近旁，海水果然翻涌得厉害，拍打着船帮，不时有水花高高飞溅。

远处的海面看起来倒还平静，可是他惊讶地发现，乌黑的云层已经从天边扩散蔓延，不知不觉遮住了半片天空，高空的乌云边缘，还能明显看出片片云絮正在翻卷。月亮躲到了西南方天空，看这势头很快就会被云层淹没。

先前渔船围绕金屿岛南侧行驶，视线被崖壁阻挡，导致三兄弟对天气的变化浑然不觉。看如今这势头，没准要有一场暴风雨降临。

明勤想起出航时他着意观察过，并没有瞧出风雨的迹象。然而现在想来，当时"将军"高高飞在空中，恐怕只是对他们怀着警惕，或者一开始跟着就是为了抢夺他们的收获，因此在高处伺机而动。他问明泽，一路上有没有见到过其他水鸟，明泽不明所以地摇了摇头。明勤记得之前随船出海，虽然也在半夜，却常有海鸥跟在船后，啄食翻出海面的小鱼小虾，今天却一只也没有，果然古怪。

明勤当即决定加速回航，他叫出明杰，告诉他雨就要下大了，把帆打开快点回去。他们刚一解开帆索，主帆便嘭地炸开，大风像是被船帆召唤来的，气弹一样狠狠砸在上头。三兄弟都吓了一跳，一齐看向饱涨的帆面，幸好没有破裂。船速立刻快了起来，他们又手忙脚乱升起三角形前帆，明杰赶忙回到控制室，扭转舵把，明勤和明泽也奋力拉动调帆索，控制着方向。

狂风比暴雨先一步到来，而在海面上，狂风的威力则体现于连续不绝的巨浪。船速顺利提升了，方向却变得更加难以控制。

他们原本要向西南方的海湾前行，海流却一个劲地将船往西边推动，使他们越发接近西坂山崖壁。明勤拼命将帆调向南侧，大风却吹得船帆完全鼓起，导致方向难以调转。明勤让明泽顾好侧桅的前帆，有任何异常随时报告。明杰那边也在使劲转动船舵，他站起身，用尽全力，才将舵把掰到正确的方向，想要出来帮忙，却被明勤呵令回去，让他专心控制住舵把。帆向终于扭正，船立即向南侧急转过去，在撞上西边山崖之前划过一道半圆，船后激荡的水花顷刻便被大浪吞没，而船身也向弧心倾侧过去，险些翻倒，又骤然弹回原位，惊得箩筐跳了一跳。

船开始挨着西边山崖前行，在巨浪的推动下，船头抬起又落下，好像在乘着浪头跳跃，将前方的海面击碎成细沫飞溅，三兄弟的心在胸膛里也跟着提起又落下。风的呼啸、帆的鼓动、浪的訇鸣，以及毫不止歇的震荡摇摆，使三兄弟必须绷直身体，扶紧船身，他们疲惫又眩晕，明泽的脸已经有点泛白了。他们甚至产生了一种错觉，似乎船并非处于广阔的海面，而是在一条江河之中，乘风破浪，顺流而下。然而他们一刻也不得放松，风浪使海水不断涌入船中，鱼舱里的积水已经没过脚踝，三兄弟先用手掌，后来又用船橹舀水，都效果不佳，水反而越积越多了，他们只后悔前一天清洗渔船时带来的水桶没有留着，这时候连个能用来舀水的正经容器都没有。幸好明泽突发奇想，说可以用水鞋来舀，他们纷纷脱下水鞋，终于勉强渡过难关。

风还在增大，即使倚靠着西坂山崖壁也无法避开风头，风帆牵扯下，船仍旧难以控制。明勤决定收起三角形前帆，拉紧帆索，

320

将它缚好,但是不能把帆全部落下,必须留着主帆,否则船速骤然降低,叫浪抢在前头,就会失去自身的稳定,完全受制于浪,被冲得七扭八歪。

天边划过一束树根般粗壮的闪电,好像天穹被瞬间撕裂,无数密纹如同根须在延展弥漫。三兄弟只觉得背后映过一片红光,一齐转过头去,遥远的天幕上遗留着一道暗紫色的印记,缓慢弥合,暗示前一刻恐怖的天裂。雷鸣声久久不至,似乎在漫长的旅途中破碎了,涣散了,消泯于滚滚的潮声和雨声中。

是的,闪电过后,暴雨终于降临,砸落在船帆上、甲板上、鱼舱的低洼上,笼罩了海面,好像有一只测度之手在垂直丈量,将世界装扮成缀满珠帘的奇境。三兄弟已经看不清四周,一边继续从鱼舱里往外舀水,一边听着暴雨惊人的声响,其中不时混入几声剧烈的震响,船被雨打得左摇右晃,颠簸不止。

明杰首先察觉到了不对劲,为何这震响总是从脚下传来?他骇然发觉,那分明是巨大的撞击声,而非雨声,船很有可能误入暗礁的区域了!他对着另一侧鱼舱里的明勤奋力呼喊,一面向控制室跑去,按照如今这种前后颠簸的状态,船头或船尾在落下的瞬间,都可能因为触礁而被撞破,他们必须立刻急转弯,离开暗礁遍布的危险地带。

明勤会意,让明泽继续往外舀水,自己则又一次解下调帆索,拼命往右侧拉,对抗着强风,想要将帆强行扭转过来,帆的左侧猛地涨起,下半部分却直接从桅杆上脱落了,明勤大吼一声,冲上去想要拽住左边的帆索,还是晚了一步,船帆终于被狂风吹裂。

控制室里,明杰正用力将舵把往右打。随着船帆的断裂,渔船顿时失了风力的倚仗,孤悬在海面上,像个被甩弃的孩子,舵把骤然松开,直接打到了底,右满舵,船也顺势转向了东方,造成一阵恐怖的倾斜,险而翻倒。所幸脱离了危险区域,然而没有主帆,动力不足,附近的潮漩随时可能将他们推回暗礁区。暴风雨异常凶猛,大海自身都如同受惊失控的野兽,四处奔突寻觅安宁之所而不得,哪里还顾得了海面上蝇虫般渺小卑陋的生灵。明泽早就慌乱不已,连连叫着阿大,问怎么办,明勤却还在和断裂的主帆纠缠,根本顾不上他。主帆有一大半都脱落了,挂在桁杆后头,完全成了累赘。明杰在混乱中看清了局势,对着明勤大喊,只能启动马达了。明勤却不回应,笠斗也丢掉了,他仰着头,痛苦地眯着眼睛,面目狰狞,忍受大雨拍打。明杰又喊了一声,要不要启动马达?明勤还是不回应,突然他猛地用力,将仍旧缠在主桅上的帆一把扯落,重重甩下,把边上的明泽吓得目瞪口呆。帆布绝望地躺在甲板上,盛满了雨水,裂口被进一步撕开,几乎断成了两截,边上还连着一支断裂的桁杆。主桅上,数根断裂的帆索在暴风雨中张扬。

渔船差不多不再向前行驶了,可是明勤还不罢休,又跑到侧桅那里,打算升起三角形前帆,他手忙脚乱,连升帆都不会了,完全陷入无畏的挣扎。就在这时蓦地响起了马达的轰隆声,船稍稍一顿,接着便飞蹿向前,转眼就脱离了暗礁地带,径直向东驶去。

明勤没来得及站稳,一个趔趄撞上船头,转过来怒目瞪向控制室。明杰低着头，避开明勤的目光，心突突急跳，却更多是出于兴奋而非忐忑。他真正信任的从来都只有器械，只有那满是奥秘的所在。从上船开始，他就听到了持续不绝的召唤，来吧，打开我，亲吻我，来吧！他似乎已经触摸到金属外壳冰冷的表面，闻到了机油那叫他欲罢不能的腥香。

暴风雨出现之后，潮水的震撼、沸腾，无不使他想到马达运作的景象。他坚信，只要开启马达，等到那富有底力的低声震响出现，渔船就能飞越海面，踏上一条缤纷多彩的奇路。

两次呼喊明勤阿大，既是对他的建议和劝说，也是给自己鼓劲。开启马达的刹那，明杰全神贯注，甚至感觉外面风雨大作的混乱景象已同自己无关。马达的轰隆声响起时，世界仿佛变得寂静无比，只有那连绵潮水般的悦耳震响使他陶醉。明杰微微点头，加过润滑油之后果然就没有调试时的杂音了。他一口气将马达功率调到最大，船骤然加速，使他也没能站稳，向一侧跌去，不小心踢翻了明泽摆在角落里的石子和地螺，他完全没注意到，急忙扶住板墙，心中却十分快活。

明勤脸色阴沉，但终究没有制止明杰。他已经冷静了一些，虽然仍不愿意捡回被抛掷一旁的笠斗，却不自觉偏下了头，缩了脖子，而且站到了背对风雨的侧舷旁。他的脑海中一片茫然，连风雨和马达的声响也冲破不了那层绵软而厚重的云翳，却仿佛有无数只拳头在从下往上徒劳地捶捣，渐渐地，越捶越快，越捣越凶。这时他忽然感觉到不太对劲，踉踉跄跄朝船尾的控制室走去，看见明杰半蹲在地上，连忙问他怎么了。明杰说他刚才试着把油门调小，结果渔船还是径自加速，他正在检查问题出在哪里。明勤听完也钻进了控制室，面对那些器械，却完全无从下手。他不经意瞟过明泽那个已被破坏的隐秘角落，完全没有认出里头翻倒的地螺。他走向船舵，指南针显示船还在往东疾驰，他又努力朝外张望，厚重的雨幕下，丝毫分辨不清渔船如今在什么位置。

明勤等待着，他依然相信明杰，或者说此时的他试图使自己相信这份相信。他不愿承认，对明杰的信任自从出海伊始就已经变得极为脆弱。当美好的设想逐渐转变成现实，有许多事不知不觉发生了变化，就像他们从没想过会碰上这些麻烦。下一刻，从马达中传出了古怪的响动，机身震动得很猛，好像在挣扎，好像极其费力，好像处于卡壳的边缘，随时会停下，可是没有，马达震动的频率极高，丝毫不存在迟缓的可能。明勤让明杰先把马达关掉，明杰伸手扳动开关，可是扳来扳去马达还是在运作，他停下双手，转过头来看了一眼明勤，把明勤看慌了。关不掉？明杰点了点头，开关根本没用。话音刚落，一道爆裂声就像迟来的迅雷般猛地炸响。明杰立刻想起，那就是他们在调试时听到的声音，可他明明加过润滑油了，怎么还会出现？紧接着，几道黑烟从排气孔和缝隙中同时往外冒出。明勤怒吼一声，叫你莫用你不听！他走过来狠狠敲着马达，继而改成猛踹，可是那小小的金属方盒毫无变化，还是那般固执、傲慢，发出近乎崩解的隆隆巨响，明明命悬一线，却大有不死不休的意味。

明杰在控制室角落的一堆废铜烂铁中努力翻找着螺丝刀，他想要把马达拆开。他觉得只要取下那片隔绝内外的铜板，那方空间的全部奥秘就会显露无遗，就还有挽救的可能。明勤不再理会明杰，他想着船停不下来，就只能继续在海上行驶，直到把发动机里的油全部耗光。他呼喊还在鱼舱里舀水的明泽，让他仔细观察周边的景象，能不能看出什么，明泽大声回答说何物也看不灵清，明勤于是让他保持关注，有情况随时报告。

明勤牢牢掌握着舵把，心提到了嗓子眼。他从来没坐过这么快的船，心里毫无把握，不敢贸然调转方向，只能继续往前开。可是没过多久明泽就在外头喊起来了，说前面有东西，明勤探出头一看，只见一片巨大的阴影若隐若现，正从右前方逼近渔船。他马上判断出那应该是一座山崖，来不及多想，便本能地将舵把转向左侧。船速过快，使船舵牢固如铁，他差不多将全身都压上了托盘，才硬生生推动舵把。船的右侧几乎腾空而起，他便赶紧又将舵把推正。渔船划过一道急弧，从山崖前擦过，下一刻，外头的明泽却慌忙呼唤起阿大来，明勤对着窗口一看，只见船的左边也出现了一座山，离得很近，一眼就能看到顶上那座矮亭子，正泪眼婆娑地俯视着浑黄潮水中惊慌失措的他们。

三兄弟这时候都清楚地意识到，他们误入东湾渔港了！左右两边都是山，渔船在这狭窄的夹缝地带中飞驰，根本转不了方向。颠簸越发剧烈，船头高高翘起，把明勤、明杰甩向松动的板墙，从外面传来明泽的哭喊，他一边抱着船舷一边呼唤阿大，鱼舱里的水已经浸没他的腰身。明勤和明杰喊着：抓牢！抓牢！明勤拼尽全力爬出控制室，想要去救明泽。这时候船头忽然猛地落下，明勤直接向前跌去，明泽也被甩向鱼舱的另一头，刚好撞上了装鱼的箩筐，箩筐被撞得飞出船外，明泽发出了一声哀号。明勤自顾不暇，他倒在甲板上，感到一阵头晕目眩，透过雨幕，似乎看见两侧山崖上，树木长长的枝条在空中交错。画面一闪而过，船头好像又被一股高浪托起了，这次近乎腾空，接着重重砸下，却并没有落回海面，而是撞上了某种坚固的物体。船头直接被撞裂，主桅也被撞断了，向着斜后方訇然倒下，桁杆挂住了控制室上的旗帜，将那面渔业丰收旗连同旗杆全部扯落，然而船还在前冲，制造出一连串恐怖的撞击声。

渔船在一顿疯狂的左突右进后终于停下，斜倚着另一只大船的船帮，疲倦喘息。明勤挣扎起身，叫了几声明泽却没有得到回应，他顾不得身旁的一片狼藉，立刻向明泽爬去。明杰也从七扭八歪的控制室里费力钻出来了，他伏在甲板上，用最后的力气伸出手去，勉强够到了倒下的主桅，手背上的伤口淌出鲜血，立刻被雨水冲散。听见船头的动静，他没能起身，趴在地上气喘吁吁，不是由于精疲力尽，而是惊恐未消……

天色渐亮。远处，在渔港外，大小船只的身后，在咆哮的风雨背后，纯白的浪头正在攀升。它们缓缓拉开与海面齐宽的黢黑夜幕，快乐地、坚定地，发出潺潺的喧响，簇拥着、嬉闹着、昂扬着、野心勃勃地渴望着，一次次在追逐猛冲后迷途，堕入汪洋，又一次次被大船驶过的航迹卷起，来不及观望，便再度向激荡闪烁的旋流奔去。

第三部

1

受访人：五金店主

赖尾那次打完，我半暝三更走归，把门开开，月光母正好照进来。墙中心挂的时辰钟指着九点多，把我吓一跳，我记得那暝走出的时候就八九点了，时间怎么好像冇变过。那只钟是我店里顶大顶洋气的，美国人处里用用的，长长个，有花边，金光烁亮。我又看看旁边其他的钟，有五点几的，八点几的，还有正好对牢十二点的，每只的时间统不一色。我这才想起来，好几日冇给钟上条，早早个停了。

我走归的时候，店门有三四日冇开了。头起祠堂里的人走来叫我，我讲自个要是走了冇人顾店。伊们问我，祠堂重要还是我的店重要，我当然讲祠堂重要，但是店要是关了，有人处里要换灯泡，要装水龙头，找不到人怎么办？当时整个西湾只有我这一眼五金店啊。伊们讲，五金店又有何物要紧，老早根本冇五金店，冇灯泡冇水龙头，不是照样过来了？特殊时期，忍一下算何物事，别人做海的做生意的统放得下手，就尔放不下？我晓得自个讲不过，就跟伊们走了。

一走归，我就躺眠床上，累受不了，但是一直睡不去。窗头布有一半有拉起，月光母慢慢照进来了，照到眠床边，又一点点爬上来，到赖尾整条棉被尽给伊照亮了。我想起以前阿大阿姊给我讲过的事情，讲老早苦受不了，伊们做伢仔时，我还未出生，那时候连饭也食不饱，三个伢仔轮着刮锅焦食，只有轮到的人那日才能食饱点。平时腹肚太饿，嬉也不想嬉，成日坐在那等食饭。冇钟表，怎么晓得时间？就看门口那块石头，等到伊给日头照到了，就是食饭的时候了。我阿大阿姊三个人就一起坐门口等，一句话也不讲，等日头慢慢照过来……

我想到这些，腹肚也饿起受不了，想爬起煮面食，身体又好像给何物事压牢哝，冇办法动。我躺眠床上，等时间点点、点点过去，一直把月光母盯牢看，根本看不出伊在动，但是伊确实是从窗头照到眠床另一边去了。那日暝里发生的事情一直在我头脑里转，就跟沙蟹哝，多受不了，爬过来爬过去。等我一到边上，伊们又尽单下躲到沙洞里去了。整个沙滩一个人也冇，点点响动也听不到，我觉得自个记错了，那些事情不是那暝发生的，是很久以前的事情，早早个发生过了。

天色暗下来，我看到三个阿大阿姊统站上头[1]，叫我莫走下，莫走下，快点走归食饭。我走过去，伊们又冇影了，我拼命跑，到处里也冇看到伊们，厨房间里冷冷清清，锅开在那，底里亮烁烁，点点食的也冇。我一边叫阿妈一边走出来，冇人答应，大家统不晓得哪里去了。

---

[1] 指沙滩外，沙滩地势向下。

我看到对面场屋的时候单下想起来，有一个做伢仔时一起嬉的朋友住在那，以前我日日走伊处里去，不晓得几多年有见过了。伊处里是那种矮登登的场屋仔，我走进去，大厢有人，往厨房间走的门关牢了，伊的老阿婆好像在门后头，我就跟伊阿婆讲话讲起，也不晓得讲了何物事。赖尾伊阿妈从楼上走下来，伊阿婆的声音就有了，伊阿妈手里一碗白粥端牢，坐我对面凳头上，开始食白粥。那白粥烫受不了，也冇点点菜，伊就一口一口吸进去，一边吸一边讲。讲伊儿子在城底做事，勤力受不了，还谈了一个城底女朋友，一直有胆带归来，怕处里破败噜苏，给城底人嫌憎。过一会又讲伊儿子学剃头学不起，日日给老师头骂，还跟一班破人嬉，学起食香烟呷酒了，以后有解。我越听越觉得奇怪，好几次想讲话又讲不出，伊呢，管自个讲有歇。

赖尾我就走了，去找我阿妈，走来走去，走到一个大排档唠的地方，冇门，要进去得趴地上，从一个缝里钻进去。我看到阿妈阿大阿姊统坐一桌，在里头食排场，我走到伊们旁边，伊们问我到哪里去了，我讲去找那个朋友，伊们面色单下变得很奇怪，讲伊好几年前就在海里淹死了，讲是为了爬到船头去摘一个柚子，那柚子真真大，黄抖抖，挂在高处，伊想食受不了，赖尾脚底心一溜，就掉海里去了。

我听完单下觉得身体变得很重，心里难过受不了，眼泪一直流。我想起来，当年听到伊冇了的时候，我就啼了好几日，赖尾伊处里搬走了，对面那排场屋仔也早早个就拆掉了，套间建起。我一直啼，一边往排档外边走，想从那个缝里钻出来，拼命爬，拼命钻，就是走不出……

等我醒来的时候，眼泪把枕头打得湿透，月光母也看不到了。窗头外边天灰蒙蒙，就要天光了，一暝时间过去了。我躺眠床上，眼睛撑开，呆下呆下，不晓得要爬起还是再睡。第二日，我把店门开开，钟的时间全部调准，又开始做生意了。

2

当明勤、明杰大清早狼狈回家,闯入大红篷布搭建的婚礼现场时,宾客已所剩无几。宴席一片狼藉,不见往常热闹过后总会有的满桌满地的果壳残渣,却见许多碗碟里还留着食物,没吃完,竟也没人分了带走,好像在某个刹那忽然暂停,咀嚼声戛然而止。一片片彩纸粘在地面上,悬在水洼里,被踩得面目全非,被雨水浸成了丑陋的暗褐色。潮气停滞在这方被围合的空间中,随着时间的推移渐渐升温,越发臃肿。上一刻早已逝去,下一刻仍在迟疑。

阿叔和他的盟兄弟们赶去搭救三兄弟的路上,东湾渔港发生的事很快就传遍了整个宴席,气氛顿时变得紧张又古怪。在场的西湾人数占着压倒性的优势,新娘方那些东湾来的亲朋好友深感不安,已经有几个人高马大的起身,对着新郎一方投来警惕的目光。另一边见状,也马上有人站到前头怒目回敬。他们的桌子原本就是分开的,此刻直接变成了剑拔弩张的两个阵营。

三兄弟的阿妈听说儿子们被困在东湾渔港,早就乱了方寸,正心神恍惚地坐在靠近门口的一张桌边。厨房没了指挥,乱作一团,匆忙端着菜从屋子里出来的人，忽然看到眼前大变的景象，顿时手足无措，纷纷堵在门口的空处，倒刚好将两方人隔绝开来。

婚礼是彻底办不下去了，宴席的溃散只是时间问题。有几个通晓事理的长辈担心再这样下去会闹出乱子，把喜事弄成祸事，便叫人去各桌传消息，让大家都回家去。孩子们不明所以，对满桌的美味佳肴万分不舍，几乎是被生拉硬拽着离开的，一时之间哭闹四起。

棚外原本满目艳羡地观望这场婚礼的人更是拉长了脖子，谛听着里头的动静。而在接下来的日子里，这天上午发生的事将出现在西湾每一户人家的饭桌上，平日里威风十足的一家人，一下子成了全村人的谈资、笑料。尤其前些年在明胜领导的造反队手下遭过罪的，更是大有一雪前耻之感。这个备受众人夸赞的天之骄子，讨亲讨到一半，老婆竟给娘家人带回去了，真是闻所未闻的奇事。又怪得了谁呢？只怪他自己非要讨东湾人做新妇，这样的结合实在是不像话。大家原本不敢多嘴，可如今再也堵不住悠悠众口。

没有人怪罪明勤、明杰，他们几乎被众人忽视了。阿爸、阿妈一听说明泽受伤，立刻赶去了卫生所，之后一整天没有回家。明杰把自己关在楼上的房间里，明勤则偷偷跑到了阿叔家，躲进他常待的空房间里。他也不知道自己为什么非要离开家不可，以前去阿叔家，常常是在和阿爸发生争吵以后，而这一次，阿爸根本不在家，他却实在无法忍受待在家里。

明勤的脑海中一片混乱，始终无法抹去明胜阿大站在家门口看到他时那呆滞茫然的目光。一身洋气的黑色西装极其笔挺而修长，然而在那个满是皱褶的空间里，却显得如此突兀、冒犯。他想要摆脱这个画面，他一次次为之战栗，情愿被赶回家来的阿爸骂一顿，打一顿，也不要在这种不作惩罚的惩罚中备受煎熬。还有更重要的一点，连他自己也不愿意承认，那就是他实在没有办法和明杰同处一室。明杰的存在，无时无刻不在提醒着他昨夜发生的一切，那混乱与失败，还有他难以面对的耻辱——到头来，三兄弟以为的英雄壮举在他人眼里只是笑料。

很快，那些"因为"他们的这场冒险而投身于械斗的村民们，先是毫不理解，紧接着便将他们所做的这一切逐渐遗忘。就如同几十年以后不曾经历的人们，不再试图去理解那场械斗，只把它当作遥远的回声，对亲历者所经受的一切无动于衷。明勤蜷曲着高大的身体，躺在阿叔家冰凉的木地板上，感到一份幽深的孤独。这孤独来自一颗贴地跳动的心脏，来自埋藏于土地深处微弱的回声，并非今日，而是许久以前，更久之前的回声，来自一次次重复，却永远互不理解，互相遗忘，永远怀着那份自我保护式的轻蔑和无动于衷。

潮水经过整晚的汹涌后终于退去。在这个寂静的早晨，一夜未眠的兄弟俩都昏沉沉睡去，堕入了梦乡。明勤发现自己站在舷边，看见漫天星光笼罩的海上，有一群模糊古怪的生物昂着头，咧着嘴，刚钻出海面，海水从它们的脑袋上倾泻而下。巨浪打过，它们短暂地消失，可是很快又一只只冒出来了，还是模糊混乱的一片，停驻在海上，在稀薄的雾气中微微颤抖。他凝视着眼前的一幕，感受到一种极为强烈的苦楚，一种历尽煎熬与挣扎后的无力感。

这时船中央光秃秃的桅杆倒下了，明勤知道它是势必要倒下的，因此并不慌乱，而且桅杆倾倒的角度并不对着他，只是会从他身边擦过。明勤抬起头，淡然地看着桅杆在眼前逐渐放大，忽然又想起那个夜晚，在那只庞大的钢铁巨轮上，失去船帆的桅杆枯瘦而惊悚，可就是它，唯有它，那孤独屹立仿佛插入云端的桅杆，才是他心目中最强大的钢铁巨轮必不可少的标志。而他所处的这只船又算得了什么呢？龙骨早已断裂，船板都崩碎了，消失在奔腾的旋流中。他脚下的是什么？连大地都摇晃不止。必须抓住点什么，挨着点什么。他向身前探去，张开双臂双腿，贴紧巨轮冰凉的外壁。巨浪一次次撞上船壁，可是钢铁巨轮岿然不动。他泪流满面，终于不得不承认，人永远少不了踏实可靠的依托，那真正的漂泊滋味，任谁也无法长久忍受。

明勤在地板上惊醒，隐约听见阿叔家门外马路上人车喧嚷，一道马达声在广阔的嘈杂的包裹中渐渐远去。他仍旧被无力感掌控着，趴在地上一动不动，脑海中的冲突却异常激烈。他又想起昨晚的失败，问题会不会出在帆的使用上？挂帆方式出错了吗？调帆索调整帆向时有哪里不对劲吗？是了，帆向，他们对帆向的判断是否有误？出海时当然向着目的地，遭遇暴风雨时，帆向也同航向一致吗？究竟哪个方向才是正确的？究竟是否有正确的方向？

明勤坚信自己所学不会有错，那都是资深船员们的经验，可为什么实际操作起来却会发生如此严重的混乱？他想到老人们的那些说法，顿时惊觉，昨夜突如其来的暴风雨，或许是一种惩罚。或许他不该听两个阿弟的，用那个敲黄鱼的法子，毕竟是违法的。违法，老天爷啊，那不就是犯罪了吗？他们太贪心了，激起了大海的愤怒，活该遭罚。老人们常说，海的脾气是世上顶凶的，陆上的一点风吹草动，到了海上，都能刺激得它像"瘟发起来"似的，所以得一遍遍祭祀讨好，海里的神灵一位也不能落下，龙王、妈祖、西湾的主主爷、东湾的娘娘君，还有远在南海而所在之处似乎永远比南方更南的观世音菩萨，都要祈求护佑，怎么也不嫌多。

回想昨夜，他们全然忘了祈祷，当然会招致神灵的怪罪。敲黄鱼时近乎癫狂的举动，如今只觉得那是陷入魔障的表现。敲，敲，敲，发狂般的敲击，在礁石区激起的震响连绵不绝，至今仍未消散。啊，要说可怕，还是马达的声响更加骇人。也没有人摇动，怎么就凭空生出了巨大的动静。再说，就那么小小一块铁盒子，哪来的力气推动渔船？这一切太过古怪，因此他才不允许明杰启动马达，可是，唉，想到明杰，他心中又迸发出那份积留已久的不满与痛苦。他自己也不知道这些情绪是从什么时候开始出现的，是在出海之后？在灾难发生以后？还是在准备出海的过程中？也许更久以前就已经存在，始终隐藏于他对明杰的信任之下……当兄弟俩几年后各自成家，私下鲜有来往，最终变得形同陌路之后，明勤也已经不再像最初几年那样，把明泽的死归咎于明杰启动马达了，或许是因为分歧与痛苦本就不始于这场悲剧，而是早已存在。

他不再怪罪，也无力怪罪，他选择远离、逃避、遗忘，只有这样才会从那种连挣扎的意愿都没有的软弱中取得一种全新的勇气。就像此刻他躺在冰凉的木地板上，回想起当初期待出海的念头多么美好，可真正出海之后却像被卷进了一道漩涡，希望消解了，幻灭了，只剩下忙碌，只是茫茫然做着该做的事，顾此失彼。但是明勤完全接纳了这样的生活，他和明杰不同，不会总想要务求清晰，他情愿半梦半醒，被推动着进入那永远水沫飞溅、雾气萦绕的世界，屏着气忍受那"天经地义"的现实，当然也包括藏匿于岩穴深处的痛苦。在长久的忍受中，连钢铁巨轮的形象也渐渐淡去了。他站立在和他一同衰老、一同在烈日灼烧与巨浪拍打下愈加强大的渔船上，从此不再做梦，不再相信那幻想之船。

明杰躺在床上，被蚊帐包围。微风从半开的窗洞里吹进来，蚊帐窸窣摆动。他听见潺潺的声响，好像是水在对他说话，那是温柔的，充满诱惑的呢喃。忽然间，那声音变得极为深邃幽暗，咚咚，咚咚，在洞穴中回荡。明杰看到了那个幼小瘦弱的身躯，赤身露体，跌跌撞撞向沙滩下方奔跑，一个趔趄，摔了个嘴啃沙，眼泪鼻涕和着海水糊满了脸，那是第一次。他记忆中的第二次，是阿叔带明勤阿大去游泳，阿妈让阿叔也教教他，阿叔信心十足，说渔村的孩子生来就会游，有他带着准定学会。他们到了海边，阿叔褪去衣服，一把将他抱起，擎在肩上，嘻嘻笑着，说要带明杰游去金屿，还没等他搞清楚状况就冲进海里去了。明杰立刻被海水包围，四周波浪起伏，他看不到远处，只觉得自己根本不在广阔无边的大海上，倒像是在一只水杯里头，水就快要漫出来了，来回荡着，拍打杯壁，不断有飞溅的水花涌进他的嘴里。他忽然看见，只大了自己一岁多的明勤阿大如鱼得水，一会儿往前划着手臂，一会安然躺在水面上，他觉得自己也松弛下来了，身体渐渐滑落，然后就什么也不记得了……

溺水的梦，已不知做过多少回，却是第一次没有在窒息感中惊醒。就像寻常睡着时那样，一切都如此静谧，而苏醒前后的时光显得无比漫长。他双手撑地，奋力向上挣起。头顶越出水面的刹那，他感觉到一片广阔的屏障被打破了。放眼望去，前方是一望无际的白色陆地，没有房屋，没有人，也没有声音，只有远方，无穷无尽的远方，他听见了来自远方的声音，不是在呼唤他离开，而是在呼唤他归去，好像那才是他真正的家园，一个他从未去过的地方。

明杰爬上了岸，却迟迟没有动身。他正在仔细观察前方的景象，想要从那白茫茫一片的世界中找出一条合适的路径。在出海之前，他也是像这样处处留心，默默将整个计划安排妥善。然而生活并非一条方向明确的河流，而是一道漩涡，将全部因素卷入其中，搅成一片。明杰无法接受这样的生活，他妄图将生活牢牢掌握在手中，他不幸的根源便是过于信赖自我的力量，谈不上人定胜天，而是想要忘记天的存在，想要忘记祖祖辈辈听天由命的生活，因此首先就要逃离浩瀚而无常的海。海是多么难以把握的地方啊，他生来就是拒绝大海、贪恋陆地的人。

他收起双腿，静静地坐在白色陆地边缘，回想着昨夜的经过。

他的耳边又一次响起马达的炸裂声,好像划破虚空而来,使他一阵战栗。他问自己,为什么加了润滑油还会这样?刚开启的时候,马达运作得明明很顺畅。他猛然惊觉,或许就是因为加了润滑油,才导致马达的异常没有马上显现——润滑油成了掩盖问题的元凶。

明杰惊醒之际,最后这一想法还堵在他心口,成了终其一生也无法消释的块垒。他觉得莫名其妙,却怎么也摆脱不掉这个怪念头。他透过蚊帐看向窗户,强烈而模糊的白光使周围溶溶一片。肚子咕咕直叫,海一般饥饿,似乎永远也填不满。从小到大,每逢饥饿感出现,明杰都会强迫自己忍受下去,即便已经闻到饭菜的香味,即便家人在叫了,他也会故意不动弹,延后上桌吃饭的时间,同时强迫自己去思考,这时候的思路也总能变得极为清晰,有时候许久想不明白的问题,忽然会在某种急迫感中迎刃而解。越饿,越不动弹,也就越能体会到自我折磨的快感,而这一次,还要加上身上那些隐隐作痛的伤口,则更像是某种痛快的自我惩罚。

他又想起卫生所表舅说的话,什么叫他那里没办法看?明泽受的伤到底有多严重?从几近崩塌的控制室里钻出来时,他隐约听见明勤阿大在喊阿泽,夹杂在暴风雨和浪涛声中,像是在房子外面呼喊房间里头睡着的人。他当时同样保持着躺倒的姿势,出于惊慌和疲惫,或许也出于一种习惯性的倦怠,没有马上试图起身。他看见天色不知不觉半亮了,也是白茫茫一片,暴雨好像消融其中,失了威势,很快就变成零星的小雨。他坐起来,打量着渐渐显露的东湾渔港,悬在眼前的水渍像一块块泼溅开的巨大斑点,将世界侵染成明暗不均的几块,抖颤不休。他看见明勤将明泽搂在怀里,也被一块斑点残忍分割。明勤呼喊着,拍打明泽的脸庞,可明泽没有半点反应。宽阔的渔港海岸,被两侧山峦环抱在内,不知不觉已风平浪静。

没过多久,就有一批东湾人来了。他们原本似乎只是在无所事事地闲逛,忽然远远看到海面上一片狼藉的景象,吓了一跳,叫嚷着,气势汹汹地向混乱的中心包拢而来。他们看上去都是些二十岁上下的年轻人,显然并非这些被毁坏的船只的主人。从他们的眼中透露出惊异和兴奋,惊异是因为看见了眼前的一幕,兴奋则不知为何。

明勤和明杰坐在一起,失去意识的明泽躺在明勤的腿上。他们刚刚把明泽抱下船,打算悄悄逃离,却被那群东湾的年轻人发现。东湾人看到他们只有三个人,而且年龄不大,明显放松了下来,他们发现有个小孩躺在那里一动不动,便有两个人走上前,问了情况,说得赶紧送他去看医生,却被明勤阻拦。明勤将明泽牢牢护住,一句话也不说。他们有些诧异,还是关心地问起昏倒的小孩的名字,明杰说叫明泽,扭头看了一眼明勤,却发现阿大对他怒目而视。

"明字行的。"东湾人眼中放光,传递着这句话,又问他们:"陈明胜跟尔们何物关系?"明杰被阿大一瞪,已经有些慌张了,此刻听到他们这样问,以为是畏惧明胜阿大的威名,连忙回答说:"那是我阿大!"没想到东湾人立刻变了脸色,强烈的愤怒爬上眉梢。他们一齐向三兄弟逼近了两步，只听到有人说不能让他们走了，又有人说，西湾人都跟陈明胜一样阴险狡诈，受伤也是装的，还有人附和说，必须让陈明胜那个短命的亲自来接人……总之已不打算让三兄弟轻易离开。

那些东湾人你一句我一句，话语间充满了对明胜的愤恨和诋毁。兄弟俩很快就听出来了，他们都因为明胜阿大讨走了林姓的姑娘而深感不满，有不少人都是曾经失败的追求者，正苦于不能亲自赶去西湾一雪前耻。明勤听到他们想要扰乱明胜阿大的婚礼，终于坐不住了，走上前去告诉他们，这里的船都是自己撞坏的，有胆就冲自己来，别找明胜阿大的麻烦。明杰看到那些东湾人怔了一怔，随即爆发出一阵大笑，有两个面相不善的人走上来推了明勤一把，明勤又铆足了劲撞向他们，可是三两下就被放倒了，被牢牢摁在沙地上。东湾人中领头的那个用拖鞋踩在明勤的肩膀上反复碾轧，大声喊道，陈明胜那个孬种，伊阿弟果然也是个废物，旁边的人纷纷附和叫好。明勤被踩在脚下，强忍着疼痛不发出声音，明杰则完全吓蒙了，自始至终呆坐在原地。

岸上忽然响起一阵喧嚷，东湾的做海人陆续赶来了。这些趾高气昂的年轻人听到动静，顿时蔫了下来，领头的也松开了脚。几个做海人还没发现海上的混乱，倒是先把这群年轻人骂了一顿，说他们一大清早聚在一起，是不是又想做什么坏事，紧接着发现了那些残破的船只，大吃一惊，竟把罪责算在了他们身上。

这些年轻人在几年前都参加过造反队，时移世易，黑白早已颠倒，被推上天堂的正义，一下子又被葬入了地狱。可他们还活在过去，满嘴革命理想，与其说信得太真，倒不如视作又懒又馋的借口，如今成了终日无所事事的混子。他们遭了做海人无端的咒骂，也不气恼，反正平日里都被家里的长辈们骂惯了，只是极力澄清自己并非肇事之人。

做海人终于知晓，罪魁祸首原来是坐在沙滩上的三个西湾人，那些东湾的年轻人也就打算灰溜溜跑开。其中两个被认识的长辈叫住，让他们去传递消息，叫姓陈的来接人，来赔偿损失。再往后，就是阿叔带着盟兄弟们赶到了……

明杰不知道修复那些被撞毁的渔船要花多少钱，总之是一笔现在的他难以想象的大钱，因为在做海人那里，船就是这世上顶宝贵的所在，是他们的命根子。而即使不赔东湾人的，单是他们借用的那只，整个断成了两截，还不知道能不能修好。以及各种"借"来的东西，有些遗落在海上，有些同船只一起毁坏了，剩下的也没能再拿回来，又该如何向原本的主人交代？然而更使他感到痛苦和羞愧的是，后面几天里，根本就没有一个人找上门来讨要那些东西。三兄弟私自出海的事已经众所周知，失主们明明都知晓是他们拿走的了，为什么不来？因为都是些小物件所以不在意？因为很快两村之间的斗争就如火如荼地开始了，使他们疲于应对？还是根本就因为三兄弟姓陈，更是陈姓的正宗，所以不敢来讨？他终究无法得知。

明杰忽然又想起那面"渔业丰收"的旗帜，想起做旗人儿子将旗交给他时满是担忧的目光。弄巷深处犬吠不止，"再过两日就要交付了",他就像一条哈巴狗,犹豫不决,但还是抵不住美食的诱惑,一副可怜巴巴的、没见过世面的穷孩子模样,真叫人厌烦。约定的时间就要到了,他是不是已经等在地主庙边上,正翘首盼望明杰带着旗帜出现?他当然等不到了,那该怎么办呢,一定会来明杰家里找他。明杰感觉他已经到了楼下,正围绕着房子焦急地踱步,想要叫明杰又不敢,他一贯就是这么怯懦。或许他看到楼下狼狈的场面之后,已经从一些多嘴多舌、幸灾乐祸的人那里听说了他们家接连的不幸,于是更不敢靠近了。可是他拿不到旗帜,又怎么敢回家,他阿爸阿妈要是知道了,会打死他的。

想到有人因为自己的过错而受罚,明杰不禁一阵战栗,食言的负疚感完全胜过了对损失的理性估量。那面昨夜还新崭崭满怀朝气的旗帜,此刻正躺在歪斜的控制室顶上,被裸露的钉子钩破了。雨水混着海水,压得它动弹不得。旗帜一角翻折上来,露出半截断裂的竖和一个缺乏含义的反文,天光下惊慌失措。

3

受访人：陈明胜

现在的棺木公交车真真有下数，尔站路上跟伊招手，要是有在站边，驶公交车的人就老起受不了，明明看到了，故意头偏过去，停也不停。啊，停一下会把伊命停有掉？

扣何物工资哦，在路上何人晓得，别人太闲了，打电话举报伊？给我讲还是老早好，手掰掰就停下来，无空改成这样，不晓得何物用。讲大城市里统这样，这边是城市？这边就是农村，顶土顶土的农村，尔看看那边做田的人，还把自个处里的屎挑出来给菜食，讲这样饲大的菜顶道地。这些人家拉屎拉尿统拉尿桶里，到现在也不用排污[1]，不是照样过了去吗？还改改改，日日讲改，我统当伊是放屁！

往前走点过去就是公交站了，尔要不跟我一起到那等，下一部车驶来起码还得十几分钟。仔细嘿，走路得看路，现在那些驶电动车的统驶快受不了，不管路上有有人，就往前头撞撞去。我去年在龙港就是给电动车撞了倒地上，送医院里拍片，手骨头差

1　抽水马桶。

不多撞裂了。驶车的是一个学生,读高三了,站那呆下呆下,处里人晓得了赶来,紧张受不了,讲千万莫打110,怕影响伢仔考大学。我当然要伊们赔,除了打石膏、开药,我还起码半个多月冇办法做事,误工的费用也得赔,赖尾包了五千二红包来。我也是太好讲话,就这样算了。

我想问问尔呐,别人统是怎么讲我的?尔不用瞒,有些事情我自个心里灵清,反正肯定冇好话。有些人讲话讲腹肚边出去[1],尔听听就是,不能统相信,晓得不?莫给人骗了,事情传来传去,有些早早个变得乱七八糟了。钱库、宜山[2]统晓得吧,头起本来是前库,写下来变成钱库了,为了好看。还有宜山,本来是泥山,泥山泥山,讲太土了,赖尾不晓得怎么就变成宜山,更搭不牢。

伊们就是讲我头次讨亲的事情嘛,我难道不晓得,这些人看我亲冇讨成,心里就快活受不了。我倒霉?伊们这一世有做过何物大事情冇,啊,讲我倒霉,我就算倒霉,也不是伊们有资格笑的。尔去问问伊们,八几年那时候有冇穿过正宗的西装,有些人连看也冇看过!我那衣裳的布是哪里来的,是专门找人去瑞安进货进来的,又拿到城底去给做衣裳人做成整套西装,全风滩第一领。伊拿一条软尺从我脖子量到腿,衣裳做好了,我穿起正正好,手伸出去,胳肢头窝也冇点点挂牢,正宗受不了。

---

1 说话夸张离奇。
2 苍南县内的两个镇。

城底那个做衣裳老师跟我们讲，穿之前顶好拿去干洗，洗完烫烫平。我阿妈过几日就又拿沙滩边那眼踏衣裳店里，踏衣裳人看到就讲了，啊嚯，从来有见过这么洋气这么道地的衣裳，伊干洗也有胆洗，怕弄不好掉。怎么办哦？伊单下想到，带我阿妈去找伊妗婆[1]，讲伊妗婆老早是在城底姓黄的府里做事的，那黄姓人家祖上老太翁清朝时做过县令，有钱受不了。尔可能也有听过，老早大户人家统用"浆洗"，就是把衣裳送到浆洗房，洗干净以后又浆好、烫好，才送归去。前两年，我一个盟兄弟孙子在美国读书，讲美国人真有福气，自个从来不洗衣裳，统拿到洗衣裳店里洗，这有何物了不起噶？我们中国早早个就有了。

老早大户人家人多，衣裳一日换一套，洗也洗不完，就送去浆洗，又快又方便。衣裳洗干净先，再用浆粉泡的水浆过。那踏衣裳人跟我阿妈讲，这些话伊做伢仔时日日听伊妗婆讲起，讲伊当时经常相帮把先生、小姊的衣裳送去浆洗，全城底的大户人家统有用人走来，闹热受不了。我阿妈问伊浆粉是何物事，伊也不晓得，我阿妈就怕老早用的物事，现在找不到了。

到了伊妗婆那，老人家讲，浆粉就是藕粉[2]呐，店里统有卖的。几个老娘客就一起化了一面盆藕粉，把西装放进去泡，泡好了晾干，赖尾烫一下，真真不一色了，灵光烁亮，手摸上去特别光溜，一看就是有钱人家的衣裳。老人家讲，浆洗洗完，第一是

---

[1] 舅婆。

[2] 淀粉。

穿身上板板正正，不会皱，不会结珠[1]，但是这还不是顶大的好处。浆洗以后，衣裳棉被上头就好像有一层膜哝，油溅起，泥溅起，统只要布拿来轻轻擦一下就能擦掉，不会难看相。尔想想老早有钱人家，顶讲面子，要是衣裳乱七八糟，榇木邋遢，肯嘎？

对了，零八年奥运会的时候，电视里看过有，各个国家的国旗挂起很高，看着就光溜受不了，我听新闻里讲，统是浆洗过的！这才是我们中国人的智慧，尔讲美国多好，看吧，我盟兄弟那孙子在美国待到连自个阿翁也不认了，这些年从来冇走归过。以后就不打算当中国人了，还出国读书，啊，读了得嘎？

尔讲呢，我有何物倒霉，全风滩还有何人穿过浆洗的衣裳？我还好冇讨那东湾人做老婆，现在两个村结婚的越来越多，讨东湾的也有，嫁到东湾去的也有，尔去看看，就冇一个家庭像话！我有何物可惜嘎？老娘客哪里冇，不是我讲大话，那时候想嫁给我的人多受不了，未两日就有人走来介绍了。我阿妈也劝我莫伤心，讲伊有一个侄女，娘家叔伯兄弟的女儿，做伢仔时跟我碰面过，人生起清清水水，又听讲，伊早个就看牢了，给我做新妇正好。我当时冇想太多，对讨亲这个事情也不上心了，随伊讨不讨，讨何物人，我统无所谓。

讨进来才晓得，话也讲不顺，日日不响，只晓得做事，煮饭烧菜，饲鸡饲猪统做来，就是一个乡下人。娘家还有一个阿弟，生

---

[1] 起球。

起女男样[1],老婆也讨有。我阿妈头起还讲多好,赖尾自个也不喜欢伊了,讲伊呆相呆相,骂伊也不响,就晓得头定定。腹肚还有用,头两个伢仔生出统活不下来。请咸家尖的老先生算命,讲是做阿妈的命太硬,上一世做不好,有罪,这一世阎王就把伢仔尽收走了,不论生几个统有用,肯定养不大。老先生叫我们邀[2]一个来养养,把上一世的罪还掉,后头伢仔生出就不要紧了。

我们这才邀了庆松,伊亲生阿妈生伊的时候五十几岁了,山头人,真真苦命,生过三个统是儿子,顶小的也三十岁,尽讨亲了,统只有做做田,赚赚食[3],何人还想以后养一个阿弟哦?三个阿大统要阿妈把伢仔送人。尔看呐,男伢仔要是太多也要送人,不单是把女儿送掉,有些生出全是儿子的,想也想有一个女儿!现在的人还日日讲何物重男轻女,好像我们男人生起欠女人哝。现在这社会,统讲女人多不容易,这个节过了过那个节,日日在外面嬉。要讲苦命还是男人苦命,做事一日做到暗,钞票赚来把伢仔养大,到赖尾伢仔心里只有阿妈,何人关心自个阿爸哦,尔讲呢?

庆松刚邀来未久,我老婆就又大腹肚了,这次生出的庆祥真真活下来了。阿祥做伢仔时真真有趣相,统讲跟我伢仔时候一色模样一同。阿松呢,就跟伊亲生阿妈哝,山头人样子,又乌又瘦,生不好。处里单下有两个伢仔要照顾,我们的心思尽放阿祥身上,

---

1 娘娘腔。
2 领养。
3 勉强糊口。

冇人疼惜阿松，只有我阿爸对阿松好，饭统是伊饲的。我阿妈看到还不舒服，讲无空听那老人家骗，实际统是造出来赚钞票。养别人的伢仔，以后大起根本不认我们，还多一张嘴巴食饭，统给伊白白食掉。我阿妈好点的尽拿起来，不给阿松食。阿祥食肉，阿松就咬咬骨头，给阿祥兜白米饭，给阿松就兜番芋头丝[1]。老早米多贵，番芋头丝多便宜哦，煮饭统是掺掺的。

到现在，反是阿松顶孝顺。龙港大厦买来，专门给我两公婆准备一个房间，日日叫我们去住。阿松讲自个五六岁的时候就晓得伊不是亲生的了，问伊怎么晓得的，讲从小伊跟阿祥争何物事，给阿婆看到了，气起来就忾伊"山种"，讲处里的物事统是阿祥的，冇伊的份。平时我们跟隔壁邻舍讲话，有时候也会讲到阿松的亲生阿爸阿妈。长久冇联系的亲戚走来，看到阿松，统眼睛斜斜，讲"就是伊嚯"。我们觉得伢仔听不懂、记不牢，从来不注意，其实伢仔统晓得，心里顶灵清。问阿松，想不想去认自个亲生阿妈，伊讲不想，讲生的恩不及养的恩大。

阿松做伢仔时就懂事，阿祥反棺木不乖，统是给我阿妈疼惜掉的。我做鱼饼的时候，阿松就站我旁边相帮，把鱼骨头挖出来，鱼肉慢慢刮下来，得仔细，莫把刺也带下来。刮好了又把手指头伸进去，找找还有冇躲肉里的小尾刺。伢仔的手指头幼点，顶细腻的刺揩到也有感觉，给阿松找过的鱼肉就特别干净。我往鱼肉里撒盐，撒糖霜，拌一下先，又把葱姜泡的水，还有卵白倒进去，

---

[1] 番薯丝。

拌拌开，赖尾把藕粉加进去，就给阿松拌了，用手顺着搅来，搅来，一直要搅到有胶黏走出来才行。

尔要自个想做也简单的，就是记得搅久点，要不咬起来不韧。用何物事我跟尔讲，纸笔有冇？哦，用手机记，尔们年轻人厉害，不论何物事用手机统能做。尔记下来嘿：鱼肉斤半，糖霜两三汤挑[1]——看尔自个口味——葱姜水一碗，卵白一个，藕粉三大汤挑。尔要是去超市里买，记得买番芋的藕粉，还有一种苞萝[2]的藕粉莫买，做不起的。哦，还有盐三小汤挑。鱼顶好是马鲛，要买冇，买鳘鱼也行，其他鱼一般不好泡的，泡出来不正宗。

算起来，泡鱼饼我也泡三十几年了。除了鱼饼、鱼丸、鱼面[3]、鱼仔[4]、鱼烘糕也统做得来。何人想得到我赖尾会泡鱼饼哦，统讲讨亲讨好，镇里就安排我做村支书。这村支书本来就是我的，啊，就为了跟棺木东湾人打那一次，把我前途也给打冇了，一班冇脑的人，无空喊起喊起，不晓得想干吗！

我从头到尾冇参加过，也冇人有胆走来叫我。我就坐处里，看伊们日日赶来赶去，一下讲东湾那边有人倒了，一下又讲我们西湾何人给打死了。赖尾讲东湾死的两个统是姓林的，还有一个是

---

1 勺。

2 玉米。

3 鱼肉搅成糊，粘上面粉以后，做成小团或条状，在油里略微炸一下即成。通常用来做汤。

4 鱼肉疙瘩。

领头，大家就觉得是我们西湾赢了。真真好笑，伊们这也叫赢，跟我们老早造反有了比嗒？打完还怕镇上的人走来捉，一家一家问过去，东湾死的是何人砍的，那把长刀又是何人处拿来的，一个一个问过去，被问到的统怕受不了，声音抖冇歇。想想我们当年造反造完，何人有胆抓人？看到我们红卫兵，伊们屁也冇胆放！

要我讲，真打起来乱七八糟，根本就冇人晓得杀人犯是何人。尔讲是何人哦？几十个人在那胡乱砍，正好一把刀落到命定要死的人身上，难道拿刀的就变成杀人犯了？赖尾两个村统抓了几个破人去，警察押牢，全风滩游街，到东湾，西湾的犯人就给人骂死，到西湾了，东湾的犯人脸上身上就统是臭鸡卵、烂菜叶，警察还在旁边嚷，止也止不住，这也叫赢？呵呵，何人赢了何人哦？

想想我们当时，要把那些反革命押去游街，统是叫大家往伊们身上吐嚵，砸物事，从来不拦，这才真真叫游街。当然喽，对反革命就得这样，犬生的反革命。尔莫讲何物平反，我可不认，是毛主席亲自给伊们平反的？

两个村从头到尾打了个把月，我就在处里坐了个把月。那个把月把我的前途尽坐冇了。有些人在这个把月里积极受不了，打的时候做头，等镇里要捉人了，单下转过来，讲一定相帮把犯罪的找出来，就像一头犬吠在那叫起叫起，舌头伸出来舐别人的鞋。这种事情我肯做嗒？何物坐办公室，何物做官，要这样我宁可不要。现在想起还有何物可惜哦，点点也不可惜。那时候想不通，觉得自个这一世完了，人好像单下给这些事情打倒了，日日透长气，才廿来岁，弄得跟老人家哝。其实根本不算何物事，我现在冇点觉得可惜，真真！

到赖尾我打算学起做鱼饼了，我阿妈还不肯，讲我不能泡鱼饼，我生起就不是泡鱼饼的人。讲讲还讲气起来，又骂新妇，讲伊连伃仔也养不大，讨来何物用。那时候我头个儿子才冇掉，生出来未两个月。新妇骂完又骂我二叔处里过去，讲统是我二婶害，才把自个儿子害死。我阿爸本来坐门口管自个食香烟，单下把烟管砸地上，嚷起：做何物事不是做！尔儿子才迟早给尔害死！

我们全家人统吓到了，半日冇人讲话。春香走归来，看到大家统不响，还以为阿妈又发脾气，凑到阿爸旁边细声问伊发生了何物事情。阿爸讲不要紧，冇何物事。我阿妈听到单下啼起，一下啼一下唱，讲自个嫁过来受了几多气，讲我阿爸何物也不管，事情尽扔给伊，累死累活，还要给别人讲不好，讲起讲起又讲到老早分家、盖场屋的事情去了。我阿爸统不响。

我阿爸这一世，可能就是凶了那一次。平时我们少数讲话，碰到连招呼也不打，真真冇话讲。我阿妈讲得冇错，我阿爸这人不顾家，大小事情统靠我阿妈。伊就不喜欢在处里，日日去船上，有时候明明不出海也去。

春香跟阿爸亲点，有几次去渔港找伊，走归跟我讲，阿爸一个人躺交椅上睡，手脚撑开大大个，好像舒服受不了，不晓得做何物梦，还一直眯眯笑。我从来冇看到阿爸那样子，想也想不出，但是现在我好像有点理解伊了，一个人在船上，旁边冇人讲话，冇人吵，只有浪打来的声音。船摇来摇去，还有太阳晒晒，风吹吹，何物事情也不用管，不用想，多舒服也不晓得！

冇，我自个不走出卖，统是在处里做好泡好，给我老婆带出去卖，反正菜场很近。我走去干吗？坐菜场里，人棺木多，在尔面前挑来挑去，讲七讲八，面子也倒完。伊反正是乡下人，从小这些事情做熟了，卖菜场起码比做田饲猪好，坐那称称重，收收钞票就行，多爽也不晓得。

我平时从来不去菜场，就那次，讲大殿里请了灵溪有名的越剧团来唱《红灯记》，扮铁梅的是跟小百花的越剧老师学来的。好几年冇听过《红灯记》了，我马上往那赶，从菜场中心穿过去快点，就弯到菜场里去了。

刚走进去我就听到一个声音，好像是我老婆的声音，又跟平时的不大一色，听起来特别亮。我走去一看，真真是伊，一直问客人"买鱼饼不哦买鱼饼"，蛮话讲讲城底话搭搭，还笑起笑起，好像快活受不了，顶喜欢卖菜场。从伊嫁到我处里起，就冇见伊这样笑过。

我走到伊面前，伊看到我吓一吓，整个人的样子单下变了，人往后头躲，面色也土下来，好像不想给我看到之前的样子。旁边那个买鱼饼的城底人看看我，还用城底话问伊，这就是尔老公啊，又转过来对我讲这鱼饼好食，讲我泡得真好。我单下火烧起，走上去就把摊掀了，鱼饼尽撒地上。我老婆啼起来，菜场里的人围一圈围过来，棺木老娘客还越啼越大声，特地啼起别人看，好像我对伊多不好，啊，是冇给伊饭胀还是冇给伊水呷？啊，有些老娘客不打行噶？跟老娘客讲道理？冇点点用！老早做新妇的对老公就是对天，听讲受不了，现在的女人呢，越来越有下数。还是老人家讲得对，新妇讨来就得打，不打不行，门关起来，扫帚扳来抽两下，尔看伊还有胆冇胆吵？

呵呵，跟尔讲远了。啊嚯，这公交车真真慢，到现在还未驶来。这些做官的，把我位置抢去，还不做正经事。还讲建设，建设起跟城市哦，建设自个裤兜哦！钞票不晓得食了几多进去。这些人对了起党，对了起国家噶？尔看嘿，现在中央里的人走出来查了，迟早尽把伊们捉进去。

我们两家人有几年冇讲话嘛，记不灵清了，反正我阿妈连阿泽走了也冇去送。我也不是特地不跟二叔一家人讲话，那几年我本来就少数走出，平时统躲处，躲楼上房间里，跟何人也不讲话。有好几次，我从窗头看出去，看到一班伢仔在大厢前头嬉，走来走去，话讲冇歇，把小桌子、凳头、破碗、柴棍尽搬到树下。我二叔处里的小妹也在里头，伊那时候顶多五六岁，白烁烁肥卵卵，女伢仔也有趣相的。我看到伊在那追隔壁邻舍的男伢仔，跑过来跑过去，快活受不了，笑起笑起。正好我阿妈在大厢里，就赶出来忏伊，讲伊短命吵，冇点点女伢仔的样子，啊，冇教调，以后嫁冇好人。小妹给我阿妈骂得眼泪汪汪，一句话也冇胆讲，那男伢仔呢，早早个跑冇影了。

二叔处里的人要是走我门口过，我阿妈就马上赶到门口去"呸呸呸"，讲统是给伊们走衰掉，赖尾连住旁边的其他人家也不走我们门口过了，统转一圈，宁可路走多点。伢仔也不在我们大厢前头嬉了。现在想想，我阿妈那几年真真有点不正常，给算命人的讲，好像就是钻进去了，想不灵清，才容易激动。以前凶是凶，从来也不会这样，站门口就忏，忏起难听受不了。住对面的头伸出看看，伊也忏，讲伊们日日做鬼哝，就想我们不好。

春香嫁人之前跟我讲，伊也晓得阿妈心里苦，为我不值，为我气别人。春香讲阿妈心里只有我，冇点点伊，讲我不论怎么对阿妈，就算骂伊打伊，阿妈也情愿。棺木春香，嫁了人就不跟我们联系了，心也真真狠！伊哪里晓得我跟阿妈两个人在处里的时候，时间有多难熬。有错，我阿妈从来冇骂过我，但是那几年，伊看我的眼光，里头那种可惜、烦心，比忏我谓我还叫我不好过，好像我这人多不行，多失败，多对不起伊哝。我脾气慢慢也大起，骂我老婆，有时候忍不住也嚷我阿妈两句，伊就站那，好像多怕我哝，一句话不讲，眼睛挂下，过一会看我一眼，面上伤心受不了。无空这种苦命样子做起给何人看，啊？我就这样给伊烦心，这样对不起伊？

尔莫觉得我阿妈对我二叔一家人那样，真真是多恨伊们。不是的，伊那个样子统是做起给我们自个处里的人看，有一半做起给我阿爸看，还有一半，连伊自个也不晓得，其实是做给我看的。阿泽走了的那日，我记得是在暗边，那边啼起很大声。我阿妈的心也不是石头做的，我听到伊也长气透起。但是伊就是忍不住，一定要讲两句，讲做阿妈能不管伢仔噶，就是得把伢仔管牢牢才好。我当时坐窗头边，日头灰摸摸照进来，地上全是泥粉。我听到二姊一下啼一下嚷，又听到我阿妈站门口言多多[1]，心里难过受不了。伊那话不是讲起给我听还给何人听？处里只有我们两个人，我阿爸跟春香统去二叔处里了。啊，过了这些年，伊还要在我面前讲这种话，做伢仔时日日讲，要我听讲，要我做好伢仔，头起我参加造反队的时候，伊还不肯，讲我是跟破人一起嬉，也不骂我，就是眼睛挂下来，做苦命样子给我看，跟这会一色模样一同！一直到其他伢仔到我处里，统听我领导，我阿妈晓得我要在造反队里做头人了，才真真接受这个事情。

我这篓[2]里？是马鲛呐，给尔看看嘿，刚捞上来就给我买走了，两尾统道地受不了。带到龙港去泡鱼饼，泡起给我宝贝孙子食。是阿松的伢仔，以前跟我的，读书了给伊阿爸阿妈接龙港去，明年考高中了，顶喜欢食我泡的鱼饼。

泡好了带去怕凉掉，味道就冇这么好了，就得刚泡好的时候顶好食。我这次打算多泡点，两尾鱼尽做掉，多出食不完的放冰箱里冻起，要食了提前拿出来烊[3]一下，蒸起，天光头配白粥，要不煮面的时候放点下去当浇头，统可以。点心店里一个鱼饼顶起码卖尔两块钞票！伊那鱼饼用何物鱼泡的哦，马鲛想了有嚄？统是面粉，统是味精，根本食不得。

何人，阿祥啊？伊在外边，嗷，在外边做事，少数走归。

---

1 絮絮叨叨。

2 袋子。

3 融化。

公交车驶来了，不讲先了，我赶龙港去。啊喔，口罩还未拿出，阿松叫我坐公交车一定记得戴口罩，讲外边又有什么病生起，跟零三年非典哝，严重受不了。尔也小心，口罩有有哦？戴起戴起，人多就得戴牢。

4

在两村间的战斗如火如荼展开,众多村民热情忘我的时刻,深入西湾腹地的这幢房屋却一片死寂。往日众人拥簇的热闹景象已经一去不返,房屋的一边是落寞,另一边是巨大的悲伤。明勤一家已许久不曾一桌吃饭了,即便是饭桌上的紧张争执也成了奢望。他们需要很长的时间去化解这份共同的悲伤,奈何还有父母对孩子不可言说的怨怼纠缠其中。

阿叔阿婶时常叫明勤他们去吃饭。四姊妹从后门出发,明勤一个人走在前头,明杰领着两个阿妹跟在后面,小妹虽然对家里发生的不幸一知半解,却也懂事地不跑不闹,乖乖牵着阿大的手。四姊妹踩着石板小径,沟渠阴暗,听不见水流,唯有风声訇鸣。他们途经空寂无人的菜场,来到大榕树脚下,穿过硬泥马路到了阿叔家,刚好和昨晚幽灵般的人群背道而驰。那些随着道路和房屋的扩建而不断朝远离海滩的方向迁移的村民们,夜色中再度拥向地主庙,回到了那个辐射的中央。

明泽病重在床。他已经被送去城底的医院看过了,同样被宣告不治,只能送回家里将养,换句话说就是等死。三兄弟阿妈无法接受这个事实，认为城底的医院技艺不精，只是撞到头就不敢诊治，吵嚷着要送去更大的医院，送去县里的、市里的……那医生这才告诉她，头上的撞击只是造成了最初的昏迷，并不致命，真正使明泽昏迷不醒的是腿上那些持续溃烂的疮疤，这让他感染了可怕的病菌，神经毒素已经深入骨髓。阿妈想起了西湾那两个苦命的家庭，其中一个做海人前两天刚刚死去，另一个还躺在床上痛苦挣扎，亡故也只是时间问题。她终于瘫倒在地，这种俗称抽筋病的绝症，在渔村中无人不知，令人闻风丧胆。原本下水裤是最好的防护，明泽却因为过于不合身，半道脱掉了，又在暴风雨降临后一直待在鱼舱里舀水，浸泡在雨水和海水里，双腿不知何时被划得伤痕累累……

幽暗的房间里，在那张纯真的苍白脸庞上，眉梢正微微跳动。不，不是抽搐，而是向我们发出一同出海的邀请，据说海上的每一处闪光下都藏有宝藏。这个夏天也会像前几个夏天一样，是一个美妙而漫长的夏天。让我们把波浪弄大些，再弄大些，让小鱼小虾被卷上海面，给追在后头的海鸥们送去一顿饱餐。让我们合力抛下网去，略作等待，收起网来，对着满满的渔获，大家一起喜笑颜开。接着，把所有船都召集来，围坐一圈，燃起火把，举办海鲜的饕餮盛宴。用力掰开一只螃蟹，左手一半，右手一半，只需白水烹煮，便是无上的美味。

可是忽然间，世界像地震了似的开始颤动，天空和大海在一阵可怕的痛苦中被撕裂开来。从模糊的裂缝里，猛地冲出一道闪电般的阴影,在人群里乱扑乱抓,打翻了那口正在沸腾的大锅。船上的其他人全部消失了,只留下明泽独自面对半空中张翅舞爪的"将军"。他想要质问"将军"为什么这么做,可他说不出话,憋得脸颊通红。"将军"圆瞪着两只翠绿眼珠,满是困惑与不屑。这个人类小孩未免太过不自量力,竟以为仅凭自己就能够阻挡它。他的身后似乎空无一物,可是他站在那里一步也不肯退让,分明还在护着什么。那一定是珍藏的美食,或许藏在更隐蔽的地方,难道在船板之下?人类总是诡计多端!"将军"垂涎欲滴,却不敢贸然发起进攻。打从它出生起就明白一个道理,那就是不能伤害人类,除非对方是主人的敌人。然而即便是面对自己的主人,也要学会伪装,在罅隙里求生存,因此它飞上飞下,试图搅乱明泽的动作,试探着,伺机而动。可是明泽始终站在原地,涨红了脸,没有动作,也做不出动作,只有血液在涌动……

转瞬间,明泽发现自己已不再是那个憋着劲的孩子了,他望着那个一边远去一边褪色的画面,好像躺在一团过分柔软的羽毛上,以至于感觉不到自己的存在。而那另一个自己升上了半空,还有那些船只,甚至是广阔的海面,都被推到更远处,晃悠悠飘着,越来越轻,越来越稀薄,直至消失不见。

前方一片黑暗,明泽感到脚下又变得实在了,不自觉向前迈步。虽然看不见四周,但是他能够清晰地感觉到,这是一条漫长的单向隧道。他无法停下脚步,好像是被前面的光明吸引,定睛一看,分明只是黑暗,却恍惚有一种超乎视觉的白,远远地存在着。一步一步，不间断迈着，不知不觉已置身于一片白茫茫之中。

他忽然想起小时候，奶奶还在时，常跟他说起佛祖，说这世间发生的一切，佛祖都能看到。并非有无数双眼睛，而是同一双眼睛无处不在，始终睁在那里，所以要行善积德。他心里一惊，觉得佛祖或许要显灵了。他仔细瞧着，等待着，光团晃荡了几下，什么也没显出来。

耳边响起一声轻轻的呼唤，好像是一个女声在叫他，辨不分明，似乎被什么东西挡在外头。回声如同涟漪，四面八方幽幽荡开，越发微弱，不再是声响，而只是一种触觉的传递。他这才发现，四周白茫茫的都是水，是水所形成的屏障。水壁上光华流转，从层层涟漪中，隐约浮现出家人们的身影，阿妈、阿爸、明勤阿大、明杰阿大、细香领着小妹，大伯领着春香，阿叔、阿婶，还有其他几个沾亲的近邻。

孩子们站着，大人们则常常半蹲下来，贴近他，脸孔被放得极大，眼睛骨碌碌转动，身体缩向远处，好像被风吹起来了，正拼命拉拽着什么，竭力不使自己飞走。忽然又像放弃了似的，脸孔飞速向后退去，被另一个人取代。

除了阿妈，就数明勤阿大最常出现，可是他每次都站得很远，保持着一段不必要的距离。也因此，他的身影从未变形。尽管水壁不时发出一阵痛苦的颤动，明勤阿大却总是在那里，一如既往地高大、魁梧。明泽是多么爱明勤阿大啊，甚至比对明胜阿大更加崇拜，他期待长大，期待踏上明勤阿大的履迹，这是世间最最简单的愿望，却也蕴含着最丰满的可能性。

一种前所未有的安适将他拥入怀中，他蜷缩身体，聆听着亲切的呢喃。那是奶奶的声音，奶奶正坐在门槛上补网，把鱼线套进梭子镂空的前胸，再绕上尾巴，缠出肥肥的肚腩。奶奶摇动织机，右手举起落下，说梭子是梭子蟹的梭子，外地人把江蟹叫作梭子蟹，因为和梭子长得像，他说不像，奶奶说像，右手举起落下，要他再仔细想想，他便仔细想了想，还是不以为然。

奶奶向他解释，说大伯叫爷爷奶奶之所以不叫阿爸阿妈，而是叫阿叔阿婶，是因为爷爷上头还有一个阿大，不到两岁给高烧夺去了性命，无论如何不能叫他无后而终，便将长子过继给了他。他咯咯笑了，两岁做阿爸，真有意思。奶奶盯着他，说莫笑莫笑，阿弥陀佛，他便不再笑了。

奶奶安慰他，说房梁上挂的篮子里有姑姑前些日子来探望时送的吃食，那包饼干是姑姑让她泡开水吃的，她没舍得，都留给他了，不给阿大们知晓。他爬起来，兴冲冲向屋子里跑去，踏过大厢，却没有入室的双扉，而是径直穿出去了，来到一条荒凉的土路上，四处张望，只有低矮杂草丛丛散布。

他听见旗帜被疾风吹开的唏唏声响，抬眼望去，只见自家房子的轮廓渐渐变得清晰，屋檐上挂着一件衣服，分明是自己的衣服，门边靠着根扫帚，柄上系的那块破旧的围嘴，也是年幼时贴身用过的，他原本早已忘记了，如今却记忆犹新，只是不知为何还没丢弃。

这时从大厢里走出一个长胡子怪人，顶着高高的冠帽，穿黑白相间的罩袍，手中握有一根拂尘。那人瞪大了眼睛，直直盯着前方，摆出一副惊恐无比的模样，呼唤着阿泽牯，阿泽牯，声音阴森嘶哑。明泽虽然畏惧，却也不自觉朝他走去。然而对方显然没有发现他的存在，双眼始终凝视着前方，嘴里还念念有词，天清清，地灵灵，各路神仙，相帮相帮，又转过身去从虚空里伸出的一只女人的手中接过了什么，举在身前，继续念道，伢仔莫走远，莫莽嬉，外边暗洞洞，快点走归来。

明泽定睛一看，他手中举着的分明是自己最爱吃的稻秆绳[1]，粗壮的两股缠结，金红色油光闪烁，上头点缀着碧绿的葱花。明泽正要走近，那人的话语却变得越发模糊，充斥着无法理解的深奥字眼，乱糟糟堆在后头。大厢中点起的烛火则骤然猛起来，轰隆作响，在幕布般的画面上烧出了几个孔洞，接着迅速蔓延，将眼前的一切销蚀殆尽。

明泽继续前行，身旁不知不觉多了个人，是个赤身露体的婴孩，却一步步走得稳稳当当，微微垂着头，一副老成的样子。他似乎没有注意到明泽，只是径直往前，很快就超过了他。杂草丛变得越发张狂，不时侵占道路，荒野小径最终没入一片茂密的丛林。那个婴孩轻松自如地穿梭于枝丛，在前头引领着方向。他裸露的肌肤光鲜如玉，前路枝叶横生却并未伤及他分毫。明泽紧随其后，也穿过了这片密林，来到一片广阔的湖岸。渺无边际的湖

1　麻花。

泊大半笼罩在雾气中，显得古老而平静。

众多身影从湖岸松软的沙子里升起。沙粒从那些形体上抖落，像海盐晶体般透明，明泽隐约品尝到一股亲切的咸味。

身影们开始游荡，走得悠悠晃晃，路线曲折交错，稍有停顿，从身上撒落的沙粒与盐粒便在脚下聚成一个小堆。明泽也不自觉走过去，立刻感觉自己像踩上了一只轮盘，毫不费力便顺着某道隐藏的轨迹前行。从地面深处隐隐传来震动，夹杂着柴薪爆裂般的驳杂，使他一阵抽搐，不是既定的事实，而是对将来之事所作的预兆，那与他人擦肩而过时产生的微风，也像是吹自未来。

更远处，有一群身影在搭筑古怪的石穴。他们轻而易举地搬起巨大的石块，好像它是空心的。好像是为了印证这个想法，石块落下，响起了清脆的撞击声。明泽刹那间明白了，一步便迈入其中。石穴内空间充裕，他可以站着、坐着、躺着，丝毫不感到局促。他用指节轻轻敲击周围的石块，侧耳聆听空洞地带渐渐远去的无限回响。他知道这就是自己的归宿，不在错综复杂的密林，也不在幽闭的地下深处，而是在这片沙土地上，松散，明朗。

有更多身影在向这个石穴靠近，他们驻足片刻，接着纷纷散开，好像陌不相识，但并不表现出拘束或冷酷。正相反，他们的脚步全都自在轻盈。

明泽遥望着他们远去的背影，再度感到困惑。下一刻，画面像是起皱了一般，好像有许多只手将那些身影一一捏住，用力揉动，明泽感觉自己也在一只大手的掌握中，全身的骨肉都快要被捏碎了。而那些身影则迅速缩小，像光点般跳动、挣扎，乱成一团,紧接着响起众多翅膀扑腾的声音,从混乱中蓦地飞出一群形似麻雀的小鸟,叽喳声响成一片,有的像哭,有的像叹息,有的像呻吟。其中一只在鲜白明朗的沙地上小步走着,轻轻蹦跳。明泽无力奔跑,可是心中仍然存有追逐的愿望,因此感到快活。只见那只小鸟颤乎乎向前飞去,险些坠地,幸好从低空擦过,骤然加速,没入了雾气缭动的湖面上空那白茫茫的鸟群……

五点多钟,卫生所的表舅赶来时,明泽已经开始说胡话了。先是阿妈,再是明勤、明杰,挨个凑上去,可是没有人听得懂他在说什么。邻居老奶奶自言自语道,恐怕不是讲给活人听的。这句话叫小妹听到了,她瞪着惊恐的眼睛,看向幽深的床铺,惧怕,却又期待着那冥冥中的听众。

明泽暴露在外的两条瘦腿上,伤口仍在溃烂。那些绽开的腐肉,有点像是酱油腌过的、半软不硬的鱼干。未受伤的皮肤下方,则浮现出一条条长长的静脉。他的眼睛和嘴都微微张开,鬓角的头发因为过长而向内蜷起,脸上始终带着一份不可理解的惊疑。

从窗缝里透进来蒙蒙的微光。尘埃在许多条长短粗细、裸露不安的腿边浮动。忽然,明泽开始急促地喘气,胸口上下掀动,正当大家以为又一场痛苦的抽搐就要到来时,他却骤然平静了下来。

时间在惊愕中暂停。哭叫爆发之前,一阵毂觫夹带着可怕的事实,在观者间无声地传递。此刻,世界是一只尚未长成并且永远不会成熟的幼畜,正从漫无边际的梦想中苏醒。它一阵抖擞,然后坚定地迈向食槽,拼命咀嚼,咀嚼,吞咽。

5

受访人：某佛教徒

在处里念经不专心呐，下半架给自个念一千句南无观世音菩萨，又给我儿子念一千句，好了，就想看电视了。地藏王经全冇念，本来讲一日起码念三次的，阿青师父要晓得了，又会批评我。

我也是有机缘才跟阿青师父认识。去年，我几个盟姊妹统五十岁生日，讲从来冇一起到外边嬉过，打算也去旅游一次。有人介绍，叫我们去瑞安阿青师父那边，又是拜佛，又是旅游，讲伊那山上也是有名的景区，不论像何物事的石头统有。我们包车包来，驶瑞安去，爬山爬得竭力受不了，就到阿青师父的庙里休息。那个庙是师姑娘庙，阿青师父是里头的住持。

我们风滩人是怎么晓得瑞安那么远的庙呢，这里头还有一个故事，也是真真凑巧。头起有一个人，好像就是瑞安人，经常到阿青师父庙里拜佛，点香，慢慢跟阿青师父熟起了。有一次讲佛法，聊起聊起聊到以前的事情。阿青师父讲，伊阿妈生伊的时候就走了，伊阿爸是在民乐队里头拉胡琴的，红事白事，哪里有人讨亲，哪里人冇了，就到那里去。阿青师父讲自个做伢仔的时候，跟阿爸这边走走，那边走走，不晓得走了几多地方。但是只有一个地方，伊在那边连住了好几个月，还认识几个姊妹，讲的话听不大懂，但是每个人统对伊好受不了。伊讲自个那时候身体暖起，人也差点冇掉，是给那个地方的老师父念经念回来的。那地方到底叫何物事伊记不得了，就晓得当时认识的姊妹，名字里头统是带"香"的。

那个瑞安人听完，决定帮阿青师父去找那个地方。伊觉得做伢仔时候这样好的缘分，肯定是上一世修来的，不能丢掉。伊问来问去，哪里的女伢仔讨名字喜欢用香的，又想到阿青师父讲那边的话听不懂，估估是平阳要不苍南，讲福建话，讲蛮话。伊就找这两个地方的熟人去问，赖尾问到水头[1]有一个地方讨名字就喜欢讨香。伊就到水头那个村里，讲了阿青师父的事，讲是哪户人家讨亲的时候，食排场认识了一班香姑娘，问了一圈冇人晓得。

这时候有人讲，旁边那个管自个洗衣裳，不响的喂，伊名字里头也有香，不是水头人，是嫁到我们这来的。那瑞安人就去问伊，头起还想不起，何物阿青师父，从来冇听过。过一会才单下嚷起：是阿青啊！哦，记得记得。伊就是春香，是那班香姑娘里的一个，当时讨亲的就是伊亲阿大。香姑娘统是风滩人，阿青做伢仔时是跟伊阿爸到我们风滩来了。

快四十年过去了，冇找到风滩，反在水头碰到，尔讲凑巧不凑巧？真真是命里的缘分，阿弥陀佛。赖尾，春香又联系另外三个香姑娘，请阿青师父下来，一起到龙港一家素菜馆里吃素。讲

---

[1] 水头镇，隶属于平阳县。

起老早的事情，大家统眼泪汪汪。

香姑娘里头的兰香我认识，伊年轻时身体就不好，一下也气不得，辛苦不得，点点感冒就得住院。阿青师父就叫伊去自个庙里调养一段时间，食食素，念念经，放松放松。住了几个月，人也有精神起，走归讲自个从来冇那么舒服过。庙里的饭好食，山上空气又好，佛菩萨保佑，以后打算就宿庙里了。大家听完，统觉得那个庙灵受不了，赖尾就有越来越多风滩人赶去点香。我们一班盟姊妹也是这样才给人介绍去的。

我头次过去就碰到阿青师父了，伊对人客气，普通话讲起特别好听，还一直眯眯笑。未讲两句话，尔就觉得自个好像跟伊认识很久了，冇点紧张了。等伊讲佛道的时候又不一色了，一句一句讲起，声音清楚，眼里好像有光放出来。大家统讲，听伊讲佛道，就跟三月里毛毛雨落下哝，顶舒服。木鱼在旁边敲起敲起，听到就安心。

我以前不懂，讲是讲信佛，顶多就是过年过节了到西坂庙拜拜，放点钞票。要不是我到阿青师父那里受了教，又认识一班师兄，还不晓得有这么多讲究。我跟尔讲，到庙里第一件事情，就是不能踩门槛，要穿过去，进门穿左脚，走出穿右脚。尔要记牢，有好处的。要是去庙里拜拜，巴掌轻轻合拢来，莫抖，莫贴太紧，要隆点点起，手中心留点空，里头留的就是我们的慈悲心。还有大指头母，莫往外翘，往里头收点，何物意思呢？就是只管自个，不管别人，不随便议论别人，不讲别人不好。

还有，不论是在庙里还是在外边，看到佛菩萨的像，千万记得莫用手指头去指，不尊重。比如对我墙上贴的，看到了就得像我哝，头低点下来，小步走过去，要是不想念出来，就放心里念阿弥陀佛。

尔看嘿，顶右边挂的是释迦牟尼像，就是佛祖，旁边是观世音菩萨。这个认识不，地藏王菩萨，伊坐的叫谛听，尔看嘿，头是老虎的头，身体看了出不，是龙身。

阿青师父以前的事情，我晓得也不多，有些是伊自个讲的，有些是听师兄们讲的。阿青师父讲过，伊出家顶重要的原因，就是伊阿妈生伊的时候走了。以前每次到伊生日那日，伊阿爸就变得特别不快活，有时候一个人酒呷醉了，就走归骂伊，讲伊命棺木硬，把自个阿妈克死了。阿青师父讲，伊那时候看到别人处里伢仔过生日，阿爸阿妈统好受不了，伊心里不晓得有多羡慕。伊讲自个当时不懂，其实不该过生日的，我们佛教把生日叫母难日，不是该庆祝的日子。

阿青师父讲，一个人出生，本身有何物了不起的地方，人到了该出生的时候，自然就投胎出来了，有何物好纪念的？但是做阿妈的把尔生出来，是世上顶不容易的事情。人的出生，不是靠自个，是靠阿妈十月怀胎，又有生的苦，真真要纪念，也该纪念阿妈受的那些苦。

阿青师父从小就跟伊阿爸的民乐队到各个地方，是食百家饭大的。伊阿爸对伊有点疼惜，伊经常就在车里睡，衣裳也穿不像话。伊讲自个有阿妈,碰到主人家阿妈对伊好点的,伊就黏热[1]受不了,真真想认那些主人家当阿妈。有主人家讲笑,讲收伊做新妇,伊马上就肯了,根本不晓得做新妇是何物意思。

伊赖尾出家,有人讲是为伊阿妈,也有人讲是为了从小照顾伊,对伊好的那些主人家。给伊自个讲,这些统有错,但是顶要紧的还是在风滩那次,伊身体暖起,半条命差不多冇了的时候,伊灵灵清清听到了佛菩萨的声音。佛菩萨叫伊阿青,阿青,莫急,讲伊未到时候,还得苦一世。

阿青师父讲,伊那时候听到苦一世,单下吓醒了。伊讲,是这句话把伊救回来的,伊那时候不懂,赖尾才晓得,人活这一世,统是报前世的业,生老病死,冇人不是苦一世。一世又一世,业慢慢消掉,才会有从苦里解出的一日。人要想变成佛菩萨,不晓得要苦几多世,起码得几千几万年。

其实出家以后就不能叫以前的名字了,连阿爸阿妈也得叫法号。阿青师父的法号是静慧,安静的静,慧是有些女伢仔讨名字用的,对对,就是聪慧的慧。但是大家还是叫伊阿青师父,是伊自个讲的,讲佛菩萨叫过伊阿青,这名字就不是俗名了,伊做了释迦,还是可以叫阿青。释迦你不晓得?就是把头毛剃掉的正式和尚,佛祖也叫释迦牟尼佛嘛。

阿青师父讲,伊剃度的时候,头毛一绺一绺撒下来,伊感觉从那个时候起,自个跟山下的日子就给剪断了。头上第一次吹到

---

[1] 亲热。

风,冷受不了,伊单下精神起,觉得整个人统不一色了,操心的,挂念的,统不想了。佛经里讲头毛是"三千烦恼丝",只会给人烦心,真真讲是。头毛剪掉,烦心事才会走掉,人才能一心一意念佛,不会西想东想。这样才讲"剃度",剃头也是一种"度",把烦恼度走了。我们统是俗家弟子,只有做了释迦才会晓得那种感觉。

香姑娘里头的兰香,讲伊身体不好的,还记得不?伊也剃度了,现在住庙里。伊赖尾检查出癌生起,化疗了,头毛一直掉,西一个凶东一个凶,根本冇胆走出见人。还好有阿青师父开解伊,讲头毛掉了是福,以前发生的不好事情,统跟着头毛走了。伊跟兰香讲自个剃度时候的事情,还把僧帽拿下来,给伊看光溜溜的头,干净、清水,冇何物不好。兰香讲自个当时眼泪也看出来。化疗之前,别人统在伊耳朵边讲起吓人受不了,好像要化疗就是半条命有了,头毛掉了就难做人,更不用讲做女人了。伊讲自个真真怕的不是掉头毛,是怕这条命就这样到头了。从年轻起大病小病冇停过,受苦这些年,统统白熬了。听阿青师父讲完伊才明白,人生来就是受苦的,伊也想灵清了,冇必要为点点头毛不安心,宁可尽剃掉。头毛剃完,伊心里反不怕了。

对了,尔之前问跟东湾相打的事情,我听阿青师父讲,伊当时正好就在风滩,就是伊身体暖起的时候。等伊身体慢慢好起了,路又封掉了,根本走不出去。听人讲风滩是海边,其实伊连沙滩也冇去过。伊记得当时正好是顶热的时候,但是风滩比伊走过的其他地方统凉得多,海风特别舒服,难怪叫亭,真真是个避暑的凉亭。伊那段时间冇胆走出,在一户人家楼上,听外头风呜呜响,一直冇停过。

瑞安那个师姑娘庙在山上，以前冇何物人走，庙里苦受不了，几个师父统自个栽菜食。阿青师父讲，伊那时候天光头四五点钟就爬起，到山上担水，担来煮番芋头饭。山泉水特别鲜甜，不用何物好菜，饭也能一大碗食进去。菜栽起幼滴滴，好食受不了。伊做伢仔时，想顿顿有饭食，暝暝有一张眠床睡，想了有噶？赖尾那个山弄起旅游，来嬉的人多起，经常有人到庙里看看，坐坐，讨一碗水呷，慢慢也就有人去点香，拜经，闹热起来了。

前几年，新的观音庙建起，又建了一栋场屋给人宿，统是一眼一眼小房间，学堂宿舍哝。现在专门有老人家住那，相帮煮饭烧菜，香客很多，日日有人送米送油送菜，菜的样数也多起，顿顿跟食排场哝。阿青师父讲，庙里人多、闹热是好，但是念佛不是做生意，不能把香客的钞票拿来享受。有饭食，菜蔬两三样，就很够了。伊师父，庙里老住持还在的时候，从来冇食过好物事，一世清清苦苦，不论何物事情统自个做，冇人不讲伊好。到老住持圆寂的时候，躺眠床上，人瘦瘦个，满面红光，看过的人统讲，是佛菩萨收伊去做弟子了。这才是念佛人，不讲享受，一心一意念佛。

阿青师父讲，从伊当住持起，除了在天光早和暝里整个庙一起念经，还有参加大的法事，自个念经的时间越来越少了。太忙，庙里人多起，要处理的事情也多起。这看看，那讲讲，一日时间一下就过去了。头起，伊觉得这样下去不行，忙得连念经也念不像话，心思还越来越重，有时候想想，宁可跟老早哝，冇人走庙里还好点，自个可以专心念佛。想想又不对，香客走来多是好事情，难道把门关起，不给人走进？

伊赖尾想通了，念佛不是只有一种念法，还讲不是伊给我们开解，是我们开解了伊，把这些事情想灵清了，为了大家，为了把佛道传出去，就很值得。

我跟尔讲，初一十五学起食菜，功德大受不了。有些师兄食长菜，食好几年了，我一个月只食十日菜，也坚持不下去。十斋，尔晓得不，地藏王经里有记的，每个月初一、初八、十四十五、十八、廿三廿四、还有赖尾三日，要看有冇三十日，有就是廿八食起，冇就是廿七。还有人食六斋的，初八、十四十五、廿三、廿九三十。一般统是十斋，六斋的少数。哦，还有，观世音菩萨三个生日，二月十九，六月十九，九月十九，统得食菜，食了好的。

我食菜也不专心呐。有时候处里荤菜烧起给伢仔，日昼一顿食不完，放到暝里，伢仔不食了，我冇办法得食，不能浪费。呵呵，其实还是想食啊，一顿冇食荤，看到就忍不住。

明日十五，我过一会也要跟师兄们坐车去庙里了，大悲咒到车里念。庙里睡一暝，明日天光爬起点香。啊嚯，海青差点忘记了，念经要穿的，我到楼上拿。尔也要走啦？出门在外靠菩萨，尔平时坐车，就念南无观世音菩萨，记得嘿，菩萨保佑尔平安！

374

6

救不起了，铁定救不起的。他点点头，却不声响。队里的陈家的轮番来劝，开始时好言好语，到最后似乎这一切都成了他的过错。他没有拒绝过，哪里敢拒绝？只是偶尔吐露出一两句央求的话语：等一等，再等一等。等什么呢？等自己那个高烧不退奄奄一息的女儿彻底咽了气，再给陈家不幸死去的小儿子配冥婚。

他不是不知道，能和西湾陈姓沾上姻亲，即便是"阴亲"，对自己这种一贫如洗的人也是求之不得的好事。阿青和明泽八字相配，不能说不是上天注定的缘分。他并不像有些人似的，将配冥婚视作卖女儿，觉得失了脸面。脸面是这世上最不值钱的玩意儿，居无定所这些年，他早都抛掷干净了。

这女儿命硬，当初把自己亲阿妈克死了——那是他倾家荡产才讨来的老婆——叫他成了老鳏，这些年别提有多难忍了。不知道有多少人对他说过，要提防着，命硬的都是克完这个克那个，指不定哪天把他这个阿爸也给克死。自那以后，他每每多喝下几口酒，便感到天旋地转，身体直直往下堕去，果然有一种无形的吸力，要把他扯向那个黑暗深邃的幽冥世界，他甚至听到了那些凄惨的哀号，吓出一身冷汗。

因此就算他们不来劝，他这个做阿爸的也是愿意的。被这个女儿拖累这么些年，难道死了还得由他们民乐队带回去？带到哪里去，带到他几年没回过的老家？也像她苦命的阿妈似的，荒山野岭中随便挖个坑就给埋了？想到当初挖的那坑，他便一阵冷战。更使他惊慌的是，他发现自己已经不记得确切的地点了。除了最初几年他去扫过墓，砍了那些每逢春夏疯长的枝蔓，后面再没有人去过那座被遗忘的孤坟。多少年无人打理，只怕坟已经被周围的植被掩埋，也许连上山的小径都找不到了……他感到恐怖，坟下是黄泥埋着尸骨，坟上覆盖了厚厚的枝叶，一层又一层，层层堆积，没完没了，无穷无尽，在他八岁那年把养他的阿公吞进去了——那长方的土坑深不见底，直抵阴曹地府，被黄泥一点点填满，渐渐隆起——然后是他阿爸阿妈，然后是老婆，再是女儿，总有一天会到他自己，被黄泥掩埋，被枝叶覆盖……他险些窒息，连连喘着粗气，好像切切实实体会了死亡。他无法接受被埋葬的宿命，躺在前人的尸骨上，又终将被后人的尸骨碾压，黄泥碎石一颗颗落下来，填满了，再没有空隙，无法呼吸。也不对，人死后便不再呼吸了，除非是活人。

啊，活人，他顿时想到，拿还在透气的活人给死人配冥婚，不就等同于把活人硬生生埋进了坟坑吗？他心里头瘆得慌……等一等，再等一等吧。

然而明泽等不了了，他的尸身一直摆在那里。天气这样潮热，再放下去就要臭了。蝇虫整日整夜往屋里头钻，门窗明明都已关紧，可还是有缝，永远找不尽、堵不完。为什么不飞远一点，为何不去那个众人所在之处，那里有鲜血滴落，有人被砍下手脚，有人吓破了胆。热烈的腐烂气息从那里传出，覆盖了两个村落，将人们全都吸引去了，何况这小小蝇虫。

谁也没能想到，最终使阿青阿爸屈服的，是三兄弟的阿妈。原本众人商讨冥婚之事，一旦谈及阿青阿爸，便有意避开，不叫她听见，她却对一切了然于胸。只见三兄弟阿妈从盖着白布的尸体旁默默起身，原来并没有被丧子的悲痛压垮，却也不曾挣脱那份凄楚。她好像被一层轻如羽翼的纱网笼罩，一步步拖拽着，走向阿青所在的房间。她完全没有摆出劝说的姿态，一进门便开口说道：伊答应给我做新妇的！她宣称阿青早已经叫过她阿妈，当时还说她比自己亲阿妈还亲。那是在婚礼前几天，民乐队刚来的时候，她见阿青一个姑娘不方便，于是主动让她住到他们家去，还叫小女儿跟着大女儿睡，单独给她让了一张床出来。那姑娘活泼又机灵，格外晓得如何讨人喜欢，没来两天，就学了好些蛮话，凑到她身边来帮厨，事情做得有模有样。她心里喜欢，于是打趣阿青，让她留下来给她做新妇，阿青欣然应允，当即叫了几声阿妈，叫得她喜笑颜开。

阿青阿爸屈服了。这大概是三兄弟阿妈第一次，也是唯一一次施展自己身为陈姓正宗主母的霸权，竟完全胜过伯母平日里的霸道，表现出一种更加不由分说、不容抗衡的威吓。

冥婚的筹备，成为自明泽死后，三兄弟阿妈最大的指望。就如同儿子讨亲的人一般，她忙里忙外，一刻也不得闲，红红的脸膛甚至显得喜庆快活。那脸膛是被映红的，丧礼改成了婚礼，奠字换成了囍字，纠缠于梁间的根根白绸，好像一夜之间尽被染红了。其实物件大都是现成的，正是明胜原本讨亲时所留。那不幸夭亡的婚礼，为夭亡之人尽了最后一份绵力。

鬼媒人是从峦尾请来的，那深入群山褶皱的边远村落完整保存了许多久远而近乎巫术的习俗。冥婚与寻常婚庆最大的不同，在于那扇紧闭的大门。因此，有关冥婚的细节，必须通过回忆、流言与猜测，以及如沸的臆想、疯狂的撰造来补充。不必对真实性过度担忧，因为你我的眼光，同当时那些试图从缝隙中窥视的幽幽目光一般无二，也正像食腐的蝇虫般无孔不入。

据传，冥婚前一天，陈家准备好了聘礼，前面是满满几箩筐的布匹绸缎，还有纯银的器皿。后面再掀开，却是纸糊的家具、衣裳、首饰，样式繁多，只等冥婚当日，放在大厢正中央的火盆中焚化。另一种说法称，有亲历者亲眼见到，大厢正中央的长几上，除了红烛，还摆满了匪夷所思的物件。比如被红布覆盖的镜子、装满黄泥的香包袋、一对空碗和竹筷，还有一只早已停止走动的钟表。这些东西的清单由鬼媒人亲口宣读，既是彩礼，也是嫁妆，因为两位新人从今往后将不分彼此，携手共赴忘忧之地。

民乐队吹吹打打，热闹喜庆的乐声响彻四邻。到场的亲朋不多，全部挤在大厢里头，被盆里的火热烘烘烤着，不能哭，只能笑，嘴上听不到的话语是恭喜恭喜。阿青阿爸呆愣愣坐在上座，第一次远远观望弟兄们的演奏,自己却不在其中。面对陈家众人,他实在感到手足无措,宁愿像往常似的拉起二胡,隐入那场不问缘由的喧嚣。

紧闭的大门外,站满了女人小孩,男人都聚到大殿里去了。这些好事者听到的,却是截然不同的声响。从乐声火声交织的哄闹中,偏偏钻出了无比清晰的几道人声。有两三个声音在里头议论不休,说阿青凄惨的身世,说临了还被他阿爸给卖了。又说陈家人威胁民乐队的人,不交出阿青来,就不再管饭了,也不给结剩下的工钱,叫他们白来这一趟。眼见着和东湾人越打越凶,还不晓得何时能够离去,跟外头的联系也断了,再耽搁下去,生计都成问题,他们这才迫使阿青阿爸同意。

有一道幽幽的声音从远处飘来,细细分辨,原来是在念彩礼清单。那清单长得不得了,念了又念,怎么都念不到头。到后来念的东西实在瘆人,尽是些死活一类的话,叫里外的人听了头皮发麻。有人说好像是养鸡的乡下人在清点鸡崽子,是了,乡下人,难怪口音古怪,不像人发出的。可是一开始说的又是"伊",怎么把鸡崽叫作"伊"呢?说了是乡下人嘛,蛮话讲不像话!哦,难怪了,难怪了,难怪说什么"伊死了""伊活的""伊活了""伊死的",越说越快,后来便把"伊"给省却了,像一片鸡毛似的轻飘飘溜走了,剩下"死了""活的""活了""死的",再后来连鸡尾巴也砍掉了,只有"活""死""死""活",伴随一串鸡叫似的怪笑,咯咯咯咯咯咯。

还有更离奇的,说门里头新郎新娘一直在说着话。他们原本认识吗？认识呀，在同一屋檐下住了好些时日，只是没有那么熟络，毕竟十几岁的少男少女，只差两三岁，彼此都有些羞赧。可这会，他们却滔滔不绝谈论起来。谈的什么？尽是些家长里短的琐事，竟没有半点超乎寻常之处。阿青先问了在场脸生的陈家长辈都是谁，明泽给她一一指认，阿青便一个个叫过去，让喝茶，蛮话说得很是道地，好像已经做了许多年的风滩新妇。两人于是合计着，该如何在分家时给自己多挣点好处，两个阿大早已经盖了新房，搬出去了，只剩他们还住在老房子里，这些年尽心尽力伺候年迈的父母，送走阿爸，又送走了阿妈，理应多得些财产，偏偏阿嫂们不是好相与的……

在紧闭加闩的大门里头，新郎新娘清清楚楚躺在铺着鲜红被褥的婚床上，大红被单盖着，露出装扮得雪白雪白的脸，红唇紧闭，分明未发一言。可正是因为表象太过显著，反倒使疑窦暗生。知情者不安地凝视着阿青的"尸体"，一次次看到她仍在高烧下痛苦挣扎、喘息，而且面色通红。其实阿青的烧已经退得差不多了，据说是进入弥留时正常的状况。她的身体确实有起伏，但那只是寻常的呼吸，或者说那呼吸比起常人更加微弱、难以察觉。然而火光扑闪下，一切都在晃动，根本分辨不出孰静孰动，孰死孰生。

民乐队前居首的那面大铜锣蓦地连敲三响，把心猿意马的众人吓了一大跳。冥婚宣告结束，徒弟手中木鱼敲响，将西坂庙的老师父连同念经声推向前方。老师父左手念珠，右手单掌竖立胸前，第一次在红事上念超度经文。不过他面色平和，不见丝毫异样，绕着长几和臃肿的婚床走了两圈，众人的心情也渐渐平缓下来。

可就在老师父第二次走到婚床前的火盆旁时，有人看到床上的阿青似乎动了一下。他们前一刻还以为是自己眼花，紧接着便惊恐地看到，阿青的上半身从床上缓缓抬起，又迅速落了下去，好像是叫身上那块红被单压回去的。大厝里顿时乱了，有人喊诈尸了，见鬼了，有人想要逃出去，却手忙脚乱抽不开门闩，后头的人想要穿过大厝，拥向后门，却挤在狭窄的豁口处寸步难行。孩子在哭叫，伸出双臂要阿妈抱，大人一边劝着莫啼莫啼，一边自己也怕得浑身颤抖。

这时候阿青缓缓睁开眼睛，偏过头去，有气无力地叫了两声阿爸，临近的几个陈家人才意识到，纷纷嚷起来：活过来了，活过来了！好像她是死而复生，全然忘了她原本就还活着，正是被他们一点一点推上了这张分不清是尸床还是婚床的木板。

人群中的恐慌尚未平复，又发生了一件令所有人始料未及的事。三兄弟的阿妈原本坐在上座，阿青第一次动弹时，她便在身边人诧异的目光中猛地站起身来。等到大家开始叫嚷，拼命想要逃离，她却一步步走向前去，走得很慢，带着几分试探，好像也有些怀疑这乍然起身的究竟是人是鬼。

大概就在阿青开口说话，旁边的人纷纷叫嚷活过来了的时候，她终于获得了确证，迈步走到阿青面前，突然伸出双手，掐住了阿青的脖子。看到这一幕的人全都怔住了，竟没有人阻止。等到阿青开始因为窒息而挣扎，陈家人才赶紧跑上来把三兄弟阿妈拉开，而她更是一反常态地大声吼叫着，要阿青快死，说阿青已经是明泽的人了，这辈子都别想逃开，喊着喊着又开始放声哭泣，哭了几声便昏了过去。

据说自始至终，阿青阿爸都站在远处，满脸惊愕。直到三兄弟阿妈昏厥，他才晃悠悠走过去，嘴里喃喃叫着阿青，阿青，苦命的女儿，说她是她阿妈拿命换来的。那本地话[1]古怪的腔调并没有抹消父爱的感人。门外之人比门里头的看得更清楚，阿青在他阿爸的呼唤声中渐渐清醒，父女二人相拥而泣。

他们聆听近处的乐声、哭声、叫喊声，从前的、往后的，渐渐辨不分明了，全都消融在訇訇的火声中。那盆里的火啊，烧得这样旺，把人吸引去，恐吓我们，鼓舞我们。远处，地主庙下，大殿里头，也是这么一大盆火，摆在正在进行的祭祖仪式中央，夸耀着，嘶吼着，使乌压压一片人群尽皆失神，失语。一纸祭文念罢，祖先庇佑，陈姓福祉绵绵，西湾诸姓万世永昌。鼓点密集，几位壮年男子赤裸上身，在火盆前跳起踏歌，众人紧张地看着，呼吸和心跳渐渐同鼓点与踏足声融为一体，高亢的精神向颅顶发起冲击，犹如一股神力从天而降。他们拿起武器，踩着熊熊烈火冲向前去。团团火焰扑朔，交叠，鼓噪着人心底的不安，拨弄着蛮与痴的疯狂。去吧！去吧！

---

[1] 指瓯语，大众所说的温州话。

7

受访人：东湾生意人

风滩从来不差赚钞票的机会。当然了，不论做何物事统得把关系打通先，特别是跟手上有权力的，一个也少不得。伊要特地把尔管牢，尔就何物事也莫想做了起。

这哪里不合规？别人也是考试、找关系，好不容易才进去的，难道就拿点死工资？做一世连一间场屋也买不起！那些话统是在面上讲讲，新闻里报报。尔想呐，要真真这样，哪里还会有这么多人头争破掉也要进去？

尔读书读呆了，公务员还不好？退休工资高受不了，国家养尔一世。尔去看看村里那些有钞票赚的老人家多苦命，伢仔在外边做事，连自个也养不起，还管伊？只有每个月低保几百块，鱼也买不起食。以前还经常有做官的，有何物企业家走来看看，讲老人家苦命啊，送油送米。现在统有了，就算物事送来也不给尔照相，何人还肯来哦？

每个人统一色，不管尔是做海、做冷冻、卖菜场、卖干货，还是在中兴路泡鱼饼、泡辣，还是开店，反正关系打通了，就保尔安心。就算是放赌头，只当尔是一班弟兄姊妹在自个处里搓搓麻将，何人管得着？我亲爷隔壁就是这样，前头开店卖卖饮料，后门摆一张桌，出点茶、瓜子，给人打赌，一年下来赚十几万！难道统不用管，不收伊钞票，给伊想怎样就怎样？那这钞票也太好赚！

尔看呐，对面那眼店，叫"阿叔奶茶"，两个年轻人开起的，也是廿来岁，跟尔差不多大。有一个是东湾人，姓杨，处里就在我娘舅隔壁，我跟伊阿爸做伢仔时就认得，另一个是尔西湾的。现在真真不一色了，两个村的年轻人一起开店，讲两人从小就是同学，小学初中高中统在城底读，尽分到同班，凑巧受不了。

要在风滩读，班里统分开东湾西湾两边的人，互相不讲话，只跟同一边的嬉，是不是？哦，尔也是在城底读书的，肯定不灵清。反正要是去外边读书的，别人就晓得尔是风滩人，何人还管东湾西湾哦。伢仔慢慢也不分了，一个班里顶多三四个风滩人，退课走归统一起坐车，感情顶好。现在连风滩学堂也冇了，学生越来越少，办不下去，关门了。

尔估估伊那店里一杯奶茶几多钞票？顶便宜的也要十二块！就是茶叶粉泡泡起，顶差的何物奶粉兜一汤挑子进去。有些根本不是奶茶，连奶粉也不放，就是一杯糖精水搅搅起，本钱一块不到，卖尔十几块，过年边还贵两块起。这钞票不赚死去？尔莫看伊那店面装修起，外头蛮道地，其实墙面早早个破败噜苏了，就是搞点三合板铺铺起来，把广告纸贴上去，不用几多钞票。

这样好赚，何人不想赚哦？就是店租贵，还有关系难找。要是随随便便统能在沙滩边开店，别人就会问了，凭何物给伊开，不给我开？想开不得有本事嗒，有关系也是本事啊。

讲起来，那个奶茶啊，也确实好呷。我记得头一次呷奶茶是零几年，零六还是零七年，反正奥运会未开的时候。我那时候店刚开起未久，去城底进货，在东门边厂里住了一暝。第二日爬起，去天光店里买糯米饭，看到绿豆汤旁边一部机器，真奇怪。一卷塑料带缠在上头，好几层叠拢来，图案花里巴啦看不清，边上有一个把手，下面还有一个圆环，不锈钢的。

开天光店的把一个塑料杯放进去，杯里头不晓得何物呷的东西，黄抖抖，满满个，底下还有一粒粒乌的。那机器是插电的，伊摁一下上头红颜色的按钮，塑料带就自个转起来了，跟工厂里的传送带一色，伊又压一下把手，跟印刷哝，塑料带上圆的一块就贴上去，正正好把杯面封牢，点点也漏不出，把我看呆掉。伊把封好的杯拿出来，给一个去读书的学生，我这才看到，上头的图案是喜羊羊，伢仔看的崽子片。那学生把一条粗吸管插进去，啜一下，一粒一粒乌的就给伊啜上去，吸到嘴巴里了。伊嘴巴还咬起咬起，味道好受不了。

我问这是何物事，开天光店的讲是正宗珍珠奶茶，台湾的，两块一杯。那时候绿豆汤才五角一碗，西米露也才一块，这样一杯要两块，我觉得就是特地把包装弄得好看，骗人钞票。但是我从来冇呷过，看那学生呷，自个也想买一杯呷呷。很多吸管插罐里，好几种颜色，我挑一根出来，讲得用力插，我又冇胆太用力，怕把塑料纸插一个大洞出，结果好几下才插进去。

啜第一口，啊嚯，真真好呷，那味道又香又甜，不是茶也不是奶，讲不出是何物事。我吸管有插到底，珍珠未啜到，那物事乌脱隆天，我头起还有点怕。吸上来很慢，到赖尾单下弹嘴巴里。我咬了两下，黏斯疙瘩，何物珍珠嘛，就是番芋粉做的汤圆子，韧是韧的，咬起来确实有意思。

已经是十几年前的事了，现在新式物事一年比一年多，我这店里的生意就一年比一年差。特别是从义乌有名起，每个人统晓得，好像觉得何物事都是义乌产，全国统能买到一色的，就越来越有人到我店里买纪念品了。前两年，城底做这些小物事的厂也倒了。一个义乌害了几多地方哦！

想想也奇怪，现在的人，买食的呷的嘛顶舍得，买点礼物反不舍得了。泡辣泡鱼饼泡虾蛄虫，卖棺木贵，反不觉得给人骗。有些外地人讲究点的，就到正规开店的里头买，觉得店里肯定比路边的道地，卫生。其实统一色！尔看路口那眼店，叫何物，"啃得酥炸铺"，店面贵受不了，装修起是好看，物事有一样像话。泡鱼饼的鱼、虾蛄虫、虾，统是做生意人剩下来，卖不出去的，才去收来泡，泡完就好差统看不出了。

出来嬉一趟，买点纪念品，带归去留念，以后还能看到，食的呷的过一会就有了，怎么舍得呢？我想不通。有些伢仔看到我店里这些贝壳啊石头啊做起的物事好看，忍不住走进来，东看看西看看，把螺拿起放耳朵边听，把串串套手上，挂脖子上，叫阿爸阿妈走来看，笑起快活受不了。伊阿爸阿妈就赶过来了，马上把伊身上挂的尽拿下来，扔扔到旁边，还骂伊，买何物买哦，处里物事多受不了，放也放不下，又讲过一会碰不好掉就必须买了，还看我一眼，跟看仇人哝，好像我做生意统是靠逼别人买的。我们老早统是讲，钞票要用到留得牢的物事上。现在呢，反过来了，越留得牢的越有人要。

我那孙女，在龙港读二年级，日日在微信里跟我讨钞票，讨廿几三十，统讲买衣裳。我就红包发去给伊，叫伊慢慢存。这次跟我讲期末考考很好，语文九十九分，算学一百分，我奖励伊两百块买新衣裳。过年走归，我问伊买了何物衣裳，给阿翁看看，伊把伊阿妈手机拿来，打开一个游戏，叫何物神仙的，我记不得了，讲衣裳统在里头，是给游戏里的人穿的。

伊打开给我看，一个女伢仔走出来，瘦叽硌硗登，衣裳一领一领，换来换去，讲有些便宜，才三十，有些六十几，顶贵的要一百廿八！我眼睛也看花掉，钞票统这样用嘎？我从小把伊当宝贝疼惜，从来冇骂过，就是那次骂了两句，看伊眼泪汪汪又不舍得，跟伊讲，这统是造出来骗钞票的，以后给自个买衣裳，起码摸得到。伊还讲我不懂，讲伊全班同学统买。现在的伢仔啊，不比自个身上的衣裳，比手机里的人穿的衣裳了。赖尾才头定定，不晓得有冇听进去。

昨日我又问伊，伊讲早早个不买了，那个游戏冇意思，现在又换一个玩了。我问伊之前买的衣裳呢，伊讲还在那，在游戏里头，永远不会冇掉，也不会不好掉。尔看伊这话讲得好不好，不会冇掉，也不会不好掉，好像真的衣裳还不及手机里画起的。

387

我有时候想想，食到五十几岁，日子一日一日过去，好像跟从来冇过过哝。多活几十年，好像统不当数，反落在年轻人后头了。手机电脑的物事，连伢仔懂的也比我们多。几十年前何人想了到，生活会变成这样。统变了，不一色了。做伢仔时，我们东湾打尔西湾，把尔榕树脚旁边整栋场屋尽扫完，我偷偷走去看过，场屋扫掉，地上统是木头，现在呢，哪里还看得到大木做的场屋！

尔问了这么多人，从来冇听过我们把尔西湾场屋扫掉的事情？不可能，不会不晓得，全风滩每个人，只要四五十岁往上的，统灵灵清清。我记得就是打起未久的时候，从那日起，榕树脚那边就给我们东湾控制牢了，冇人走得出去，这尔也不晓得？

那日我走去看的时候，对面一大帮西湾人，把我盯牢牢，好像想把我食进去。但是有一个人有胆走过来。赖尾赢的是我们东湾，尔统晓得吧？我们才死两个人，西湾死的多多了。几个，三个？我记得起码有四五个。尔讲东湾死一个头人？何物头人……哦，我晓得了，肯定是讲志旺爷，我叫叔伯阿爷的。伊算何物头人哦，就是棺木忠，无空跑到顶前头，别人跟也跟不上，好了，把自个的命跑冇了……也苦命呐。

其他事情呢，伊们统是怎么跟尔讲的，讲来给我听听。

头起是吧，我记得的，头起确实是讲有几个西湾伢仔到我们渔港里，是不是姓陈嘛，我记不灵清了。天光早，我醒来的时候，楼下很多人站那讲，讲西湾人到渔港偷物事，给做海人捉牢。赖尾又讲，西湾那边有一班人赶来，钞票也不赔，还打人。这样就喊起大受不了，男子客尽往渔港那边赶。西湾那些大人不像话，难怪伢仔也有教调。

烧船的事情我有听人讲过,这倒的也不是我们的霉,是尔西湾自个的霉!那暝是三十暝,第二日就是初一了。老人家统讲,初一头,天光早莫出门,不吉利的。初一天光,路上人也有,做海做田的统歇半日,开店的迟个把钟头开,剃头店就整日关门。初一头初一头,洗头也会洗衰掉,莫讲是剃头了。

尔晓得了吧,那暝不论是渔港还是码头,统有人专门在那顾,只有本来住旁边的几户人家。何人想了到这种时候还有人来?要是有脑的,肯定做不出这种事情。我问尔,那些走来烧船的,伊们是怎样讲的,还觉得自个顶老不起?真真好笑。

何物事啊,尔讲我们东湾也打算去烧船?这我不大灵清,从来有听人讲过。但是给何物女子军的人吓回来,肯定是盲堂讲。想想也晓得不可能,一班老娘客本事这样大?还这样凑巧,枪挂那有人要,正好给伊们用?尔随便听听就是了,千万莫相信。有些老娘客就是这样,嘴巴吧啦吧啦,天讲讲地讲讲,就怕别人不晓得伊在外边不日溜。除非是西湾的男子客尽死了,才给老娘客走出来打,我们东湾从来有这种有下数的事情。

啊嚯,讲讲有点讲气起,其实跟尔也有关系。尔是年轻人,反正事情也过去这么久了,我有必要特地在尔面前造。我讲的统是实话,一句也有假的。哦,还有这个事情,尔有有听人讲过?打起顶大那次,我们东湾的男子客尽去娘娘宫里拜娘娘君,保佑我们顺利。娘娘君真真灵,老早,老娘客要是不能生,就到娘娘宫

389

里，脱娘娘像穿的鞋，过一段时间就有伢仔了。我们东湾人有何物事情，统会到娘娘宫里拜拜。

那日暝里，我们一班伢仔躲外边看，娘娘宫门口有好几个人在那顾，我们有胆走太近。大门关拢来，就留了点点缝，看不灵清。里头火光烁来烁去，从窗头影[1]出来，还有人喊起喊起。赖尾声音单下冇掉，过一会大家统嚷起受不了，讲何物菩萨菩萨，观世音菩萨显灵了。

在门口顾的人把门开开，赶进去看，我们也跑过去，挤门口，就看到男子客每个统激动受不了，好几个人手里火把举牢，伸到右边墙上，好像想把何物事照出来。我们娘娘宫两面墙，画的统是娘娘君在海上救苦救难的事情。老早做海人顶不容易，船破败噜苏，海上风浪比现在大多了，还有食人的妖怪，统是娘娘君救人，打妖怪，还到观世音菩萨那边把宝袋借来，把海上的风收了一半走。

观世音菩萨跟我们娘娘君是亲姊妹，尔晓得不？头先就是观世音菩萨影出来了，好几个人亲眼看到，菩萨眼睛眨眨，把柳枝伸瓶里，瓶里的水就洒出来，正好洒伊们身上。头再抬起看，就看不到菩萨了。我旁边的伢仔嚷起嚷起，讲伊阿爸看到菩萨了，接下去好几日统老受不了，碰到人就讲。我也在那找我阿爸，但是人太多，一直冇看到，把我急得想啼。

当时还有好几个人，本来有讲看到菩萨，过一会又讲，头先

---

[1] 照、映。

390

确实感觉有水滴下来，问那几个看到的人，是不是觉得额头冰凉冰凉，正是的，这样就冇错了。好几个人跪下来拜墙上的菩萨像，大家统相信菩萨显灵了。就是有菩萨，有娘娘君保佑，那日暝里我们才会打赢。

尔莫不相信，我有一个表娘舅，是信耶稣的，信得很真，也看到菩萨了。伊本来不信佛，冇必要造。伊赖尾讲，那个暝里有好几次，西湾人的锄头正正好从伊耳朵边划过去，差点就要砍伊头上了。伊才晓得，菩萨真真在天上保佑伊。伊也学起拜菩萨，赖尾给神父晓得，讲这样做不行，信耶稣的只能信一个神仙，讲佛菩萨统是人变成的神仙，信不得。但是我到伊处里看过墙上挂的耶稣像，伊们信的也是人啊，只不过不是中国人，是美国人，头上还多一个圆圈。听别人讲，信天主的比信耶稣的还真，神父连亲也讨不得。

我阿妈还在的时候，每年到庙里打普佛[1]，统相帮把表娘舅一家人的名字也写进去，保佑平安。过两日表娘妗到我处里嬉，就偷偷把钞票给我阿妈，两个人躲房间里讲话，讲菩萨，讲庙里的事情，声音压下来，好像在那讲何物人不好哝，怕给人听到。我经常在旁边听，有时候伊们不管我，有时候又单下给我吓一吓，我阿妈就面色冷下来，叫我莫在别人面前讲，给人晓得了冇解！

信耶稣人也真苦命，就是想拜拜，又有想做何物不好事情，无空把信佛搞得跟做贼哝。多一个拜拜，多一个保佑，有何物不好？

---

[1] 一种消灾祈福的法事。

迷信迷信，有人讲，不迷就不会信。给我讲，不迷就行，信点何物又不要紧。我跟尔讲，那些讲起顶灵清的，点点问题也找不出的，基本上是人造出来的。有些事情讲不灵清，尔反得信。老早刺哽牢，统是呷化刺水，老人家才会念，念完以后，那碗水里统是伊身上的老人气。一大碗呷下去，手在尔身上拍两下，过一会，鱼刺就冇了。尔讲这是何物道理哦？

就只有一次，我十来岁的时候，觉得自个何事统懂了，忍不住问一声，呷下去刺就冇了？那个阿翁就骂我，讲我冇下数。我阿妈拼命讲，不能问的呐，问不得，问不得。也就是那次，我问完以后，好几日统觉得刺还是在喉咙管里，一直不舒服，但是冇胆讲。也记不得那条刺到底是何物时候化掉的了。从那次起我就晓得了，有些事情问太多，想太灵清，就不灵了。该相信的得老老实实相信，要不到赖尾，受苦的还是自个。

腹肚也讲饿起，去买两个馒头食食。啊嚯，上次我那八块钞票的馒头伊还未给我。就是正月头那几日，我孙女走归嘛，想食馒头，我过去买，人多受不了，店门口站满满个，挤也挤不进去。我脚踮起来看，老板娘急受不了，一锅煎了又一锅，冇一下闲，两边脸尽红通通，气也透不上来。伊老公在后头端鱼丸汤，擦桌，也忙受不了。前头的人问伊还得等多久，讲起码半个钟头，后头四五锅尽给人订走了。生意这样好，还是只有一个锅灶，不多摆一个，两公婆一起煎，招一个人来相帮多好。钞票赚多何物用哦，照样不舍得。

我那日等不下去，就在微信里钞票转八块过去先，讲迟点去拿。又去了两趟，照样挤满满个，何物订哦，统是靠抢，一锅贴好，十几只手伸过去，也不问问钞票有有给伊，何人抢到就是何人的。我想想算了，到暗边游客少点再去拿，赖尾事情忙忙，就忙忘了，弄得我孙女今年连馒头也有食到！下次买点带龙港去。

尔看何物事？哦，"风滩馒头"，呵呵，确实全风滩就这一家卖馒头的。这招牌是刚做起的，新崭崭，原本跟卖锅淋絮的店哦，只有一个广告牌，摆摆门口，去年游街的时候给人踩烂了。就是去年十一二月嘛，讲疫情疫情，外国严重受不了，还有人有胆走私，在海上偷偷跟台湾人做生意。要是把病毒传过来害我们，一个阳性起，好了，密接次密接次次密接，整个风滩的人尽得给伊关起来，莫想走出，就跟去年上海哦，有饭食，连菜也买不到。上海人有钞票啊，一头菜几十块也舍得买，我们买了起嘎？

这样才把那些走私的犯人拉出来游街，尔有看到，那时候中兴路真真闹热。东湾西湾，大人侟仔，大家统走来看。人多受不了，一眼一眼店里尽挤满，还有人站路中心。有些人连口罩也有戴，给押犯人的警察看到了，讲这样不行，疫情期间，室内人不能太多，要我们把店关了，想看就站路边看，室外有关系。好了，连生意也不能做，统是给那些走私的人害，还好病毒有传进来，要不跟美国哦，人尽死完。想到这些何人不气哦，何人不怄那些短命人？还晓得头犁下去，罪过相摆出来，伊们处里人的脸也给伊倒完！

当时就是馒头店里人顶多。有些人早早个走来等，腹肚等饿起，就去买馒头食。这两公婆啊，生意做起连警察讲话也不听，半日不收。到赖尾，就这一眼店还开着，警察赶过来了，伊们才匆匆忙忙收起来，好了嘛，把门口广告牌忘记掉。等游行的走过去，一大班人跟着，那广告牌早早个给人撞翻了。"馒头""鱼丸汤"，还有"牛油渣"，上头的字眼尽给人踩完。我还看到何人有食完的两个馒头在篓里，给大家拖过来拖过去，碾得碎末末。

赖尾大家在大殿下面排队做核酸，我听到旁边的老人家讲，起码有四五十年冇看过游街了。伊们想起那时候日日游街，游完就再也冇听过何人有胆做坏事，莫讲走私了。我跟尔讲，有些人生起就是贱，不正经赚钞票，日日想些不好事。跟这种人讲道理，讲法律统冇用，不把伊弄个怕，就永远不晓得做人。

讲是讲捉人，其实也冇捉干净。听人讲，那船老大生了何物病，给保释出来了。我那日去龙港，碰到伊在外滩散步，健康受不了，点点事情也冇！底下那些投了钞票的人呢，一世存下的尽投进去，钞票拿不回来了，还得坐牢间。

吓，这何物三层肉嘛，棺木肥，点点精肉也不舍得放，花菜碎也统是梗，有花。这馒头越来越不好食，还卖两块一个，一条中兴路的钞票尽给伊一眼店赚走了！

8

一大早就闷得不行，风滩被层层云褥包裹了。烈日在外头虎视眈眈，暑热一旦从云隙间钻进来，便无法离去，转而向大地沉落。尘土低伏于道路，丝毫不得张扬。

昨夜的凉风和高悬的星月，分明合起伙来撒了个弥天大谎。照这个情势，一场暴雨在所难免，可谁也不知道几时会下。将下不下之际，恰是最难熬的时候。不单为了闷热，还因为心中那份希冀，一头困兽，蹭你，挠你，叫你不得安生。

上天最不可信，窥探它的旨意更属徒劳。无论借助传统经验的迹象，还是广播电视里头的天气预报，到头来总是错谬百出。信任一次次被打破，可是仍不得不信，不得不抓住一切可以信任的所在，报以满腔热血。那些浮空的唇舌，正在对所有隐晦细微的变故津津乐道，为一探上意而乐此不疲。他们总是迅速忘了那些颠倒违背，对上天的喜怒无常视若无睹。毕竟老天爷高高在上，冷酷是常理，稍有施舍便是莫大的恩惠，非得感恩戴德五体投地不可。

送葬队伍稀稀落落聚拢，人们彼此间隔着，并不怎么言语。倒不是因为丧事有多沉重——丧事原本就是亲友聚会的重要场合，往常向来热热闹闹的，大家相互问候，闲话家常。除了至亲之人，真正分享悲痛的寥寥无几，而且距离明泽的死亡已过去许久，如水的时光，已将大多数亲人的悲伤冲淡。

来送葬的人并不多，又大都是女人、小孩，擎花圈的人手严重不足，连平日里四处游荡打零工的流氓穷鬼都稀少了，于是多出好几只花圈，只能摆在家里。女人们彼此间隔着，是因为有许多人没来，而这些来了的人又为他人的缺席，尤其是自家亲戚的缺席深感不安，不知如何向主人家交代，于是不约而同站开了些，缄口不语，生怕引人问起。

那些缺席之人还未从昨夜拼杀的狂热里挣脱。他们分散在渔村各处，有些已经回到家里，有的就躺在地主庙下，还有许多深入弄巷不知所终的，此刻都被同一场庞大的梦境笼罩着，说着相似而意义不明的呓语，激情饱满，却无力起身。他们中的一些人隐约察觉到这支队伍从身旁经过，于是梦境深处浮起一片莹莹的尘埃。

一群送葬的人，作为故事真正的缺席者，他们在寂寞沉闷的道路上孑孓，遥遥望去形同梦游。他们是如此格格不入，没有喜悦，也缺乏悲伤，硬挺着向前走去。他们清晰地感觉到了那份阻力，一股洪流从西坂山上倾泻下来，往地主庙涌去，如此广大，他们却溯流而上，沉浸在小家的哀痛中。他们不禁对前头那家人的身影感到一丝疑虑——捧像的明勤，抬棺的大伯阿叔，还有死者的阿妈，拒不接受妯娌搀扶，执意要跟在棺材后面，怀里抱着小女儿，牢牢抱着，勒得孩子喘不过气来，挣扎着想要下地，一只手伸向阿妈背后，被后头的阿姊握住，还有明杰，也紧跟在身旁——这些身影无声无息，而且越发朦胧，只留下一道道浅浅的轮廓，嵌入此刻滞重的灰色空气中。随着最后一点痕迹的消融，这陈姓一支几家人的命运便就此沉寂了，再也制造不出足以撼动西湾的声响。其他分支蠢蠢欲动，将会迅速夺取宗族的核心地位。

前头乐声的掩蔽使队伍更深陷于寂静中。这两年送葬队伍都时兴由军乐队开道，民乐队收尾，可如今村口被东湾人把控着，军乐队请不进来，只好将民乐队一分为二，首尾兼顾。鸣锣开道，两面铜板狠狠冲撞，惊颤不休，处于破碎的边缘，不像在号召人们前行，而是就地解散的信号。紧随其后的唢呐也是，声声悲凉，怎么都比不上军乐队的热闹亮堂。

天色越发阴沉下来了，潮气聚集，粘在众人胸口。送葬队伍一路曲折，将许许多多门缝与窗缝后头短促的呼吸携带同去，那里有失意者的目光，有惊魂甫定的目光，还有深陷痛苦而试图忘记一切的目光。比起直接站在家门口观望和小声议论的人，这些隐蔽的目光更加具体、锐利。

在最终抵达西坂山脚之时，稀疏的人群已经摆脱了最初的低迷，发展成一支情感丰沛的合格的送葬队伍，饱含同情与热泪，其中夹杂着不可计数的自怨自艾，甚至过分夸大了那份被遗忘的悲伤。

锣声惊起山头人家养的恶犬，它们来到门前场院与山路的连接处，守卫着各自的领地，绝不逾越一步。民乐队留在山脚持续吹打着，陈家众人绕行上山，后方擎花圈的也快步赶上前去。那些恶犬远远地吠叫不止，满脸凶相，等到有人真正接近了，它们便立刻逃窜，躲到主人身旁。

连绵的陈氏祖坟，盘踞在西坂山腰主山道旁内侧的黄金区域。或者不如说，当初修建主山道时，依傍这些豪华的椅子坟，将其连成一线，正是必须满足的条件之一。这些椅子坟动辄四五层，一座座庞然大物，悠悠然躺坐着，深嵌于山腹，气定神闲，威势十足。陈氏祖坟大都面向东南，一侧对着海，一侧对着村落，将祖祖辈辈生存的两大境地尽收眼底。石灰整齐涂抹的"靠背"和"扶手"依旧光洁如新，即便在最激烈的造反年代也无人敢毁，反而借以更增光辉。

椅子坟上窄下宽，墓穴一代代渐次增加，一眼便能瞧出大家族枝繁叶茂的景象。更高几代的祖坟已经填满，一概是孩童眼中遥不可及的曾曾曾祖，形同幻影。那最顶上一层并非具体的坟穴，而是供奉那些不再可以追溯的更久远祖先的神龛——他们的牌位在祠堂中，但尸身已不知去向——漫长厚重的历史绝不是这些坟穴足以承载的。即便是牌位，也会有源头，而祖祖辈辈正如同子子孙孙，绝无尽头。宗族的伟力在于连接无限，不单是血脉的连接，还有情感的连接，使每一个成员，即便再没有出息，也能得到应得的居处。孩子们或许会感到惊讶，父辈同样未曾见祖先的面容，对他们的缅怀却同对亡父亡母的缅怀一样情真意切。好像一旦成了大人，就获得了不属于自身的记忆，脑海中便随时能够清晰地浮现出每位逝者的音容笑貌。

大人们先上前，将最下一排角落里的坟穴封口敲碎。那封口只是一面砖上涂了薄薄一层的水泥，轻轻一敲便完全裂开了，棺木入穴后，再垒上厚厚的砖墙，封砌牢固。底下这排其实是安置永字辈的，居中的两口坟穴，躺着最年长的伯父伯母。明泽暂时落在这里，只等将来建好新坟了再迁过去。而许多年后，坟穴的封口将会被明杰统一替换成雕刻了吉祥图案和福禄字样的大理石板，届时更显豪奢。明泽将成为首位入驻新坟的长辈，在这依山傍海的福地，用他始终澄澈的目光凝望山下的变迁。

海边的山，是最愚钝的。尽是些矮小的、圆滚滚的丘陵，无所谓挺拔的气度，也藏不住什么秘密，各个角落早都被人摸透了。只是经受着人的践踏，根须的碾轧，还有海浪、狂风的侵蚀，默默经受着，不言不语。明泽还有那么多想说的，想问的，可从今往后，回答他的将只有无尽的潮声。

等在山脚和半道的众人不时仰头看向他们一家。阴惨惨的天幕下，烛火从摇晃的身影后方闪现。再往上走一段路就到西坂庙了，泥黄色墙面上写着"南无"二字，"阿弥陀佛"则在视线不及的侧方，跨过门槛，那里的香烛昼夜不息。

雨开始落下的时候，送葬队伍已不见踪影。先是一颗颗稀疏分明的硕大雨滴，顷刻间发展成暴雨，打落了簇簇白花，打翻了香炉与白烛。雨幕笼罩一切，山丘佛堂，绿树白坟，蓝海黄沙，还有铺满房顶的歪斜乌瓦，这里一团，那里一片，断断续续延伸至远处的东湾，模糊了，扭曲了，迷雾从尘世中升起……

9

受访人：阿妈

侬，八点半了，尔食不食暝点心？要食就现在食嘿，莫日日十点几了讲腹肚饿，太迟食不得。苹果切一个食吧。啊嚯，这苹果忍[1]掉了。老人家的手哟，忍掉忍掉……

尔晓不晓得阿妈做伢仔时暝点心食何物事？老早嘛，饭统煮很多的，剩下放第二日天光食。暝里饿起，不像现在有这么多好食的，尔外婆就给我们做饭枣。伊在大锅里抹一圈猪油——以前那猪油真真香——再把酱油倒进去，虾皮撒几朵，炒香，赖尾把饭放进去，饭勺鐾[2]起鐾起，等味道走进去了，兜点放手里，捏成一粒枣。这就是饭枣了，咸味咸味，又鲜又香。尔外婆疼惜我们，有何物好食的统给伢仔食。那时候其他人处里哪里有暝点心食哦，连日里的饭也不够食。

尔外婆一世有骂过人。尔做伢仔时特别赖阿妈，把我弄得饭也有办法食，身体也有办法洗，外婆想抱尔一下，给阿妈好好食

1　干瘪。
2　把泥在台阶上蹭掉的动作，这里指用饭勺按压搅拌。

饭，一碰到尔，尔就啼有歇。外婆是不舍得我受苦，才讲尔两句，但是何物棺木啊，短命啊，伊从来不讲。我想起来了，伊讲"脱光"的，讲：这伢仔这样脱光[1]不乖有见过，算是顶凶了。

阿妈真想外婆，伊未享福就走了，要是看到尔现在大起这么懂事，不晓得多快活。我这段时间经常做梦，统共才睡一会，梦就从头做到尾，不是梦到自个做伢仔时的事情，就是梦到尔跟尔阿姊做伢仔时。那些事情好像过越久，反记得越灵清。做伢仔时食的饭枣，那味道好像就在嘴巴边。

前两日我还梦到跟尔姨娘去城底看电影，看《红楼梦》。也不晓得是哪一版，反正是越剧，老电影。从小我就日日跟尔姨娘屁股后头跟屎食，那次也是，本来是阿姊跟伊几个盟姊妹一起走，我一定要跟，走到一半又走不动，要阿姊抱，到电影院了又要买炒米[2]食，阿姊的钞票尽给我用完。难怪阿姊以前日日问阿妈，无空把我生出干吗！哦，我想起来了，是徐玉兰、王文娟扮的，讲是老电影，重新在电影院里放，就是这版唱顶好。

唉，无空生我干吗呢？生了这么多，身体也生不好掉，一世受苦。阿妈对不起外婆，从来有买过好物事给伊，统是外婆外翁给我们，有点点好物事也留下来。尔还记得不，老场屋里头，一个个篮子挂梁上，饼干、苹果，有时候放那放烂了也不舍得食，就等尔两姊妹去食。还有八宝粥，娘舅、表兄们买的，外翁统一瓶

---

[1] 在表示程度深的副词中属于比较温和的一类。
[2] 冻米糖，一种炒货小吃。

一瓶带来给尔食,讲是自个食掉,有胆给伊们晓得。

到赖尾,尔外婆身体不好,我还给伊操心。当时尔外婆话还能讲灵清,表兄拍过一段录像,叫伊把想讲的话尽讲出来。那段录像肯定还在尔姨娘处里,尔下次去找来看看。

"开始拍了?

"啊嚯,弄得跟去照相馆里照相哝,有点不好意思。

"阿勤侬,阿杰姆,细香,尾香,我是阿妈。

"我这一世,老公勤力,伢仔听讲,过得很好。

"前几年摔倒后,我腿就不大好,给尔们操心了。不用操心嘿,食了七十几岁,冇生过何物大病,我福气顶好了。

"……

"我晓得尔们统特地不在我面前讲到阿泽,怕我想起来不好过。其实这些年了,讲起不讲起统一色,我冇一日不想伊,但是再不会跟那时候一色了。不管尔们嘴巴上讲不讲,阿妈希望尔们莫忘记了还有这个兄弟。

"自个身体我晓得的,真真有那一日,我也是去找阿泽,找尔们阿爸,不用为我伤心。这几年我冇办法走坟头去,伊们肯定想我了。

"我这一世顶对不起的,就是那个叫阿青的女伢仔。伊喜欢我,相信我,我还那样对伊。

"……

"还有何物事,我单下也讲不来了。哦,嘴巴渴是不是,茶筒[1]里开水呷完了，烧点起。铅兜[2]在锅灶下头，呐，给外婆，尔弄不来的……"

表兄给伊拍录像的时候还好好的，拍完未一个月，尔外婆单下躺眠床上了。还记得不，那日尔未退课，阿妈打电话给尔老师，叫尔到学堂门口等阿姊，一起坐残废车赶风滩去。尔们一到老场屋里，姨娘就凑外婆耳朵边，跟伊讲尔们到了，伊嘴巴马上嚅起嚅起。尔们到伊眠床边，外婆把尔手指头捉牢牢，尔还记得不？外婆真真疼惜尔两姊妹，伊到赖尾也放心不下。

侬哎，来看这视频，里头统是老物事，尔肯定有看过。这是老早买米花，泡好了兜过来，一分一罐，两分两罐。一分钞票尔见过有？这是弹棉花，声音好听吧。弹棉花呀弹棉花，半斤棉弹出八两八。哦，这是番薯头菜呐，折成一段一段，一条条挂手上，当手铰，要不挂耳朵上，当长头发，当耳朵索[3]……老早伢仔哪里有物事戴哦，这样是顶好看的了。

看，这就是捡石子[4]。伊这拍的是乡下，石子用泥做的。乡下住田边嘛，田里统是泥，伢仔就把泥捏起圆卵卵，放日头下晒干晒硬，再磨，磨成一小粒。我们风滩不用泥，用何物事尔估估？——用

---

1 热水瓶。
2 水瓢。
3 耳环。
4 指前文提到的抓子儿游戏。

碎掉的瓦，也是放地上磨，磨成一粒一粒圆溜溜。石子磨好是拿来比赛的，那时候何人捡石子厉害，全村伢仔统晓得。哦，尔阿杰娘舅玩这个玩顶好，伊手生起灵巧，不论做何物事统厉害。

还有书，看到了未？统是老早的书，阿妈在学堂里念的。那时候要认得一个字眼真不容易啊，不像现在的伢仔，读幼儿班就会背诗了……后悔也迟了，那时候哪里晓得读书好，教室里头根本坐不牢，一时一刻也想逃出去嬉。不论哪里统有了嬉啊，沙滩，河边，走走路上也比读书有意思。这样才讲读书不容易。

我跟尔讲这些物事，尔统记下来了？还记了何物事，我跟别人讲的那些话尔也记进去了？啊嚯，过千人口[1]哦！这些物事别人看了进噶？

阿妈有时候觉得自个绕进去了，从几十年前起，再有走出来过。我头脑里何物事统有，想来想去想不灵清，才有办法睡，醒着一暝到天光……我想起尔外婆，伊那时候也是绕进去了，伊不想那样做的。我也不想，侬啊，我头脑里统是以前的声音，统是那些人在跟我讲话，统是一张一张嘴巴撑开在那里，讲有歇。

汗又冒出来了，啊嚯，热受不了，外边衣裳脱了先……现在不住海边了，我反好像躺大石头上，一直给日头晒，日头真真猛受不了。明日我去看中医，一个姊妹介绍的，伊也是更年期，好几年不好，跟我一色不睡，讲赖尾给那个医生看好了。诊脉诊一

---

[1] 千夫所指。一般指丢脸。

下就晓得，是哪里哪里不好，药开来食一个星期就食好了。

什么骗人哦，阿妈朋友骗我干吗，是老医师呐，退休了，在一个药店里给人看病，龙港的人尽赶去，讲伊看得好。我就去看看先，嘿，开药也顶多开一个星期，食食先，要有用就不食了。

好了好了，阿妈早点去躺眠床上，迟了又整暝不睡。

她走进房间，站在从帘隙漏进来的灯光中，双手合十。

菩萨诶，给我好睡点呐。莫想了，莫想了，给我好睡点……

尾声

归乡之路

忽然之间，我会回到那样的时刻。

夏日，大厢，盘腿坐在清凉的竹床上，想象自己置身孤舟。

长屋檐，太阳雨，水珠成串，编织成网，笼罩四面汪洋。从大厢凹凸不平的硬泥地上，扬起一阵淡淡的烟尘。我趴在竹床上，在淅淅沥沥的催眠雨中，享受一场黏腻的午后长梦。

于是我踏上了归乡之路。

笨重的公交车摇摇晃晃，驶向苍翠丘陵延伸的尽头。车身被山间横生的枝叶拂扫，后窗上，影子的瀑布奔涌不绝，仿佛冲动于激流。我看见两岸散布着丛丛灌木，根须在暗处连结。那是我多年来访问的收获，虽粗粗修剪过，却仍芜杂不堪。它们浮动、喧嚷，有时淡漠，有时苦涩，有时满腹牢骚，有时充满不明所以的激情。

在访问中，记忆是唯一的凭据，话语则是仅有的媒介。我曾备感惶恐，因为记忆和话语是如此不可信赖。后来我才明白，再也找不到比它们更诚实的所在了。正是那反复的遗忘与窜改，使我得以透过隐蔽的狭缝，窥见冰面下僵直、扭曲的灵魂。

四十年前的械斗，如同一场仓促举办的狂欢，开端与结局一概潦草。然而人们其实早已做好准备，他们准备得太久太久，被无比充盈的愤怒挤压着，像泡胀的种子、鼓起的花苞，唯有借喷吐来言说。

他们受够了寂静，寂静是如此广大而沉重，将一切笼罩在内。火焰在五脏六腑里烧，烧得人红了眼、迷了心，唯有斗争、斗争，投身其中，将自己化作燃料。

走向沙滩的路上，我忽然被话语中无处不在的苦闷席卷。好像我从未走动，只是孤独地伫立在大地上，身边过客匆匆，唇舌跳动。片刻过后，所有人都像野地灼烧后的草灰，迅速暗淡、崩解，飞向远处。我低头沉默，抵御倾泻的洪流。

一路下坡，我再次闯进那座弄巷交错的迷宫。两侧房屋像甘蔗节节猛长，仍旧拥挤，仍处在倾毁的边缘。时隔二十年，我已不再执着于低迷的犬吠，却还是不自觉加快脚步，试图逃离记忆的涡旋。踏入沙滩之际，我望向茫茫的前方，日光像万千箭矢射向海面，孩子们褪去衣裤，化作一尾尾纤细的银条，没入水中，从此失了音讯。

我朝沙滩西侧尽头走去，一抬头，猛然撞见那斑驳的礁石崖壁。我从中看见无数逝者的模样，汇成一张无比苍老的面孔，深邃的皱纹层层相叠，刻进山崖的肺腑。海浪如泣如诉，声声悲鸣制造同义的反复、回荡，直至意义褪落，徒留反复。轮回在此刻得到了确证，属于两个毫不相干的人，两道相背的灵魂。

死者已然消隐，而生者仍在求索，新的生命，在山海对抗的磨蚀间诞育,源源不断。我必须继续倾听,继续记录,这场访问尚未结束,枝丫仍探寻着光亮,仍抖擞、震颤,发疯似的往外钻。大海始终在折辱它的子民,然而那峭壁从不曾拒绝海浪。

二〇二一年—二〇二三年
杭州

方言释义对照表

阿牯、阿侬	对孩子的爱称
阿婆	奶奶
阿翁	爷爷
阿爷	伯伯
阿奶	伯母
阿姊	除了指姊姊,也用作对丈夫母亲的代称
阿太	曾祖
暗边	傍晚
不当数	没用,一场空
不日溜	到处鬼混,不着家
处	家
场屋	房屋
赤夹臀	光屁股
大气透起	叹气
单下	突然
肥东	胖子

大厢	房屋正门的厅堂
发蒙	孩子开始识字读书
诨	最凶狠的骂
过千人口	指丢脸
棺木	语气副词，相当于"很"。蛮话中这类词十分丰富，大都是詈语，如"棺木""短命""绝代""孤老""泥圹（墓穴）"等。
姑娘	可以指小姑子
跟屎食	相当于"跟屁虫"
何物	什么
鸡母头勃勃弹	形容女孩不安分守己
接新妇	迎亲
妗婆	舅婆
老娘客	已婚女人
赖	依赖，缠
赖尾	后来，最后，末尾

冇解	完蛋
冇暝冇日	没日没夜
冇下数	不像话
冇想冇忖	无忧无虑
姆姆	婴儿
暝	夜
摸药	抓药
男子客	成年男人
黏斯疙瘩	犹豫、不痛快
黏热	亲热
哝	似的
女男样	娘娘腔
破败噜苏	破旧、破烂
亲爷	岳父
忍	干瘪
日头正	正午

日昼头	正午
痧爬起	中暑
煞气	过瘾
山种	贱种
身体暖起	发烧
食天光	吃早餐
食日昼	吃午饭
食暝	吃晚饭
受不了	一般用于形容词后,表程度深
饲饭	喂饭
叔伯阿爷	堂伯
叔伯母	妯娌
汤挑子	勺子
头起	一开始
天光	早上
头皮大	害臊

脱光	表示程度深，如"脱光不乖"
乌脱隆天	黑不溜秋
乌脱茅坑	黑不溜秋
物事	东西
无空	平白无故
下半架	下午
虾蛄虫	皮皮虾
言多多	絮絮叨叨
眼睛泡	眼袋
烊	融化
一色	一样
姨姊婆	相当于"姑奶奶"
月令	闪电
油锅絮	油条
有字眼	有学识
胀	詈语，吃

字行矮	辈分低
自个讲自个是	自说自话
走归	回家
赚赚食	勉强糊口
罪过相	可怜样
做好事	摆道场